Robert K. Wittman
com John Shiffman

Infiltrado

A história real de um agente do FBI à caça de obras de arte roubadas

Tradução:
Alexandre Martins

ZAHAR

Para Donna, minha mulher, e nossos três filhos,
Kevin, Jeffrey e Kristin

Título original:
Priceless
(How I Went Undercover to Rescue the World's Stolen Treasures)

Tradução autorizada da primeira edição norte-americana, publicada em 2010 por Crown Publishers, de Nova York, Estados Unidos

Jorge Zahar Editor Ltda.
rua Marquês de São Vicente 99 1º andar | 22451-041 Rio de Janeiro, RJ
tel (21) 2529-4750 | fax (21) 2529-4787
editora@zahar.com.br | www.zahar.com.br

Grafia atualizada respeitando o novo Acordo Ortográfico da Língua Portuguesa

Preparação: Taís Monteiro | Revisão: Joana Milli, Eduardo Farias
Capa: Rafael Nobre | Fotos da capa: © Gulfimages/Frank Udo/Getty Images, © Peter Hince/Getty Images

CIP-Brasil. Catalogação na fonte
Sindicato Nacional dos Editores de Livros, RJ

Wittman, Robert K.

W79i Infiltrado: a história real de um agente do FBI à caça de obras de arte roubadas / Robert K. Wittman com John Shiffman; tradução Alexandre Martins. – Rio de Janeiro: Zahar, 2011.

Tradução de: Priceless: (how I went undercover to rescue the world's stolen treasures)
ISBN 978-85-378-0691-3

1. Wittman, Robert K. 2. Roubos de objetos de arte – Investigação. I. Shiffman, John II. Título III. Título: A história real de um agente do FBI à caça de obras de arte roubadas.

CDD: 364.16287
11-1852 CDU: 343.71:7.063

Sumário

PARTE I

Alla Prima

1. South Beach

Miami, 2007

O Rolls-Royce platina com vidros à prova de balas deslizou para a Palmetto Expressway na direção de Miami Beach, com seis pinturas roubadas no porta-malas blindado.

Grandes obras de Degas, Dalí, Klimt, O'Keeffe, Soutine e Chagall estavam grosseiramente empilhadas, embrulhadas uma a uma com papel pardo fino e fita crepe. No banco do motorista, um milionário parisiense chamado Laurenz Cogniat pisava fundo no monstro de três toneladas. Passou para a pista da esquerda beirando os 130, depois 140 quilômetros por hora, a ameaçadora grade de aço inoxidável abrindo caminho.

Na Interestadual 95, o Rolls virou, cintilante, na direção sul, disparando pelo elevado de concreto, a linha do horizonte de Miami à frente. Laurenz pegou a saída do Martin Luther King Boulevard, fez uma curva fechada e voltou à interestadual, ainda rumo ao sul. Seus olhos verdes frios se alternavam entre a estrada e o retrovisor. Ele esticou o pescoço e examinou o céu azul-escuro da Flórida. De tempos em tempos pisava no freio, reduzindo para 70 ou 80 por hora e entrando na pista da direita, e de repente pisava fundo de novo. No banco do carona, um camarada roliço de cabelos desgrenhados com um rosto redondo caloroso, um francês que se identificava como Sunny, resistia bravamente, com um Marlboro apagado entre os lábios. Também procurava veículos suspeitos.

No banco de trás, dei uma conferida no meu Rolex emprestado e fiquei olhando, divertido, enquanto a cabeça de Laurenz balançava e se inclinava conforme o tráfego. Naquele ritmo, chegaríamos cedo, desde que Laurenz não chamasse a atenção de algum guarda de trânsito ou nos matasse antes. Ele mudou novamente de pista e eu agarrei a alça de apoio no teto do carro. Laurenz era um amador. Um magnata do setor imobiliário entediado vestido com camiseta de gola em V, jeans desbotados e sandálias, ele ansiava por aventura e achava que era daquela forma que criminosos deviam agir a caminho de um grande negócio – dirigir de modo irregular para ter certeza de que não estavam sendo seguidos. Exatamente como nos filmes.

Eu revirei os olhos por trás dos óculos escuros espelhados.

– Relaxa. Fica calmo, falei.

Laurenz apertou os lábios e pisou fundo no acelerador. Tentei novamente.

– Ahn... é meio difícil passar despercebido pela polícia quando você dirige a 140 por hora pela I-95 em um Rolls-Royce Phantom platinado.

Laurenz acelerou. Como tinha subido na vida sozinho, ele não acatava ordens de ninguém. Sunny, ainda de tromba por eu não ter permitido que ele levasse uma arma, também me ignorou. Passou os dedos curtos pelos cabelos grossos e olhou pela janela em silêncio. Eu sabia que ele estava nervoso. Ele se preocupava por Laurenz ser temperamental demais – um chorão e no fundo um covarde, um sujeito que podia parecer forte e durão, mas com quem não se podia contar caso as coisas ficassem complicadas. Sunny não falava muito inglês e eu não falava muito francês, mas sempre que conversávamos sobre Laurenz concordávamos numa coisa: precisávamos dos contatos dele. Apertei mais meu cinto de segurança e calei minha boca.

Os dois franceses nos bancos da frente me conheciam como Bob Clay. Ao usar meu verdadeiro prenome, eu estava seguindo uma regra fundamental quando se trabalha disfarçado: reduzir as mentiras ao mínimo. Quanto mais mentiras você contar, de mais coisas terá que se lembrar.

Sunny e Laurenz acreditavam que eu era uma espécie de marchand americano de caráter duvidoso, alguém que trabalhava tanto dentro da lei quanto do lado ilícito do mercado de obras de arte, um negociante internacional com experiência em transações multimilionárias. Não conheciam minha identidade verdadeira: agente especial do FBI e investigador sênior da Equipe de Crimes contra a Arte da instituição. Não sabiam que o criminoso europeu que fora meu fiador em Paris era na verdade um informante da polícia.

Ainda mais importante que isso, Sunny e Laurenz consideravam a venda das seis pinturas naquele dia como um mero prelúdio para O Grande Negócio.

Juntos, com as conexões deles no submundo francês e meu dinheiro, estávamos negociando a compra de um Vermeer desaparecido havia anos, dois Rembrandt e cinco estudos de Degas. Essa coleção de arte valia 500 milhões de dólares e, muito mais significativo que isso, tinha má fama. Eram exatamente as obras-primas roubadas dezessete anos antes, no maior crime contra a arte ainda não solucionado da história: o roubo do Isabella Stewart Gardner Museum de Boston, em 1990.

O roubo do Gardner há muito assombrava o mundo da arte e os vários investigadores que fracassaram em encontrar os ladrões e recuperar as pinturas. A polícia de Boston e o escritório local do FBI investigaram centenas de becos sem saída, verificando qualquer pista, por menor que fosse, todos os boatos sem sentido e descobertas não confirmadas. Desmontaram teorias formuladas por vigaristas e pilantras interessados na recompensa de 5 milhões de dólares. Com o passar dos anos, novos suspeitos surgiram e antigos morreram, alguns em circunstâncias misteriosas. Isso ensejou inúmeras teorias da conspiração: foi a máfia, foi o IRA, foi um roubo encomendado por um magnata estrangeiro; os ladrões não sabiam o que estavam fazendo, eles sabiam perfeitamente o que estavam fazendo; os invasores já tinham morrido há muito tempo, ainda estavam vivos, morando na Polinésia; era um trabalho interno, a polícia estava envolvida; as pinturas foram enterradas na Irlanda, estavam escondidas em uma fazenda no Maine, estavam penduradas nas paredes do palácio de um príncipe saudita; foram queimadas pouco depois do crime. Jornalistas e escritores tinham investigado e feito apostas especulativas e escandalosas. Cineastas produziram documentários. A lenda do roubo do Gardner crescia a cada ano, tornando-se o santo graal dos crimes contra a arte.

Naquele momento eu acreditava estar a poucas semanas de solucioná-lo.

Tinha passado nove sofridos meses disfarçado, seduzindo Sunny e Laurenz, fazendo amizade com eles para conquistar sua confiança, e toda a encenação daquele dia em um iate alugado era uma das últimas etapas desse processo, concebido para provar sem sombra de dúvida que eu era um sujeito sério. As seis pinturas na mala eram falsificações, cópias que eu escolhera em um armazém do governo, mas boas o bastante para enganar Laurenz e Sunny. O roteiro do FBI determinava que nós três déssemos um curto passeio a bordo de um barco alugado, *The Pelican*. Na embarcação nos encontraríamos com um traficante de drogas colombiano e seu pessoal e venderíamos a ele as pinturas por 1,2 milhão de dólares, pagos em um misto de transferências bancárias, moedas de ouro e diamantes. É claro que o criminoso e todos os outros no iate – seus capangas, as mulheres sensuais, o capitão e os garçons – eram colegas do FBI disfarçados.

Enquanto seguíamos na direção de nossa saída, repassei mentalmente o roteiro e imaginei os preparativos de última hora a bordo do *Pelican*: o traficante colombiano abrindo um cofre, retirando um punhado de Krugerrands e um saco de diamantes; as quatro gatas morenas, corpos firmes, na casa dos vinte anos, com suas Glocks escondidas e seus biquínis; os garçons em uniformes de linho branco arrumando tortilhas, molho, um excelente rosbife, colocando duas *magnum* de champanhe em baldes de gelo; um irlandês taciturno sozinho em um sofá curvo de cor creme, debruçado sobre mensagens de texto em um BlackBerry prateado; o capitão ativando câmeras de segurança escondidas e apertando "gravar".

O Rolls disparou na direção leste até a MacArthur Causeway, a majestosa conexão entre o centro e Miami Beach. Faltavam cinco minutos para chegarmos.

Pensei no telefonema que dera para minha esposa mais cedo naquela manhã. Sempre ligava para Donna nos últimos momentos antes de um trabalho sob disfarce. Dizia "Eu te amo", e ela também. Eu perguntava sobre o seu dia e ela falava das crianças. Era sempre rápido, um minuto ou dois. Eu nunca dizia onde estava ou o que iria fazer, e ela sabia que não devia perguntar. O telefonema não apenas me acalmava como servia de lembrete para eu não bancar o herói.

Saímos da ponte e Laurenz entrou no estacionamento da marina. Parou o Rolls em frente à cabine com cobertura azul e branca. Pôs uma nota de cinco dólares na mão do valete, pegou o tíquete e se virou na direção do iate. De nós três, Laurenz era o mais jovem e o que tinha a melhor forma física, mas marchou diretamente para o grande barco branco, deixando que Sunny e eu descarregássemos as pinturas. Sunny não ligou. Ele era um cara com relações na França, ligado a uma das cinco famílias da máfia de Marselha, conhecida como La Brise de Mer, uma organização que tem como marca assassinatos cometidos por motociclistas. Mas Sunny não era um líder; era um soldado, e com um histórico irregular. Ele não gostava de falar sobre o assunto, mas eu sabia que seu passado de roubo e violência no sul da França remontava ao final da década de 60. Ele passara os anos 90 em rígidas prisões francesas, depois fora detido duas vezes por agressão qualificada, antes de fugir para o sul da Flórida.

A história de Laurenz era o típico exemplo do imigrante da Flórida: um ex-contador responsável por transferências financeiras de mafiosos de Paris, ele fugira da França como procurado. Chegou a Miami com 350 mil dólares em meados da década de 90, no início do boom dos imóveis. Realizou o sonho americano com uma combinação inteligente de empréstimos sem juros e um bom olho para propriedades desvalorizadas – além de alguns subornos dos credores certos no momento certo. A maior parte do que Laurenz me disse era verdade, e no papel ele provavelmente valia 100 milhões de dólares. Morava em uma casa avaliada em cerca de 2 milhões, com piscina e jet skis ancorados em um canal particular que levava à baía de Miami. Vestia camisas com monogramas e raramente passava uma semana sem fazer as unhas. Laurenz usava o Rolls Royce para ir a qualquer lugar, a não ser quando tinha de levar os cães. Para isso usava o Porsche.

Sunny e Laurenz não haviam se conhecido na França, e sim em Miami, mas tinham ligações com algumas pessoas em comum na terra natal, mafiosos com acesso ao pessoal que escondia na Europa o Vermeer e os Rembrandt roubados. Grampos da polícia francesa confirmaram que Sunny e Laurenz falavam regularmente com conhecidos ladrões europeus de objetos de arte, e nesses telefonemas discutiam a venda de um Vermeer. Só havia um Vermeer desaparecido no mundo, aquele do Gardner.

Enquanto me aproximava do iate, estudei a cena – a recepção calorosa, as gatas de biquíni, o calipso atordoante –, e aquilo me soou ligeiramente fora do tom. Pensei se não estávamos exagerando. Sunny e Laurenz não eram idiotas. Eram bandidos experientes.

Saímos para o mar e percorremos o porto de Miami por uma hora. Comemos, bebemos espumante, apreciamos a paisagem. Era uma festa. Duas mulheres sussurravam no ouvido de Sunny, enquanto Laurenz e eu batíamos papo com o principal traficante colombiano. Na metade do passeio, uma terceira mulher foi mais ousada. Agarrou uma taça de champanhe e uma tigela de frutas e gritou: "Concurso de comer morango!" Correu para o convés, estendeu um cobertor e se ajoelhou. Balançando um morango na altura do rosto, cobriu-o com chantili e colocou-o lascivamente entre os lábios com gloss. Chupou a fruta lentamente, e depois foi a vez das outras agentes disfarçadas. Eu estava achando aquilo tudo um bom divertimento para amantes de traficante, até que elas cometeram um erro idiota. Escolheram Sunny como juiz do concurso, colocando-o no centro das atenções. Aquilo não estava certo – o camarada gorducho de posição mais baixa na hierarquia do nosso grupo recebendo tratamento real. Sunny se contorcia, desconfortável. Enfiei as mãos nos bolsos e olhei para as mulheres.

Mais uma vez nossa investigação estava saindo perigosamente do rumo – mais um caso de gente ansiosa demais por desempenhar um papel. E não havia muito que eu pudesse fazer em relação a isso.

Odiava essa sensação de desamparo. Como era o único agente infiltrado do FBI trabalhando em casos de crimes contra a arte, estava acostumado a me expor. Era verdade que tinha a fama de me colocar em risco, mas também alcançava bons resultados. Em dezoito anos no departamento, já havia recuperado 225 milhões de dólares em obras de arte e antiguidades roubadas – ícones da história americana, clássicos europeus e artefatos de antigas civilizações. Construíra uma carreira capturando ladrões de obras de arte, fraudadores e comerciantes do mercado negro em quase todos os ambientes artísticos, agindo disfarçado em lugares tão distantes quanto Filadélfia, Varsóvia, Santa Fé e Madri. Resgatara obras de arte de Rodin, Rembrandt e Rockwell, e peças históricas tão diversas quanto o cocar do índio apache Jerônimo e uma cópia da Carta de Direitos dos Estados Unidos, cujo original se perdera há muito tempo. Estava a poucos meses de recuperar o manuscrito original de *A boa terra*, de Pearl S. Buck.

Eu acreditava que casos de crime contra a arte não podiam ser tratados como transgressões comuns, como o tráfico de drogas ou assaltos violentos em Boston. Não estávamos indo atrás de mercadorias quaisquer, tipo cocaína, heroína ou dinheiro lavado. Estávamos em busca do inestimável – da arte insubstituível, de instantâneos da história humana. E aquele era o maior de todos os casos não solucionados.

Ninguém no barco tinha experiência numa investigação desse tipo, e poucos agentes do FBI haviam feito isso alguma vez. A maioria dos órgãos de repressão americanos, incluindo o FBI, não se preocupava muito em recuperar obras de arte roubadas. Eles preferem fazer aquilo que sabem melhor: caçar ladrões de bancos, traficantes de drogas ou criminosos que cometem fraudes contra investidores. Atualmente, o FBI está tão concentrado em impedir outro ataque terrorista que quase um terço dos 13 mil agentes do departamento passa seu tempo caçando o fantasma de Bin Laden. Há muito não existe interesse em crimes contra a arte. Durante muitos anos depois do 11 de Setembro isso foi uma vantagem para mim. Eu me arrisquei em meus casos e permaneci na sombra. Em geral meus supervisores eram competentes, ou pelo menos suportáveis. Confiavam no meu trabalho e me permitiam agir de forma autônoma tendo a Filadélfia por base.

A Operação Obra-Prima, o nome que outro agente dera ao caso Gardner, era diferente. Agentes dos dois lados do Atlântico estavam sedentos por uma fatia daquele grande prêmio. Supervisores em quase todos os escritórios envolvidos – Miami, Boston, Washington, Paris, Madri – exigiam papel de destaque, já que quando o caso fosse solucionado todos iriam querer uma parcela da glória, seus retratos nos jornais, seus nomes no comunicado à imprensa.

O FBI é uma burocracia gigante. Segundo as regras, o departamento em geral atribui os casos à equipe apropriada na cidade em que o crime aconteceu, independentemente da habilidade. A maioria das investigações sobre crimes contra a arte é conduzida pelas mesmas unidades locais do FBI que lidam com roubo de patrimônio comum – o esquadrão de assaltos a bancos/crimes violentos. Uma vez atribuídos, os casos raramente são transferidos posteriormente. Para a maioria dos administradores de nível médio, a prioridade não está nos casos, e sim nas carreiras. Nenhum supervisor quer tomar uma decisão controvertida, como transferir um grande caso para o quartel-general ou uma unidade de elite, como a Equipe de Crimes contra a Arte, porque isso poderia insultar ou constranger outro supervisor e, potencialmente, prejudicar a carreira de alguém. Assim, a investigação do caso Gardner – o maior crime contra o patrimônio na história dos Estados Unidos e o maior crime contra a arte do mundo – foi conduzida não pela Equipe de Crimes contra a Arte do FBI, e sim pelo chefe do esquadrão de assaltos a banco/crimes violentos de Boston.

Esse foi, é claro, o grande caso da carreira desse supervisor, e ele passou muito tempo cuidando para que ninguém o tomasse dele. Não gostava de mim, provavelmente por causa da minha reputação de correr riscos, agir rapidamente, tomar decisões sem esperar aprovação por escrito – atitudes que poderiam colocar sua carreira em perigo. Ele já tentara me afastar da investigação, escrevendo um longo e ultrajante memorando em que colocava em dúvida minha integridade, um documento cuja autoria depois negara. Embora eu estivesse de volta ao caso, o supervisor insistira em incluir no pacote um de seus agentes disfarçados de Boston. Era o seco e taciturno americano de origem irlandesa instalado no sofá do barco, concentrado em suas mensagens de texto. Considerei a estranha presença dele um foco dispersivo, um ingrediente desnecessário que ameaçava alertar os espertos Sunny e Laurenz.

Os supervisores em Miami e Paris eram melhores que o de Boston, mas não muito. Os agentes de Miami pareciam mais à vontade caçando quilos de cocaína do que um punhado de pinturas elegantes, e sonhavam em atrair Sunny para um negócio com drogas, criando outro elemento de dispersão. O conexão do FBI em Paris estava preocupada demais em manter seus pares na polícia francesa satisfeitos, e sabia que eles só ficariam felizes se as prisões acontecessem na França, onde poderiam fazer um estardalhaço. O comandante francês chegara até a me ligar no dia anterior à operação no iate perguntando se eu poderia cancelar o encontro. Disse que precisava de tempo para infiltrar um agente francês disfarçado no barco, e pediu que eu reduzisse minha importância na ação como o principal especialista em arte. Contive o impulso de perguntar por que eu deveria receber ordens de um policial francês em uma operação americana na Flórida. Em vez disso, respondi simplesmente que não podíamos esperar.

Participar de operações infiltrado já é estressante o suficiente sem precisar escapar da interferência de pessoas que deveriam estar lhe dando cobertura. Você nunca sabe se os bandidos acreditaram na sua história ou estão montando uma emboscada. Um deslize, um comentário fora de hora basta para que um caso vá por água abaixo. No mundo dos grandes crimes contra a arte, no qual você está comprando pinturas que valem 10, 20 ou 100 milhões de dólares, o vendedor espera que o comprador seja um verdadeiro especialista. Você tem de projetar uma imagem de conhecimento e sofisticação que é fruto de muitos anos de formação. Isso não pode ser fingido. Nesse caso, estávamos lidando com pessoas ligadas à máfia mediterrânea, criminosos sem senso de humor que não se limitavam a matar informantes e policiais disfarçados: assassinavam também suas famílias.

Depois que o concurso de comer morangos terminou e eu "vendi" as pinturas para o colombiano em uma longa encenação, o iate começou a retornar lentamente para o cais. Caminhei até a popa sozinho com meia taça de champanhe e me virei para receber no rosto o ar fresco do mar. Eu precisava daquilo. Geralmente sou um cara amável e otimista – *nunca* me aborreço por coisas pequenas –, mas nos últimos tempos andava irritado. Pela primeira vez agir disfarçado estava me fazendo perder o sono. Por que eu estava arriscando minha vida e minha reputação duramente conquistada? Tinha muito pouco a provar, e muito a perder. Sabia que Donna e nossos três filhos podiam sentir meu estresse. Estávamos todos de olho no calendário. Em dezesseis meses eu poderia me aposentar com salário integral. Meu supervisor na Filadélfia era um velho camarada que fecharia os olhos caso eu fizesse corpo mole nesse período final. Eu poderia dar aulas na escola de formação de agentes infiltrados, passar o tempo com a família, pensar numa carreira de consultor, formar um jovem agente do FBI como meu substituto.

O Pelican reduziu a velocidade ao se aproximar da ponte, e pude ver o cais, com o Rolls Royce esperando junto à cobertura.

Meus pensamentos voltaram para as obras-primas desaparecidas e suas intrincadas molduras vazias, ainda penduradas no mesmo lugar no Gardner, cerca de dezessete anos após a nebulosa noite de março de 1990 na qual dois homens vestindo uniformes policiais dominaram dois infelizes guardas.

Observei Sunny e Laurenz conversando na proa. Os olhos deles estavam na direção da linha do horizonte de Miami, com as nuvens escuras da tarde e a tempestade vindo das Everglades. O francês gordo e seu amigo rico e enjoado representavam a melhor chance do FBI no caso Gardner em uma década. Nossas negociações haviam ultrapassado a fase exploratória. Tudo indicava que estávamos próximos de um acordo em relação ao preço, e já discutíamos a delicada logística de uma discreta troca de dinheiro por pinturas em uma capital estrangeira.

Mas eu ainda achava difícil decifrar Sunny e Laurenz. Será que eles tinham acreditado em nosso teatrinho no iate? E, em caso positivo, cumpririam a promessa de me levar às pinturas? Ou estavam planejando sua própria armação, na qual me matariam assim que eu apresentasse uma maleta cheia de dinheiro? E, supondo que eles aparecessem com o Vermeer e os Rembrandt, será que o FBI e os supervisores franceses realmente deixariam que eu fizesse meu trabalho? Permitiriam que eu solucionasse o mais espetacular roubo de arte da história?

Sunny acenou para mim e eu assenti. Laurenz entrou e Sunny foi na minha direção, com uma taça de champanhe quase vazia na mão. Coloquei o braço em seus ombros.

– *Ça va, mon ami?*, perguntei. – Está tudo bem, meu caro?

– *Très bien, Bob.* Perrrfeito.

Eu duvidava disso, então também menti.

– *Moi aussi.*

2. Crimes contra a história

Courmayeur, Itália, 2008

Por segurança, as Nações Unidas fizeram as reservas da forma mais discreta possível – 106 quartos em uma rica estação de esqui italiana aos pés do pico mais alto da Europa Ocidental, o Mont Blanc. A Conferência Internacional sobre Crime Organizado em Arte e Antiguidades foi programada para um fim de semana de pouco movimento em meados de dezembro, entre o Festival de Film Noir e a tradicional abertura da temporada de esqui. A ONU cuidou de tudo. Providenciou voos partindo de seis continentes, comidas finas e transporte dos aeroportos de Genebra e Milão. No momento em que os ônibus deixaram os aeroportos, no início da tarde de sexta-feira, já havia trinta centímetros de neve fresca no chão, e os motoristas prenderam correntes nos grossos pneus antes de subir os Alpes. Os ônibus chegaram ao cair da noite, levando os principais especialistas mundiais em crime contra a arte, todos sob o efeito do *jet lag*, mas ansiosos para participar do primeiro encontro do tipo.

Eu chegara na noite anterior ao início da conferência, pegando carona de Milão a Courmayeur com uma alta funcionária da ONU que tinha organizado a reunião. Ela me convidou para um jantar no início da noite com o vice-ministro da Justiça do Afeganistão, formado em Oxford, e nos sentamos a uma mesa de onde podíamos ouvir um importante juiz iraniano em uma longa conversa com um ministro da Cultura turco. Depois do jantar, segui para o bar à procura de velhos amigos.

Pedi um Chivas e enfiei a mão no bolso para pegar os euros. Em meio à multidão cada vez maior, reconheci Karl-Heinz Kind, o alemão alto e magro que comanda a equipe de crimes contra a arte da Interpol.

Ele segurava um coquetel leitoso e conversava com duas jovens que eu não conhecia. Junto à lareira vi Julian Radcliffe, o britânico formal que dirige a maior base de dados particular sobre crimes contra a arte, a Art Loss Register. Falava com Neil Brodie, o famoso professor de arqueologia de Stanford. Minha bebida chegou e eu saquei do bolso uma lista de participantes. Previsivelmente, os europeus eram maioria, especialmente italianos e gregos. Eles sempre investem somas significativas no combate aos crimes contra o patrimônio cultural. Estudei os nomes e títulos menos conhecidos e mais interessantes – um magistrado argentino, o juiz iraniano que eu já vira antes, o presidente de uma universidade espanhola, o principal arqueólogo da Grécia, dois professores australianos, o presidente do principal instituto de criminalística da Coreia do Sul e funcionários governamentais de Gana, Gâmbia, México, Suécia, Japão, do mundo todo. Também havia uma dúzia de americanos na relação, mas, refletindo o fraco compromisso do país em relação ao crime contra a arte, quase todos eram acadêmicos. O governo dos Estados Unidos não mandara ninguém.

Eu acabara de me aposentar do FBI e dirigia, com Donna, uma empresa de segurança em arte. A ONU me convidara a falar nessa conferência porque, diferentemente de todos os outros participantes, eu passara vinte anos em campo como investigador de crimes desse tipo. Todos os outros citariam números e conceitos de Direito e cooperação internacional, apresentando estudos sobre temas que eu conhecia bem – como a estatística, frequentemente citada, de que o crime contra a arte é um negócio de 6 bilhões de dólares por ano. As Nações Unidas pediram que eu fosse além dessa conversa acadêmica e diplomática – explicando como realmente é o questionável submundo da arte, descrevendo que tipo de gente rouba arte e antiguidades, como essas pessoas fazem isso e como eu as recupero.

Hollywood criou um retrato ousado e invariavelmente falso do ladrão de arte. Nos filmes ele é Thomas Crown – o *connoisseur* inteligente, um cavalheiro rico que usa roupas feitas sob medida. Ele rouba por diversão, superando e até mesmo seduzindo aqueles que o perseguem. O ladrão de Hollywood é Cary Grant, o invasor de casas da Riviera em *Ladrão de casaca* ou o dr. No no primeiro filme da saga de James Bond, com *O duque de Wellington*, de Goya, roubado e pendurado em seu esconderijo secreto sob as águas. O herói do mundo da arte de Hollywood é Nicolas Cage, descendente de um dos pais fundadores em *A lenda do tesouro perdido*, solucionando enigmas, recuperando tesouros; é Harrison Ford como Indiana Jones, com chapéu de feltro e chicote, decifrando hieroglifos e salvando o universo de nazistas e comunistas.

Muitos roubos de peças de arte *são* espetaculares, material para filmes. No de Boston, os ladrões do Gardner enganaram os vigilantes noturnos com um truque e os amarraram dos olhos aos tornozelos com fita adesiva prateada. Na Itália, um jovem lançou uma linha de pesca pela claraboia de um museu, fisgou uma pintura de Klimt avaliada em 4 milhões de dólares, recolheu-a e fugiu. Na Venezuela, ladrões entraram em um museu à noite e substituíram três obras de Matisse por falsificações tão boas que levaram sessenta dias para serem descobertas.

Mas esse tipo de roubo raramente está relacionado ao amor à arte ou à inteligência do crime, e poucas vezes o ladrão é a caricatura hollywoodiana – o milionário recluso com a coleção impressionante à qual só se tem acesso apertando o botão escondido no busto de Shakespeare que abre a porta de aço e revela a galeria particular com controle de temperatura. Os ladrões de arte que conheci em minha carreira eram de todo tipo – ricos, pobres, inteligentes, burros, atraentes, grotescos. Mas quase todos tinham uma coisa em comum: pura ganância. Roubavam por dinheiro, não pela beleza.

Como disse em todas as entrevistas que dei a jornais, a maioria dos ladrões de arte logo descobre que "a arte no crime contra a arte não está no roubo, mas na venda". No mercado negro, a peça roubada normalmente alcança apenas 10% do valor no mercado legal. Quanto mais famosa a pintura, mais difícil é vendê-la. Com o passar dos anos, os ladrões ficam desesperados, ansiosos para se livrar de um elefante branco que ninguém quer comprar. No começo da década de 80, um traficante de drogas que não conseguiu nenhum comprador para um Rembrandt roubado avaliado em 1 milhão de dólares vendeu a pintura para um agente do FBI disfarçado por meros 23 mil dólares. Quando policiais infiltrados da Noruega tentaram comprar de volta *O grito*, a obra-prima roubada de Edvard Munch e conhecida em todo o mundo, os ladrões fecharam negócio por 750 mil dólares. A pintura vale 75 milhões de dólares.

Obras-primas e grande arte sempre foram consideradas "inestimáveis", mas foi apenas em meados do século XX que seu valor em dólares começou a disparar. A era começou com a venda, em 1958, de um Cézanne, *Menino de casaco vermelho*, por 616 mil dólares em um leilão de gala na Sotheby's de Londres. O recorde anterior para uma única pintura era de 360 mil dólares, portanto a venda recebeu grande cobertura da imprensa. Nos anos 80, quando pinturas começaram a ser vendidas a sete dígitos ou mais, quase todos os recordes de vendas ganhavam manchetes na primeira página, dando status de celebridade a artistas mortos há muito tempo, particularmente os impressionistas. Os preços continuaram disparando, aproximando-se dos nove dígitos. Em 1989, o J. Paul Getty Museum, de Los Angeles, pagou a então chocante quantia de 49 milhões pelos *Lírios* de Van Gogh. No ano seguinte, a Christie's leiloou outro Van Gogh, *Retrato do dr. Gachet*, por 82 milhões de dólares, e em 2004 a Sotheby's estava leiloando o *Menino com cachimbo* de Picasso por inacreditáveis 104 milhões de dólares. O recorde foi quebrado novamente em 2006 pelo magnata da música David Geffen, que vendeu o *Nº 5, 1948*, de Jackson Pollock, por 149 milhões de dólares, e *Woman III*, de De Kooning, por 137,5 milhões de dólares.

À medida que os valores subiam, os roubos também aumentavam.

Nos anos 60, os ladrões começaram a roubar obras impressionistas das paredes de museus ao longo da Riviera Francesa e de centros culturais da Itália. O maior foi o roubo em 1969, em Palermo, da pintura de Caravaggio *Natividade com São Lourenço e São Francisco*. Esses crimes continuaram ao longo dos anos 70, mas dispararam depois das impressionantes vendas de Van Gogh nos anos 80 e 90.

O audacioso assalto ao Gardner em 1990 – onze obras-primas roubadas, incluindo trabalhos de Vermeer e Rembrandt – marcou o começo de uma era de mais ousadia. Ladrões começaram a atacar museus em todo o mundo, levando mais de 1 bilhão de dólares em pinturas entre 1990 e 2005. Do Louvre eles removeram um Corot durante uma movimentada tarde de domingo. Em Oxford sumiram com um Cézanne no meio de uma festa de ano-novo. No Rio de Janeiro, levaram um Matisse, um Monet e um Dalí. Bandidos disfarçados de turistas roubaram uma obra-prima de Da

Vinci de um castelo-museu na Escócia. O Museu Van Gogh foi atacado duas vezes em onze anos.

Sentindo a confusão do *jet lag*, eu virei minha dose de uísque e subi para o quarto.

Na manhã seguinte, cheguei a tempo de conseguir um lugar decente para as palestras de abertura no centro de conferências do hotel. Com meu programa e uma xícara do espesso café italiano, acompanhei a tradução da conferência do primeiro palestrante por fones de ouvido sem fio. Stefano Manacorda, da Seconda Università di Napoli, um proeminente professor de Direito italiano com cabelos negros desgrenhados e uma larga gravata lilás, examinou suas anotações e pigarreou. Começou com uma avaliação grandiosa que deu o tom do encontro no fim de semana: "O crime contra a arte é um problema de proporções epidêmicas." Ele está certo, é claro. O número de 6 bilhões de dólares ao ano é provavelmente baixo, disse o professor, porque inclui estatísticas fornecidas por apenas um terço dos 192 países membros da ONU. O roubo de obras de arte e antiguidades ocupa o quarto lugar entre os crimes transnacionais, após venda ilegal de drogas, lavagem de dinheiro e tráfico de armas. A situação do crime contra a arte e antiguidades varia de acordo com o país, mas é seguro afirmar que está em ascensão, superando facilmente os esforços feitos para combatê-lo. Tudo o que alimenta a revolução econômica global legal – internet, transportes eficientes, telefonia móvel e mudanças nas leis alfandegárias, particularmente na União Europeia – torna mais fácil para os criminosos contrabandear e vender peças de arte e antiguidades roubadas.

Como muitos crimes internacionais, o comércio ilegal de arte e antiguidades depende de fortes laços entre os mundos legal e ilegal. O mercado global de arte dentro da lei chega a dezenas de bilhões de dólares anuais, com aproximadamente 40% das vendas feitas nos Estados Unidos. Com tanto dinheiro em jogo, arte e antiguidades legítimas atraem quem lida com lavagem de dinheiro, donos de galerias e marchands de caráter duvidoso, traficantes de drogas, empresas de transporte, colecionadores inescrupulosos e eventuais terroristas. Criminosos usam pinturas, esculturas e estátuas como garantia para financiar negócios com armas, drogas e lavagem de dinheiro. Arte e antiguidades, particularmente peças pequenas o suficiente para serem levadas em uma maleta, são mais fáceis de transportar do que dinheiro ou drogas, e seu valor é facilmente convertido em qualquer moeda. Arte roubada é algo difícil de ser identificado por agentes de alfândega, porque as peças que cruzam fronteiras internacionais não se destacam como contrabando do modo como acontece com drogas, armas e pacotes de dinheiro. A maioria dos objetos roubados e saqueados rapidamente cruza as fronteiras em busca de novos mercados. Metade da arte e das antiguidades recuperadas por agentes da lei é encontrada em outro país.

Roubos a museus podem produzir manchetes, mas representam apenas um décimo dos crimes contra a arte. Estatísticas apresentadas pelo Art Loss Register em Courmayeur revelaram que 52% de todas as obras furtadas são retiradas de casas e organizações particulares, com pouca ou nenhuma publicidade, 10% são roubadas de galerias, e 8% de igrejas. A maior parte do restante é levada de sítios arqueológicos.

Enquanto outro diplomata discursava sobre um apêndice raramente utilizado de um tratado de cinquenta e tantos anos, avaliei os números da Interpol em minha pasta da conferência. Quando cheguei a um quadro com a distribuição geográfica dos roubos de arte, olhei duas vezes e tirei os fones da tradução: as estatísticas afirmavam que 74% dos crimes desse tipo em todo o mundo acontecem na Europa. Setenta e quatro por cento! Isso não é provável, de modo algum. Na realidade, os números mostram apenas quais países mantêm boas estatísticas – e isso, por sua vez, pode revelar em que extensão essas nações realmente se preocupam em combater os crimes contra a arte. A disparidade entre as equipes de combate a esse tipo de crime pode ser impressionante. O esquadrão nacional francês emprega trinta agentes exclusivos em Paris e é liderado por um coronel da ativa da Gendarmerie Nationale. A Scotland Yard conta com doze agentes em tempo integral, e nomeou professores de arte e antropólogos para trabalhar junto com os detetives que investigam os casos. A Itália é provavelmente a nação mais ativa nesse sentido: mantém um esquadrão para arte e antiguidades de trezentas pessoas e uma agressiva unidade muito respeitada, comandada por Giovanni Nistri, general dos Carabinieri. Em

Courmayeur, o general Nistri revelou que o país combate os crimes contra a arte usando alguns dos recursos que a Drug Enforcement Administration emprega em relação às drogas nos Estados Unidos – helicópteros, hackers e até submarinos.

No começo da tarde, um dos mais altos funcionários da ONU presentes no encontro, Alessandro Calvani, conclamou os outros países a seguir o exemplo italiano, propondo uma campanha mundial de relações públicas para educar as pessoas sobre a perda de história e cultura causada pelo crime contra a arte. Ele destacou o sucesso das campanhas de orientação sobre tabaco, minas terrestres, HIV e as violações de direitos humanos relacionadas ao comércio de diamantes.

– Os governos finalmente acabaram sendo obrigados a agir por causa da forte opinião pública, disse ele. – Muita gente acha que os crimes contra a arte não são crimes, e sem essa noção é impossível criar um movimento crescente.

Esse certamente é o caso nos Estados Unidos. Em todo o país, apenas uns poucos detetives trabalham nesse tipo de crime. Apesar das manchetes de primeira página e da intensa cobertura televisiva a cada grande roubo de arte, a maioria dos órgãos policiais não investe recursos suficientes para a investigação. A polícia de Los Angeles é o único departamento policial americano com um detetive de crimes contra a arte em tempo integral. Na maioria das cidades, esquadrões de investigadores sem especialização se limitam a oferecer uma recompensa e esperar que os ladrões se sintam tentados. O FBI e o Departamento de Imigração e Alfândega dos Estados Unidos têm jurisdição sobre crimes contra a arte, mas investem poucos recursos nisso. A equipe especializada do FBI, criada em 2004, empregou apenas um agente disfarçado em tempo integral – eu. Agora que me aposentei não há nenhum. A equipe ainda existe – é comandada por um arqueólogo de formação, não por um agente do FBI –, mas as substituições são constantes. Quase todos os oito membros que treinei em 2005 já haviam assumido outras funções em 2008, ansiosos para subir na carreira. Não os culpo, mas isso tornou impossível criar uma unidade treinada coesa ou construir uma memória institucional.

Na conferência, os Estados Unidos não foram o único país conclamado a fazer mais. Com poucas e notáveis exceções, os crimes contra a arte simplesmente não são uma prioridade para a maioria das nações. Como disse na reunião um dos italianos: "O que temos é um paradigma de delinquência coletiva."

Depois do almoço – escalopinhos de peru, *zuppa di fromaggio*, um *rosé* suave –, ouvimos de dois acadêmicos australianos um panorama dos saques. O tema não era novo para mim, mas fiquei contente por ouvir um ponto de vista não ocidental naquela reunião eurocêntrica. É tolice tentar lidar com um problema mundial sem levar em consideração diferenças culturais. Em alguns países do Terceiro Mundo, o comércio ilegal de arte e antiguidades é aceito discretamente como um meio de estimular a economia. Regiões na semi-ilegalidade e há muito tempo arrasadas pela guerra tornaram-se vulneráveis. No Iraque, as antiguidades são algumas das poucas mercadorias nativas valiosas (e mais fáceis de roubar que petróleo). Em países menos perigosos, mas ainda em desenvolvimento, como Camboja, Etiópia e Peru, onde saqueadores transformaram sítios arqueológicos em uma paisagem lunar, os governos locais não consideram todas as escavações um crime contra a história e a cultura. Muitos as veem como um estímulo econômico. Como observaram os professores, os escavadores são nativos desempregados, desesperados por transformar o entulho dos túmulos de ancestrais mortos em comida para famílias famintas. Na conferência, esse ponto de vista gerou bate-bocas, com diplomatas politicamente corretos criticando funcionários locais corruptos que aceitam subornos. Tive de prender o riso quando George Okello Abungu, diretor do Museu Nacional do Quênia, se ergueu para censurar o grupo. "Não se apressem tanto em julgar o homem da alfândega corrupto. Lembrem-se de quem o suborna: os ocidentais", disse.

Os crimes contra a arte e as antiguidades são tolerados, em parte, por serem vistos como transgressões sem vítimas. Como resgatei pessoalmente tesouros nacionais em três continentes, sei por experiência própria que isso é fechar os olhos para o problema. A maioria das obras roubadas vale muito mais do que sua avaliação em dólar. Elas documentam momentos da cultura humana coletiva. Uma determinada peça pode mudar de dono ao longo de décadas e séculos, mas essas grandes obras pertencem a todos nós, a nossos ancestrais e às futuras gerações. Para alguns povos oprimidos e ameaçados, sua arte com frequência é a única expressão remanescente de uma cultura. Ladrões de arte roubam mais do que belos objetos. Roubam memória e identidades. Roubam história.

Os americanos são considerados particularmente incultos no que diz respeito à grande arte, com mais chances de ir a um estádio que a um museu. Mas, como digo a meus colegas estrangeiros, as estatísticas contestam esse estereótipo: os americanos frequentam museus em uma escala que supera os esportes. Em 2007, houve mais pessoas nos museus do Smithsonian Institution em Washington (24,2 milhões) do que nos jogos de basquete da NBA (21,8 milhões), da liga de hóquei (21,2 milhões) ou da NFL (17 milhões). Em Chicago, 8 milhões de pessoas visitam os museus da cidade todos os anos. Esse número é maior do que o total de espectadores de uma temporada de Bears, Cubs, White Sox e Bulls juntos.

Conforme a minha vez de falar se aproximava, me dei conta de que podia classificar todos os palestrantes em três diferentes categorias – acadêmicos, advogados ou diplomatas. Os primeiros apresentavam as estatísticas e os diagramas teóricos, os segundos contavam histórias jurídicas terrivelmente tediosas sobre tratados internacionais relativos a crimes contra a arte e os terceiros eram absolutamente inúteis. Soavam bastante inofensivos, encorajando uma cooperação gentil, mas pareciam ter duas metas principais: não ofender ninguém e produzir uma declaração suave a ser submetida a um comitê da ONU. Em outras palavras, nada de ação.

Onde estava a paixão?

Nós amamos a arte porque ela toca em algo visceral em todos, do garoto de oito anos de idade ao octogenário. O simples ato de colocar tinta em uma tela ou transformar ferro em escultura, executado seja por um mestre francês ou por um aluno da primeira série, é uma maravilha da mente humana, e cria uma ligação universal. Toda arte produz emoção. Toda arte nos faz sentir.

É por isso que, quando uma obra de arte é roubada ou uma cidade antiga tem seus artefatos e sua alma saqueados, nos sentimos violados.

Enquanto esperava que o chefe da Interpol arrumasse suas coisas para que eu pudesse começar minha apresentação, olhei para todos os dignitários espalhados pela sala. A neve pesada já chegava à altura das janelas. Comecei a sonhar acordado. "Como foi", pensei, "que o filho de um órfão de Baltimore com uma auxiliar de escritório japonesa acabou aqui, como o principal detetive de crimes contra a arte de seu país?"

PARTE II

Histórico

3. A construção de um agente

Baltimore, 1963

"Japa!"

Eu já havia ouvido isso antes, mas o insulto dito pela grande mulher branca carregando as compras me atingiu com tal força que tropecei. Apertei a mão da minha mãe e baixei os olhos para a calçada. Quando a mulher passou, sibilou novamente.

"Japa!"

Eu tinha sete anos de idade.

Minha mãe, Yachiyo Akaishi Wittman, não se encolheu. Manteve os olhos erguidos e a expressão firme, e eu sabia que ela esperava que eu fizesse o mesmo. Tinha 38 anos de idade e, pelo que eu sabia, era a única mulher japonesa em nosso bairro operário de casas simples de dois andares. Éramos os recém-chegados, vindo da Tóquio natal de minha mãe para a Baltimore de meu pai alguns anos antes. Meus pais haviam se conhecido no Japão nos últimos meses da Guerra da Coreia, quando papai estava estacionado na base aérea americana de Tachikawa, onde mamãe era auxiliar de escritório. Eles se casaram em 1953, e meu irmão mais velho, Bill, nasceu no mesmo ano. Eu nasci em Tóquio, dois anos depois. Nós herdamos os olhos amendoados e o corpo magro de mamãe e o tom de pele caucasiano e o sorriso largo de meu pai.

Mamãe não falava bem o inglês, e isso a isolava, retardando sua adaptação nos Estados Unidos. Continuava confusa com costumes americanos básicos, como o bolo de aniversário. Mas certamente reconhecia e compreendia insultos racistas. Com as lembranças da Segunda Guerra Mundial ainda frescas, tínhamos vizinhos que haviam lutado no Pacífico ou perdido a família lá. Durante a guerra, meu pai, americano, e os irmãos de minha mãe, japoneses, haviam servido em exércitos rivais. Papai se esquivava de camicases pilotando um barco de desembarque que levava fuzileiros para praias do Pacífico; um dos irmãos mais velhos de mamãe morreu combatendo americanos nas Filipinas.

Meus pais mandaram meu irmão e eu para escolas católicas em Baltimore, o que era adequado na época, mas nos cercaram de coisas japonesas. Nossos armários e prateleiras eram abarrotados de cerâmicas e antiguidades nipônicas. As paredes eram cobertas de xilogravuras de Hiroshige, Toyokuni e Utamaro, os mestres japoneses que inspiraram Van Gogh e Monet. Jantávamos em uma mesa de mogno japonês escuro e nos sentávamos em estranhas cadeiras curvas de bambu.

O racismo explícito que enfrentávamos enfurecia meu pai, mas sua raiva raramente era expressa na minha frente. Ele não falava muito sobre isso, e eu sabia que ele havia enfrentado dificuldades muito maiores quando garoto. Com três ou quatro anos de idade, perdeu os pais num curto intervalo de tempo, e ele e o irmão mais velho, Jack, ficaram sob a custódia de uma instituição católica. No orfanato St. Patrick's, meu pai aprendeu a se defender sozinho. Quando obrigado a integrar o coro, ele cantava claramente fora do tom. Quando foi perseguido injustamente por um professor grosseiro, socou o nariz do homem. Logo as freiras passaram a não conseguir mais lidar com ele, e o mandaram para um lar adotivo, separando-o de seu irmão. Papai passou de uma família para outra, mais de uma dúzia no total, até completar 17 anos, idade suficiente para se alistar na Marinha dos Estados Unidos, em 1944.

Ao longo do ensino fundamental e médio, que cursei nos anos 60, acompanhei a luta diária do movimento pelos direitos civis nos jornais e na televisão. O FBI e seus agentes especiais sempre pareciam estar envolvidos. Protegiam vítimas de racismo e processavam os intolerantes e perseguidores. Perguntei à minha mãe sobre esses profissionais, e ela disse que eles pareciam ser homens honrados. No final da década de 60, minha mãe, meu pai, meu irmão e eu nos reuníamos nas noites de domingo diante do novo aparelho de TV em cores para assistir a episódios de *The FBI*, a série bastante objetiva estrelada por Efrem Zimbalist Jr., cujos roteiros eram aprovados pessoalmente por J. Edgar Hoover. Na TV, o FBI sempre capturava o bandido e os agentes eram nobres defensores da justiça e do modo de vida americano. No final de alguns episódios, Zimbalist pedia a ajuda do público para solucionar um crime, uma espécie de precursor do *America's Most Wanted*. Eu adorava. Raramente perdíamos uma exibição.

Um de nossos vizinhos, Walter Gordon, era agente especial da divisão de Baltimore do FBI. Quando eu tinha dez anos, ele era o homem mais legal que eu conhecia. Usava um belo terno, sapatos engraxados e camisa branca engomada todos os dias. Dirigia o melhor carro do quarteirão, um Buick Skylark verde do ano, duas portas, pertencente ao departamento. As pessoas o admiravam. Eu sabia que ele tinha uma arma, mas nunca a vi, o que só aumentava sua mística de agente federal. Eu era amigo de três de seus filhos, Jeff, Dennis e Donald, jogávamos *stoopball* no pátio da frente da casa deles e trocávamos cartões de beisebol no porão. Os Gordon eram pessoas realmente gentis, que ajudavam nossa família em dificuldades sem fazer parecer caridade. Quando fiz 11 anos, a sra. Gordon ficou sabendo que eu nunca tinha tido uma festa de aniversário, então fez um bolo para mim, coberto com chocolate amargo. Anos depois, quando o sr. Gordon soube que meu pai havia aberto um novo restaurante de frutos do mar, começou a levar seus colegas do FBI para almoçar, embora o estabelecimento ficasse fora de mão, em uma área pouco ocupada da cidade, perto da pista de Pimlico. Eu sabia que o sr. Gordon não ia lá pela comida, e sim para levar clientes pagantes para ajudar um vizinho.

O restaurante, um empreendimento que durou pouco chamado Neptune's Galley, foi apenas um dos muitos negócios abertos por meu pai. Não importava qual fosse o projeto: papai era sempre o chefe-proprietário e um sujeito amistoso, nunca mesquinho, mas sempre lutamos para juntar nossas economias e alcançar a estabilidade financeira. Ele abriu uma empresa de reformas de casas, criou cavalos de corrida, inaugurou um negócio de catálogos universitários e escreveu um livro sobre como ganhar na loteria. Além disso, concorreu ao conselho municipal (e perdeu) e abriu uma loja de antiguidades na Howard Street chamada Wittman's Oriental Gallery. Esse foi um de seus mais bem-sucedidos e prazerosos negócios. Meu pai imaginava que eu me juntaria a ele em seus empreendimentos, e mamãe esperava que eu me tornasse pianista clássico profissional. (Eu era bom no ensino médio, mas logo descobri que não o bastante para fazer disso uma carreira.)

Quando entrei para a Towson University em 1973 – como aluno do curso noturno, assistindo às aulas que podia –, já sabia o que queria ser: agente do FBI. Guardei esses planos para mim mesmo. Sou o tipo de cara que não gosta de falar muito sobre o que vai fazer antes de conseguir fazer. Acho que essa característica é herança japonesa da minha mãe. Além disso, eu não queria desapontar meus pais.

Mas minha visão do FBI havia amadurecido. O trabalho agora parecia não apenas interessante, como também sensato e respeitável, sem deixar de ser empolgante. Gostava da noção de proteger os inocentes, investigar casos, trabalhar como um policial cuja principal ferramenta é o cérebro, não sua arma. Também me agradava a ideia de servir ao meu país, ainda me sentia culpado pelo fato de a loteria da convocação para a Guerra do Vietnã ter sido encerrada um ano antes que eu completasse a maioridade. E após anos vendo meu pai dar duro como pequeno negociante, também não podia ignorar a perspectiva de um emprego público estável, com benefícios garantidos. Outro atrativo era a noção de honra de um agente, ou *gedi*, em japonês. O pouco que sabia sobre agentes do FBI vinha de observar o sr. Gordon e assistir à televisão. Mas parecia uma profissão honrada e um bom modo de servir ao país. Após me formar em Towson eu telefonei para o FBI e pedi emprego.

Entusiasmado, disse ao agente que me atendeu que eu cumpria a todas as exigências do departamento. Tinha 24 anos de idade, curso superior, era cidadão dos Estados Unidos e não possuía ficha criminal.

"Isso é bom, garoto", disse o agente da forma mais gentil possível. "Mas preferimos que nossos candidatos passem primeiro por três anos de experiência de trabalho no mundo real. Ligue para nós quando tiver isso." Desencorajado, acionei o Plano B: o Serviço Internacional, imaginando que poderia trabalhar para o Departamento de Estado e viajar durante três anos e depois me transferir para o FBI. Fiz a prova, mas não consegui o emprego. Aparentemente eu não tinha essência política suficiente.

Nesse mesmo ano, meu irmão Bill e eu nos juntamos ao meu pai em um novo negócio, um jornal mensal de agricultura chamado *The Maryland Farmer.* Nem meu pai nem eu sabíamos qualquer coisa sobre jornalismo ou agricultura, mas de qualquer modo o jornal tinha 75% de anúncios – de fertilizantes, sementes, produtos para a produção de leite e queijo, tratores, qualquer coisa que um fazendeiro pudesse precisar. Tínhamos grandes anunciantes, como a Monsanto, e também pequenos, como armazéns locais. Eu nunca tinha fechado uma página ou escrito uma manchete, e não sabia a diferença entre uma raça de gado e outra. Mas aprendi rapidamente a fazer tudo isso. Também aprendi a arte de ouvir. Eu me reuni com fazendeiros, fui jurado de feiras agrícolas, bajulei executivos de empresas e conheci burocratas de carreira. Escrevi matérias, editei, vendi anúncios, criei manchetes, supervisionei a revisão enquanto era digitada na grande máquina Compugraphic e usei um estilete para cortar e colar tudo na página. Nós nos saímos bastante bem, e em 1982 a Wittman Publications havia chegado a quatro estados. Eu viajava muito, talvez 160 mil quilômetros por ano, aprendendo a vender um produto e, mais importante que isso, vender a mim mesmo, uma habilidade que se tornaria essencial anos depois, quando passei a trabalhar infiltrado. Aprendi a lição nº 1 no mundo das vendas: se uma pessoa se interessar pelo produto, mas não gostar de você, não vai comprar; por outro lado, mesmo que ela não adore o que você está vendendo, mas gostar de você, bom, aí talvez acabe levando. No campo dos negócios, você precisa primeiro vender a si próprio. É tudo uma questão da impressão que você deixa.

No trabalho eu aprendi a manipular – como fazer criadores de gado, plantadores de amendoim, fazendeiros de tabaco e lobistas acreditarem que aquele garoto da cidade se preocupava com os seus problemas. Mas eu não me preocupava *realmente.* Ainda ansiava por ingressar no FBI. E após oito anos de constantes prazos finais, corridas semanais para conseguir anunciantes e de administrar brigas banais entre repórteres e vendedores de anúncios, cansei do trabalho.

Numa certa noite de outubro, depois de mais um dia frenético no escritório, eu saí para relaxar e jantar num bom restaurante. Fui a um lugar novo na cidade, que estava na moda, onde podia comer uma bela tigela de creme de lagosta e ver o quarto jogo da semifinal de beisebol, Orioles × Angels. O creme chegou e foi perfeito; por causa da correria durante o dia, eu não tinha almoçado. Os Orioles estavam vencendo por três pontos no quarto *inning*, mas no bar do restaurante uma loura não parava de se mexer, atrapalhando minha visão da TV. Eu estava achando aquilo irritante. Mas no quinto *inning* ela se virou levemente e eu vi seu perfil. Uau! A mulher tinha uma beleza reluzente e um sorriso que me fez esquecer o jogo. Eu me apresentei e tentei ficar calmo. Conversamos durante uma hora e ela finalmente concordou em me dar seu número de telefone. Ela se chamava Donna Goodhand e tinha 25 anos de idade, um emprego de gerente de um consultório e um ótimo senso de humor: colado na traseira de seu Malibu Classic 1977 branco havia um adesivo que dizia: "Ignore seus dentes e eles acabarão."* Gostei do estilo, e achei que tinha agido com suavidade em nosso primeiro encontro. Depois ela confessou que essa não foi sua impressão – de início me achou insistente e incômodo. Segundo ela, eu me redimi no nosso terceiro encontro, quando a levei à casa de meus pais e a encantei com "Unchained Melody" ao piano. Nós nos casamos dois anos e meio depois.

Em meados da década de 80, Donna e eu tínhamos dois filhos, Kevin e Jeffrey. Vivíamos numa casinha na cidade e, como meu jornal ainda era pequeno demais para oferecer plano de saúde, ela trabalhava em tempo integral na Union Carbide Corporation.

Um dia, em 1988, Donna me mostrou um anúncio de jornal que informava que o FBI estava contratando. Fiquei calmo e dei de ombros, tomando o cuidado de não criar expectativas, ainda constrangido por aquele telefonema depois que me formei. Mas minha mente vagou novamente pelas ideias de serviço, honra, independência, o sr. Gordon e Efrem Zimbalist Jr. Também sabia que não tinha muito mais tempo: estava com 32 anos. O FBI não contratava novos agentes com mais de 35. Sem contar a Donna, fiz o teste de aptidão nos escritórios do FBI em Baltimore. Ima-

* Um trocadilho com o dito "Ignore um problema e ele acabará". A frase pode ser encontrada em consultórios dentários nos Estados Unidos. (N.T.)

ginei que, se não passasse, poderia não contar a ninguém e tudo ficaria por isso mesmo. Alguns meses depois um agente apareceu no jornal me procurando. Eu o levei ao meu escritório, onde nos sentamos. Ele era alto, magro e usava grandes óculos redondos com lentes grossas. Vestia um paletó marrom-claro barato e calças azuis. Estava lá para checar meu histórico, mas também conversamos muito sobre como era ser um agente. Ele era um bom vendedor. Mas também aquele era um produto fácil de ser vendido pra mim.

– ...então, em alguns meses, caso você se torne agente especial, poderá estar dirigindo um carro potente com uma espingarda pela encosta de uma montanha ou em uma reserva indígena, e poderá ser o único representante da lei em cinquenta quilômetros...

Aquilo parecia muito legal. Trabalhar sozinho, sem supervisionar ninguém. Carregar uma espingarda. Representar o governo dos Estados Unidos. Proteger os inocentes, combater o mal. A única lei em quilômetros.

Ele olhou para mim mais uma vez.

– Deixe-me perguntar uma coisa, ele disse, apontando através da porta para os empregados do meu jornal que estavam correndo para preparar a edição seguinte. – Por que você quer largar tudo isso? Você ganha 65 mil dólares por ano e é o patrão, o dono. No FBI você vai começar com 25 mil e receber ordens sobre o que fazer, onde viver.

Eu não hesitei.

– Essa é fácil: eu sempre quis ser um agente do FBI.

Trocamos um aperto de mão.

Havia ainda mais uma prova – o teste físico do FBI, uma série complexa de exercícios: corrida, flexões, abdominais. Eu tinha 32 anos, e precisava treinar para passar. Naquele verão, fui a uma pista local todas as noites depois do trabalho. Toda a família me acompanhou, com Donna empurrando nosso filho Jeffrey, ainda um bebê, em um carrinho coberto, enquanto o pequeno Kevin corria atrás dela. Eu passei e ingressei na academia do FBI. Em 1988, no domingo do fim de semana do Dia do Trabalho, fomos à casa dos pais de Donna, na baía de Chesapeake, para a festa de quatro anos de Kevin e para comemorar meu ingresso no FBI. Arrumamos seis mesas de piquenique uma ao lado da outra – sessenta amigos, vizinhos e parentes comendo hambúrgueres e cachorros-quentes, abrindo grandes caranguejos cozidos e bebendo cerveja gelada junto à baía. Houve brindes, abraços e fotografias. Foi uma sensação doce e amarga ao mesmo tempo. No dia seguinte, entrei no velho Malibu de Donna, deixei minha família em casa e segui para Quantico, na Virginia, a fim de me apresentar para as quatorze semanas na academia do FBI.

Desde o primeiro dia eu fiquei impressionado com quanto cada um de meus cinquenta colegas de turma tinha em comum. Éramos basicamente conservadores, na faixa dos trinta anos de idade, com um sentimento patriótico, distintos. Também me chamou a atenção o fato de que, ao contrário de mim, a maioria dos recrutas chegava à academia com um histórico em forças da lei. Eram ex-soldados e antigos policiais, pessoas que apreciavam a vida militar e o contato físico. Gostavam de lutas, boxe, chutes, algemas e de atirar, receber spray de pimenta no rosto como parte de um rito de passagem masculino. Eu não partilhava desse credo machão. Embora compreendesse que meu trabalho podia ser perigoso, e estivesse disposto a me sacrificar para salvar um civil ou outro agente, isso não significava que faria algo estúpido. Sempre me dei bem nas provas escritas do FBI porque sabia que a resposta certa na maioria dos casos era pedir apoio, não bancar o herói. "Pergunta: Dois homens armados assaltam um banco, atiram em um policial e se escondem em uma casa. O que você faz? Resposta: Peço apoio e a equipe da Swat." As Forças Armadas podem estar dispostas a aceitar perdas, mas no trabalho policial não existe isso de perda aceitável. O treinamento físico na academia era necessário, mas eu o considerava algo a suportar, não a louvar. Felizmente, meu colega de quarto, Larry Wenko, partilhava meu ponto de vista. Larry criou um mantra que nos ajudou a suportar as infernais quatorze semanas: "Estamos aqui para ir embora."

Em nossas últimas semanas na academia, ficamos sabendo nossos postos. Donna e eu tínhamos esperança de ficar em Honolulu, mas ficamos com a Filadélfia.

Não era um bom destino. Em 1988, a Filadélfia era suja, o custo de vida era alto e levaria ainda uma década até a grande recuperação da cidade. Tentei ver a parte boa, lembrando desajeitadamente a Donna que a

Filadélfia ficava a apenas noventa minutos da casa de nossos parentes em Baltimore. Ela riu e evitou fazer comentários. Ambos sabíamos que não estávamos nos mudando para a Filadélfia por sua localização ou qualidade de vida. Estávamos nos mudando para lá para que eu pudesse realizar meu sonho.

Não nos demos conta de como a escolha do FBI poderia ser boa. A Filadélfia tem dois dos melhores museus de arte do país e uma das maiores coleções arqueológicas.

No mês em que me apresentei para o serviço, dois deles foram roubados.

4. *Máscara de homem com nariz quebrado*

Filadélfia, 1988

O PRIMEIRO ROUBO foi no Museu Rodin, um prédio elegante dedicado ao artista francês que iniciou o impressionismo na escultura.

O museu tem a maior coleção de obras de Rodin fora de Paris, e se destaca no extremo noroeste do grandioso bulevar da Filadélfia, o Benjamin Franklyn Parkway. O Rodin é administrado por seu enorme vizinho, o Museu de Arte da Filadélfia, que ostenta pinturas de Dalí, Monet, Van Gogh, Rubens, Eakins e Cézanne. Na cultura pop, o Museu de Arte da Filadélfia é mais conhecido como o local onde Sylvester Stallone subiu correndo 72 degraus no filme *Rocky*. É uma escadaria exaustiva. O terreno plano em frente ao Museu Rodin, por outro lado, é muito mais hospitaleiro. A única barreira entre a construção e a avenida é um adorável pátio dominado por uma réplica de 1,95 metro da obra mais famosa do artista, *O pensador*.

No dia 23 de novembro de 1988, um jovem irrequieto entrou no Museu Rodin às 16h55, cinco minutos antes do fechamento. O sol de inverno já havia se posto, e o lugar estava quase vazio. O homem vestia jeans, tênis brancos, uma camiseta escura e um sobretudo comprido de tweed cinza. Seus cabelos louros sujos iam até abaixo dos ombros, e os guardas na porta imaginaram que ele fosse um estudante de arte. O único caixa na lojinha de presentes não tinha reparado no homem até que ele falou.

"Isso são negócios!", anunciou o bandido sacando uma pistola Raven .25, uma arma comum com coronha de madeira gasta. "Para o chão, agora!" Ele apontou o cano prateado brilhante para os guardas, mas a arma era tão pequena e o homem falava de modo tão teatral que os guardas hesitaram. Era fingimento? Uma brincadeira? Aquele homem era maluco? Ele falava com um sotaque britânico, mas claramente era americano. Com os cabelos esticados para trás e os malares pronunciados, parecia um pouco com James Dean. Como ninguém se moveu, ele disparou um tiro na parede. Os guardas se jogaram no chão.

O ladrão se ajoelhou, com a arma tremendo na mão esquerda, e algemou cada um dos guardas. Foi em direção à escultura de Rodin que ficava mais perto da porta de entrada, *Máscara de homem com nariz quebrado*, um bronze de 25 centímetros de um homem barbado de meia-idade com rosto envelhecido, e a arrancou de seu pedestal de mármore. Virou-se e saiu correndo pela porta da frente, carregando a escultura como uma bola de futebol americano pelo pátio do museu, deixando *O pensador* para trás. Quando chegou ao limite do terreno do museu, na Ben Franklin Parkway, o ladrão se virou na direção do Museu de Arte e desapareceu no labirinto do tráfego na hora do rush.

Era meu primeiro mês como agente do FBI.

À primeira vista o roubo parecia algo simples, idiota, grosseiro. Era uma ironia que meu trabalho na investigação fosse me abrir portas para mundos nos quais nunca pensara – os esforços de um dos artistas mais significativos do impressionismo, o sonho de um magnata dos loucos anos 20 que buscou partilhar a extraordinária beleza de um artista com seus conterrâneos da Filadélfia e a mente esperançosa e frequentemente infeliz do ladrão de arte. Hoje, quando olho para trás, vejo que isso despertou um interesse que eu transformaria numa carreira. Mas durante meu primeiro mês no emprego, eu estava concentrado em tarefas mais básicas, como me lembrar de levar o rádio comigo nos destacamentos policiais.

Na época o FBI não tinha investigadores em tempo integral de crimes contra a arte. Na verdade, o roubo de peças de arte e antiguidades de museus só se tornaria crime federal em 1995. O furto de um objeto artístico ou com significado cultural era tratado como o roubo de qualquer patrimônio valioso. O esquadrão de roubo de patrimônio cuidava disso. Normalmente o FBI não se envolvia em crimes desse tipo, a não ser que houvesse indícios de que uma peça roubada cruzara uma divisa de estado, passando a constituir um crime federal. Mas na Filadélfia havia um respeitado agente chamado Bob Bazin, que gostava de pegar casos ligados a museus. Ele trabalhava em sintonia com a polícia da Filadélfia, e com frequência a cidade o consultava sobre roubos. Tive sorte. Quando me formei na academia e me apresentei para o serviço, fui designado como parceiro de Bazin.

Não que ele me quisesse, ou a qualquer outro novato, como parceiro. Agentes veteranos nos chamavam de "Chamas Azuis", porque em nossos primeiros meses estávamos tão ansiosos para agradar que diziam que saíam chamas azuis de nossos traseiros. Bazin gostava de trabalhar sozinho e, pelo menos à primeira vista, agia como se não pudesse se dar o trabalho de treinar um principiante. Acho que ele desconfiava do meu passado. Meus poucos anos no negócio de antiguidades japonesas com meu pai não me qualificavam exatamente como um especialista em arte. Para piorar, a maioria dos novatos do FBI é formada por ex-policiais, soldados ou patrulheiros estaduais. Eu era um ex-vendedor de anúncios e jornalista idiota. Bazin era um homem enorme, não alto, mas corpulento, e um investigador sério que passara anos nas ruas caçando assaltantes de bancos e fugitivos. Era constante e inabalavelmente leal ao FBI e trabalhava diligentemente em toda missão. Isso incluía me levar com ele.

Eu me instalei em uma mesa vazia junto a Bazin. O FBI ocupava dois andares do edifício federal central da Filadélfia, parte de um complexo judicial de tijolos a dois quarteirões do Independence Hall. O esquadrão de roubo de patrimônio trabalhava em um cercado no canto do oitavo andar. Em meu primeiro dia, fui ao almoxarifado e peguei dois blocos, canetas e um punhado de formulários em branco. Bazin pacientemente me observou arrumar aquilo em minha mesa. Quando terminei, ele me encarou.

– Como você planeja levar tudo isso para a rua?

Eu não sabia.

– Eles não nos disseram nada sobre isso na academia, falei, desajeitadamente.

Bazin grunhiu.

– Esqueça aquela merda toda. A academia é uma Disneylândia.

Ele se esticou atrás da mesa, tirou uma maleta castanha gasta e jogou-a na minha direção. Disse para enchê-la com os formulários essenciais do FBI de que precisaria para fazer investigações – documentos para executar mandados de busca, ler para as pessoas seus direitos, fazer gravações de áudio e confiscar propriedades.

– Leve isso com você aonde quer que vá, todos os dias, em todos os casos, disse meu novo parceiro Bazin, se levantando. – Venha, não vamos resolver caso nenhum sentados aqui. Começamos depois do almoço.

Após dois sanduíches nós percorremos quinze quarteirões de carro até o Museu Rodin. Bazin fez todas as perguntas e eu fiz anotações detalhadas. Não descobrimos muito mais do que os detetives da polícia local, e eu não sabia no que meu parceiro estava pensando enquanto voltávamos para a sala do esquadrão. Eu imaginei – mas não ousei perguntar – por que o ladrão havia escolhido o *Homem com nariz quebrado*. Talvez por estar tão perto da porta da frente. Ou poderia ter sido atraído pelo nariz reluzente da escultura – durante anos os curadores permitiram que os frequentadores do museu o esfregassem para ter sorte, e o bronze ganhara uma pátina brilhante. Com poucas pistas para investigar, tentei ser útil. Li em silêncio sobre Auguste Rodin e *Máscara de homem com nariz quebrado*, ou *L'Homme au nez cassé*.

Máscara de homem com nariz quebrado foi a primeira obra importante de Rodin; e não é exagero dizer que foi revolucionária, já que o levou a redefinir o mundo da escultura, indo além do realismo fotográfico, em grande medida como seu colega impressionista Claude Monet transformara a pintura. Em muitos sentidos, a missão de Rodin era mais difícil. Pintores, como Monet, se expressavam pelo uso habilidoso de cor e luz. Já um escultor, como Rodin, trabalhava em monotonia sobre superfícies tridimensionais, manipulando luz e expressão através de relevos em moldes de gesso e argila. A virada para Rodin, e de fato para a história da arte, começou em 1863, quando ele tinha 24 anos de idade e sua querida irmã morreu.

Perturbado com a morte de Maria, Rodin abandonou sua promissora carreira de artista. Afastou-se da família e dos amigos e se voltou para a Igreja. Passou até a se chamar irmão Augustin. Felizmente, um padre reconheceu que a verdadeira vocação de Rodin era a arte, não a religião, e colocou-o para trabalhar em projetos da igreja. Isso levou a trabalhos para empreiteiros parisienses e para o escultor e pintor Albert-Earnest Carrier-

Belleuse, conhecido por suas estátuas de mitos gregos. Paralelamente, Rodin retomou seu próprio trabalho.

Alugou seu primeiro ateliê, um estábulo na rue Le Brun, por dez francos ao mês. O lugar era rústico, com nove metros quadrados de espaço, um piso de pedra com um poço mal tampado em um canto. "Era um gelo e ficava encharcado em todas as estações do ano", escreveu ele anos depois. Em uma rara fotografia desse período de formação, Rodin usa cartola e casaca e tem um cavanhaque desgrenhado, os cabelos despenteados caídos sobre as orelhas. Parece confiante.

As novas peças de Rodin não pretendiam ser realistas; tinham sido concebidas para ter significados mais profundos, algumas vezes múltiplos. Antes da morte de sua irmã, Rodin esculpira pessoas próximas a ele – parentes, amigos, as mulheres que namorava. Depois se voltou para fora, esculpindo o homem comum. Era pobre demais para pagar modelos, então conseguia voluntários onde podia, incluindo o biscateiro que limpava seu estábulo-ateliê três dias por semana. Rodin descreveu o homem como alguém "hediondo, com um nariz quebrado". Era italiano e tinha o apelido de Bibi, que na França do século XIX era uma forma de se dirigir a alguém sem usar seu nome. "Inicialmente eu mal conseguia lidar com ele, de tão assustador que era. Mas à medida que trabalhava descobri que sua cabeça realmente tinha uma forma maravilhosa, que à sua maneira ele era bonito. ... Aquele homem me ensinou muita coisa."

Rodin trabalhou na peça intermitentemente durante um ano e meio. Ele a guardava no estábulo, que não podia manter aquecido por falta de dinheiro, coberta apenas com um tecido úmido para impedir que a argila secasse. A complexa escultura de um biscateiro feita por Rodin passou a lembrar um filósofo grego. Era ao mesmo tempo o retrato de um homem comum e de um super-homem, o retrato de um homem e sua época e um retrato da humanidade. Abriu um novo caminho para o artista, um caminho para a verdade.

Então, algo extraordinário aconteceu.

Certa noite, no inverno de 1863, a temperatura caiu abaixo de zero, e o molde de argila congelou. A parte de trás da cabeça se partiu, caiu e quebrou. Rodin avaliou a máscara que restara. Parecia acentuar as rugas e a textura do rosto de Bibi, seu nariz quebrado e a agonia interior do homem. O artista concluiu que a natureza semiacabada do trabalho criava profundidade. Havia descoberto uma nova forma de escultura, que ele poderia empregar várias vezes.

"A máscara determinou toda a minha obra futura. Foi o primeiro molde bom que fiz", recordou.

O Salon não ficou impressionado. A organização estatal de artistas e críticos que controlava o mais cobiçado espaço de exposições era um grupo conservador. Em 1864, eles não estavam prontos para aceitar nenhum tipo de arte impressionista. Rodin não necessariamente teria se importado com isso, só que o Salon era muito influente, pelo menos economicamente. Os compradores mais ricos, incluindo a República francesa, relutavam em comprar obras de arte que não estivessem expostas no Salon. Seriam necessários onze anos até que o Salon aceitasse obras de Rodin, Manet ou qualquer de seus colegas impressionistas.

Em 1876, *Máscara de homem com nariz quebrado* fez sua estreia americana na Filadélfia, como parte de uma mostra francesa no Fairmount Park para celebrar o centenário americano, um marco cultural que levou à criação do museu de arte da cidade. Para Rodin, a exposição foi uma decepção. Ele não recebeu prêmios, e aparentemente sua obra não teve divulgação.

Meio século mais tarde, um visionário americano levou Rodin de volta à Filadélfia em grande estilo.

Jules E. Mastbaum era um magnata do cinema saído do nada que aproveitou o potencial do mercado de salas de exibição no começo dos anos 1900. Ele transformou a experiência de ir ao cinema em um espaço de entretenimento que era ao mesmo tempo glamouroso e acessível. No início da década de 20, com Hollywood começando a estourar, Mastbaum tinha mais salas de exibição que qualquer outra pessoa nos Estados Unidos. Batizou sua empresa de Stanley Company of America, em homenagem ao seu irmão que tinha morrido, e em muitas cidades de pequeno e médio porte por todo o país as filiais locais do Stanley Theater, muitas delas com grandes escadarias e decoração luxuosa, se tornaram o grande point social. O cinema mais extravagante da rede foi construído na Filadélfia: uma sala de 4.717 lugares, com espaço para uma orquestra de sessenta instrumentos, uma monstruosidade neoclássica/art déco adornada com mármore, folhas de ouro, vitrais, tapeçarias, pinturas, estátuas, três balcões, um órgão Wurlitzer e o maior lustre de cristal da cidade.

Em 1923, cerca de seis anos após a morte de Rodin, Mastbaum visitou Paris em longas férias e ficou fascinado pelo escultor francês. Começou a comprar bronzes, esboços em gesso, desenhos, gravuras, cartas e livros, e mandou-os para sua amada Filadélfia. Em pouco tempo sua coleção incluía peças de todos os períodos da vida de Rodin. Além de *O pensador* e *Máscara de homem com nariz quebrado*, Mastbaum adquiriu *Os burgueses de Calais*, *Primavera eterna* e o complexo trabalho que o artista criou durante os últimos 37 anos de sua vida, a enorme escultura *Os portões do inferno*. Mastbaum sempre quis partilhar sua coleção com o público, e três anos após iniciá-la contratou dois respeitados arquitetos neoclássicos franceses, Paul Cret e Jacques Gréber, para projetar um prédio e jardins em um lote de terra doado pela cidade na Ben Franklin Parkway. Em frente ao pátio do museu, eles ergueram uma fachada igual à do castelo francês que Rodin criara em sua propriedade rural em seus últimos anos de vida. Idealizados por Jacques Gréber como parte do projeto geral do museu, os Jardins Rodin se transformaram em um silencioso refúgio contra o barulho da cidade, apesar da metamorfose que a paisagem da avenida sofreu ao longo dos anos.

Mastbaum morreu inesperadamente em 1926, mas sua viúva concluiu o projeto e o doou à cidade. O museu abriu as portas em 1929, com entusiasmados elogios populares e da crítica. "É uma joia que cintila no peito de uma mulher chamada Filadélfia", derramou-se um jornal. Hoje o museu parece pequeno e discreto, especialmente em função de seu irmão maior localizado na colina, o Museu de Arte da Filadélfia. Mas suas dimensões intimistas e seu grande alcance o tornam atipicamente acessível. Os visitantes são estimulados a participar da única mostra interativa – esfregando o nariz da *Máscara de homem com nariz quebrado* e desejando a mesma boa sorte que a escultura deu ao artista.

Nos meses posteriores ao roubo de 1988, Bazin e eu poderíamos nos valer de parte daquela sorte.

Com tão poucas pistas, fizemos o que qualquer policial faz quando nessa situação: oferecemos uma recompensa. O museu e a companhia de seguros deram 15 mil dólares, e nós convencemos os jornais e as emissoras de televisão locais a divulgar a oferta. Surgiram pistas e, como sempre, quase todas deram em nada. Ainda assim, investigamos cada uma delas. Cerca de um mês depois recebemos um telefonema de um homem da Filadélfia que tinha informações sobre o crime que não haviam sido divulgadas – como o extravagante monólogo do ladrão. Ele também parecia saber muito sobre o homem que apontou como suspeito, Stephen W. Shih. O sujeito tinha 24 anos de idade, um pouco mais velho que o universitário descrito pelos guardas, mas nosso informante insistiu em que era ele que estávamos procurando. As outras características físicas pareciam corresponder, e – vejam só – Shih trabalhava como stripper, ganhando quatrocentos dólares por dia, para pagar o aluguel. Ele era atipicamente bonito. E teatral!

Acreditamos que tínhamos encontrado nosso criminoso, mas precisávamos de mais do que uma denúncia para prender Shih ou dar uma busca em sua casa. Precisávamos de evidências sólidas, e Bazin agiu com cautela. Explicou que, se simplesmente confrontássemos Shih e tentássemos intimidá-lo para que confessasse, o tiro poderia sair pela culatra. Ele poderia se calar e se livrar do Rodin ou destruí-lo. Isso havia acontecido várias vezes na Europa quando a polícia estivera perto de prender os ladrões. Em um caso notório, a mãe de um suíço suspeito de doze roubos a museus jogou mais de cem pinturas em um lago, destruindo não apenas provas, mas obras de arte insubstituíveis. Bazin me lembrou de que nosso primeiro objetivo era recuperar a escultura. Nosso trabalho era salvar fragmentos da história, mensagens do passado. Se, no processo, capturássemos o bandido, seria lucro.

Bazin concebeu um plano simples: mostrar aos guardas fotos de Shih e de sete sujeitos parecidos com ele. Se os homens o identificassem, teríamos o suficiente para seguir em frente. Para isso, precisávamos em primeiro lugar de uma foto de Shih. Isso era um trabalho banal, e coube a mim. Bazin me mandou com o fotógrafo do FBI em uma van de vigilância. Ele me orientou a ficar em frente à casa de Shih, tirar fotos discretamente e informar pelo rádio quando houvesse terminado a missão.

Aprendi duas lições dolorosas nessa semana. Primeira: vista roupas quentes na Filadélfia em fevereiro, mesmo que planeje passar o dia dentro de uma van camuflada. Para o disfarce dar certo, você precisa desligar o motor, o que significa que não vai haver nenhuma fonte de calor. O fotógrafo-chefe do FBI que me acompanhava chegou bem-agasalhado. Depois de uma hora, apesar do meu entusiasmo de novato, comecei a tremer como um bobo. O ar que o fotógrafo expirava enquanto ria de mim quase congelava. Meu segundo erro foi deixar meu rádio do FBI na minha mesa, imaginando ingenuamente que poderia usar o do painel do veículo. Após algumas horas tediosas, Shih saiu e conseguimos nossa foto. Peguei o rádio da van para avisar, mas a bateria tinha descarregado. Demos uma volta no quarteirão até o lugar onde Bazin estava esperando por nós com outro agente, pronto para entrar em ação caso pedíssemos apoio pelo rádio. Eu sabia que ele me daria uma bronca por esquecer o aparelho portátil, e foi o que aconteceu.

Quando voltamos para o escritório, vi meu rádio de pé na mesa dele. Lição aprendida. Eu nunca mais seria tão despreocupado ou faria suposições em uma operação camuflada.

Para criar o grupo de fotos para comparação, o fotógrafo do FBI e eu saímos novamente em busca de sete homens que se parecessem com Shih. Não podíamos usar fotos de ficha criminal; os retratos tinham de ser parecidos – tirados naturalmente à distância. Imaginei que isso fosse trabalho para um dia. Como muitas coisas na rotina policial, demorou muito mais do que deveria. Para fazer direito – tirar fotografias tão semelhantes entre si que nenhum juiz pudesse derrubar o caso –, precisamos de duas semanas. Quando apresentamos as fotos aos guardas do museu, todos escolheram Shih. Bazin me mandou abrir a maleta e começar com a papelada.

Como Shih estava armado e poderia ter escondido a escultura em casa, esperávamos confrontá-lo em outro lugar. Telefonamos para nosso denunciante. Será que ele sabia quando Shih poderia sair de casa? Sim, ele sabia: às 11h. Na quinta-feira, o dublê de stripper e ladrão de obras de arte iria a um prédio na esquina da rua 12 e da Walnut, um cruzamento movimentado no centro. Não era o ideal – uma captura armada à luz do dia em um cruzamento movimentado a três quarteirões do prédio da prefeitura –, mas era o melhor que poderíamos fazer.

Estava um frio cortante naquela manhã de março, o que era bom, pois ficava mais fácil escondermos nossos coletes e armas sob grossos sobretudos. Bazin, sentado em um dos quatro carros "à paisana" estacionados no limite do cruzamento, tinha "a visão" – era o que estava mais perto do lugar onde a operação aconteceria, e daria a ordem de avançar. Um punhado de agentes do FBI caminhava descontraidamente pelas quatro ruas. Doze policiais da cidade foram posicionados a um quarteirão dali, prontos para atacar ou bloquear todas as rotas de fuga. Eu estava em um carro sem identificação a meio quarteirão de distância de Bazin, coordenando as transmissões de rádio com uma unidade móvel (e tinha um rádio portátil reserva no porta-luvas). O agente sentado ao meu lado tinha uma das metralhadoras portáteis mais potentes do mundo, uma MP5.

Dois minutos antes das 11h a voz de Bazin surgiu no rádio."Acho que temos nosso suspeito. Não está sozinho. Com uma mulher. Estou atrás dele." O agente que estava comigo ligou o motor e deixou o carro no ponto. Bazin deu o sinal calmamente. "Todas as unidades: avançar. Avançar, agora." Nós nos lançamos quinze metros à frente e freamos forte diante de Bazin, que já estava com Shih de braços e pernas abertos contra uma parede. Saltei desajeitado, os movimentos limitados pelo colete, e apontei minha arma no meu melhor estilo Quantico. Bazin tirou o Raven .25 do bolso de Shih. Esvaziou o compartimento. Faltava uma bala.

Nós estávamos com Shih, mas não com o Rodin, e ele não falava. Demos uma busca no quarto dele e encontramos um caderno de endereços com o nome de um conhecido negociante de antiguidades. O comerciante sugeriu que falássemos com a mãe de Shih. Fizemos isso, e ela nos autorizou a dar uma busca na casa. No porão, embrulhado em jornal sob uma lona escondida embaixo de um cano do aquecedor, encontramos o *Homem com nariz quebrado* em perfeito estado.

Shih foi levado a um tribunal estadual, declarou-se culpado e foi condenado a uma pena de sete a quinze anos de prisão. Embora houvéssemos resolvido o caso, roubar um objeto de valor de um museu ainda não era considerado crime federal, refletindo a crença do Congresso de que as transgressões contra a arte não eram uma prioridade. Na divisão da Filadélfia do FBI, o interesse de Bazin por esse tipo de crime era considerado informal, um interesse a mais, um passatempo. Não que outros agentes denegrissem o que Bazin fazia. A maioria deles só não ligava. Estavam ocupados demais caçando assaltantes de bancos, mafiosos, políticos corruptos e traficantes de drogas. Roubos a museus americanos eram tratados como casos isolados – e, como o furto do Rodin, trabalhos isolados realizados por solitários ou fracassados. No final da década de 80, o roubo de obras de arte chegava às manchetes como esquisitice, não como algo ultrajante.

Em março de 1990, tudo isso mudou. Ladrões atacaram o Isabella Stewart Gardner Museum de Boston e fugiram com um butim que tornou todos os outros crimes contra a arte na história americana menos importantes.

Eu não me envolvi na investigação inicial do Gardner.

Estava ocupado demais me recuperando e chorando uma perda. Também estava em busca de um bom advogado de defesa.

5. O acidente

Cherry Hill, Nova Jersey, 1989

SENHOR? Está tudo bem? Senhor?

A voz junto ao meu ouvido esquerdo parecia firme, educada. Meus olhos se abriram de repente e eu me vi olhando para o cinto de segurança cinza atravessado em meu peito. Ergui o queixo e olhei através de um para-brisa quebrado. Vi que tínhamos batido numa árvore, e ela partira o para-choque dianteiro. Instintivamente, procurei sangue em minhas mãos. Nada. "Uau, não foi tão ruim assim. E... estou vivo!" Desliguei o motor. Olhei para a direita para ver se meu parceiro e melhor amigo, Denis Bozella, estava bem. Seu banco estava jogado para trás e quase na horizontal. Denis gemia.

– Senhor? Senhor?, dizia a voz novamente. – Senhor? Qual é o seu nome, senhor?

Eu me virei lentamente para a esquerda. Havia um policial de Cherry Hill inclinado na janela.

– Bob, disse. – Meu nome é Bob. Bob Wittman.

– Certo, fique sentado, Bob. Vamos tirá-lo daí, falou o policial, aquecendo as mãos com suas baforadas. Ele disse que os paramédicos e bombeiros chegariam em poucos minutos. Teriam de usar cortadores para nos soltar. – Vamos arrancar o teto e te dar um conversível de graça.

Eu resmunguei e tentei ver Denis melhor. Comecei a soltar o cinto de segurança, mas me encolhi com a dor do lado esquerdo. Gemi. Tentei abrir a maçaneta da porta, mas estava presa. Um vento gelado entrava pelas janelas quebradas. Fechei os olhos e pensei em Donna. Conseguia ouvir uma sirene ao longe. Meu Deus, como estava frio!

Ouvi Denis gemer de novo. Virei-me, mas não consegui ver seu rosto.

– Denis? Denis? Está me ouvindo, companheiro?

Ele respondeu com uma voz fraca.

– O que aconteceu?

– Um carro nos fechou.

– Meu peito está doendo. Eu não vou morrer, vou?

– Não!, falei, percebendo o pânico em minha voz e me acalmando. – Vamos ficar bem, parceiro. Vamos ficar bem.

Segurei a mão dele. Ouvi mais sirenes e fechei os olhos.

O dia tinha começado muito bem.

Começara uma hora antes do amanhecer, quando levantei da cama, tomando cuidado para não incomodar Donna ou nossos dois filhos pequenos, em idade de creche, obcecados em contar os dias até o Natal. Durante a noite, uma neve fraca deixara uma fina camada fresca sobre os restos congelados do temporal de uma semana antes. Tomei banho, fiz café e vesti o uniforme: terno escuro, camisa branca, gravata escura, coldre de couro e um revólver Smith & Wesson .357 cano curto. Caminhei até a porta da frente e senti o cheiro de pinho dos galhos verdes de nossa árvore de Natal. Liguei as luzes brancas da árvore.

Estava feliz como não me sentia há anos. Tinha uma esposa cheia de vida, dois filhos saudáveis e o emprego dos sonhos, com proteção e benefícios do funcionalismo público. Donna adorava nossa casa de três quartos, aninhada em Pine Barrens, com seus motivos em ocre, a meia hora de carro do litoral de Jersey. Tínhamos acabado de festejar um ano do meu primeiro posto no FBI. Como a maioria dos novatos, eu trocara de esquadrão em intervalos de alguns meses para ter uma noção dos diferentes trabalhos. No verão, passara do esquadrão de roubo de patrimônio, onde era parceiro de Bazin, para o esquadrão de corrupção pública, onde fazia par com Denis. Uma estrela em ascensão, cabelos castanhos cacheados e olhos verdes penetrantes, ele era um cara extrovertido, nascido nas montanhas do oeste da Pensilvânia. Seu encanto jovial conquistava agentes, supervisores, promotores, testemunhas e as moças. Ficamos amigos quando passamos vários meses nos preparando para um importante julgamento de corrupção policial, algumas vezes fazendo o papel de babás de testemunhas em quartos de hotel. Era um trabalho que ocupava praticamente 24 horas por dia. Levávamos as testemunhas a toda parte: para o café da manhã, almoço e jantar, aos escritórios dos promotores e ao tribunal. Denis e eu gostávamos de tocar piano, e depois do trabalho eu algumas vezes lhe dava uma aula informal. Recentemente estava ensinando a ele "The Load-Out/Stay", de Jackson Browne.

Às 7h30 dei um beijo em Donna, prometi voltar para o jantar e saí com cuidado pela rampa congelada. Equilibrando uma segunda xícara de café e a velha maleta de Bazin em uma das mãos, eu me enfiei no meu carro oficial, um Ford Probe prata 1989. Liguei o descongelador e sintonizei o rádio na estação de rock WMMR.

Fui à casa de Denis lhe dar uma carona para o trabalho – seu carro oficial do FBI estava novamente na oficina. Era ótimo passar algum tempo com ele, mesmo que isso significasse me arrastar pelo tráfego de South Jersey. Denis acabara de ser promovido para Washington, para a equipe de proteção do procurador-geral dos Estados Unidos, e eu ia sentir saudade quando ele partisse, em janeiro.

Quando cheguei à casa de Denis, ele se sentou no banco do carona e logo os primeiros acordes de "Panama", do Van Halen, começaram a soar no rádio, e ele aumentou o volume. Lembro-me disso perfeitamente, porque foi o dia em que os Estados Unidos invadiram o Panamá. Ambos rimos da piada. Eu cantava e dirigia. Denis tocava uma guitarra imaginária.

A festa de Natal anual do esquadrão de corrupção seria naquela tarde, em um bar em Pennsauken, Nova Jersey. Iríamos de carro para a Filadélfia, e para a festa depois do trabalho. Seria um dia bacana. No escritório, espprememos um dia inteiro de papelada a tempo de chegar à festa às 14h. Encontramos todo o mundo em um lugar chamado The Pub, um grande marco de South Jersey aos pés de um triângulo de movimentados viadutos e vias principais. Um antigo bar ilegal da lei seca, The Pub evoluíra para um grande restaurante, um chalé suíço exagerado com clima medieval – espadas e escudos nas paredes, carpete borgonha, mesas e cadeiras simples de madeira escura. O tamanho, a localização e a comida insípida do Pub faziam dele o lugar perfeito para uma festa de escritório. Passamos duas horas trocando presentes e falando de trabalho. Houve as típicas brincadeiras e provocações, mas aquele era o esquadrão de corrupção, um grupo sóbrio, então todos foram discretos. Quando finalmente pagamos a conta, a maioria seguiu para tomar uma cerveja no bar. Denis queria mais, e tentou transferir a festa para um bar chamado Taylor's, para um drinque ou dois. Ele era solteiro, e tentava aproveitar uma boca-livre de happy hour sempre que podia. Eram quase 19h. Eu queria ir para casa, mas imaginei que poderia ser minha última oportunidade de passar um tempo com Denis antes da mudança. Encontrei um orelhão e avisei Donna que iria me atrasar.

O Taylor's Bar and Grille não é nada demais – um bar temático de esportes suburbano em um shopping na beira da pista abandonada de corridas Garden State –, mas estava lotado. Abri caminho até o bar, peguei minha segunda garrafa de cerveja da noite e ocupei uma mesa. Denis e outro agente foram para o bufê. Em pouco tempo ele estava conversando com uma bela mulher chamada Pamela. Eu me senti segurando vela.

Às 21h30, Denis ainda estava dançando com Pamela, e eu estava muito atrasado. Chamei-o de lado.

– Cara, tenho de ir. Você vai também?

– Olha, ainda não, respondeu, indicando Pamela com os olhos. – Se eu me der bem, não vou precisar de carona. Tenho que descobrir, então preciso que você fique por aqui.

Passamos mais uma hora nisso. Denis estava se divertindo, dançando, tomando doses de tequila com Pamela. Ele me trouxe outra cerveja e deu um sorriso. Olhei para ele como que dizendo: "Vamos embora." Por volta das 23h, eu cansei. Peguei nossos casacos, agarrei Denis pelo braço e o arrastei da pista de dança para o carro. Ele não resistiu.

O Taylor's ficava a apenas 160 metros do Race Track Circle, mas estávamos em South Jersey, terra de contornos, retornos à esquerda proibidos e barreiras, de modo que só era possível chegar lá indo na direção oposta e fazendo uma série de curvas à direita. Quando chegamos perto do contorno, Denis tinha adormecido. Reduzi a velocidade ao me aproximar, e nisso uma luz branca brilhante refletiu no meu retrovisor. Havia um meio-fio de concreto de cinco centímetros no contorno, conduzindo o tráfego para a direita, mas me distraí com a luz e não o vi. O carro bateu no meio-fio a cerca de 55 quilômetros por hora, e o volante sacudiu violentamente, fazendo minhas mãos se soltarem. Quando retomei o volante, um segundo depois, e tentei voltar para o contorno, não consegui recuperar o controle. Estávamos no ar.

Aterrissamos logo depois do limite do contorno, disparamos pela área interna, escorregamos de lado e viramos com as rodas da esquerda para cima. Quando minha cabeça bateu no teto do carro, tudo ficou preto.

No Cooper University Hospital, Denis e eu fomos levados para a mesma sala de emergência, e uma cirurgiã retirou sangue de nossos ombros. A médica me perguntou se eu tinha consumido bebidas alcoólicas. Disse que era importante que eu falasse a verdade, porque iriam me dar analgésicos. Pensei em minha primeira cerveja no Pub, no começo da tarde.

– Provavelmente quatro ou cinco cervejas ao longo de oito horas.

Ela fez que sim com a cabeça.

Olhei para Denis. Tinha um pouco de sangue no queixo, mas não parecia muito mal. Ele olhou para mim.

– Eu vou ficar bem?, perguntou num murmúrio.

Eu realmente não sabia.

– Está tudo bem, cara. Você vai ficar bem, parceiro.

Levaram-no da sala.

A enfermeira disse que eu tinha quatro costelas quebradas, uma concussão e um pulmão perfurado. Os médicos fizeram uma toracostomia, abrindo meu peito e inserindo um tubo em meu pulmão ferido para drenar fluidos. Cerca de uma hora depois, eu estava deitado em uma sala de recuperação, com um tubo plástico na lateral esquerda do corpo, cercado por enfermeiras, um médico e meu supervisor do FBI. Perguntei sobre Denis e disseram que ele ainda estava sendo operado.

– Vocês tiveram sorte. Seus ferimentos não oferecem risco de vida, disse o médico, apontando para a cama ao lado da minha. – Seu amigo logo estará de volta.

Medicado, eu apaguei.

Três horas depois, acordei com o desagradável sol de inverno. Estava me sentindo distante, dolorido, confuso. Levei a mão à cabeça e senti pedacinhos de vidro do parabrisa presos no cabelo e um galo do tamanho de uma noz do lado direito do crânio. Vi uma enfermeira conversando com uma agente do FBI e com minha esposa junto à porta. Donna voltou seus olhos azuis injetados para mim. Deu um sorriso nervoso. A cama ao lado da minha estava vazia.

Eu me contorci ao falar.

– Cadê o Denis?

As mulheres olharam para baixo, para o chão.

– Cadê o Denis?

– Não está aqui, disse a enfermeira.

– A que horas ele vem? Ainda está em cirurgia?

A enfermeira hesitou, e a agente se adiantou.

– Denis não resistiu. Ele morreu.

– O quê... O quê?

Meu peito queimava. Minha garganta apertou. Eu tossi e a enfermeira foi em meu socorro. Eles tinham dito que ele ia sobreviver. O que o médico tinha dito? "Seus ferimentos não oferecem risco de vida." Sim, foram essas as palavras exatas. "Não oferecem risco de vida."

Donna foi para meu lado. Segurou minha mão e choramos.

– Ele teve uma ruptura da aorta, disse a enfermeira, gentilmente. – Saiu da cirurgia e ela se rompeu por volta de quatro horas da manhã. Não conseguimos conter a hemorragia.

Fiquei sentado em silêncio por alguns segundos, encarando-a. Acho que ela se sentiu compelida a quebrar o silêncio.

– Isso é comum nesse tipo de acidente, falou. Imagino que ela julgava estar ajudando. Eu estava arrasado.

Passei oito dias no hospital, tentando superar a dor. Denis foi enterrado enquanto eu estava lá. Colegas agentes telefonaram e descreveram o funeral, mas eu tinha dificuldade de me concentrar. Pensava na família de Denis.

Antes de ter alta, tive uma consulta com um psiquiatra. Não me lembro da conversa, mas anos depois vi as anotações à mão. "Paciente com sentimento de culpa, angústia, vergonha e humilhação. Sente ter muito apoio de esposa, equipe médica, colegas e chefes. ... Distúrbio agudo de estresse pós-traumático ... Dor profunda."

Alguns dias depois uma repórter ligou para mim no hospital. Queria saber se eu queria comentar a investigação ou o resultado do exame de álcool no meu sangue.

– Do que você está falando?

Ela me disse que o promotor local cogitava me acusar de homicídio por dirigir embriagado. O advogado alegava que o nível de álcool em meu sangue era de 0,21, mais do que o dobro do limite permitido por lei. Falei que não faria comentários. Desliguei e tentei digerir o que ela havia dito. O resultado do exame de sangue soava absurdo. Uma cerveja a cada duas horas ao longo de oito horas não o deixa com 0,21. Provavelmente não o deixa sequer com 0,04. Minha mente trabalhava para encontrar uma explicação. Obviamente, tinha havido um erro no exame de sangue. Mas onde? E como? Mais importante: eu tinha como provar isso?

Cinco meses depois, o grande júri aceitou as acusações formais. Embora meus colegas e supervisores no FBI parecessem solidários, imaginei que minha carreira havia acabado. Pior: eu estava sofrendo pela morte de Denis. Por que tinha sido eu o sobrevivente? Meu erro ao volante causara a morte do meu melhor amigo. E agora ameaçava acabar com meu emprego e minha liberdade. O que Donna e meus filhos fariam caso eu fosse mandado para a prisão?

Enfrentando a possibilidade de uma rígida pena de cinco anos, decidi lutar. Tirei forças daquilo que era reconfortantemente familiar em minha vida – meus parentes e minha carreira em ascensão, tudo de bom que eu tinha. Amigos e colegas me ofereceram apoio, mas alguns poucos me estimularam a considerar um acordo com admissão de culpa. Eu não podia fazer isso. Por mais difícil que fosse aceitar que Denis morrera comigo ao volante, meu coração me disse que ele gostaria que eu fosse perdoado – e os pais dele deixaram claro que não me consideravam responsável, até mesmo apelando às autoridades para retirar as acusações. Mas a posição do promotor era clara, então contratei um advogado penal de primeira linha, Mike Pinsky, e ele acionou seus investigadores particulares. Pinsky tinha fama de vencer causas difíceis no tribunal. Provavelmente era mais conhecido por conseguir inocentar um mafioso que respondia por assassinato e um funcionário municipal acusado de receber suborno. Assim como eu, Pinsky também tinha a reputação de ser brutalmente franco. Em nosso primeiro encontro, colocamos as cartas na mesa.

Perguntei como ele podia defender mafiosos, pessoas que ele sabia terem feito coisas terríveis, incluindo assassinato. Como podia ser tão amigável com eles?

Pinsky saiu de trás da sua mesa e sentou-se ao meu lado. Sorriu.

– Bobby, vou contar um segredinho. As aparências podem enganar. Na verdade, tem a ver com percepção, não com amizade. Esses caras importantes telefonam o tempo todo e dizem: "Mike, estou com uma multa por estacionamento proibido. Mike, estou com uma multa por excesso de velocidade. Você pode cuidar disso, por favor?" E eu digo: "Claro, sem problemas, vou cuidar disso." E sabe o que eu faço? Pego as multas e pago com meu próprio dinheiro! Mais tarde, muito mais tarde, cobro isso deles em algum outro caso. Eles pensam que eu tenho algum poder para cancelar suas multas, e eu deixo que eles pensem isso. É dentro da lei e é bom para os negócios.

Ele se inclinou mais para perto.

– Bobby, quero deixar uma coisa clara no seu caso. Antes de continuarmos, quero ter certeza de que você entendeu exatamente o que está em jogo. Se formos a julgamento, pode demorar anos. Certamente custará dezenas de milhares de dólares em despesas judiciais e de investigação. Não há como se preparar para o que isso fará com sua família, seu casamento e seu trabalho. E, no final, você ainda poderá ser considerado culpado e ir para a prisão. Você é um agente do FBI. Sabe que se for a julgamento e acabar condenado, em vez de se declarar culpado no início, o juiz dará a você uma sentença *muito* mais longa.

Não hesitei.

– Mike, eu sou inocente.

6. Aprendendo a ver

Merion, Pensilvânia, 1991

DIRIGI LENTAMENTE o Pontiac vagabundo do departamento que estava comigo pela North Latches Lane, uma larga rua lateral margeada por graciosos carvalhos e mansões de pedra cercadas no coração da elegante Main Line da Filadélfia. Conferi minhas indicações rabiscadas à mão e segui por essa rua até chegar a um portão preto de ferro fundido com uma placa discreta dizendo BARNES FOUNDATION. Parei na guarita e baixei o vidro do lado do passageiro.

O guarda tinha uma prancheta.

– Posso ajudar?

– Oi. Bob Wittman. Estou aqui para a aula.

Ele conferiu sua listagem e acenou para que eu entrasse.

Eu tinha chegado cedo, e quando encontrei uma vaga fiquei algum tempo sentado no carro. Agarrei o volante e expirei. Era uma fria tarde de outono, quase dois anos depois do acidente, e eu ainda estava aguardando o julgamento por acusação de homicídio. Pinsky não se preocupava com os atrasos, porque isso nos dava tempo para descobrir o que acontecera com meu exame de sangue com o percentual errado de álcool. Em intervalos de algumas semanas, o advogado me enviava uma pilha de documentos relativos ao caso – uma apelação, um registro médico, a conversa de um investigador particular com uma testemunha. Eu passava os olhos pelo que Pinsky me mandava, mas achava inacreditavelmente estressante ler registros de investigação sobre mim mesmo. Era ainda mais difícil ler as frias e clínicas avaliações médicas sobre Denis. Algumas vezes eu abria o comprido envelope da lei de Pinsky, empilhava os papéis na mesa da cozinha e apenas olhava para eles.

Graças a Deus, eu estava trabalhando. Depois de uma investigação interna, o FBI me inocentou e me mandou de volta às ruas. Durante algum tempo trabalhei no esquadrão antidrogas. Apreendemos dinheiro, cocaína e carros da marca Corvette, e prendemos sujeitos realmente perigosos. Dei apoio a agentes infiltrados que arriscavam suas vidas em ciladas em quartos de hotel. Escapei de ser atingido por dois capangas em meu primeiro tiroteio. Mas investigações sobre drogas não eram para mim. Duvidava que estivéssemos fazendo grande diferença. A maioria das pessoas que eu encontrava nas ruas vendia drogas porque não podia fazer mais nada; faziam isso para sobreviver. Do meu ponto de vista, as drogas eram um problema social, não uma questão policial. Pedi para voltar ao esquadrão de crimes contra o patrimônio, e em pouco tempo estava novamente trabalhando em crimes contra a arte com Bazin. Foi bom estar de volta.

Em poucos meses, Bazin e eu recuperamos um conjunto de livros de sessenta centímetros de altura do artista britânico oitocentista Mark Catesby, livros de esboços valendo 250 mil dólares e tão impressionantes quanto qualquer um de John James Audubon. Resgatar aquelas belas publicações significou muito mais para mim do que prender algum infeliz num ponto de crack. Bazin me disse que, caso eu estivesse pensando seriamente em seguir carreira em crimes contra a arte, deveria refletir sobre fazer um curso no Barnes, um museu de acesso restrito nos subúrbios que eu só conhecia por sua fama de arca do tesouro de arte impressionista. Concordei e Bazin acertou tudo.

Enquanto saía do carro e seguia para a primeira aula, naquela tarde, não tinha ideia do que esperar.

Encaminhei-me para a intimidadora entrada principal – seis degraus de mármore, quatro colunas dóricas e duas grandes portas de madeira emolduradas por um impressionante painel de azulejos Enfield ferruginosos, cada um deles tendo no centro um relevo de uma máscara tribal e um crocodilo dos povos akan da Costa do Marfim e de Gana. Como eu logo aprenderia, cada espaço no Barnes tinha um significado. O tema da entrada representava a dívida que a arte moderna ocidental tinha para com a África tribal.

Eu entrei, me registrei no balcão da segurança e fui para a primeira galeria, uma sala afrontosa abarrotada com uma coleção de obras-primas sem correspondente em qualquer sala de qualquer galeria da Europa. Na parede diante de mim, em torno de uma janela de nove metros, estavam penduradas três obras com valor total de meio bilhão de dólares. À direita ficava a heroica *Composição: camponeses*, de Picasso, um retrato impressionante de um homem e uma mulher com flores, em tons profundos de marrom e cáqui, destacados com um toque de carmim. À esquerda estava *Berbere sentado*, de Matisse, um óleo sobre tela maior que o tamanho natural. Mostrava um jovem de expressão feroz das montanhas do Marrocos, o rosto criado em fortes tons mediterrâneos. Acima de tudo isso, estendendo-se para o teto, a obra-prima de Matisse *A dança*, um mural de 14 metros com figuras graciosas em salmão, azul e preto, dançando alegremente. Olhei à direita e a sala continuou a saturar meus sentidos. *Os jogadores de cartas*, um Cézanne em tons azuis abafados destacados pelas dobras dos sobretudos dos jogadores, características do artista, estava pendurado abaixo de *Modelos*, um quadro muito maior de Seurat, que retrata nus tímidos em uma explosão de cor, as figuras construídas com os milhões de pontos do estilo pontilhista.

Um conjunto de doze cadeiras dobráveis estava disposto sobre um piso de tacos no centro da sala grandiosa. Cada aluno recebeu papel, um lápis e um exemplar de um livro grosso de capa amarela, *The Art in Painting*, de autoria do nosso benfeitor, Albert C. Barnes. Como fomos avisados em nossa carta-convite, as portas do museu eram trancadas impreterivelmente às 14h25. A palestra começava pontualmente às 14h30.

Nosso professor, Harry Sefarbi, era um cavalheiro idoso com grandes óculos redondos e tufos de cabelos brancos curtos atrás das orelhas. Estava iniciando sua quarta década ensinando arte no museu, tendo sido preparado pelo próprio Barnes em uma turma exatamente como a minha no final dos anos 40. O sr. Sefarbi, como gostava de ser chamado, começou com uma pequena aula de história sobre Barnes.

Nascido na Filadélfia em 1872, filho de pais proletários, Barnes se destacou no ensino médio e se formou em Medicina na Universidade da Pensilvânia aos vinte anos de idade. Desenvolveu um vasto leque de interesses e começou a estudar o movimento pragmático, que depois serviu de base para sua filosofia artística baseada no senso comum.

Estudou química e farmacologia na Universidade de Berlim e retornou com um colega alemão na virada do século para abrir um laboratório na Filadélfia. Juntos eles inventaram um novo composto de prata antisséptico chamado Argyrol, um tratamento para inflamações nos olhos. O remédio dominou o mercado pelos quarenta anos seguintes, transformando Barnes em um multimilionário. Ele começou a viajar bastante e logo se tornou colecionador de arte, ingressando na legião de americanos ricos e cultos, incluindo Jules E. Mastbaum e Isabella Stewart Gardner, que viajava à Europa para arrematar obras dos Antigos Mestres e impressionistas por preços relativamente baixos. Por qualquer parâmetro, público ou particular, nacional ou internacional, o número e a qualidade das pinturas impressionistas e modernas compradas por Barnes foram espantosos: 181 obras de Pierre-Auguste Renoir, 69 de Paul Cézanne, 59 de Henri Matisse, 46 de Pablo Picasso, 21 de Chaim Soutine, dezoito de Henri Rousseau, onze de Edgar Degas, sete de Vincent van Gogh e quatro de Claude Monet.

Barnes buscou levar às outras pessoas seu amor pela grande arte. Começou com seus empregados, pendurando obras valiosas em sua fábrica e oferecendo cursos gratuitos de arte e filosofia. Quando decidiu construir uma nova casa para si, em um terreno de 48 mil metros quadrados na periferia da cidade, contratou Paul Cret, o francês que projetara a Benjamin Franklin Parkway e o Museu Rodin da Filadélfia, e encomendou uma galeria de arte ao lado da casa.

Barnes declarou que não seria um museu, e sim um laboratório de aprendizado. Cada uma das 23 galerias seria uma sala de aula, e todas as quatro paredes nas galerias seriam um quadro-negro com um projeto de aula. Nos planos de Barnes, era determinante tornar a arte acessível e compreensível para as massas.

Ele acreditava que só era possível apreciar e compreender a arte vendo-a diretamente. Acreditava que a maioria dos americanos começava em desvantagem por causa de suas noções ocidentais preconcebidas de arte, provavelmente aprendidas (subconscientemente ou não) com acadêmicos em torres de marfim. A melhor forma de compreender a arte era olhar para uma pintura, compará-la com o que se via ao lado e tirar suas próprias conclusões. Por isso, Barnes montou suas galerias como ninguém – obras-primas ao lado de trabalhos medíocres, Antigos Mestres junto a impressionistas, obras africanas perto de europeias, tribais justapostas a modernistas. Para enfatizar as formas, ele acrescentava objetos tridimensionais – com frequência simples peças metálicas e utensílios básicos de cozinha – ao lado de pinturas. No piso junto às paredes, Barnes colocou móveis, velas, chaleiras e vasos. Ele chamava essas composições heterodoxas e controvertidas de "montagens de parede", e elas eram concebidas para ajudar os alunos a ver padrões, formas e tendências impossíveis de ensinar através de livros. Barnes queria que as aulas fossem democráticas, um espaço em que a livre discussão fosse estimulada.

Estude as paredes abarrotadas e descubra duas cadeiras que combinam com um traseiro feminino num conjunto de Renoir, ou uma máscara africana que corresponde à forma do rosto de um homem numa pintura de Picasso. Perceba uma arca de madeira que imita formas humanas em pinturas de Prendergast e Gauguin. Reflita sobre o significado de um conjunto de conchas de sopa junto a uma série de pinturas dos Antigos Mestres, ou um par de ferraduras penduradas acima de dois Soutine. Ria ao descobrir que o tema de uma galeria localizada no canto são ombros.

Barnes sempre o deixava conjecturando, pensando. Ele pendurou o icônico *A alegria da vida*, de Matisse, considerada a primeira pintura da era moderna (e que um crítico francês conservador classificou como "animalesca"), em uma escadaria.

Tive uma noção da história de vida de Barnes, seus valores igualitários e suas galerias ecléticas, todas cheias de arte de fazer o queixo cair. Mas tive medo de meu primeiro dever de casa: os primeiros capítulos de *The Art in Painting*, o tratado de 521 páginas que Barnes escreveu em 1925. O livro de capa amarela era pesado como um tijolo, e eu temia que as palavras fossem igualmente densas e intimidadoras. Mas quando li o primeiro capítulo, fiquei agradavelmente surpreso. Como suspeitara, o texto era erudito, mas a filosofia despretensiosa e operária de Barnes me tocou. Ele escreveu que seu método para estudar arte apresentava "algo basicamente objetivo para substituir o sentimentalismo e o ar de antiquário escondido sob o manto do prestígio acadêmico, que torna fúteis os atuais cursos em faculdades e universidades". Em outras palavras, concebeu um método para que seus alunos pensassem por conta própria, resistissem ao impulso de simplesmente aceitar os sentimentos prevalecentes e com frequência pretensiosos dos chamados especialistas. Barnes parecia meu tipo de gente.

"As pessoas com frequência supõem que há algum segredo na arte, alguma senha que precisa ser revelada antes que possam descobrir seu objetivo ou significado", escreveu Barnes. "Por mais absurda que seja essa ideia, ela contém a importante verdade de que ver é algo que precisa ser aprendido, e não uma coisa que todos fazemos tão naturalmente como respirar." Ele chamava isso de "aprendendo a ver".

Para começar, Barnes ensinou que toda arte é baseada no trabalho de gerações anteriores. "Uma pessoa que diz compreender e apreciar Ticiano e Michelangelo e não consegue reconhecer as mesmas tradições nos modernos Renoir e Cézanne está se enganando", escreveu. "A compreensão da antiga arte oriental e de El Greco traz consigo uma apreciação da obra contemporânea de Matisse e Picasso. Os melhores pintores modernos usam os mesmos meios, para os mesmos fins, dos grandes florentinos, venezianos, holandeses e espanhóis."

O objetivo da arte não é criar uma reprodução literal, como um documentário, de uma cena da vida real. "O artista precisa abrir nossos olhos para o que não conseguimos ver sem ajuda, e para isso ele com frequência tem que modificar a aparência familiar das coisas, fazendo assim algo que, no sentido fotográfico, é uma semelhança ruim." Os maiores artistas nos ensinam a perceber por intermédio do uso de expressão e decoração. São cientistas, manipulando cor, linha, luz, espaço e massa de modos que revelam a natureza humana. "O artista nos dá satisfação vendo muito mais claramente do que nós veríamos por nossa própria conta."

Uma grande pintura deve ser mais que uma soma de beleza técnica. No Barnes nos ensinaram a buscar delicadeza, sutileza, poder, surpresa, graça, firmeza, complexidade e drama – mas a fazer isso com os olhos de um cientista. Esse era um ponto importante. Como um investigador de polícia ou um agente se fazendo passar por colecionador, eu teria de avaliar e me manifestar sobre obras de arte muito variadas, independentemente de gostar de uma determinada peça.

Durante o ano seguinte passei quatro horas por semana em uma turma com dez outros alunos. Toda semana nos reuníamos em uma das 23 galerias do Barnes, a poucos centímetros das três ou quatro obras-primas que estudaríamos naquele dia. Enquanto nosso professor relacionava os melhores pontos de composição, paleta, construção e luz, eu absorvia. Não estava apenas prestando atenção ao professor – algumas vezes aprendia mais me desligando e simplesmente olhando para uma montagem de parede. No Barnes eu não aprendi a identificar uma falsificação ou uma fraude, mas treinei meu olho para discernir uma pintura boa de uma ruim. Aprendi a distinguir entre obras de Renoir e Manet, ou Gauguin e Cézanne – e, mais importante, a explicar detalhadamente e com confiança essas diferenças e esses padrões. Não é tão difícil quanto você poderia imaginar, certamente não para um historiador de arte formado ou um curador. Mas não é o tipo de coisa que a maioria dos policiais saiba. Como aprenderia anos depois, não é sequer o tipo de coisa que a maioria dos ladrões de obras de arte saiba.

Minha experiência no Barnes não poderia ter acontecido em melhor momento, pessoal ou profissionalmente. Lembro-me de caminhar pela galeria do segundo andar certo dia, deprimido com o indiciamento, estressado com as contas do advogado e com a ideia de trocar Donna e os meninos pela prisão, quando vi *Pescadores de mexilhão em Berneval*, de Renoir. A pintura me fez parar. Uma jovem mãe e crianças em um litoral pintado com siena. Irmãs sorridentes de mãos dadas. Um garoto com um cesto de mexilhões, um céu azul. Eu me aproximei. Inclinei a cabeça e segui uma pincelada para o mar. A pintura parecia quente, calmante. Evocava imagens de uma época mais tranquila, simples, quando brincar na praia e catar mexilhões para um jantar fresco bastavam para dar *joie de vivre*.

Crianças pequenas e uma mãe na praia. Uma família. Minha família.

Encontrei um banco, sentei e suspirei.

As aulas no Barnes só aprofundaram meu interesse e meu apreço pela arte, e eu passei a receber meus casos de crimes contra a arte com novo entusiasmo e nova perspectiva. Enquanto ainda estava no museu, Bazin e eu ficamos sabendo de uma pista sobre um caso antigo, um roubo ocorrido em 1988 no respeitado Museu de Arqueologia e Antropologia da Universidade da Pensilvânia. Em sua rotunda de 27 metros, o Penn Museum expõe uma das principais coleções de antiguidades chinesas dos Estados Unidos. Tarde da noite, no inverno, ladrões levaram de seu local de honra, no centro da rotunda, a peça mais significativa da exposição: uma bola de cristal de 25 quilos do Palácio Imperial de Pequim. A esfera perfeita, que projeta a imagem de uma pessoa de cabeça para baixo, um dia pertenceu à imperatriz viúva Cixi, e é o segundo maior orbe do tipo no mundo. Feita à mão no século XIX, a bola de cristal representava um triunfo da habilidade e da paciência, um ano de esforço de um artista com esmeril, pó de granada e água. Os ladrões que levaram o orbe também saíram com uma estátua de bronze de Osíris, o deus dos mortos egípcio, datada de 5 mil anos atrás. Funcionários do museu consideraram um trabalho de amadores, mas as peças pareceram sumir sem deixar traços.

Três anos depois, um funcionário do museu telefonou para Bazin e disse que um ex-curador havia visto a estátua de Osíris à venda numa das lojas de variedades da South Street da Filadélfia. Nós corremos e pressionamos o proprietário em busca de detalhes. Ele nos contou que comprara a estátua de bronze de 500 mil dólares por trinta dólares de "Al, o catador de lixo", um sem-teto que percorria as ruas com um carrinho de supermercado em busca de tralhas. Encontramos Al e ele logo nos contou que conseguira a estátua de um homem chamado Larry, que vivia a poucos quarteirões da loja. Bazin e eu fomos ver "Larry".

Larry era um homem atarracado com um jeito do sul da Filadélfia e uma história implausível: "Sei não, cara, ela apareceu na minha casa há alguns anos", disse Larry, sugerindo canhestramente que um amigo provavelmente a deixara lá e depois esquecera. Nós reagimos com a tradicional encenação de tira bom e tira mau. Bazin foi firme, fez uma expressão furiosa e ameaçou prendê-lo caso não nos dissesse "a verdade". Quando meu parceiro saiu, eu falei suavemente com Larry, confidenciando que não o acusaríamos caso ele nos ajudasse. Quando isso não funcionou, saí para falar com Bazin.

– Por que você saiu tão rápido?, perguntei.

Ele deu de ombros.

– Estou com fome, quero almoçar.

Eu fiz uma cara séria e voltamos ao apartamento, para falar com Larry. Tentei a abordagem direta.

– Você encontrou mais alguma coisa junto com a estátua?

– Como o quê, por exemplo?

– Uma bola de vidro.

– Uma bola de vidro? É, é. Era uma coisa grande e pesada, mas achei que fosse uma daquelas decorações de jardim. Era muito feia, então guardei na garagem por um ano. Depois dei.

Da forma mais despreocupada possível, destampei minha caneta e abri o bloco.

– Deu? Para quem?

– Kim Beckles. Minha faxineira. No aniversário dela, em setembro de 1989. Ela gostava de cristais, pirâmides, essas coisas. Ela brincava dizendo que era uma boa feiticeira.

Mandei Larry telefonar para Beckles e dizer que acabara de descobrir que o cristal poderia ser valioso e que estava mandando dois avaliadores para dar uma olhada.

– Diga a ela que se vender vocês dividem o dinheiro, certo?

Larry deu o telefonema e fomos para a casa da bruxa em Trenton, Nova Jersey. Assim que chegamos, abandonamos o disfarce. Eu bati na porta e gritei: "Polícia!" Ela atendeu logo. Pela descrição de Larry, esperávamos uma megera, mas Beckles era uma gracinha de 29 anos de idade e cabelos louros cacheados. Mostramos nossos distintivos, explicamos o que estávamos procurando e ela pareceu genuinamente surpresa. Disse que guardava o orbe no seu quarto. Nós a seguimos escada acima.

Nunca me esquecerei da minha ansiedade ao subir aquelas escadas. Era o mesmo tipo de antecipação nervosa que sempre sentia numa batida por drogas ou quando ajudava a capturar um suspeito em fuga, só que melhor. Senti o coração acelerado. Não estava procurando drogas ou armas comuns. Estava atrás de um tesouro perdido.

Encontramos a bola de cristal da viúva no toucador da bruxa, sob um boné de beisebol.

Quando Bazin e eu devolvemos o orbe ao seu lugar de direito, sob a rotunda do Penn Museum, senti mais orgulho do que nunca de mim mesmo como agente, embora ninguém tivesse sido acusado pelo crime. Esses casos de arte ofereciam um tipo de satisfação diferente. E como Bazin e eu éramos os únicos que trabalhavam neles, conquistamos um raro grau de independência no mundo certinho do FBI.

Também não foi nada mau o caso ter sido manchete. Na véspera da coletiva de imprensa marcada pelo FBI, alguém vazou a história para o *Philadelphia Inquirer*, e o jornal deu o furo na primeira página com exclusividade. Depois da entrevista, a história apareceu em todos os telejornais noturnos e em quatro outros jornais no dia seguinte. Alguns anos depois, quando Bazin e eu recuperamos uma pintura do Museu de Arte da Filadélfia há muito perdida, a matéria também saiu na primeira página. Colegas agentes que cuidavam dos casos mais tradicionais do FBI, como drogas e roubos, podiam não se interessar muito, mas os jornalistas pareciam ansiosos para escrever sobre crimes contra a arte e dar destaque às matérias. Cada crime contra a arte inevitavelmente tinha um "gancho", um pouco de intriga, e o público devorava as histórias. Era bom receber atenção, mas o mais importante era que isso criava uma boa imagem para nossos chefes locais, tornando mais fácil a eles dar sinal verde para nosso próximo caso de crime desse tipo.

Comandei outra investigação significativa enquanto aguardava meu julgamento no começo da década de 90. Gangues violentas estavam atacando joalherias de luxo em assaltos rápidos, invadindo lojas como Tiffany, Black, Starr and Frost e Bailey Banks and Biddle à luz do dia, usando martelos e chaves de roda para quebrar mostruários e fugindo com punhados de diamantes e relógios Rolex avaliados em dezenas de milhares de dólares. Os bandidos eram da Filadélfia, mas haviam atacado mais de cem lojas em cinco estados. Eu criei e comandei uma força-tarefa especial, que não apenas conseguiu indiciamentos federais contra trinta membros da gangue, como também capturou os membros que vendiam o material roubado – dois comerciantes corruptos da Jeweler's Row da Filadélfia. Nosso trabalho mais uma vez foi parar nas primeiras páginas, e consegui fontes duradouras na Jeweler's Row.

O sucesso profissional era gratificante, mas o acidente continuava a assombrar minha vida. Por mais que tentássemos, Donna e eu não escapávamos disso. Estava sempre ao fundo. Vizinhos e amigos acompanhavam os desdobramentos regularmente no *Inquirer* e no *Camden Courier-Post*. A maioria das pessoas tinha boas intenções, mas perguntava sobre o caso sempre que nos via, e isso era desconfortável – não queríamos ser grosseiros, mas gostaríamos de falar sobre qualquer outra coisa. Enquanto isso, as despesas legais e os adiamentos se acumulavam. Foram marcadas audiências no tribunal, depois adiadas, marcadas, novamente adiadas. Eu queria que tudo terminasse, mas temia o resultado. Estava enlouquecendo. Precisava de uma fuga, algo com que ocupar a cabeça.

– Preciso encontrar algo para fazer, disse a Donna. – Preciso de um passatempo.

– Sim, precisa.

Encontrei um no beisebol. Treinei meus filhos, Kevin e Jeff, na Little League, e gostávamos de ir a Baltimore ver o meu Orioles jogar em seu novo estádio reformado, Camden Yards. A cada viagem seguíamos uma rotina: chegávamos cedo para treinar rebatidas, comprávamos lugares baratos, dividíamos cards de beisebol e algumas vezes ficávamos até tarde para tentar conseguir autógrafos. Em pouco tempo começamos a frequentar exposições de cards de beisebol, e eu identifiquei um mercado para os cards de 1982 de Cal Ripken, em início de carreira (edição Topps especial). Esse jogador do Orioles era muito popular em Baltimore, mas não na Filadélfia. Comecei a ir a exposições de cartões e a lojas de shoppings perto da Filadélfia, comprando o maior número possível de cards de Ripken. Eu os adquiria por preços entre 25 e cinquenta dólares cada, depois ia de carro a exposições e eventos em Baltimore e os vendia por cem ou duzentos dólares a mais. No ano em que Ripken quebrou o recorde de Iron Man por mais jogos seguidos, vendi os cards por quatrocentos dólares. Estava ganhando um dinheiro extra fazendo algo de que gostava. Eu pensava: "Quem sabe?" Se perdesse meu emprego e acabasse na cadeia, precisaria de uma nova carreira quando saísse. Inspirado, eu diversifiquei, entrando em peças de coleção da Guerra Civil e armas de fogo antigas. Frequentava exposições, procurava pechinchas e comecei a comprar, trocar e vender. Coloquei em prática até mesmo minha experiência no Barnes, me arriscando nas belas-artes. Comprei algumas gravuras de Picasso e passei tardes de fim de semana vagando por galerias do subúrbio e mercados de pulgas. Sonhava em encontrar um Monet perdido havia muito tempo e transformar um investimento de mil dólares em 100 mil.

Sem que eu soubesse, Donna tinha outras coisas em mente. Ela queria um terceiro filho. Eu não estava tão seguro. Meu futuro era incerto demais. Donna foi peremptória: "Temos que parar de deixar nossa vida em suspenso." Nossos filhos já estavam com quatro e seis anos. Donna tinha 35. Caso quiséssemos aumentar a família, o momento era aquele. Eu concordei, nervoso. Kristin nasceu no Dia de Ação de Graças, e acabou que ter uma garotinha foi a melhor decisão que tomamos naqueles anos estressantes.

Inacreditavelmente, os adiamentos do julgamento continuaram em 1993, 1994 e depois. Eu me mantinha o mais ocupado que podia com os meninos e o trabalho, e com meus novos passatempos e o interesse por belas-artes, mas regularmente meus pensamentos se voltavam para Denis e o que me esperava. Todos os dias que cruzava o rio Delaware a caminho do trabalho eu passava pela prisão estadual Riverfront, em Nova Jersey, aos pés da ponte Ben Franklin. Era o lugar para onde seria mandado, se fosse condenado.

Certo dia, em 1995, algumas semanas antes do começo do meu julgamento, eu esbarrei com um membro da equipe da promotoria na South Street, na Filadélfia. Tínhamos de tomar cuidado. Não deveríamos nos falar fora do tribunal.

Trocamos amenidades e um silêncio desconfortável se seguiu. Ficamos ali de pé. Finalmente a pessoa disse:

– Como você está?

"Como eu *estou*?" Eu mantive a calma e respondi com uma pergunta. Da forma mais educada possível, eu disse:

– Por que vocês estão fazendo isso?

O que a pessoa disse me abalou:

– Olha, nós sabemos que é um caso ruim, mas é apenas um daqueles que temos de perder no tribunal.

O comentário destruiu minha suposição de que promotores fundamentalmente buscavam a justiça. Como réu, eu imaginava que a verdade, as testemunhas e as provas estavam do meu lado. Não me ocorrera que funcionários do governo pudessem mover um processo no qual não acreditavam. "Nós sabemos que é um caso ruim, mas é apenas um daqueles que temos de perder no tribunal." Eu comecei a balbuciar uma resposta, mas pensei melhor e fui embora.

Eu tinha quarenta anos de idade e meus cabelos estavam grisalhos.

7. Uma vida nova

Camden, Nova Jersey, 1995

"Que o réu se levante."

Os jurados entraram no tribunal, a representante agarrada com o papel com o veredicto. Tentei captar seu olhar. O júri ficara reunido apenas 45 minutos. O julgamento estava no nono dia, inacreditavelmente longo para um caso de direção sob influência de álcool, mas eu achava que estava indo muito bem. Testemunhei que bebera quatro ou cinco cervejas ao longo de oito horas. Meu advogado, Mike Pinsky, destroçou as testemunhas do governo, e os paramédicos disseram sob juramento que eu não parecia bêbado. Pamela, a mulher que Denis conhecera no bar, me descreveu como sóbrio, o cara que claramente era o motorista do amigo. A promotora se agarrou à sua melhor prova – o relatório do hospital que mostrava que o índice de álcool no meu sangue era de 0,21, tão alto que eu teria problemas para andar, quanto mais dirigir.

Felizmente, os especialistas de Pinsky haviam resolvido o mistério do exame de sangue. Eles explicaram ao júri que, quando compararam atentamente os registros médicos de Denis com os meus, descobriram algo estranho: a suposta dosagem de álcool no meu sangue, calculada até a quinta casa decimal, era de 0,21232, e a de Denis era de 0,21185, uma diferença de apenas 0,00047, menos que a variação típica que costuma ser encontrada quando se testa o mesmo frasco de sangue. Era próximo demais para ser uma coincidência, afirmaram meus especialistas. Alguém no hospital havia misturado as duas amostras. O procedimento padrão é testar cada frasco duas vezes – e parecia que alguém havia testado o sangue de Denis duas vezes e atribuído a mim um dos resultados. O argumento foi fortalecido quando nossos especialistas descobriram que o hospital não tinha um método para proteger cada amostra – não havia procedimentos para manter uma devida cadeia de custódia. Um de nossos especialistas era o ex-chefe do laboratório da polícia estadual. No banco das testemunhas, ele foi taxativo: a única prova da promotoria não valia nada.

Enquanto o meirinho dava a folha com o veredicto ao juiz, minha cabeça girava. Por que o veredicto rápido? Será que o júri tinha analisado os relatórios do laboratório? Será que tinha gostado do meu advogado? Do promotor? De mim? Um funcionário uniformizado se colocou atrás de mim discretamente. O que aquilo significava? Ele planejava me levar? Ou estava ali para me proteger?

Enquanto o juiz desdobrava o veredicto, o encontro na rua com aquele membro da promotoria surgiu em minha cabeça – "Nós sabemos que é um caso ruim, mas é apenas um daqueles que temos de perder no tribunal." E se? E se o júri não achasse isso?

O juiz pigarreou.

– No caso de Nova Jersey contra Robert K. Wittman, consideramos o réu... inocente.

Eu suspirei fundo e abri os punhos. Abracei meu advogado. Abracei Donna. Abracei até mesmo o promotor. As matérias na imprensa disseram que chorei "abertamente". Também quis abraçar o juiz, porque depois do veredicto ele tomou a iniciativa incomum de declarar publicamente que concordava com o júri. Classificou a prova do exame de sangue como uma fraude, concluindo: "Ele perdeu o controle e tragicamente houve um acidente no qual seu passageiro perdeu a vida. Isso é um acidente."

Donna e eu prometemos começar de novo, e decidimos nos mudar do subúrbio de Nova Jersey para o da Pensilvânia.

Eu pensava em Denis todos os dias.

Passei noites na varanda, com um copo alto de chá gelado, pensando em tudo o que estava aprendendo com meu sofrimento. Tinha uma escolha: podia mergulhar em uma depressão de autopiedade e pilotar uma mesa pelo resto da minha carreira – trabalhar quarenta horas semanais, receber pensão, não causar problemas – ou podia me animar. De qualquer forma, acidente e julgamento seriam o momento da virada em minha vida e minha carreira.

Nunca pensei seriamente em deixar o FBI, mas prometi que não seria mais o mesmo tipo de agente. A maioria dos agentes da lei que eu conhecia era honrada, mas alguns se concentravam demais em trancar pessoas na cadeia para encerrar um caso. Era uma postura perigosa. Esses caras podem dizer: "Bem, talvez esse sujeito não tenha cometido o crime pelo qual o prendi, mas tudo bem, porque ele é desprezível e tenho certeza de que já se livrou de alguma transgressão que cometeu." Nunca concordei com essa filosofia. Inocência é inocência. Aprendera como era ser acusado de um crime que não havia cometido, o que isso fazia com as famílias, como uma pessoa inocente enfrentando um julgamento pode se sentir desamparada, sozinha no mundo. Nunca poderia conscientemente fazer alguém passar por isso.

Eu me tornara membro de um pequeno grupo. Poucos agentes do FBI indiciados por crimes graves iam a julgamento. Menos ainda eram absolvidos, e desses, apenas alguns escolhiam permanecer no departamento. Eu tinha uma perspectiva que poucos dos meus podiam ter. A maioria dos agentes via as coisas preto no branco; eu começara a ver tons de cinza. Compreendia que apenas ter cometido um erro de avaliação não tornava alguém mau. Talvez tão importante quanto isso, também sabia o que a maioria dos suspeitos, culpados ou inocentes, realmente temia, e o que queria ouvir. Minha nova capacidade de ver os dois lados de uma situação – pensar e sentir como o acusado – era inestimável. Sabia que isso me tornaria um agente melhor, especialmente sob disfarce.

Mas que tipo de agente eu queria ser?

Certa noite, sentei-me ao piano sozinho e toquei uma "Fantasia" de Chopin. Era uma das minhas preferidas da época em que estudava piano na faculdade, mas que não tocava havia anos. Enquanto chegava ao final da peça, pensei na excitação que sentira quando havíamos recuperado o orbe chinês e a estátua de Rodin, e como era segurar a história nas mãos. Meus pensamentos vagaram com a música e pousaram no inspirador pianista Van Cliburn. Ele sempre me impressionara, com o modo como viera do nada e usara sua motivação insaciável e seu talento para vencer um concurso Tchaikovski, em Moscou, no auge da Guerra Fria, demonstrando uma coragem sem precedentes em uma época na qual os americanos tinham poucas esperanças de ganhar qualquer coisa na Rússia. Decidi que, como ele, iria aproveitar a oportunidade e canalizar minhas energias para fazer diferença no mundo.

E finalmente ficou claro: eu estava numa posição única para fazer algo sobre os crimes contra a arte. Ali estava eu, um agente do FBI já com experiência em casos desse tipo e, em relação aos assaltos a joalherias, liderando uma força-tarefa que solucionara um crime complexo. Além disso, trabalhara por conta própria para me tornar uma espécie de especialista em vários campos. No período de cinco anos entre o acidente e minha absolvição, estudara em salas de aula tão diversas quanto mercados de pulgas e o Barnes, dominando as nuances de tudo, de artigos de colecionador às belas-artes. Enquanto me especializava em cartões de beisebol, relíquias da Guerra Civil, peças de colecionador japonesas, armas antigas e arte impressionista, sabia que o conhecimento e as habilidades que estava adquirindo podiam ser usadas em quase qualquer ambiente.

Agora eu podia entrar em espaços de peças de coleção, antiguidades ou belas-artes, me misturar e falar com confiança. Sabia que um cartão de Mickey Mantle em início de carreira em ótimas condições valia o dobro de um de Joe DiMaggio em início de carreira, que um autógrafo de Custer valia muito mais que um de Robert E. Lee. Podia identificar um Soutine em um segundo e explicar como seu uso construtivo da cor foi influenciado por Cézanne, e com a mesma facilidade discutir as influências de Boucher, do século XVIII, sobre os nus de Modigliani no século XIX. Podia explicar a diferença entre histórico (a sequência de propriedade de uma obra de arte) e origem (informação sobre o local onde uma antiguidade foi descoberta). Podia apontar com credibilidade as diferenças entre o revólver Colt Texas Ranger que Sam Walker levou para sua última batalha e aquele que Roosevelt usou subindo a colina San Juan. Ao longo da Costa Leste, eu conhecia a maioria dos grandes nomes, sabia quais exposições visitar e em quem confiar.

Minha formação *ad hoc* estava completa.

Eu estava pronto para me disfarçar, em busca do inestimável.

No verão de 1997, tive minha primeira oportunidade.

PARTE III

Corpo da Obra

8. O Homem de Ouro

Rodovia New Jersey, 1997

Os contrabandistas chegaram vinte minutos adiantados.

Nossas equipes de vigilância já estavam em posição e os viram chegar ao movimentado ponto de parada da estrada perto da saída 7A, no meio do caminho entre a Filadélfia e Nova York. Agentes disfarçados ocupavam o estacionamento – dois trabalhadores comendo sanduíches em uma picape, uma mulher com um copo descartável de café falando num telefone público, um casal com lanches do Burger King descansando em uma mesa de piquenique. Dentro de uma van escura com vidros fumê, dois agentes apontavam uma câmera de vídeo para o local marcado para o encontro – um conjunto de mesas de piquenique à sombra, a sessenta metros da rodovia. Quando os contrabandistas estacionaram seu Pontiac cinza e encontraram uma mesa, fui avisado pelo celular. Estava estacionado a poucos quilômetros num Plymouth Voyager marrom alugado, com um agente que falava espanhol, Anibal Molina. Ajustamos nossas escutas, guardamos as armas sob o banco e entramos na rodovia.

Naquela tarde de setembro, o FBI estava caçando um tesouro – uma relíquia sul-americana de 1.700 anos chamada de "placa dorsal", a parte de trás da armadura de um antigo rei mochica, uma peça refinada em ouro batido. Durante todo esse tempo a placa permanecera enterrada em uma tumba real com várias câmaras no deserto litorâneo do norte do Peru – até 1987, quando ladrões de túmulos encontraram o sítio. Desde então, a placa roubada permaneceu escondida, sendo o artefato desaparecido mais valioso de todo o Peru, frustrando agentes da lei e arqueólogos ao longo das Américas. Naquele dia dois homens morenos de Miami, os contrabandistas com os quais tínhamos marcado encontro na rodovia, se ofereciam para vendê-la a mim por 1,6 milhão de dólares. Eu não acreditava *realmente* que aqueles dois conseguiriam isso. Imaginava que fosse alguma fraude ou imitação. Afinal, eles alegavam ter o maior artefato de ouro já escavado em uma tumba das Américas.

Na mesa de piquenique, os contrabandistas nos cumprimentaram com óculos de sol espelhados e sorrisos falsos. Trocamos apertos de mãos e nos sentamos. O mais velho assumiu, e isso foi bom, pois tínhamos um grosso arquivo do FBI sobre ele: Denis Garcia, hispânico, 58 anos de idade, 102 quilos, 1,72 metro, olhos castanhos, cabelos brancos, vendedor de produtos agrícolas em tempo integral no sul da Flórida, contrabandista de antiguidades nas horas extras. Garcia não tinha ficha criminal, mas o FBI suspeitava que ele traficava artefatos ilícitos da América do Sul desde o final da década de 60, quando morou no Peru e aprendeu sobre o comércio de antiguidades pré-colombianas.

Garcia apresentou seu parceiro. Era 25 anos mais novo e meia cabeça mais baixo, um homem musculoso de ascendência porto-riquenha.

– Meu genro, disse Garcia. – Orlando Mendez.

Apertamos as mãos novamente, e eu me apresentei usando meu nome falso, Bob Clay. Mendez se remexia, nervoso. Garcia era um profissional fazendo negócios. Foi direto ao ponto.

– Trouxe o dinheiro?

– Sim, desde que você esteja com a placa dorsal.

– Estamos trazendo, fazendo os últimos acertos, disse Garcia, retornando ao dinheiro. – O preço é um ponto seis.

Não pisquei.

– Como combinado. Mas eu preciso ter isso legitimado. Meu especialista tem de ver, dar uma olhada. Quando vamos poder fazer isso?

– Em duas semanas. Tenho um amigo no consulado panamenho. Ele vai pegar.

– Alfândega?

Garcia fez um gesto com a mão.

– Nenhum problema.

– Fale mais. Como seu amigo conseguiu a peça?, eu disse.

Garcia começou uma história exagerada sobre a trajetória, concebida para de algum modo dar um ar de legitimidade à venda ilegal de um tesouro nacional peruano no estacionamento de uma parada de rodovia. Eu assenti com a cabeça e fingi estar impressionado. Deixei que ele terminasse a história e então engrenei, ansioso para gravá-lo admitindo que sabia estar violando a lei, uma distinção importante de que precisaríamos se o caso fosse um dia a julgamento.

Comecei aos poucos.

– Essas coisas são delicadas.

Garcia balançou a cabeça, reconhecendo.

– São.

– Precisaremos ter muito cuidado quando a revendermos. Obviamente, não pode ir para um museu.

Garcia abriu as mãos como quem diz "Claro". Mendez, ainda se remexendo, interrompeu e falou pela primeira vez. Suas palavras eram rápidas, seu tom abertamente acusatório.

– Tem certeza disso? Como você sabe que é ilegal trazer a placa dorsal para os Estados Unidos? Antes que eu pudesse responder, ele disparou novamente. – Como você sabe? Como sabe?

Eu agi como se tivesse feito aquilo cem vezes.

– Confie em mim, eu verifiquei.

Devia ter parado por aí, mas Mendez não parecia convencido, então acrescentei um comentário desnecessário.

– Sou advogado.

Ele não podia contestar isso, mas lamentei a mentira no momento em que ela saiu da minha boca. Uma mentira dessas desmascara você. Alegar ser advogado foi especialmente idiota – era muito fácil para os criminosos verificarem, e poderia causar problemas se o caso acabasse indo a julgamento.

Mendez se remexeu no assento e passou para a próxima questão.

– Ouça, Bob, estou certo de que compreende, mas preciso perguntar. Ele me olhou nos olhos, mas dava para ver que estava nervoso. Podia adivinhar o que viria. Mendez acreditava em uma velha lenda: a crença infundada de que a lei determinava que um agente disfarçado dissesse a verdade se confrontado diretamente. – Bob, você é um tira?

Eu reagi para colocá-lo na defensiva.

– Não, você é?

– Claro que não, retrucou Mendez, passando para sua próxima questão idiota, do tipo que um contrabandista veterano nunca faria a um parceiro de crime. – Me conte mais sobre seu comprador.

Eu agi de modo a retomar o controle da conversa, e olhei direto nos olhos dele.

– O comprador é anônimo, disse com dureza. – Isso é tudo que você precisa saber.

Virei-me para Garcia, o cérebro, e adotei um tom mais suave.

– Ouça, meu comprador é um colecionador. Ele gosta de ouro. Compra qualquer coisa feita de ouro. Vamos chamá-lo apenas de Homem de Ouro.

Garcia gostou disso.

– Será que um dia eu poderei conhecer o Homem de Ouro?

– Talvez, falei, enquanto apertávamos as mãos para partir. – Um dia.

Entrei na van e disquei o número do Homem de Ouro.

Uma secretária atendeu.

– Escritório do promotor dos Estados Unidos. Como posso ajudar?

– Bob Goldman, por favor.

O PROMOTOR-ASSISTENTE DOS ESTADOS UNIDOS Robert E. Goldman era diferente de qualquer outro promotor federal que eu conhecia.

Morava numa grande fazenda produtiva em Bucks County, ao norte da Filadélfia, onde mantinha pavões, cavalos, ovelhas, patos e cachorros. Embora Goldman fosse de uma família de advogados – e tivesse se tornado um porque era o que se esperava dele –, gostava de dizer que era um professor de história frustrado. Usava um grande bigode ao estilo de seu herói, Teddy Roosevelt, e tinha em sua biblioteca em casa prateleiras abarrotadas com mais de 150 títulos dele. Apreciador de história e cultura, Goldman era exatamente o tipo de promotor que eu sabia que precisava para combater crimes contra a arte. Sem a mesma disposição na procuradoria dos Estados Unidos para levar a julgamento casos de crimes desse tipo, eu sabia que não iria longe. Como agente do FBI, eu podia investigar praticamente qualquer crime federal. Mas caso quisesse me valer de todo o poder do Departamento de Justiça dos Estados Unidos, de intimações a indiciamento pelo tribunal e processo criminal, precisava ter como parceiro um procurador-assistente que pensasse como eu, alguém disposto a pegar casos difíceis e complexos, mesmo que o objetivo não declarado de uma investigação não fosse uma prisão, e sim resgatar uma obra de arte roubada. Goldman compreendia o valor de ir atrás de peças de história furtadas, e realmente não se preocupava se seus supervisores burocráticos partilhavam sua opinião.

Igualmente importante, Goldman tratava os agentes do FBI como parceiros, algo que alguns de seus colegas não faziam. Muitos jovens procuradores federais são arrogantes e inseguros – paradoxalmente cheios de confiança e medo de estragar tudo. Esses advogados com frequência descontam isso nos agentes, gritando ordens e fazendo exigências mesquinhas e exageradas. Goldman era sereno. Já havia trabalhado como procurador municipal por quase uma década, acompanhando detetives a cenas de crime, e adquirido um saudável respeito por investigadores, fossem policiais locais ou agentes federais. Eu descobrira isso quando trabalhamos juntos em nosso primeiro caso, em 1989, uma investigação importante sobre carros blindados quando eu era novato. Desde então procurei-o várias vezes com casos de roubo de patrimônio, aos poucos criando uma especialidade. Primeiro foram os assaltos a joalherias, depois um roubo em uma exposição de antiguidades, a seguir a placa dorsal do reino mochica.

O ENCONTRO NA RODOVIA JERSEY tinha dado certo, mas eu não estava entusiasmado demais. Comece a sonhar acordado com indiciamentos e coletivas de imprensa e você pode acabar morto.

Eu estava prestes a resgatar um tesouro sul-americano? E, em caso positivo, alguém perceberia? No final dos anos 90, o FBI estava basicamente concentrado em outra mercadoria sul-americana: cocaína. Embora meus supervisores e o público certamente tivessem aplaudido quando prendi os bandidos por assaltar joalherias, não sabia como reagiriam se resgatássemos uma peça histórica roubada, uma antiguidade que sequer era norte-americana. Será que alguém se importaria?

Se recuperasse a placa dorsal e a reação fosse fraca, isso não seria bom para minha florescente carreira de detetive de crimes contra a arte.

Também tinha outra preocupação – a de que Garcia poderia estar tentando me vender uma falsificação. E tinha bons motivos para supeitar disso.

Eu sabia que três anos antes ele se oferecera para vender o objeto por 1 milhão de dólares a um marchand de Nova York chamado Bob Smith. Também sabia que Smith acreditara estar perto de fechar negócio. Em um sinal de boa-fé, ele até mesmo fechara um acordo preliminar, pagando a Garcia 175 mil dólares em dinheiro por um antigo cocar peruano. Mas com o passar dos meses Garcia continuou se esquivando do negócio com a placa dorsal, dando desculpas esfarrapadas, irritando o marchand já habitualmente mal-humorado. Garcia tentou ganhar tempo, oferecendo a Smith uma série de pinturas e antiguidades que o negociante recusou como falsificações ofensivas. Smith deixou para lá por algum tempo, mas quando Garcia tentou lhe vender um Monet falso, ele explodiu, dizendo que havia perdido a paciência: "Consiga a placa dorsal ou suma." Garcia parou de ligar.

Eu sabia de tudo isso porque "Bob Smith" na verdade era Bob Bazin. Smith era o nome que meu mentor usava quando trabalhava sob disfarce.

A farsa de marchand ranzinza de Bazin não era meu estilo, mas funcionava para ele. Quando ele se aposentou, com o caso da placa dorsal ainda em aberto, no começo de 1997, o FBI tomou duas felizes decisões. Primeiramente, os supervisores decidiram não acusar Garcia pela venda ilegal do cocar – eles acharam que isso poderia prejudicar um caso relacionado, então deixaram que o homem escapasse (juntamente com os 175 mil dólares que embolsara). Pelo que Garcia sabia, Smith/Bazin ainda estava interessando em comprar a placa dorsal. Em segundo lugar, o departamento manteve o número de telefone usado por Bazin ativo, por via das dúvidas.

Depois, no final do verão de 1997, surgindo do nada, Garcia ligou para o número de Smith. Um operador do FBI me passou a mensagem; eu localizei Bazin em seu condomínio no litoral de Jersey e pedi que ligasse de volta para Garcia. O agente aposentado do FBI retomou seu papel de ranzinza e ligou para o contrabandista. Chamou-o de piadista, fingido, mentiroso – um sujeito que fazia promessas absurdas e depois desaparecia por anos. Gritou que não tinha tempo para lidar com ele, que estava doente e prestes a fazer três pontes de safena. Mas acrescentou...

– Não sei por que deveria fazer isso por você, mas vou dar seu nome a um de meus sócios, Bob Clay. Talvez ele ligue para você.

Desculpando-se profusamente, o ladrão agradeceu a Smith/Bazin.

Em uma semana, Garcia e eu estávamos negociando a venda pelo telefone. Ele exigiu 1,6 milhão de dólares, e embora o preço não fosse tão importante – eu nunca pretendera pagar –, precisava atraí-lo e reunir o maior volume de provas possível. Pedi mais informações e ele disse que me mandaria um pacote pelo correio. Perfeito, pensei. Usar o correio para cometer fraude é fraude aos correios, um crime federal grave. Assim, mesmo que o negócio fracassasse, eu ainda teria essa acusação contra ele.

O pacote de Garcia chegou alguns dias depois.

14 de agosto de 1997

Caro sr. Clay,

Em anexo as informações pedidas sobre a placa dorsal. A peça é da cultura mochica. A antiguidade tem aproximadamente 2 mil anos. O peso é de cerca de 1.300 gramas, com 68 centímetros de comprimento e 50 centímetros de largura. Para sua análise, incluo também fotografias e duas revistas *National Geographic* que explicam melhor a peça. Por favor, não hesite caso precise de mais informações.

Atenciosamente,
Denis Garcia

Fiquei grato pelas revistas amassadas de 1988 e 1990. Eu estava no caso havia apenas uma semana, e tudo o que sabia sobre a placa dorsal, aprendera numa conversa rápida com Bazin, que me alertara para tomar cuidado ao procurar marchands especializados e acadêmicos em busca de mais informação. Disse que o campo de antiguidades sul-americanas estava repleto de pilantras. Era difícil saber em quem confiar. Coloquei os exemplares da *National Geographic* em minha maleta e fui para casa.

Depois de jantar com Donna e as crianças, coloquei os pés para cima em nosso velho e confortável sofá. Abri com delicadeza a primeira revista e fui até a página que Garcia tinha tido a gentileza de indicar com um post-it amarelo. O texto, escrito por um dos mais destacados arqueólogos do Peru, começava com um telefonema no meio da noite.

> Descobrindo a mais rica tumba
> preservada do Novo Mundo
> *Por Walter Alva*
>
> Como muitos dramas, este começa de maneira violenta, com a morte de um ladrão de túmulos no primeiro ato.
>
> O chefe de polícia telefonou para mim perto de meia-noite; tinha urgência na voz. "Temos algo que você precisa ver – imediatamente." Saí correndo do lugar onde moro e trabalho – o Museu Arqueológico Brüning de Lambayeque, no Peru – e fiquei pensando em qual das muitas pirâmides antigas e plataformas cerimoniais espalhadas pela árida costa norte do meu país tivera seus tesouros saqueados daquela vez!

Alva escreveu que se levantara de má vontade, supondo que, como de hábito, os ladrões de túmulos já haviam retirado e vendido os melhores artefatos, deixando para trás apenas as sobras. Mas quando o arqueólogo chegou à pequena aldeia onde os cavadores de tumbas haviam sido presos, ficou perplexo ao ver o que a polícia confiscara nas casas dos saqueadores. Não eram antiguidades quaisquer, escreveu Alva, e sim obras-primas pré-colombianas com gravações intrincadas – uma cabeça humana de rosto largo e um par de monstros felinos com presas projetadas. Os *huaqueros*, ou ladrões de túmulos, invadiram tumbas da cultura mochica durante séculos, mas descobertas assim eram raras. A polícia disse a Alva que ouvira rumores sobre *huaqueros* vendendo os artigos desses saques por um valor dez vezes maior do que a quantia normal.

Intrigado, ele retornou ao sítio saqueado à luz do dia para dar uma olhada. Sua equipe começou a cavar e logo encontrou uma segunda câmara lacrada, que continha "talvez o melhor exemplo de ourivesaria pré-colombiana já encontrado". A equipe de Alva continuou a cavar e descobriu câmara após câmara de inestimáveis artefatos mochica perdidos há muito tempo, cinco níveis no total, um acima do outro. Após séculos de escavações, os saqueadores haviam inadvertidamente se deparado com a mais importante descoberta arqueológica do Novo Mundo. Era um mausoléu real, local do descanso final do rei mochica, Senhor de Sipan.

A descoberta era bastante significativa, escreveu Alva, porque muito pouco se sabe sobre a civilização mochica, que aparentemente floresceu entre 200 e 700 d.C., desaparecendo a seguir de forma misteriosa. Não usavam a escrita (os líderes se comunicavam por intermédio de códigos secretos pintados em grãos de feijão), e outras tribos peruanas da época registraram poucos contatos. Muito do que sabemos sobre a história e a cultura desse povo deriva da iconografia local – os desenhos sofisticados, as joias intrincadas e a cerâmica dinâmica.

Fiquei fascinado com a história dessa civilização perdida. Os mochica viveram principalmente ao longo dos estreitos vales dos rios, em uma faixa de 300 quilômetros do deserto litorâneo do Peru. Essa tribo de tecelões, ferreiros, oleiros, fazendeiros e pescadores chegou a ter talvez 50 mil membros. Eles pescavam no Pacífico, desenvolveram sofisticados sistemas de irrigação ligando aquedutos nas montanhas a canais e cultivaram milho, melão e amendoim. Para aplacar os deuses da chuva, faziam sacrifícios humanos rituais, cerimônias elaboradas que tinham como clímax um corte rápido na garganta. Construíram gigantescas pirâmides de degraus em tijolos de argila, montanhas feitas pelo homem que se projetavam no horizonte deserto. A maior delas, conhecida como Templo do Sol, ainda resiste, mais de 50 milhões de tijolos empilhados sobre uma fundação de 48 mil metros quadrados. Ninguém sabe por que esse povo desapareceu, entre 600 e 700 d.C. Alguns estudiosos culpam invasões da tribo huari das montanhas; outros sugerem um fenômeno climático como o El Niño no século VII, que teria levado a uma seca de três décadas no Peru, seguida por uma revolta que destruiu os sofisticados sistemas burocráticos dos quais a enorme civilização do deserto passara a depender. Talvez a revolta tenha provocado caos, guerra civil e, finalmente, a extinção.

Depois de dez páginas do artigo, vi que Garcia havia colocado outro marcador adesivo abaixo de uma fotografia de duas placas dorsais. A legenda explicava que a placa dorsal mochica era projetada para proteger o traseiro real – o rei guerreiro a usaria da base das costas até as coxas. Os arqueólogos ainda não chegaram a um consenso sobre se a armadura, feita principalmente de ouro, mas também de cobre, teria sido usada em combate ou apenas durante cerimônias, incluindo sacrifícios humanos. A parte superior da placa dorsal, a peça mais elaborada do objeto, é chamada de chocalho, e cercada por uma teia de aranha em ouro. No centro da teia reluz um guerreiro alado mochica conhecido como o Decapitador. Em uma das mãos ele exibe uma faca tumi, e com a outra segura uma cabeça cortada.

Segundo a *National Geographic*, as placas dorsais exibidas na revista eram duas das poucas existentes. Pareciam-se muito com a foto daquela que Garcia queria vender.

Fiquei admirado com os *cojones* de Garcia. Para me seduzir a comprar uma relíquia saqueada, ele me enviara matérias de revistas descrevendo a violação da tumba mais significativa das Américas, reportagens que deixavam absolutamente claro que a venda seria ilegal. Mas se a intenção dele era me impressionar e excitar, despertar paixão e cobiça pela placa dorsal, funcionou.

Sob qualquer nome – *tombaroli* em italiano, *huaquero* em espanhol, *grave robber* em inglês –, aqueles que saqueiam e vendem antiguidades ilegalmente roubam a todos nós.

Aquele era meu primeiro caso de antiguidade, mas, como iria aprender, saqueadores são ladrões de arte particularmente traiçoeiros. Eles não apenas invadem os santuários de nossos ancestrais, pilhando cemitérios e cidades perdidas em uma busca descuidada por tesouros enterrados, como também destroem nossa capacidade de aprender sobre nosso passado de uma forma que outros ladrões de arte não fazem. Quando uma pintura é roubada de um museu, normalmente conhecemos sua origem. Sabemos de onde veio, quem a pintou, quando e talvez até mesmo por quê. Mas quando uma antiguidade é saqueada, o arqueólogo perde a oportunidade de estudar uma peça em seu contexto, de documentar a história. Onde exatamente o artefato foi enterrado? Em que condições estava? O que estava perto dele? Dois objetos podem ser comparados? Sem essas informações fundamentais, os arqueólogos podem apenas fazer suposições cultas sobre um povo antigo e sobre como ele vivia.

A maioria das antiguidades roubadas segue a mesma trilha – são descobertas e desenterradas por ladrões de túmulos pobres do Terceiro Mundo, e contrabandeadas para comerciantes inescrupulosos do Primeiro Mundo.

A não ser em casos raros, especificamente na Itália e na Grécia, países que são ricos em antiguidades, o fluxo de artefatos roubados basicamente acontece a partir de países pobres para os ricos. Artefatos saqueados do norte da África e do Oriente Médio normalmente são contrabandeados para Dubai e Abu Dhabi, de lá para Londres e finalmente para lojas em Paris, Zurique, Nova York e Tóquio, cidades onde a demanda por esses produtos é maior. Peças levadas de sítios no Camboja, Vietnã e China são contrabandeadas por intermédio de Hong Kong para Austrália, Europa Ocidental e Estados Unidos.

Esse mundo enganoso e em grande medida não regulamentado é considerado um mercado "cinza", já que o mercado legal é em grande medida abastecido por um ilegal. Diferentemente de drogas ou armas cont.rabandeadas, o status legal de uma antiguidade pode mudar conforme ela cruza fronteiras internacionais – e, uma vez "legalizada", uma antiguidade saqueada pode ser vendida livremente por empresas como Sotheby's e Christie's para instituições como Getty e o Met. Embora os Estados Unidos tenham elaborado protocolos internacionais para inibir saques, cada país tem suas prioridades, seus interesses nacionais e suas leis. O que é proibido em um país pode ser perfeitamente legal em outro. Nos Estados Unidos, por exemplo, penas de águia-calva e águia-real são ilegais, e passei uma parte de minha carreira tentando combater esse mercado negro. Mas sempre que visito Paris e passeio por seus melhores antiquários ao longo do Sena, me encanto com tesouros indígenas americanos ostensivamente expostos para venda. Vi cocares inteiros com penas de águia sendo vendidos por 30 mil dólares ou mais.

Os criminosos mais visíveis no negócio de roubo de antiguidades – os saqueadores de túmulos e de santuários religiosos – ganham pouco em comparação com os negociantes que ocupam o extremo oposto da cadeia de tráfico. Em média, os saqueadores ganham apenas de 1% a 2% do preço de venda final. Os sicilianos que escavaram ilegalmente uma coleção de prata morgantina a venderam no mercado negro por mil dólares; posteriormente, um colecionador a comprou por 1 milhão de dólares e a revendeu ao Metropolitan Museum of Art por 2,7 milhões. Ladrões de túmulos chineses que encontraram uma importante escultura da dinastia Song ganharam novecentos dólares com sua venda; um comerciante americano a revendeu por 125 mil dólares.

Os melhores museus do mundo não escaparam desse ciclo lamentável. O J. Paul Getty Museum, de Los Angeles, se envolveu num escândalo após ter adquirido muitas antiguidades saqueadas das mãos do renomado marchand italiano Giacomo Médici, incluindo uma estátua de Afrodite comprada por 18 milhões de dólares em 1988. Altos curadores do Getty se reuniram com importantes oficiais dos Carabinieri italianos e negaram que soubessem ou devessem saber que as antiguidades que haviam comprado tinham sido saqueadas. (Anos depois do caso da placa dorsal, a disputa Getty-Médici se ampliaria, e oficiais italianos fariam queixas criminais contra um curador e um marchand americanos.)

Acredita-se que o comércio ilícito de antiguidades está crescendo, e há poucas dúvidas de que a revolução tecnológica que estimulou a economia global tornou mais fácil saquear, contrabandear e vender antiguidades. Saqueadores utilizam equipamentos de rastreamento global, contrabandistas subornam funcionários de alfândega mal-remunerados e vendedores oferecem itens no eBay e em salas de bate-papo clandestinas. Se for suficientemente valiosa, uma antiguidade pode ser contrabandeada para fora de um país num avião de carreira em poucas horas, chegando a Londres, Nova York ou Tóquio menos de um dia após ter sido desenterrada por saqueadores.

Qual o tamanho do problema? Difícil dizer. Apenas alguns poucos países têm estatísticas confiáveis sobre saques. Os gregos relataram 475 escavações não autorizadas na última década, e dizem ter recuperado

57.475 peças roubadas, principalmente no Peloponeso, em Tessálica e na Macedônia. Mas a Grécia é uma exceção – o país declarou o saque ilegal já em 1835, e sua constituição determina especificamente que o governo proteja o patrimônio cultural. Na maioria dos países, os saques são documentados quase todos de formas não oficiais, por intermédio de relatos e inferências. Denúncias são feitas, mas não investigadas. A Turquia diz que os saques são a quarta atividade (legal ou ilegal) mais lucrativa do país. A Nigéria relata que 90% de seus sítios arqueológicos mais significativos foram esvaziados. Alguns criminologistas fundiram essas estatísticas a relatos na imprensa e chegaram a conclusões delirantes – por exemplo, que membros do crime organizado e terroristas são personagens importantes no comércio ilícito de antiguidades. Sou cético quanto a isso. Certamente mafiosos saquearam artefatos e, sim, houve relatos de que o líder do 11 de Setembro Mohammed Atta tentou negociar antiguidades afegãs na Alemanha. Mas algumas histórias isoladas não produzem uma conspiração.

Uma coisa é clara. Assim como no caso de cocaína e heroína, o mercado comprador nos países desenvolvidos determina a oferta. Quando a demanda por artefatos do sudeste da Ásia após a Guerra do Vietnã aumentou, saqueadores decapitaram quase todas as estátuas em Angkor Wat. Quando antiguidades pré-colombianas entraram na moda em círculos de colecionadores americanos nos anos 80, ladrões de túmulos visaram sítios virgens no Peru.

Em geral os saqueadores preferem peças pequenas e relativamente anônimas. O melhor são moedas – fáceis de contrabandear, quase impossíveis de rastrear. Quando contrabandeadas em pequena quantidade, as antiguidades podem ser disfarçadas ou misturadas a suvenires. Coloque uma etiqueta com preço baixo em talheres ou joias com séculos de existência e o funcionário médio de alfândega provavelmente não perceberá.

Para disfarçar peças maiores e mais conhecidas, comerciantes do mercado negro algumas vezes fazem lavagem de antiguidades. É um esquema semelhante à lavagem de dinheiro – um corretor usa o nome confiável de um museu desavisado para ajudar a lavar uma peça ilegal criando uma papelada falsa. Num dos golpes, o comerciante inescrupuloso usa uma simples carta de consulta para se valer do profissionalismo e da educação de respeitados curadores de museus. O criminoso oferece o empréstimo de artefatos que espera que um curador de prestígio não aceite. Na verdade, o que ele deseja é uma carta de rejeição no papel timbrado do museu de prestígio, com linguagem rebuscada, que dá a entender que se conhece a importância das peças oferecidas, mas lamentando que por problemas de espaço, orçamento ou outros, o museu no momento não está recebendo novos objetos. A carta de rejeição se torna parte do histórico da peça ilegal, mais um documento a ser exibido pelo comerciante ou marchand inescrupuloso. Para o comprador – idiota ou não –, uma carta desse tipo cria um ar de legitimidade. Se um museu famoso avaliou uma peça e a rejeitou por questões de espaço, ela deve ser limpa, não?

Mas quando uma antiguidade é tão conhecida quanto a placa dorsal, o mercado negro é a única possibilidade.

MENDEZ ME TELEFONOU alguns dias após nosso encontro na rodovia.

Ele pareceu desconfiado, e falou lentamente.

– Bob, eu investiguei, e você não é advogado.

Ele tinha me desmascarado.

Eu não deveria ter dito essa mentira sem preparar uma cobertura adequada. Tinha estragado tudo. Eu só podia explodir, confiar no velho ditado de que a melhor defesa é o ataque.

Comecei pesado, quase gritando ao telefone.

– *Você me investigou*? Você não ligou para a Associação, ligou? Agora eles vão me telefonar e perguntar o que estou fazendo exercendo a advocacia em Jersey. Que merda. Você ferrou tudo chamando atenção para mim!

– Bob, eu...

– Deus do céu, você realmente, realmente... Quer saber por que eu não tenho um maldito registro? Eu fui *expulso*, Orlando. *Expulso*, disse, emendando antes que ele perguntasse como ou por quê: – Eu tive um problema com minha esposa. Digamos que houve violência. E pronto! Eles caçaram meu registro.

Houve um silêncio do outro lado da linha. A nova mentira funcionara. Eu o calara, fizera recuar. Mendez era como a maioria dos caras: relutava em cobrar detalhes pessoais sobre o casamento de outro homem, especialmente qualquer coisa relativa a violência doméstica.

Não havia mais nada a discutir. Ele até mesmo se desculpou.

Garcia ligou novamente duas semanas depois. A voz traía sua excitação.

– Bob, estou em Nova York. Estamos com ela. A placa dorsal estava guardada em segurança no consulado panamenho em Manhattan, falou. E informou que queria fazer a troca lá. – É perfeito.

Era bom, dizia ele, porque o consulado oferecia a mesma proteção de uma embaixada.O prédio e o terreno eram território soberano do Panamá, fora da jurisdição dos Estados Unidos e das leis americanas. Além disso, revelou, o principal homem do consulado estava no negócio. Na verdade o cônsul era a mula, vangloriou-se Garcia. Usara seu status diplomático para contrabandear a placa dorsal do Panamá para Nova York.

– Então está tudo bem, garantiu ele. – Quando você pode vir?

Tentei ganhar tempo.

– Isso é ótimo, ótimo. Boas notícias.

Mas não eram. Eu não podia prender alguém dentro de um consulado estrangeiro, muito menos ter agentes de apoio me acompanhando. Precisava tirar Garcia de lá, e sabia que ainda tinha uma carta na manga. Garcia e seu pessoal já estavam comprometidos. Tinham investido muito tempo e dinheiro, feito um pagamento no Peru e acertado o envio da placa dorsal para os Estados Unidos. Eles podiam ser cautelosos, mas eu sabia que também estavam ansiosos.

– Ouça, entendo que você queira fazer a troca lá, no consulado, eu disse. – Mas a questão é a seguinte: meu autenticador é um cara velho, com a saúde debilitada, que não gosta de viajar. Então acho que vocês terão de trazer a placa dorsal até aqui.

Garcia não disse nada durante alguns segundos. Então falou:

– Você tem o dinheiro?

Bingo. Ele tinha sido fisgado. Eu disse:

– Temos o dinheiro, temos o dinheiro. Um ponto seis milhão. Qual o número do seu fax? Mando uma declaração do banco.

Garcia me deu o número e eu perguntei como ele queria o 1,6 milhão de dólares. Queria que pensasse no dinheiro, não no lugar onde iria me encontrar ou se podia confiar em mim. Ele pediu 665 mil em espécie e 935 mil em transferências para contas em Miami, Peru, Panamá e Venezuela.

Anotei os nomes e números.

– Anotado, vejo vocês amanhã.

Com a venda fechada, desliguei o mais rápido possível, antes que ele pudesse pensar em mais alguma coisa.

Telefonei para Goldman e o atualizei: iria me encontrar com Garcia e Mendez na mesma parada da rodovia ao meio-dia, depois iríamos de carro até a Filadélfia para encontrar o Homem de Ouro.

– DESSA VEZ GARCIA E MENDEZ chegaram ainda mais cedo – 11h24, segundo a equipe de vigilância – e com estilo, dentro de um Lincoln Continental verde-escuro com placa diplomática e um terceiro homem ao volante. Eles deram marcha a ré até um canto, colocando a mala a poucos metros das mesas de piquenique. Mendez e o terceiro elemento, um cavalheiro robusto de cabelos grisalhos em um terno escuro, ocuparam uma mesa e estudaram o céu claro de outubro. Garcia foi ao Burger King e voltou com dois cafés.

Às 11h54 eu estacionei em uma vaga próxima com meu parceiro disfarçado, Anibal Molina.

Garcia me cumprimentou calorosamente.

– Bob!

– Oi, Denis, como está, parceiro?

O terceiro homem parou em frente a Garcia e me deu seu cartão. "Frank Iglesias, cônsul-geral do Panamá, Nova York." Era um homem enorme – 1,82 metro e pelo menos 105 quilos –, mas usava a voz melíflua de um diplomata veterano.

– Muito prazer em conhecê-lo, disse.

Fomos na direção do porta-malas e Mendez o destrancou. Abriu uma maleta preta barata e empurrou para o lado uma pilha de camisetas brancas, revelando um grande objeto de ouro enrolado em plástico bolha – a placa dorsal. Mendez enfiou a mão na mala, mas eu pulei na frente dele.

– Deixe que eu tiro, disse.

Ergui a placa dorsal do porta-malas e tentei conter minha excitação enquanto pensava em sua longa viagem – um tesouro nacional peruano enterrado por 1.700 anos, roubado por ladrões de túmulos e desaparecido por uma década, naquele momento reluzindo ao sol de Nova Jersey, resgatado em parte por uma dupla de contrabandistas inadvertidos de Miami.

Eu estava radiante.

– Vocês realmente conseguiram! Parabens!, disse, com legítimo entusiasmo. Coloquei a placa dorsal de volta na maleta e dei um grande abraço em Garcia. – Mal posso acreditar! Vocês são profissionais, falei, apertando com força a mão de Mendez. – Isso é fantástico. Fantástico! Vamos ver o Homem de Ouro. Vou dirigir devagar para que vocês possam me seguir, disse, fechando o porta-malas.

Entramos em nossos carros e eles nos seguiram pela rodovia, o começo de uma viagem de uma hora até o oeste de Filadélfia.

Depois que chegamos ao estacionamento do Adam's Mark Hotel, Iglesias abriu o porta-malas e me deu a maleta.

– Certo, falei, caminhando na direção do saguão. – Vamos concluir isso.

Quando cheguei ao meio do estacionamento, num ponto onde os bandidos não tinham onde se esconder, dei o sinal – esfreguei as costas com a mão esquerda. (O sinal de ação precisa ser um movimento que você raramente faça, para não gerar mal-entendido.) Agentes com coletes se revelaram, as armas em punho, gritando: "FBI! Mostrem as mãos! De joelhos! FBI!" Os agentes imobilizaram Mendez, Garcia e Iglesias no asfalto duro e algemaram suas mãos às costas. Levaram os dois de Miami embora, mas assim que revistaram Iglesias tiraram suas algemas. Em função de seu status diplomático, tínhamos de deixá-lo partir – por ora. Para provar que ele estivera lá, tiramos uma foto dele de pé junto a mim. Sempre político, o cônsul-geral conseguiu dar um sorriso desajeitado.

No escritório do FBI, colocamos Garcia e Mendez em salas separadas, ambos com um tornozelo preso a uma corrente chumbada no piso. Levei o promotor para ver Garcia.

Goldman apresentou sua identificação do Departamento de Justiça, deu um sorriso e disse:

– Eles me chamam de Homem de Ouro.

Garcia fechou os olhos e balançou a cabeça.

Os atos finais de todo caso de crime contra a arte incluem duas partes: o processo jurídico de rotina, no qual com sorte os réus vão para a prisão – neste caso, Garcia e Mendez se confessaram culpados e receberam uma pena de nove meses – e o maná das relações públicas, no qual a imprensa fica louca com o resgate da arte roubada.

Isso sempre pareceu desconcertar supervisores que não compreendem o amor do público (e da imprensa) por arte, história e antiguidades. Para esses agentes, o crime contra a arte parecia muito distante das missões básicas do FBI: capturar ladrões de bancos, sequestradores e terroristas. Uma vez, anos antes, depois que Bazin e eu recuperamos uma pintura roubada do Museu de Arte da Filadélfia, nos reunimos com os chefes para discutir nossas ideias para uma grande coletiva. Um supervisor riu do nosso entusiasmo. "Por causa dessa pinturinha? Não vai vir ninguém!", disse ele. Ah não, explicamos, a pintura é uma réplica de uma nota de cinco dólares do famoso artista William Michael Harnett. É uma peça importante, dissemos; as pessoas vão se interessar. O supervisor se limitou a rir mais alto. Felizmente tínhamos uma especialista na sala – a agente especial Linda Vizi, porta-voz da divisão do FBI na Filadélfia e uma amiga que partilhava meu interesse por história e arte. Vizi era durona e intelectualizada – tinha se formado em literatura clássica e estudado latim, grego, russo, espanhol, sânscrito e escrita hieroglífica. Também entendia a imprensa de um modo que seus supervisores não entendiam. "Garanto que a matéria da nota de cinco dólares estará na primeira página", disse ela ao supervisor. No dia seguinte, quando os jornalistas lotaram a sala de conferências, ela cutucou o homem. Uma hora depois, ele enfiou a cabeça no escritório de Vizi e anunciou com uma estranha satisfação: "Bem, no final das contas parece que não estará na primeira página. Waco está pegando fogo." De fato, a primeira página do *Inquirer* no dia seguinte foi ocupada por matérias sobre o que foi, provavelmente, o pior momento da história do FBI: o ataque, e o posterior inferno, de 19 de abril de 1993 ao complexo do Ramo Davidiano, que deixou oitenta pessoas mortas. Mas no pé da primeira página também havia uma pequena matéria sobre uma pintura perdida havia muito tempo, resgatada pelo FBI.

A partir desse dia, Vizi e eu trabalhamos juntos para garantir que ela tivesse o maior volume possível de dados históricos antes que anunciássemos um dos meus casos. (Como agente infiltrado, eu não podia aparecer diante das câmeras. Sempre ficava de pé nos fundos da sala, bem longe das lentes.) Ela fazia coletivas de imprensa animadas. Jornalistas calejados, cansados da habitual dose de violência, corrupção e assaltos a bancos do FBI pareciam se empolgar nas entrevistas de crimes contra a arte. Sempre estavam atrás de algo diferente, uma notícia realmente boa, e as transgressões desse tipo davam isso a eles.

A reação da imprensa ao caso da placa dorsal superou nossas expectativas. Os repórteres se apaixonaram por uma matéria que podia ser facilmente comparada ao filme *Os caçadores da arca perdida* – um caso com um cenário exótico, ladrões de túmulos, um tesouro nacional contrabandeado para os Estados Unidos num malote diplomático, o resgate de uma relíquia de 1.700 anos sob a mira de armas. No *Inquirer*, a matéria ocupou a primeira página. Começava assim: "Em uma história saída de um filme de Indiana Jones, o FBI recuperou uma refinada antiguidade peruana." A manchete do tabloide *Philadelphia Daily News*, usando uma fala do segundo filme de Indy, gritava: "O lugar dessa peça é em um museu!" A versão da Associated Press para o caso foi publicada em jornais das Américas do Norte e do Sul. O presidente peruano logo anunciou que Goldman e eu seríamos condecorados com a Ordem ao Mérito por Serviços Relevantes ao país, um medalhão de ouro com fita azul, a maior condecoração do país para serviços prestados às artes. Goldman aproveitou os refletores, e eu fiquei feliz de deixar que ele e outros desfrutassem, merecidamente.

Alguns meses depois, fizemos uma cerimônia no museu arqueológico da Pensilvânia, devolvendo formalmente a peça ao embaixador peruano e a Walter Alva, o arqueólogo chefe das tumbas de Sipan e autor dos textos da *National Geographic*. Enquanto eu ficava de lado, longe do alcance das câmeras, Alva concedeu sua própria coletiva, explicando o significado daquele dia, se esforçando num inglês capenga para fazer uma comparação que os repórteres pudessem compreender. "É um tesouro nacional. Para vocês seria como se alguém tivesse roubado o Sino da Liberdade." A imprensa mais uma vez fez a festa, novamente invocando o mote de Indiana Jones.

Vizi e eu vibramos, porque nossos supervisores vibraram. Estávamos dando ao mundo todo uma imagem boa do FBI. No final de uma péssima década – Waco, Ruby Ridge, o escândalo do laboratório forense, o fiasco com a máfia de Boston –, o FBI estava ansioso por qualquer publicidade positiva. Os chefões pareciam estar começando a se dar conta de que a recuperação de obras de arte era útil para o departamento, e não apenas na Filadélfia.

9. História pela porta dos fundos

Filadélfia, 1997

A SOSSEGADA E UM TANTO ANTIQUADA Sociedade Histórica da Pensilvânia (HSP) é em grande medida desconhecida fora da Filadélfia.

Mas o prédio de estilo neoclássico na Locust Street abriga o segundo maior repositório de objetos e documentos literários, históricos e etnográficos referentes à cultura norte-americana antiga. Fundada em 1824, a HSP possui milhares de importantes peças militares e culturais. A biblioteca de pesquisa conta com mais de 500 mil livros, 300 mil trabalhos gráficos e 15 milhões de manuscritos. Como a maioria dos museus, a HSP expõe apenas uma parcela de sua coleção a cada vez; grande parte dela permanece na reserva técnica, onde quase todos os artefatos passam décadas intocados e quase sempre ignorados. Há décadas também a HSP não fazia um inventário. Custava tempo e dinheiro demais. Mas no final de outubro de 1997 a Sociedade resolveu se dedicar à tarefa.

A gerente de coleções Kristen Froehlich descobriu problemas quase imediatamente. Alarmada, ela me telefonou.

Até aquele momento, seu inventário revelara o desaparecimento de quatro itens – um rifle longo Lancaster County e três espadas cerimoniais da Guerra Civil.

O rifle datava da década de 1780 e provavelmente tinha sido usado em combate nos estágios finais da Guerra de Independência. O cano da arma, com ponta de ouro, tinha 122 centímetros, mais comprido que a maioria dos sabres, e fora feito à mão pelo lendário armeiro da Pensilvânia Isaac Haines. As espadas cerimoniais, feitas de ouro, aço, prata, esmalte, diamantes, cristais e ametista, faziam parte de uma tradição militar que remontava à época romana. As espadas e bainhas desaparecidas, disse Froehlich, haviam sido presenteadas aos generais da União George Meade, David Birney e Andrew Humphreys depois de grandes vitórias. Seriam fáceis de identificar, porque cada uma tinha uma inscrição única gravada e contava com uma decoração luxuosa, quando não espalhafatosa. Por sorte, disse a curadora, ela tinha fotografias e uma boa descrição por escrito de todas elas. A guarda do punho da espada de Meade, por exemplo, oferecida após a batalha de Gettysburg, incluía trinta diamantes que formavam duas estrelas e a letra M sobre um escudo de esmalte azul. Eu sabia que essas espadas podiam valer 200 mil dólares ou mais no mercado aberto.

– Algo mais?, perguntei.

– Bem, pode haver mais, não sei, disse ela. – Acho que temos 12 mil peças para inventariar. E, como disse, estamos apenas começando.

Eu disse a Froehlich para vir imediatamente e pedi que fizesse uma relação de todos os funcionários da HSP. Avisei que precisaria interrogar todos eles.

Não mencionei que todos os empregados do museu, inclusive ela, seriam suspeitos.

Nos crimes contra a arte, 90% dos roubos a museus são trabalhos internos.

Assaltos à mão armada a museus executados à luz do dia, como meu caso Rodin, são raros. A maioria dos roubos a museus é cometida por gente de dentro, ou conta com sua ajuda, pessoas com acesso liberado que sabem como explorar as vulnerabilidades do prédio. Pode ser um bilheteiro, um professor, um guia, um executivo, um guarda de segurança, um zelador, um acadêmico, até mesmo um curador ou um patrocinador rico – qualquer um tentado a usar seu acesso para sair com uma obra de arte ou um pedaço da história que vale milhões. Essa pessoa também pode ser um empregado temporário, ou um operário contratado para uma reforma, até mesmo um estagiário de verão. O ladrão rouba por vários motivos, embora cobiça, amor e vingança sejam os principais.

Instituições culturais detestam suspeitar de um dos seus integrantes; gostam de se ver como famílias, colegas engajados numa profissão nobre. Muitos museus não se dão ao trabalho de investigar a ficha criminal de empregados ou fornecedores. Mas deveriam. Por mais terrível que isso possa soar, a maior vulnerabilidade de um museu são seus funcionários.

Ladrões internos estão por toda parte: em Illinois, um despachante arquitetou o roubo de três pinturas de Cézanne do Instituto de Artes de Chicago e depois ameaçou matar o filho do presidente do museu caso suas exigências não fossem atendidas. Em Baltimore, um vigia noturno roubou 145 peças do Walters Art Museum, levando uma de cada vez ao longo de oito meses – toda noite, durante suas rondas, ele abria uma vitrine, pegava um ou dois artefatos asiáticos e depois rearrumava o restante das peças para que a vitrine não parecesse suspeita. Na Rússia, uma curadora veterana de São Petersburgo saqueou sistematicamente o famoso Hermitage, retirando mais de 5 milhões de dólares em tesouros czaristas ao longo de quinze anos, um crime só descoberto muito tempo após sua morte, quando o museu fez seu primeiro inventário em décadas. Um lendário professor de literatura medieval de Ohio embarcou numa audaciosa onda de crimes em série ao surrupiar páginas de manuscritos raros em bibliotecas ao redor do mundo, da Biblioteca do Congresso ao Vaticano.

O maior crime contra a arte de toda a história foi um trabalho interno.

Em uma sufocante manhã em meados do verão de 1911, a *Mona Lisa* desapareceu de seu lugar no Louvre, entre um Correggio e um Ticiano. O roubo aconteceu numa segunda-feira, único dia da semana em que o museu ficava fechado ao público, mas só foi confirmado no final da tarde, porque guardas sonolentos ficaram debatendo se a pintura mais famosa do mundo havia sido roubada ou apenas temporariamente transferida como parte de um projeto de catalogação do Louvre. Os detetives franceses na mesma hora interrogaram mais de cem membros da equipe e fornecedores, incluindo um simplório vidraceiro italiano chamado Vincenzo Peruggia. As autoridades de Paris perderam a oportunidade de apanhar Peruggia nos primeiros dias de investigação, quando compararam, por engano, uma digital de polegar esquerdo encontrada na caixa de proteção abandonada da *Mona Lisa* com o polegar direito do ladrão.

O roubo foi notícia de primeira página ao redor do mundo, e durante algumas semanas mereceu mais destaque que a iminente Primeira Guerra Mundial. Enquanto a investigação se arrastava, os dois assuntos chegaram até a se fundir por algum tempo, e alegações sensacionalistas apareceram na imprensa francesa. Jornais antialemães insinuaram que o Kaiser tivera participação no roubo; publicações de oposição acusaram o governo francês, que estava em dificuldades, de roubar a *Mona Lisa* como parte de uma delirante conspiração ao estilo *Mera coincidência*, para distrair, escandalizar e unir o povo francês contra agressores estrangeiros. A investigação teve uma estranha reviravolta logo no começo, quando dois modernistas radicais foram equivocadamente detidos sob a alegação de que teriam roubado um ícone da arte do Velho Mundo como uma espécie de protesto artístico/político. Um deles era um jovem artista chamado Pablo Picasso.

O verdadeiro ladrão, Peruggia, deveria ter sido um suspeito desde o início. Ele tinha meios, motivo e oportunidade. Artesão que ajudara a construir a caixa de madeira e vidro que protegia a *Mona Lisa*, ele sabia de um decisivo segredo do museu: a obra-prima de Leonardo da Vinci era presa à parede apenas por quatro ganchos de metal e protegida por um único e sonolento militar da reserva. O Louvre era cavernoso e estava num constante estado de reforma, de modo que Peruggia, com sua blusa e seu guarda-pó brancos de operário, chamou pouca atenção quando deslizou para dentro do Salon Cerre pouco depois do nascer do sol naquela manhã de segunda-feira.

"A sala estava deserta", recordou ele anos depois. "Lá estava, pendurada, a pintura que é uma de nossas grandes obras. A *Mona Lisa* sorriu para mim sob ela. Num instante eu a havia tirado da parede. Levei-a para a escadaria, retirei a moldura, enfiei a pintura sob a blusa e saí com a maior despreocupação. Tudo encerrado em poucos segundos."

Peruggia escondeu a *Mona Lisa* em seu pequeno apartamento, em Paris, por dois anos. Ele era cuidadoso, claro, mas, como a maioria dos ladrões de arte, ficou frustrado quando não conseguiu vender a pintura a um comerciante legítimo. Em 1913, ele a contrabandeou para a Itália e a ofereceu a um comerciante ligado ao diretor da Galeria Uffizi, o museu mais famoso de Florença. O negociante e o diretor do museu se encontraram com Peruggia num quarto de hotel e prometeram pagar a ele 500 mil liras, com a condição de que levasse a *Mona Lisa* ao Uffizi para um último exame. Eles avisaram a polícia, que prendeu o criminoso quando ele chegou com a pintura. Posteriormente, Peruggia alegou ser um patriota, insistindo na versão de que tinha roubado a *Mona Lisa* para devolvê-la à sua Itália natal. A história conquistou muitos italianos, mas não funcionou no tribunal. Como os promotores argumentaram, o próprio Da Vinci havia levado a *Mona Lisa* para a França no século XVI; além disso, apresentaram uma carta que Peruggia escrevera à família depois do roubo na qual ele se vangloriava: "Finalmente consegui minha fortuna!" No julgamento, o próprio depoimento do réu provou que seus motivos não eram nobres. Ele esperava receber uma recompensa por "resgatar" a *Mona Lisa*. "Ouvi falar em milhões", testemunhou.

Condenado em 1914, Peruggia passou menos de um ano na prisão, uma sentença chocante para um crime tão grave, mas uma tendência nos casos de crime contra a arte ao longo do século. No momento de sua libertação, uma guerra mundial tomava a Europa, e ele foi basicamente esquecido.

LEVEI QUASE UMA SEMANA INTEIRA para interrogar a equipe da HSP. Estive com 37 dos 38 funcionários – um zelador chamado Earnest Medford alegou estar doente. Os supervisores insistiram que falar com Medford seria perda de tempo. "Ernie trabalha aqui há dezessete anos", disse Froehlich. "Quando temos algum problema, ele é o cara que procuramos."

Depois nos voltamos para o público e ajudamos o museu a divulgar uma recompensa de 50 mil dólares disparando faxes para uma longa lista de meios de comunicação, da National Public Radio às publicações *The Inquirer* e *Antiques and the Arts Weekly*. Isso gerou muita divulgação, mas a tática da recompensa que funcionara tão bem no caso Rodin produziu resultados duvidosos dessa vez, congestionando nossa linha especial para denúncias com informações inúteis. "Denúncia fala em homem suspeito examinando uma vitrine. Nenhuma outra informação", escreveu uma atendente em suas anotações. "Denunciante viu uma espada no banco de trás de um Chevrolet estacionado na Essington Avenue perto da rua 74. Há duas semanas." E minha preferida: "Denunciante é paranormal, oferece seu tempo, destaca Lua em Capricórnio no dia do roubo."

Transferi a caçada para um ambiente mais familiar e provável.

Por acaso, uma das maiores exposições da Guerra Civil do país, a Great Southern Weapons Fair de Richmond, Virginia, estava marcada para a semana seguinte ao início de nossa investigação. Como colecionador, eu tinha ido à grande mostra três ou quatro vezes ao longo dos anos, e sabia que quase todos os comerciantes sérios da Costa Leste estariam lá. Fui com o agente especial Michael Thompson e, claro, esbarramos com o destacado historiador e comerciante da Pensilvânia Bruce Bazelon, autor de um livro sobre espadas cerimoniais. Contei a ele sobre as espadas da HSP. Bazelon disse que era engraçado eu estar mencionado aquilo e contou uma história que ouvira de um comerciante de Poconos: um cliente entrara em sua loja e mostrara uma foto de uma espada cerimonial que tinha para vender. O negociante ligara para Bazelon por acreditar que a espada pertencia à coleção da HSP.

Quando telefonei para o comerciante, ele confirmou a história. Vasculhou um velho livro de endereços e encontrou o nome do aficionado por história da Filadélfia que oferecera a espada: George Csizmazia.

Nós aparecemos de surpresa no escritório de Csizmazia em uma manhã gelada dois dias antes do Natal. Ele era um eletricista de 56 anos de idade, pele branca enrugada, maxilar forte e olhos castanhos juntos. Tinha o cabelo grisalho repartido para a esquerda e usava um bigode da mesma cor bem aparado. Seu chefe o liberou do trabalho e ele nos recebeu com entusiasmo.

– O que posso fazer por vocês, amigos?

– Precisamos de ajuda com uma investigação relativa a artefatos da Guerra Civil, eu disse. – George, viemos conversar com você sobre umas espadas.

Csizmazia ficou branco.

– Ernie não contou a vocês, contou?

Ernie era o zelador, o único empregado do museu que não tínhamos interrogado.

Eu olhei para Thompson.

– Claro, blefei. – Por isso estamos aqui.

– Então, onde estão as espadas, George?, perguntou Thompson.

– Na minha casa. Eu os levo até elas.

Csizmazia morava com a esposa numa casa modesta de dois andares num subúrbio proletário chamado Rutledge, poucos quilômetros ao sul do Aeroporto Internacional da Filadélfia. Ele subiu ao segundo andar, nós o seguimos. Fomos até uma porta que tinha mais trancas e sistemas de alarme que qualquer sala da HSP. Enquanto abria a porta, ele disse:

– Eu chamo esse quarto de "meu museu".

No instante em que entramos, eu vi que nosso eletricistazinho roliço era um ladrão em grande escala, responsável pelo roubo de mais do que três espadas e um rifle.

Duzentas peças de museu dos séculos XVIII e XIX tomavam as paredes e abarrotavam mesas de exposição. Enquanto circulava pelo quarto, eu contei silenciosamente 25 espadas cerimoniais e cinquenta armas de fogo, rifles variados, mosquetes, pistolas e revólveres. Relíquias valiosas referentes à história americana antiga enchiam o quarto – um pote de chá de marfim; um relógio de carruagem de latão; um apito de prata vitoriano; uma pilha instável de moedas de ouro de dez dólares com a efígie de um índio cunhadas nos Estados Unidos; uma cigarrilha de casco de tartaruga; um par de abotoaduras ovais da época da Revolução; um relógio de prata georgiano com face de vidro; um açucareiro de prata em forma de pera; binóculos de ópera de madrepérola em estojo de couro; um gaveteiro de brinquedos em mogno. Todos materiais de qualidade.

Csizmazia se fez de tímido, comentando sobre as excentricidades da origem das peças, no mercado de artigos militares de coleção. Meu parceiro e eu não falamos muito. Apenas ficamos parados no quarto, cercados por tanta história, tantas provas. Olhamos para as peças e depois para Csizmazia. Deixamos o silêncio pesar, sabendo que ele não resistiria a preenchê-lo. Ele se mexeu, inquieto, e finalmente apontou para uma espada da época do *Mayflower*.

– Eu uso aquela para aparar meus arbustos.

Olhei para ele dando a entender que não estávamos achando graça. Meu parceiro cruzou os braços, sisudo.

– George. Numa boa. Não nos insulte, tá?

Csizmazia baixou os olhos.

– Certo.

Ele nos levou à garagem e abriu uma grande caixa de papelão para roupas. Dentro dela encontramos 1 milhão de dólares em espadas cerimoniais, incluindo as três desaparecidas da HSP.

Havia tanta coisa para confiscar que pedimos apoio. Para todo lado que eu olhava, via história. Peguei um balde de gelo para vinho do começo do século XIX e fiquei maravilhado com os pegadores em forma de cisne estilizados, a borda cinzelada e um relevo gravado da famosa Fairmount Water Works da Filadélfia. Pousei-o e olhei para um relógio com uma corrente de trama dupla do comprimento do meu braço. Eu o virei para ler a pequena inscrição: "Ao general de divisão George G. Meade, EUA, como prova de estima e respeito de seu amigo E.P. Dorrl, Gettysburg, 1º, 2, 3 de julho. VITÓRIA." Deixei o relógio na mesa. O caso estava ficando maior a cada minuto. O que mais havia ali?

Ansioso para saber mais antes que Csizmazia pensasse melhor e parasse de falar, eu apelei à sua vaidade.

– George, enquanto esperamos, por que você não nos mostra tudo?

Ele concordou rapidamente, andando pelo quarto com orgulho, exibindo peças uma depois da outra: o rifle de pederneira que o abolicionista John Brown carregou em seu ataque a Harpers Ferry; o telescópio que Elisha Kent Kane usou para localizar o oceano Ártico; o cofre de madeira que o financista da Guerra de Independência Roger Morris usou para guardar notas escritas à mão; um cacho do cabelo de George Washington; uma caixa com um pedaço do primeiro cabo telegráfico transatlântico; a aliança de casamento que o líder Patrick Henry deu à esposa.

Antes que os outros agentes chegassem, Csizmazia se postou diante das duas peças mais valiosas de sua coleção particular – um bule de chá com bico em forma de pescoço de ganso, de cerca de 1755, avaliado em aproximadamente 250 mil dólares, e uma caixa de rapé de ouro valendo 750 mil dólares ou mais. Ele nos explicou que a caixa de rapé era a peça mais histórica, por ter sido dada em pagamento, em 1735, a Andrew Hamilton pela sua defesa vitoriosa do impressor de Nova York John Peter

Zenger, acusado de produzir um libelo contra o governador colonial de Nova York. Esse marcante processo foi provavelmente o momento mais importante da história do jornalismo americano – precursor da cláusula de liberdade de imprensa da Primeira Emenda conforme adotada meio século depois na Carta de Direitos.

No total, a coleção particular de Csizmazia parecia valer milhões. Eu reconheci muitas peças dos registros da HSP.

Telefonei para Froehlich.

– Kristen, você acredita em Papai Noel?

– Ahn, talvez.

– Ele deixou muitos presentes para você.

Csizmazia não estava nem um pouco arrependido.

– O que vocês querem de mim?, implorou. Ele justificou desajeitadamente ter feito o que fez por amor e respeito pela história, não por dinheiro. – Essas coisas passaram décadas estocadas em caixas. Pelo menos alguém teve prazer com essas peças, olhando para elas em minha casa.

Restava apenas uma questão.

– Como você as roubou?

– Ernie.

Csizmazia explicou: como funcionário de confiança da HSP há quase duas décadas, Earnest Medford tinha acesso livre e sem vigilância à reserva técnica no porão do museu. O zelador corpulento de olhos castanhos fundos conhecera Csizmazia quando o eletricista supervisionara um serviço no museu, no final da década de 80. Ao longo dos oito anos seguintes, Medford tirara mais de duzentos artefatos pela porta dos fundos, algumas peças de cada vez. O colecionador imoral pagou ao zelador corrupto aproximadamente 8 mil dólares por artefatos que valiam no total entre 2 milhões e 3 milhões de dólares.

Enquanto Csizmazia revelava seu esquema, eu corei e me senti como um novato desajeitado, constrangido por não ter insistido em interrogar o único sujeito que alegara estar doente. Lição aprendida. Interrogue todos os funcionários – sem exceção.

Mas a palavra de Csizmazia não era suficiente para prender Medford. Precisávamos de provas sólidas. Eu disse:

– George, se o que você está dizendo é verdade, precisamos que ligue para Ernie e grave para nós. Quero que diga que acha que ele nos mandou até você.

Csizmazia não protestou – sabia que o tínhamos apanhado. Desalentado, discou o número.

– Ernie? George. O FBI veio me procurar, cara. Você mandou os caras para cá? Como eles souberam?

– Não sei. Não falei nada.

– É, mas você sabe que me vendeu tudo. Então sabe que temos que ficar juntos.

– Não se preocupe com isso.

Era o suficiente.

Quando confrontei Medford com as provas e a gravação, ele confessou. Perguntei por que havia feito aquilo, por que atacara sistematicamente uma instituição na qual passara quase vinte anos de sua vida. Medford deu de ombros.

– Imaginei que ninguém sentiria falta. Eu realmente precisava do dinheiro.

Foi sorte que tenhamos pressionado Csizmazia em casa, porque, quando chegou ao escritório do FBI e tirei suas digitais, ele se deu conta de tudo. Quando entreguei uma cópia da papelada inicial usada para acusá-lo, ele se contorceu, revelando seus verdadeiros sentimentos.

– Três milhões? Aquilo valia 3 milhões de dólares? Fui um idiota de não ter vendido mais daquelas coisas.

Alguns minutos depois, quando o conduzíamos ao escritório do oficial de justiça para os procedimentos legais, Csizmazia começou a murmurar, se amaldiçoando. Como muitos colecionadores, ele vira o anúncio da recompensa e sabia que o FBI e a polícia estavam procurando as peças da HSP.

– Eu poderia ter jogado tudo aquilo no rio. Vocês nunca encontrariam. Como num homicídio. Sem corpo, sem prova, sem caso.

A OBSERVAÇÃO DE CSIZMAZIA sobre destruir provas trouxe lembranças da última conversa que tive pessoalmente com meu pai, que morrera cerca de um ano antes.

Papai e eu acabáramos de sair do Good Samaritan Hospital de Baltimore, tendo recebido um péssimo prognóstico. Ele desenvolvera diabetes com quarenta e tantos anos de idade e na verdade não mudara seus hábitos nem cuidara melhor de si mesmo. Estava com 68 anos e em má forma. O médico dera a ele semanas de vida.

Papai não queria falar sobre isso. Perguntou sobre meu trabalho e eu concordei, contando a ele sobre um assalto a Pennsbury Manor, lar histórico do fundador da Pensilvânia, William Penn. Disse que tínhamos alguns suspeitos em vista, e que planejávamos ouvir as namoradas deles no dia seguinte.

– Não, não, interrompeu ele. – Não fale sobre os suspeitos. E as antiguidades que eles levaram? Vocês vão conseguir recuperá-las?

Esse era o papai. Ele compreendia o que era importante – recuperar peças de história e cultura roubadas, não prender dois idiotas tentando empenhar alguns objetos de prata.

Outra lembrança despertada pelo caso da HSP surgiu depois, enquanto me ajoelhava no cofre de provas do FBI com um curador do museu, pouco após as prisões. Estávamos catalogando cada uma das quase duzentas antiguidades roubadas e embrulhando-as com cuidado para estocagem – exatamente o que eu havia feito no antiquário do meu pai em Baltimore depois de sua morte.

Meu pai abrira a Wittman's Oriental Gallery em 1986, dois anos após eu ter saído dos jornais *Farmer* para me tornar agente do FBI. Ele vendera os jornais e retornara à sua verdadeira paixão, colecionar antiguidades orientais, alugando um espaço com meu irmão Bill na Howard Street, perto do Jeweler's Row, em Baltimore. Ele encheu o lugar com peças de sua coleção particular e obras que comprara fazendo uma segunda hipoteca de sua casa, a construção de tijolos na qual eu crescera. Estocou centenas de peças – caixas de pó de arroz japonesas de jade finamente trabalhadas, vasos Kutani, blocos de madeira ukiyo-e e dezenas de obras dos maiores nomes da arte japonesa: Hiroshige, Kunisada, Hokusai e Utamaro.

Papai passou seus últimos anos entre as antiguidades, e acho que ele sentia tanto prazer em levar os clientes para um passeio pela galeria, parando para explicar o significado de um tecido da Birmânia ou de uma estatueta japonesa, quanto em realmente vender algo, provavelmente até mais. Sua coleção tomara o piso e as paredes da loja estreita, e quase rivalizava com o acervo das melhores galerias públicas de Baltimore. Sempre que eu visitava a loja com Donna e os garotos, ele pegava uma peça de sua coleção e encantava Kevin, Jeff e Kristin com uma aula rápida sobre a cultura japonesa. Eu sempre escutava e aprendia algo novo. Já sentia falta daquilo.

Naquele momento, na sala de provas do FBI, meus olhos pousaram num relógio antigo roubado e pensei como papai descreveria a peça, qual lição de história ele poderia revelar.

Nós processamos Csizmazia e Medford com base em uma nova lei que tinha tornado crime federal o roubo de qualquer objeto de um museu que valesse mais de 5 mil dólares. Antes disso, ladrões que nunca tivessem cruzado as fronteiras entre estados, como era o caso, só podiam ser processados em tribunais estaduais. Mas o Congresso criara recentemente uma lei federal para contravenções desse tipo, em grande medida em reação ao roubo do Gardner em 1990, e em 1995 Goldman e eu fomos os primeiros a utilizá-la, no caso do roubo à casa de William Penn.

No caso da HSP, Csizmazia e Medford fizeram acordos para confessar, supondo que isso produziria sentenças mais leves. Só que não foi assim.

O juiz designado era um veterano da Segunda Guerra Mundial que não tinha simpatia pelo roubo de artefatos militares. Clarence C. Newcomer, 75 anos de idade, tinha fama de ser rígido nas sentenças. Presidira vários casos conhecidos de corrupção policial e máfia, e estabeleceu inúmeros princípios que contradiziam sua tendência conservadora, incluindo um que me tocava fundo – foi ele quem quebrou o monopólio dos cards de beisebol pela Topps, abrindo caminho para a concorrência. Se o juiz precisava de algo para se lembrar da história americana, seu escritório de janelas amplas era debruçado sobre o Independence Hall, onde o país nasceu.

Alguns minutos antes do começo da audiência de sentença do caso HSP, em 16 de julho de 1998, eu me instalei num assento à mesa da promotoria, junto a Goldman. Seguindo as preliminares de rotina, o juiz leu em voz alta a recomendação do escritório de condicional – uma sentença que variava de vinte a trinta meses para cada um dos réus. A promotoria, citando o acordo de confissão, pediu uma pena de vinte meses; os advogados de defesa não sugeriram uma sentença específica, apenas algo consideravelmente menor do que vinte meses.

Antes de estabelecer a sentença, o juiz ergueu uma pilha de quinze cartas de diretores de museus de todo o país, todos implorando a ele por uma decisão rígida. O que tornava o roubo de obras de arte diferente da maioria dos crimes financeiros e contra o patrimônio, disseram vários diretores ao juiz, era o dano à sociedade. Esses artefatos fazem mais do que encher museus, eles servem como matéria-prima para historiadores e acadêmicos. A maioria é insubstituível. "Qualquer roubo a um museu vai além do crime em si – esse ato tão destrutivo usurpa de toda a comunidade sua história, sua herança cultural", escreveu Anne Hawley, diretora do Museu Gardner. O presidente da Associação Americana de Museus, Edward Able, classificou os "roubos por pessoas vinculadas ao museu [como] os mais graves de todos, por envolverem uma traição por parte daqueles encarregados de proteger a propriedade mantida com a confiança do público". Ele citou uma frase latina sussurrada por sábios profissionais de segurança: "*Quis custodiet ipsos custodes?*". Quem vigia os vigias?

Para o meu deleite, o juiz partilhava o sentimento de ultraje dos diretores de museus. Os roubos, ao contrário do que a defesa alegava, não eram indiscrições relativamente menores e isoladas, uma raridade cometida por dois homens que, fora isso, tinham vidas produtivas. Os réus mantiveram seu esquema de modo sistemático, roubando mais de duzentas vezes, mês após mês, por oito anos. Pior: aqueles ladrões não eram bandidos comuns; em função de suas posições sociais como funcionário de museu e colecionador sério, Medford e Csizmazia, mais do que a maioria das pessoas, compreendiam o valor e o significado daquilo que furtaram. E o mal que causaram.

– Seu comportamento é uma agressão e uma afronta à nossa cultura, nossa sociedade, e precisa ser punido devidamente – disse o juiz. – Portanto, é decisão desta corte que vocês sejam sentenciados a quarenta meses...

Quarenta meses! O dobro da sentença que desejávamos!

Eu queria sorrir, mas mantive a expressão serena e estoica do FBI. Dei uma olhada para a mesa da defesa. O advogado principal estava de pé, boquiaberto, os dedos apertando um bloco de papel vazio. Medford caiu em sua cadeira e se curvou. Csizmazia se virou para a galeria em busca de um rosto solidário, tentando conter as lágrimas.

Virei-me para Goldman e apertei sua mão com força. Quarenta meses! Talvez esse fosse o começo de uma nova fase para os casos de crimes contra a arte.

10. Um tecido de sangue

Filadélfia, 1998

Quando você trabalha disfarçado, é sempre uma boa ideia ir receber seu alvo quando ele está chegando no aeroporto. É menos provável que um sujeito que acabou de sair de um avião esteja armado.

Eu me encontrei com Charlie Wilhite, colecionador de artigos da Guerra Civil, alguns minutos após seu voo pousar, vindo de Kansas City. Entramos num ônibus rumo ao hotel Embassy Suítes, perto do aeroporto. Era uma tarde fria na segunda quinzena de janeiro, e no ônibus Wilhite permaneceu de casaco de esqui e luvas, agarrado a uma grande bolsa preta. Não levava outra bagagem. Eu sabia que ele tinha reservado o voo de volta para aquela noite, então imaginei que a mercadoria estivesse na bolsa. Wilhite era um homem esguio de meia-idade com o rosto pálido e um péssimo penteado louro tentando disfarçar a calvície. Calçava botas de caubói e falava com sotaque sulista.

Quando chegamos ao hotel, tentei deixá-lo confortável. Servi duas Cocas e botei os copos sobre uma mesa com duas cadeiras, bem em frente à câmera de vigilância escondida.

– Bem-vindo à Filadélfia, disse.

– Obrigado, parceiro, ele respondeu, tirando o casaco e as luvas. – Muito obrigado.

– Primeira vez na cidade?

– É.

– Com sorte, será memorável.

– Espero que sim.

Ambos rimos.

Wilhite abriu o zíper da bolsa e eu fiquei levemente tenso. Embora o tivesse apanhado no aeroporto, nunca se sabe o que alguém pode estar carregando. Nas operações sob disfarce, armadilhas são sempre um risco. Anos antes eu quase fora atacado por um homem durante uma cilada num hotel. Ele alegara trabalhar para a CIA e queria comprar 15 milhões de dólares em diamantes soltos para financiar operações clandestinas na Europa. Comerciantes da Filadélfia alertaram o FBI e eu me disfarçara de transportador de diamantes para encontrar o homem. Ao telefone, eu aceitei sua história maluca e concordei em encontrá-lo num hotel próximo, dizendo que estaria levando as pedras dentro de uma maleta presa ao meu braço por algemas. Quando o encontrei, no acolhedor saguão do hotel, ele se aproximou usando óculos escuros e um sobretudo pesado. Nós nos viramos para os elevadores, mas o casaco e o homem me causaram uma impressão estranha, então dei o sinal de captura ali mesmo no saguão. Acabou que ele estava levando uma arma e um cutelo – e nenhum dinheiro para pagar pelos diamantes. Planejava me matar, cortar meu braço e fugir com as pedras.

Assim, dei um suspiro de alívio quando Wilhite tirou da bolsa um tecido vermelho, branco e azul cuidadosamente dobrado – uma bandeira norte-americana do século XIX em boas condições.

Ele desdobrou a bandeira grosseiramente e a colocou sobre uma mesinha redonda, com as beiradas caindo pelas laterais, as franjas puídas balançando a centímetros do chão. Meus olhos se fixaram atentamente nas 35 estrelas de ouro no quadrado azul do canto, e estremeci enquanto Wilhite manuseava a antiguidade, jogando fragmentos de folhas de ouro das estrelas no carpete do hotel. As estrelas eram incomuns, alinhadas conforme o céu noturno, irregulares em círculos frouxos, colocadas em ângulos diferentes. À primeira vista pareciam dançar.

No meio de uma das sete listras vermelhas, em letras maiúsculas em relevo, estavam as palavras "12th REG. INFANTRY CO' A".

Era exatamente como meu informante no Centro de História Militar do Exército dos Estados Unidos descrevera. Era a bandeira de batalha do 12º Regimento de Infantaria, Corps d'Afrique, um artigo quase sagrado da história afro-americana, uma das únicas cinco bandeiras do tipo a sobreviver à Guerra Civil. A etiqueta de propriedade histórica do museu do Exército – "HP 108.62" – ainda estava presa à beirada inferior esquerda da bandeira.

Wilhite seguiu meu olhar e sorriu.

– Bonita, não?

– Me parece boa, Charlie.

UMA BANDEIRA DE COMBATE é diferente de qualquer outra antiguidade. Bandeiras erguidas pelos soldados de Fort McHenry, os fuzileiros em Iwo Jima e os bombeiros no World Trade Center são símbolos da determinação americana. A lenda da bandeira de batalha do Fort McHenry inspirou nosso hino nacional. Atualmente a esfarrapada bandeira nacional é o objeto mais visto no Museu Nacional de História Americana do Smithsonian Institution, visitado por cerca de 6 milhões de turistas por ano. O objeto, costurado à mão com novelos de lã de doze metros, é o artefato mais valioso de toda a coleção do Smithsonian – valendo mais que o Diamante Hope, o *Spirit of Saint Louis* de Charles Lindbergh ou o módulo lunar *Apolo 11*.

Como um colecionador amador de artigos da Guerra Civil, eu sabia que bandeiras de regimento desempenhavam um papel fundamental em batalha – não eram mera formalidade. Os soldados que as carregavam eram referências a ser seguidas pelos soldados em meio ao caos e à cacofonia da batalha. As bandeiras de regimento literalmente marcavam as linhas de combate, onde soldados do Norte e do Sul morreram às dezenas de milhares. Cada lado tentava derrubar os porta-estandartes do adversário, ansiando por eliminar o principal meio de comunicação de uma unidade. Levar as cores de um regimento em batalha era considerado uma grande honra, mas também um enorme fardo pessoal e um risco incrível.

A peça que Wilhite levara ao quarto do hotel carregava um significado adicional. Desaparecida dos arquivos do Exército por mais de uma década, a bandeira do 12º Regimento afirmava orgulhosamente bravura, sacrifício e história racial. Após passar anos pendurada em lugar de destaque em West Point, fora transferida para um museu do Exército em

Washington. Segundo os registros, em meados da década de 70 ela foi emprestada como parte de uma exposição na Carolina do Sul, mas nunca chegou ao destino.

Eu ouvi falar do roubo pela primeira vez um mês antes de conhecer Wilhite. Leslie Jensen, um historiador do Exército em Washington, telefonou para dizer que investigadores do Exército estavam verificando uma pista de que alguém estava tentando vender a bandeira do 12º Regimento no mercado negro.

Jensen perguntou se o FBI poderia ajudar.

Pedi que ele me falasse mais sobre a bandeira.

– Pelo menos cinco homens morreram carregando-a, disse Jensen. – Por isso é chamada de tecido de sangue.

O especialista explicou que aquele regimento baseado na Louisiana tinha um lugar de destaque na história da guerra entre os estados – e das Forças Armadas dos Estados Unidos como um todo. O 12º foi um dos primeiros regimentos de negros a participar de grandes batalhas. Negros livres serviram na Guerra de Independência e na Guerra de 1812 em pequeno número, e também na Marinha nas décadas anteriores à Guerra Civil, mas a ideia de ter unidades do tamanho de regimentos, formadas por soldados negros, continuava polêmica. Com a eclosão da guerra, o Sul usou escravos em funções de apoio ao Exército Confederado, mas o presidente Lincoln inicialmente não alistou soldados negros. Depois que a União perdeu várias batalhas iniciais, Lincoln ordenou que dezenas de milhares de homens negros fossem usados em posições de apoio, mas os impediu de carregar armas. Seus comandantes da União temiam que aqueles soldados não testados pudessem fugir no calor da batalha. Mas, confrontados com a realidade e os horrores da guerra, os generais da União gradualmente mudaram de ideia. No outono de 1862, quando Lincoln declarou que todos os escravos seriam emancipados em 1º de janeiro de 1863, unidades negras autônomas estavam começando a lutar ao lado de brancos da União em Massachusetts, Carolina do Sul e Louisiana. Uma delas foi o 12º, perto de Nova Orleans.

Em maio de 1863, quando as tropas da União atacaram Port Hudson, a última fortaleza sulista no rio Mississippi, regimentos negros como o 12º tiveram a chance de provar seu valor em batalha. Em seu livro *The Black Phalanx* (A falange negra), de 1887, Joseph T. Wilson, um dos soldados negros que lutaram em Port Hudson, recordou a batalha em prosa patriótica:

> Mais alto que o trovão do Céu era a artilharia que fazia o ar sacudir a própria Terra; canhões, morteiros e mosquetes lançaram uma violenta tempestade sobre os regimentos que avançavam, uma chuva de fragmentos de ferro e esferas, cápsulas e foguetes com uma perfeita tempestade de balas de rifle se abatendo sobre eles. Avançavam e tombavam, muitos caindo à direita e à esquerda.

Quando um morteiro confederado derrubou o soldado que levava a bandeira do 12º Regimento, escreveu Wilson, outro a pegou.

> "A bandeira, a bandeira!", gritaram os soldados negros quando o corpo do porta-estandarte foi destroçado por um projétil. Eles tombavam cada vez mais rápido; gritos, preces e imprecações vinham dos que caíam e ascendiam ao Céu. "Firmes, homens, firmes", gritou corajosamente o capitão Cailloux, a espada erguida, o rosto da cor da fumaça sulfurosa que envolvia a ele e a seus seguidores, todos sentindo a precipitação mortal que aparentemente vinha de todos os lados.
>
> O capitão Cailloux foi morto com as cores em suas mãos; a coluna pareceu se dissolver como neve ao sol diante do fogo assassino do inimigo; o orgulho, a flor da Falange, tombara. Então, com uma ousadia que apenas os veteranos podem demonstrar, os negros se lançaram adiante, até onde puderam, com um grito. Os defensores esvaziaram seus rifles, canhões e morteiros.

Vencida a batalha, soldados brancos e negros da União, tendo combatido lado a lado pela primeira vez, se viram confraternizando abertamente, uma visão marcante naquela época:

> A natureza parece ter escolhido o lugar e o momento para que o negro provasse sua masculinidade e desarmasse o preconceito. … Tudo foi esquecido e eles se misturaram em termos de perfeita igualdade. Os brancos ficavam felizes de beber do cantil de um soldado negro.

Um oficial branco da União escreveu à sua família: "Vocês não têm ideia de como meus preconceitos contra soldados negros foram dissolvidos pela batalha." Até alguns sulistas ficaram impressionados. O general confederado Henry McCulloch, descrevendo um dos ataques frustrados de seus soldados, registrou: "Essa carga enfrentou a resistência da parcela negra com considerável obstinação [enquanto] a porção branca ou ianque pura correu como [cães] chicoteados assim que se deu a carga."

Em termos estritamente militares, a batalha de 48 dias em Port Hudson foi crítica. Ela eliminou a última guarnição confederada ao longo do Mississippi, um marco na Guerra Civil. Mas, talvez ainda mais importante, Port Hudson foi um divisor de águas para as Forças Armadas americanas e as relações raciais. O alistamento negro se multiplicou depois desse combate inicial. Ao final da guerra, mais de 150 mil negros haviam servido no exército da União, e pelo menos 27 mil morreram em batalha. Eles se alistaram em 160 regimentos e participaram de 39 grandes campanhas. Mas apenas cinco bandeiras de batalha de regimentos negros sobreviveram.

Toda essa história passou por minha cabeça enquanto Wilhite e eu segurávamos o tecido de sangue por suas quatro pontas no quarto de hotel.

Eu poderia ter prendido o desgraçado ali mesmo, dando o sinal para a equipe da Swat e torcendo para que Wilhite resistisse. Mas queria mais. Queria me esgueirar por sua mente. Saber mais sobre alguém que era capaz de vender um objeto como aquele, especialmente alguém como Wilhite, que se dizia um apaixonado pela Guerra Civil. Como ele podia ser tão insensível, estar tão ansioso para lucrar com um pedaço roubado da história?

Claro que eu também desejava que ele se incriminasse na gravação do vídeo de vigilância. Para tanto eu precisava provar dolo – levá-lo a admitir, na gravação, que ele sabia estar vendendo um objeto histórico roubado. Não queria que depois da captura seu advogado alegasse que havia sido um mal-entendido, que Wilhite obtivera a bandeira de boa-fé, sem saber que era roubada.

Preparando o golpe final, recostei na cadeira e tomei minha Coca-Cola.

– Você descobriu de onde ela veio?

De um museu no Colorado, ele disse, deixando claro que era roubada.

– Estou sendo sincero com você. Não quero enganá-lo. Porque se levasse isso a uma exposição, sei o que poderia acontecer. Não queria correr esse risco.

Aquilo ia ser fácil. Wilhite gostava de falar e parecia ansioso para que eu gostasse dele. Eu disse:

– Você está com medo de que alguém a veja?

Em outras palavras, você sabia que isso é uma propriedade roubada?

– É, disse ele. – Me disseram, e não sei se é verdade, que ela veio do museu de West Point e estava a caminho do Colorado.

Eu disse que precisava saber quem mais tinha conhecimento da bandeira e do nosso acordo. Expliquei que isso era importante, porque precisava proteger a mim e ao comprador. Quanto menos pessoas soubessem do negócio, melhor. Essa era uma pergunta capciosa, claro. Praticamente qualquer resposta seria incriminadora. Ele poderia dizer "ninguém sabe", porque não confiara em ninguém para se juntar a ele na conspiração ilegal. Ou poderia começar a dar nomes, jurando por eles, sem se dar conta de que acabara de delatá-los. Poderia até mesmo citar algum peixe grande, um comerciante ou intermediário que ainda não estivesse no radar do FBI. De qualquer forma, a pergunta faria com que ele continuasse falando.

Wilhite contou uma longa história, disse ter comprado a bandeira de alguém numa mostra da Guerra Civil em Chicago, um negócio em dinheiro consumado em seu carro numa garagem da cidade. Quando ele terminou eu mudei de tática, tentando fazer com que admitisse saber que estava negociando um pedaço da história afro-americana, que homens haviam morrido carregando aquela bandeira em batalha.

– Charlie, o quanto você sabe sobre a bandeira?

– Disseram que só existem cinco dessas, de tropas de cor.

– Tropas de cor? Isso é o mesmo que Corps d'Afrique?

– É, eles se reuniram na Louisiana e prestaram serviços relevantes no Tennessee. Você pode verificar.

Eu tinha feito isso.

– Tiveram muitas baixas?

– Sim, muitas baixas. Entraram em combate. Não estavam apenas lavando panelas e coisas assim, como a tropa de cor sobre a qual eles fizeram um filme, o grupo de Massachusetts. Por isso a peça é importante para mim.

Inacreditável. "Muitas baixas. Por isso a peça é importante para mim." Disfarcei minha raiva com uma risada e um gole de Coca. Até onde aquele sujeito iria? Wilhite parecia contente, uma daquelas pessoas que se acalmam com o som da própria voz. Estava inclinado na cadeira, uma bota na mesa, mãos trançadas atrás da cabeça. Eu disse:

– Quando você soube dessa história, não teve nenhuma dificuldade em ficar com a bandeira, por tudo isso?

– Eu? Não. Paguei muito dinheiro por ela. Um camarada meu sugeriu que a doasse a um museu e conseguisse isenção de impostos. Eu não queria fazer isso e fiquei algum tempo pensando. Esse meu amigo falou que tinha contatos, disse, apontando um dedo ossudo para mim. – Agora, como você lida e negocia é problema seu. Mas é melhor ser discreto. Não recomendaria que a levasse a uma exposição. Pode ser que nunca tenha problemas, mas quero ser honesto com você.

– Certo, porque podemos ter muitos problemas.

– Isso, podemos.

Eu já suportara demais.

– Vinte e oito mil. Em dinheiro, certo?

– É, se recebesse um cheque teria de mostrá-lo ao Tio Sam e acho que não me safaria.

Comecei a levantar, pensando que eu certamente iria avisar o pessoal da Receita.

– Não é uma peça ótima? Eu disse que era, Wilhite falou.

– Ela é, eu disse, torcendo o nariz com o polegar e o indicador, o sinal de ação. – Só poderia ter vindo de um museu.

– Sim, senhor...

A cabeça de Wilhite se virou de repente para a direita quando três agentes do FBI abriram a porta adjacente e ordenaram que ele colocasse as mãos na cabeça. Como um idiota, ele deu um pulo, ignorando os agentes e começando a gritar comigo.

– Quem *é* você? Quem *é* você?

Ele deu um passo desajeitado na minha direção e os agentes o imobilizaram no chão.

Descobri que posso ler sobre um objeto roubado, falar sobre ele com especialistas, até mesmo segurá-lo nas mãos enquanto os bandidos explicam seu valor no mercado negro. Mas sei que não aprecio verdadeiramente o profundo significado de um objeto até finalmente poder devolvê-lo a seu dono por direito.

E, assim como em relação a Alva e a placa dorsal, o mesmo aconteceu com um grupo de encenadores negros da Guerra Civil e o historiador-chefe do Exército.

Algumas semanas após a prisão de Wilhite e do confisco da bandeira, nós nos reunimos em Washington para uma cerimônia marcante na qual o FBI devolveu formalmente a bandeira ao Exército. Era fevereiro, então a devolução foi encaixada às pressas no programa anual do quartel-general, no Mês da História Negra.

Fui de carro para Washington com Vizi, a agente que cuidava da imprensa, e o agente encarregado do escritório da Filadélfia, Bob Conforti. No auditório, eles ocuparam lugares de honra perto do palco. Preocupado com as câmeras, fiquei nos fundos.

O palestrante principal, convidado com bastante antecedência, um astronauta negro, encantou a todos com histórias do espaço sideral, mas a bandeira, um acréscimo de última hora, roubou a cena. Ladeada por uma guarda de honra de encenadores negros da Filadélfia, ela se elevava acima dos dignitários sentados, do astronauta, do diretor do FBI, Louis Freeh, e de dois generais do Exército.

Joseph Lee, que lidera o grupo de encenadores da Filadélfia, subiu ao palanque vestindo uma réplica perfeita do traje azul dos Soldados de Cor dos Estados Unidos, 3º Regimento. Começou descrevendo sua experiência no mês anterior, quando eu o convidara para ver a bandeira de batalha resgatada em nosso escritório da Filadélfia.

– Fui advertido para não tocá-la. E como servi nos fuzileiros dos Estados Unidos e na Força Aérea, e fui sargento-ajudante de nosso grupo, sei obedecer ordens. Ele fez uma pausa, limpando o lábio inferior com uma luva branca. – Mas aquela ordem eu não podia obedecer. Tocar naquela bandeira provocou arrepios no meu corpo. Só pensar nisso agora faz meus olhos se encherem de lágrimas. Faz meu coração acelerar. Porque aquela era a história afro-americana verdadeira, viva. Eu ouvira falar dela, lera sobre ela, sonhara com ela, mas naquele momento eu me tornara parte dela, disse, saudando a bandeira.

– Os mortos ainda estão em covas rasas espalhadas pelo campo de batalha, onde lutaram e morreram. Esta bandeira honra a todos eles. Lee retirou o quepe e o levou ao peito. – Que Deus tenha misericórdia do que foi cometido lá e das almas daquelas pobres vítimas, mandadas a Ti sem uma prece. Todo louvor, toda honra aos nobres soldados que lutaram pelo Tio Sam.

Mesmo o impenetrável Freeh pareceu comovido. Eu me dei conta de que nosso caso garantira a ele e ao FBI um impressionante golpe de relações públicas – não apenas o resgate de um significativo objeto histórico, mas uma oportunidade de ajudar a melhorar a imagem ruim do departamento em relações raciais. E certamente não prejudicou minha discreta aspiração de expandir meus horizontes em crimes contra a arte além da Filadélfia, para o cenário nacional e internacional.

Antes que eu pudesse delirar demais com pensamentos tão grandiosos, o chefe de história militar do Exército, general John Brown, assumiu o microfone.

> Pensem no estresse de combate a que eram submetidos os soldados do 12º Regimento. Não podiam ver os rostos dos seus entes queridos; não podiam ver os monumentos que faziam esta cidade grande. Não podiam ver majestosas montanhas lilases e planícies com pomares. Mas algo que eles podiam ver acima da fumaça e da algazarra da batalha era a bandeira. E para os soldados a bandeira sempre conteve a essência de tudo pelo que eles estavam lutando. É tudo o que está com eles no campo de batalha quando enfrentam a morte. Acho que é especialmente adequado que esta bandeira represente homens que se ergueram para lutar contra a escravidão por eles mesmos e por suas famílias e, enquanto contribuíam para o que o Exército da União fez, de fato

garantiram sua liberdade e a de todos os seus descendentes pelas gerações futuras. Foi o primeiro de muitos passos para afirmar o sonho americano de que todas as pessoas são iguais.

Enquanto ele falava eu não conseguia deixar de pensar em meus pais, o soldado e a noiva japonesa.

11. Amizade e traição

Santa Fé, 1999

O Palácio dos Governadores, na Santa Fé Plaza, é considerado o mais antigo prédio público em uso contínuo dos Estados Unidos e parada obrigatória para qualquer visitante. Construído pelos espanhóis em 1610 como sede do poder da Nova Espanha no Norte do país, a baixa estrutura de alvenaria e madeira com um quarteirão de comprimento continua a ser o polo da cultura de Santa Fé. O palácio abriga o popular Museu do Novo México e, do lado de fora, ao longo da balaustrada debruçada sobre a praça, artesãos nativos americanos oferecem aos turistas joias feitas à mão.

Joshua Baer instalou sua galeria de arte e antiguidades indígenas a meio quarteirão do palácio, no número 116 da East Palace Avenue. Uma discreta placa de madeira dizia Galeria em cima – aberta. Um cartaz na entrada recomendava Por que correr riscos? Compre arte autêntica.

Em uma tarde incomumente fria no verão de 1999, meu parceiro e eu, disfarçados, subimos as escadas, levando nos bolsos identificações falsas e gravadores.

A venda de arte indígena falsificada é um problema de 1 bilhão de dólares por ano, mas ainda pequeno comparado ao comércio ilegal de objetos religiosos de nativos americanos, particularmente aqueles com penas de águia. O crime incomodou as autoridades policiais e líderes tribais durante anos, e o fato de muitas pessoas no Novo México, incluindo alguns juízes, líderes indígenas e funcionários públicos, criticarem abertamente a lei federal relativa às penas de águia não ajudou. Era fácil para a lei atacar os "catadores" de baixo nível, aqueles que vasculhavam reservas, adquiriam objetos religiosos de índios sujos e miseráveis e os vendiam a comerciantes de Santa Fé. Mas era muito mais difícil atacar os comerciantes. Obstinados agentes federais do Departamento de Pesca e Vida Selvagem dos Estados Unidos haviam iniciado uma grande investigação seis meses antes, e naquele momento suspeitavam de que Baer e quatro outros negociantes estivessem vendendo ilegalmente objetos religiosos indígenas, incluindo penas de águia. Mas não tinham como provar. Eles sabiam que a única forma de pegar os comerciantes era montar uma cilada, mas a unida e desconfiada comunidade artística de Santa Fé tornava quase impossível usar agentes locais infiltrados.

Então o Departamento de Pesca e Vida Selvagem recrutou dois estranhos, um agente do FBI da Filadélfia e um detetive de polícia norueguês, para tentar fazer uma prisão grande o suficiente para assustar comerciantes desonestos e os deixar de sobreaviso. Eles me escolheram por causa do meu histórico em crimes contra a arte, e o norueguês porque objetos religiosos dos nativos americanos – cocares de penas de águia, mães do milho zunhis, máscaras cerimoniais hopis – são populares na Europa, onde sua venda é perfeitamente legal. Europeus ricos com frequência viajam a Santa Fé para comprar objetos indígenas, e em geral levam intermediários especializados americanos para dar consultoria. Naquele momento eu me passaria por intermediário de meu amigo norueguês Ivar Husby disfarçado de ricaço, com sua aparência nórdica, seu relógio Rolex emprestado e ternos Hugo Boss.

Husby e eu subimos os degraus acarpetados marrons até a galeria do segundo andar. Um homem de aparência gentil, 1,87 metro e 100 quilos estava no centro da galeria, ao lado de um armário com uma coleção de bonecas *kachina* hopis. Tapetes navajo de primeira categoria cobriam duas paredes, com as janelas em frente dando para a Palace Avenue. O homem nos deu um minuto para absorver tudo aquilo. Depois esticou a mão direita.

– Josh Baer. Sejam bem-vindos.

– Oi, Josh. Bob Clay, da Filadélfia, falei, apontando para os tapetes. – Eles são impressionantes.

O norueguês se adiantou.

– Ivar Husby, disse, apertando a mão de Baer. – Eu estou habitando em Oslo, na Noruega.

– Ivar é colecionador, eu disse, dando um tapinha nas costas do meu amigo. – Estou ajudando um pouco, porque o inglês dele não é muito bom. É um bom cliente meu.

Baer se virou para Husby.

– Quais são os seus negócios?

Husby era fluente em quatro idiomas, mas falou com Baer num inglês capenga.

– Negócio da família petróleo. Eu tenho empresa internet.

Baer arregalou os olhos castanhos.

– Vejamos se posso ajudá-lo.

Ele nos mostrou alguns tapetes navajo, mas logo deixei claro que estávamos mais interessados em objetos cerimoniais.

– Ivar coleciona objetos religiosos das tribos laplander, da Escandinávia. São semelhantes aos nativos americanos. Por isso estamos aqui.

Dei a ele meu cartão: ROBERT CLAY, CONSULTOR DE COMPRAS.

Baer entrou em uma sala nos fundos. Saiu com uma tigela cerimonial de vime datando de 900 d.C. (preço: 6 mil dólares), uma boneca *kachina* acoma de madeira de dez centímetros (5,5 mil dólares) e um escudo kiowa da dança do fantasma (24 mil). Passamos cerca de quarenta minutos com ele, mas não compramos nada. Quando nos preparávamos para sair, Baer nos convidou para uma exposição de cartões-postais antigos em sua galeria naquela noite. Demos uma passada no coquetel mais tarde, ficamos alguns minutos e falamos rapidamente com ele.

– Voltem amanhã, disse ele com uma cativante sugestão de promessa. – Tenho algumas coisas para mostrar a vocês.

– Mal posso esperar, Josh, falei.

O TRABALHO INFILTRADO é como o xadrez.

Você precisa dominar seu tema e estar um ou dois movimentos à frente do seu oponente.

Eu ensinei centenas de agentes federais. Sempre digo a eles para esquecer o que viram na televisão. Não é a vida real. O treinamento do FBI é bom, mas o melhor agente infiltrado depende de seus próprios instintos. Aprendi mais em meus anos vendendo anúncios para os jornais *Farmer* do que em qualquer manual do FBI.

Não são habilidades que possam ser aprendidas num curso – um agente que não tenha naturalmente os instintos e as características para trabalhar disfarçado provavelmente não deve fazer isso. Ou você possui as habilidades sociais e de venda inatas para o trabalho – fazer amizade e trair –, ou não.

Você começa com um nome. Todo agente infiltrado precisa de uma identidade falsa. A não ser que seu primeiro nome seja incomum – como Ulrich ou Paris –, é melhor usar o verdadeiro. Isso obedece à minha grande regra de trabalho sob disfarce: conte o menor número possível de mentiras, pois quanto mais contar, de mais terá que se lembrar. Quanto menos tiver de lembrar, mais à vontade e natural será. O uso do próprio nome pode protegê-lo caso você esbarre com um amigo ou colega que não sabe que você está trabalhando infiltrado. Nos primeiros minutos do caso da bandeira de combate – quando recebi Wilhite no aeroporto –, eu encontrei inesperadamente um vizinho. Ele disse: "Oi, Bob." Eu acenei com a cabeça, disse "olá" rapidamente e continuei andando com Wilhite. Se aquele vizinho tivesse me chamado por qualquer outro nome, poderia ter acabado com o caso.

O sobrenome que você escolher deve ser banal e bastante comum, algo difícil de localizar com uma busca simples na internet.

Assim que tiver escolhido um nome, você precisa de uma série de documentos. O FBI chama isso de sustentação – a papelada da identidade falsa de que você precisa para fazer seu trabalho. Para ajudar um agente disfarçado a criar uma segunda identidade e sustentar sua persona, o FBI utiliza equipes de agentes, analistas e pessoal de apoio em Washington.

Como as regras do departamento para o trabalho sob disfarce tendem a ser tediosas e burocráticas, eu fiz grande parte de minha própria sustentação. Enchi minha maleta de agente infiltrado com identificações secundárias – um cartão de biblioteca da Filadélfia, um cartão de milhagem da U.S. Airways, cartões de desconto da Barnes & Noble e da Borders, um cartão de sócio familiar do Museu de Arte da Filadélfia, um recibo de galeria com meu nome falso. Também criei algumas contas falsas de e-mail no Hotmail. Imagino que também deveria ter preenchido a papelada para isso. Mas se seguisse ao pé da letra todas as regras do FBI, nunca conseguiria fazer nada. A maioria dos supervisores entendia isso. Normalmente eles fingiam que não viam.

O passo seguinte é criar suas credenciais – cartões de visita profissionais, mas discretos, números de telefone e, se possível, registros públicos. Para minha pequena operação individual eu não precisava de muito. Basicamente usava apenas celular e e-mail. Isso bastava. Se fosse necessário, eu sabia que sempre poderia contar com o departamento. Em situações especiais, poderia até mesmo acionar uma firma particular ou universidade. Algumas vezes empresas reais ajudam agentes do FBI infiltrados a criar identidades falsas emprestando seu nome, papéis timbrados e crachás.

A sustentação é relativamente fácil. É em grande parte um jogo de burocracia e paciência. Quase todos podem fazer isso. Os passos seguintes exigem estômago e um conjunto especial de habilidades pessoais.

O que se segue é minha abordagem *pessoal* para o trabalho sob disfarce.

O disfarce é muito parecido com o mercado de vendas. Tem a ver com a compreensão da natureza humana – conquistar a confiança de uma pessoa e depois tirar vantagem disso. Você faz amizade, depois trai.

Cada caso infiltrado é diferente do outro. Mas acho que a maioria pode ser reduzida a cinco passos: você avalia o alvo, se apresenta, faz amizade com o alvo, trai, vai para casa.

Primeiro passo: Avaliar o alvo. Qual é o seu alvo? O que ele está oferecendo? Um investimento garantido? Fraude de imposto? Suborno a um conselheiro municipal? Drogas? Seja lá o que for, você tem de dominar esse assunto.

Digamos que seu alvo está vendendo cocaína. Você precisa saber perfeitamente como a droga é consumida hoje, esquecendo o que viu na televisão ou testemunhou na faculdade. Precisa saber como manusear cocaína, batizá-la, o quanto uma pessoa comum pode cheirar. Tem que conhecer os preços de venda praticados em sua cidade – de um quilo a um grama. Precisa dominar a gíria: no caso da cocaína, precisa saber que um *papel de oito* corresponde a três gramas e meio; *macio* significa cocaína em pó; *duro* significa *crack*; um *ferro* é uma arma. E, embora ainda possa chamar cocaína de *teco*, *presença* ou *pó*, é melhor não usar termos datados como *brilho* – ou, pior ainda, usar expressões exclusivas da lei como *usuário*, como em "Ele é um usuário" ou "Ela usa cocaína".

Isso vale para qualquer assunto. Quando comecei a vender anúncios para o *Farmer*, rapidamente aprendi que aquele garoto da cidade tinha de saber a diferença entre uma vaca Holstein e uma Angus. Uma é leiteira, a outra é de corte. Uma você ordenha, a outra você come. Uma é um membro valioso da família do fazendeiro; a outra, jantar.

Na maioria das situações, assim que você domina um tema, pode usar esse conhecimento caso após caso tendo como alvo o mesmo tipo de criminoso. Habilidades adquiridas para uma cilada num caso de esquema Ponzi podem ser usadas no caso seguinte de crime financeiro. Casos de drogas e corrupção tendem a obedecer a um padrão previsível – e há um número limitado de drogas ou esquemas de corrupção a ser dominado. Crimes contra a arte são diferentes, alguns até diriam que são mais difíceis, porque há gêneros demais. Em praticamente cada caso você tem que mudar de chave, pesquisar o mercado, aprender o jargão.

Segundo passo: a apresentação. Há duas formas de conhecer um alvo. Eu as chamo de encontro e fiança.

O *encontro* é difícil. Demanda muita preparação e um pouco de sorte. É exatamente o que parece: você descobre um modo de encontrar o alvo de uma forma que pareça absolutamente natural. Esbarra com ele em um bar, uma boate ou uma galeria. Algumas vezes precisa passar semanas, talvez meses, criando suas referências no ambiente do seu alvo. Se ele é um motociclista fora da lei, você tem que descobrir como sair com outras gangues de motociclistas, esperando a oportunidade certa de encontrá-lo.

Muito mais rápida é a *fiança*, na qual alguém certifica para o alvo que você é de verdade. A apresentação normalmente é feita por um informante confidencial ou uma testemunha cooperativa. No caso da placa dorsal, Bazin foi meu fiador, e um de seus informantes foi o fiador dele. Nem sempre o fiador precisa ser uma pessoa. Pode ser qualquer coisa que convença o alvo de que você é quem diz ser – no meu caso, um especialista em determinado segmento artístico. Você pode criar uma apresentação virtual demonstrando seu conhecimento. No caso da bandeira de batalha, eu atraí o homem de Kansas City à Filadélfia após múltiplas conversas telefônicas nas quais deixei claro que tinha bastante experiência no circuito dos colecionadores da Guerra Civil.

Terceiro passo: fazer amizade. Você precisa conquistar a confiança do alvo, e a melhor forma de fazer isso é seduzir e bajular. Pode ser com drinques e jantar, conduzindo-o em seu carro reluzente, porém técnicas mais sutis são mais eficientes. Truques psicológicos funcionam melhor.

A primeira impressão é fundamental. Você desde o começo quer criar uma aura amistosa. Expressões faciais são as mais importantes, pois são o modo como nos comunicamos de forma mais clara como criaturas sociais. Quando conheço alguém que sorri, faz contato visual suave e aperta minha mão de um modo agradável, sou levado a pensar que é uma pessoa legal. Quando conheço alguém que franze o cenho, olha fixamente e aperta minha mão com muita força, fico imediatamente em guarda, pensando que esse sujeito é um inimigo ou um concorrente. É algo com muito mais nuances do que o ato reflexo de enfrentar ou fugir – eu trabalho na periferia da personalidade do alvo. (Se encontro um concorrente, deixo que ele sobressaia no assunto que domina, mas faço questão de que me deixe sobressair no meu campo de atuação. Se é um ladrão, deixo que decida quando é o momento de roubar, desde que ele me permita decidir quando é o momento de negociar.)

Não subestime a importância de um sorriso amigável. Se você sorrir, as probabilidades são de que o alvo também sorria. É da natureza humana espelhar o que se vê. É uma reação psicológica primal, uma característica aprendida na infância. Quando você sorri para um bebê e ele sorri de volta, não é porque gosta de você, e sim porque o está imitando. Franza o cenho e o bebê irá chorar. É uma técnica de sobrevivência que toda criança aprende nos primeiros meses. Mantemos isso a vida inteira.

A técnica do espelhamento funciona de outras formas. É gratificante quando você demonstra algo e alguém diz: "Ei, boa ideia." Todo mundo baixa a guarda quando está com pessoas semelhantes. Um bom agente infiltrado se vale disso. Se o alvo se senta perto da mesa, você também se senta. Se coloca óculos escuros, você também. Se ele sorri, você sorri.

O que quer que ele diga, descubra uma forma de validar. Se disser que a temperatura está quente, concorde. Se criticar a postura ou o caráter de um político, concorde que o político é vulnerável em muitos pontos. Se ele pedir chá gelado, faça o mesmo.

Assim que os dois começarem a conversar, partilhe informações. Fale sobre si mesmo; pergunte sobre ele. Trocar informações pessoais é uma ótima forma de fazer amizade, construir aquela confiança fundamental.

Mas aja com cuidado. Tenha certeza de que aquilo que disser possa ser confirmado ou seja tão pessoal que não possa ser verificado. Permaneça o mais perto possível da verdade – não diga que tem seis filhos se tiver apenas dois, pois em algum ponto do processo você provavelmente estragará tudo.

Como fazer amizade com alguém por quem sente repulsa? Esforce-se mais. Procure o que há de bom nessa pessoa e se concentre nisso. Ninguém é inteiramente mau. O alvo se importa com a família? Com a injustiça? Vocês partilham o mesmo gosto por música? Mulheres? Comida? Futebol? Política? Carros? Arte? Caso se concentre nos traços criminosos e imorais, nunca encontrará um terreno verdadeiramente comum.

Uma coisa fundamental: para se manter a salvo de situações difíceis durante o processo, ofereça prontamente dicas sobre seus pontos de vista em relação a casamento e álcool. Se é casado, seja casado e diga que é totalmente apaixonado pela esposa. Se você é "apaixonado pela esposa", significa que não faz besteiras. Se não quer beber, diga ao alvo que não bebe por ser um alcoólatra com tendência a apagões bizarros. Nunca diga que não bebe nem trai porque é moralmente errado. Isso parecerá babaquice (Deus do céu, você deveria ser um criminoso!). Se der essas dicas desde o começo, será muito mais fácil quando um alvo quiser testá-lo mais tarde. Você pode dizer: olha, eu não jogo. Sou um homem de negócios. Estou aqui para fechar um negócio, não para farrear.

É importante entrar no papel, mas seja cuidadoso, permaneça atento. Quando você trabalha infiltrado, é fácil perder o contato com a realidade e deixar que as mentiras e o fingimento assumam o controle.

Quarto passo: trair. Faça o alvo levar o contrabando para você numa situação controlada – se possível um quarto de hotel adjacente a uma equipe da Swat. Faça com que ele se incrimine em gravações.

Quinto passo: ir para casa. Termine em segurança e volte para sua esposa e sua família. Nunca permita que sua vida sob disfarce domine sua vida real. Ela não é – repetindo, não é – mais importante. Se acontecer alguma coisa durante um caso que o deixe desconfortável, não faça. Se um bandido pedir que você entre no carro dele e isso o deixar nervoso, arrume uma desculpa. Se um supervisor ou agente do FBI responsável pelo seu caso pedir que você finja ter um conhecimento que não tem, não faça isso. Acima de tudo, você precisa estar à vontade em seu papel. Isso tem de vir de dentro. Eu digo aos agentes a que ensino: lembre-se, você precisa ser você mesmo. Não tente ser um ator. Você não consegue isso. Ninguém consegue. Atores têm roteiros e muitas tomadas, você só tem uma. Eles erram os diálogos e têm outra chance, você comete um erro e pode acabar morto – ou pior, também causar a morte de outras pessoas.

No caso Baer, nós usamos o "encontrão" – um ataque direto – porque não havia uma forma rápida e fácil de criar uma apresentação. Não conhecíamos ninguém de dentro.

Mas isso não significava que não tivéssemos informações de qualidade. Nossos amigos do Departamento de Pesca e Vida Selvagem haviam prendido um número suficiente de elementos de nível inferior – comerciantes e catadores que garimpam objetos religiosos e os vendem a donos de galerias de caráter duvidoso – e sabíamos como as vendas ilegais eram feitas. Para contornar a lei sobre penas de águia, negociantes como Baer falavam em código. Sempre se referiam a penas de águia como simplesmente penas de "peru". E nunca realmente *vendiam* objetos com penas de águia. Eles os *davam de presente* a clientes que também compravam objetos nativos americanos legais por preços obscenamente inflacionados. Um cliente desses podia conscientemente pagar 21 mil dólares por um objeto legal que valia mil dólares e receber de presente um objeto ilegal no valor de 20 mil.

Na tarde seguinte à nossa rápida conversa no queijos e vinhos, voltamos à galeria de Baer e ele nos recebeu de forma calorosa.

– Venham aos fundos, falou, abrindo a porta que levava do salão da galeria a uma sala privativa.

Ele pegou um conjunto de papagaios de madeira e explicou que eram usados em uma dança do milho de Jemez Pueblo. Mostrou uma escova de cantor navajo, um objeto sagrado usado por um curandeiro para expulsar maus espíritos; e um par de ornamentos de cabelo dos jemez que consistia de quatro penas de trinta centímetros amarradas a um suporte de madeira de 2,5 centímetros de largura. Os prendedores de cabelo tinham talvez cem anos de idade e eram feitos de cordas de algodão, duas penas de gavião-de-cauda-vermelha, uma pena de águia-real e uma pena de arara.

– Tem algo mais religioso do que isso?, disse Baer.

Ou, pensei, algo mais ilegal. Ofereci a senha.

– Elas são o quê, peru?

– Isso, disso Baer, sorrindo. – Penas de peru.

Ele rapidamente deixou claro que os tinha recebido de presente de um intermediário com o qual havia feito um acordo muito importante.

– Foi como se eu tivesse comprado algo dele e ele tivesse me dado isso.

– Assim como se você tivesse algo que pudesse dar de presente a Ivar?

– Isso, disse ele. – Não é o tipo de coisa que possa ser vendida a alguém. Há alguém na sua vida que o ajuda.

Eu sorri.

– Muito recomendável.

Baer riu.

Eu me virei para Husby.

– Está interessado?

Ele balançou a cabeça afirmativamente.

– Posso tirar uma fotografia?

Baer fez um gesto negativo.

– Lamento, não posso permitir.

– Ah, tudo bem.

– Depois que eu os der a você, poderá tirar uma fotografia, disse ele, e rimos novamente. Éramos todos amigos, conspiradores, e Baer começou a se abrir. – Tenho de ser franco com vocês. Não é nada divertido lidar com o governo federal no que se refere à legalidade dessas coisas.

– Qual é o problema?, perguntei.

– Eles atormentam quem compra e vende material indígena americano, respondeu.

Baer iniciou uma longa justificativa dizendo que negociar objetos sagrados nativos americanos ilegalmente é um crime sem vítimas, estimulado e manipulado por líderes tribais para recompensar amigos e punir inimigos.

– É uma questão política.

– Eu não fazia ideia, disse Husby.

– Então eu não vou ficar sentado aqui, pedir uma identificação ou ser babaca em relação a isso, disse Baer. – Quero dizer, claro que vocês são pessoas sérias, mas minha preocupação é que não é o tipo de coisa que possa ser discutida.

– Não, tudo bem, tudo bem, falei, me virando para Husby. – Tenho que descobrir um modo de fazer isso chegar até você.

– Entendi o que ele está procurando. Se tivermos algum tipo de relação profissional, tudo ficará bem, Baer disse.

– Então, aqui entre nós, eu disse, sussurrando, como se tais palavras não pudessem ser escutadas por Husby. – Vamos combinar o preço?

– Sim, concordou Baer.

Fiz uma expressão radiante.

– Gostaria de começar uma relação profissional.

Husby e Baer discutiram problemas de alfândega durante alguns minutos. Quando terminaram, eu disse:

– Uma das coisas nas quais Ivar estava interessado é um cocar de guerra.

Baer se animou, mas não disse nada.

– Tem como conseguir isso?, perguntei.

– Leva algum tempo, ele disse, cauteloso. – É possível, mas muito, muito difícil. Não é o tipo de coisa que você possa ligar e encomendar.

– Não, eu entendo, falei.

Husby se intrometeu.

– Procuramos muitos dias, mas não vimos nenhum.

– Vou encontrar um, disse Baer. – Mas vai levar algum tempo.

Eu também precisava de tempo. Tinha de voltar à Filadélfia.

Um dia depois de Baer prometer encontrar um cocar para mim, o furacão Floyd, que já havia causado muitas inundações e infelicidade na Carolina do Norte, chegou ao sudeste da Pensilvânia, levando trinta centímetros de água e rajadas de vento de 110 quilômetros por hora para a minha área. Nossa casa nova era particularmente vulnerável, porque o construtor ainda estava lutando para consertar uma série de problemas mesmo dois anos após termos nos mudado. Quando a tempestade chegou à Pensilvânia, Donna telefonou para mim em Santa Fé para contar os estragos. Os carpetes estavam encharcados. Escorria água pelas paredes do lado de *dentro* da casa. Os tetos estavam cedendo com a água, vazando por toda parte. Imaginei a pilha de contas, mais aborrecimentos com obras – novas paredes, emboço, paisagismo, drenos e janelas. O caso Baer teria de esperar. Voltei rapidamente ao meu quarto e me preparei para voar de volta para casa.

Trabalhar sob disfarce pode ser difícil para a família.

Você fica fora por longos períodos de tempo. Deixa sua esposa sozinha em casa com as crianças e todas as suas atividades, deveres de casa, consultas com o médico, tarefas domésticas e problemas com o carro. Não sabe dizer exatamente quando partirá e quando voltará – podem ser alguns dias ou semanas. Sua esposa sabe para onde você está indo e tem uma ideia geral do que você está fazendo – e de que isso pode ser perigoso –, mas para sua própria segurança, você lhe diz que ela não deve contar a ninguém.

Eu decerto dependia do apoio de Donna. Ela pertence a uma linhagem de mulheres fortes. Sua criação – especialmente o que aprendeu com a mãe, Jerry – nos conduziu nos momentos mais difíceis. Jerry com frequência nos lembrava de "desacelerar e sentir o perfume das rosas". Sempre que os pais de Donna nos visitavam, davam aos garotos uma pilha de enormes caranguejos de Maryland cozidos. Jerry levava para Kristin sua máquina de costura e retalhos de tecido. Para Donna, cortinas feitas à mão para pendurar em nossa nova casa. Jerry viveu oferecendo exemplos, dando amor e apoio incondicionais, começando com meu acidente de carro e continuando durante sua longa e corajosa batalha contra o câncer de mama. Donna tinha a mesma concentração e força da mãe. Consequentemente, minha família floresceu.

O que tornava mais fácil, para mim, sair disfarçado com tranquilidade.

SEGUNDO AS RÍGIDAS REGRAS do FBI para trabalho sob disfarce, você só deveria assumir um caso de cada vez. Eu nunca segui essa orientação. Não fazia sentido: a maioria das oportunidades na vida não surge de forma tão conveniente, uma pacientemente depois da outra. Parecia tolice ignorar uma chance de resolver um caso apenas porque outro ainda se desenrolava. Além disso, meus supervisores com certeza não podiam se queixar quando eu estava ligado a muitos casos. Não tinham opção. Eu era o único agente infiltrado do FBI trabalhando em crimes contra a arte.

Quando voltei para casa para checar os danos do furacão, recebi um e-mail de uma curadora de museu da Pensilvânia, que conhecera no caso da placa dorsal. Sua dica não dizia respeito ao caso Baer, mas coincidentemente envolvia a venda ilegal de penas de águia. Alguém estava oferecendo um cocar de guerra que tinha sido usado pelo guerreiro e curandeiro apache Jerônimo.

"Não tenho certeza se é sério, nem se teria algum valor para o FBI", escreveu a denunciante, "mas achei que ainda assim poderia ser interessante. Por favor, veja o post abaixo."

> Assunto: autógrafo autêntico de Jerônimo US$ 22.000.
> Só aos realmente interessados. Seu cocar original está à venda por 1 milhão de dólares, mas ela não é permitida neste país por causa das penas. Somente aos interessados do exterior. Procurar Steve no endereço eletrônico gourmetcook@aol.com

Mandei um e-mail para "Steve". No dia seguinte, um vendedor de carros de Marietta, Geórgia, chamado Thomas Marciano ligou para o meu celular falso. Com sua fala acelerada, disse que de fato o cocar de guerra de penas de águia de Jerônimo ainda estava à venda. Em excelentes condições, falou. Perguntei sobre a proveniência e Marciano explicou que o índio usara o artefato em outubro de 1907, no Último Pow-Wow, uma festa para celebrar a ascensão de Oklahoma de território a estado. Disse que na época Jerônimo não era mais um lendário líder militar e espiritual, e sim um prisioneiro de guerra de 78 anos de idade, uma trágica celebridade decadente que regularmente recebia licenças para comparecer a feiras e desfiles. O Último Pow-Wow foi um desses eventos, porém mais significativo do que a maioria, porque o grande chefe vestira o traje completo e ocupara o centro do palco durante uma cerimônia na qual executara danças espirituais. Depois Jerônimo dera o cocar de presente a seu acompanhante militar, um mestiço cherokee chamado Jack Moore. Mais tarde Moore dera o objeto a um grande amigo, C.W. Deming. O neto dele, Leighton Deming, herdara o cocar e o guardara com naftalina em uma arca durante décadas. Marciano explicou que recentemente Deming tivera graves problemas financeiros, e estava tentando vendê-lo.

– Uau, grande história, eu disse a Marciano. Falei que tinha um comprador interessado na Europa. Pedi que ele mandasse algumas fotos e o histórico e disse que iria dar uma olhada.

– Certo, mas cuidado, disse ele. Avisou que era ilegal vender penas de águia nos Estados Unidos. Com a fita rolando no gravador, eu fingi surpresa.

– Tem certeza?

– Sim, sim, insistiu ele. – Tenho certeza.

– Ahn, não sei não, eu disse.

Há muitos criminosos burros por aí – as prisões estão cheias deles. Mas Marciano é o nº 1 da minha lista. Ansioso para provar que estava certo, que nosso negócio realmente era ilegal, ele me enviou uma cópia da lei – 16 United States Code 668, a Lei de Proteção à Águia-calva e à Águia-real, de 1940, que proibia explicitamente a venda de penas desses animais.

– Você estava certo, eu disse quando voltamos a nos falar, fingindo estar impressionado. Tentei atraí-lo para perto, de modo a poder trabalhar o caso no meu próprio espaço com Goldman, que tinha restrições quanto a iniciar processos no Distrito Leste da Pensilvânia. – Deixe-me dizer uma coisa. Eu estou interessado, mas meio ocupado. Você tem como vir para cá? Que tal nos encontrarmos no Embassy Suítes de Filadélfia, aquele do aeroporto?

Marciano e Deming chegaram ao quarto de hotel numa tarde no começo de outubro, carregando uma arca da virada do século. Colocaram-na ao lado do sofá, bem abaixo da câmera de vigilância escondida. Eu levei comigo uma amiga do Novo México – a agente especializada do Departamento de Pesca e Vida Selvagem do meu caso de Santa Fé, Lucinda Schroeder. Ela saberia imediatamente se o cocar era feito de penas de águia ou do material falso comum, penas de peru.

Deming e Marciano não podiam ser mais diferentes entre si. Deming era um sulista relaxado de 55 anos com nariz inchado, olhos azuis cansados, sobrancelhas negras grossas e lábios finos. Era advogado e presidente do Gwinnett County Optimists Club de Sewanee, Geórgia. Gostava de falar e desfiou lentamente histórias de família com uma voz sedosa.

– Meu avô era amigo de Jack Moore. Vovô estava no negócio de petróleo lá e Jack Moore costumava ir à casa dele, arrombar a porta no meio da noite e dormir até passar o efeito do uísque. Duas semanas depois Jack estava sóbrio de novo e aparecia levando para ele uma vaca ou outra coisa. Meu avô gostava dele, então nunca disse nada. Jack Moore era assim.

Certo dia, em vez de uma vaca, Jack Moore apareceu e deu ao avô o cocar de Jerônimo e alguns outros suvenires, incluindo uma foto autografada.

Marciano, por outro lado, não conseguia ficar parado. Com 42 anos e gordo, cabelos castanhos grossos que recuavam para o alto da cabeça, ele andava de um lado para outro do quarto, contando histórias sobre Jerônimo com um forte sotaque de Boston – como ele foi prisioneiro de guerra, como passou a última década negociando suvenires.

– Era como ele ganhava a vida. Ele tinha uma valise de chapéus. Colocava um e o vendia, depois colocava outro. Arrancava um botão do paletó e o vendia, depois mandava a esposa costurar outro. É meio triste, na verdade.

Enquanto os homens prosseguiam, Schroeder analisava o cocar perto deles. Após alguns minutos, ela declarou que o objeto de guerra provavelmente era autêntico. Passamos para o cerne do negócio, e Deming sugeriu um modo de contornar a Lei de Proteção à Águia-calva e à Águia-real: ele me venderia os autógrafos de Jerônimo por 1 milhão de dólares e emprestaria o cocar ao meu comprador por tempo indefinido. Eu concordei, mas insisti em que ele assinasse um acordo de venda. Isso foi ideia de Goldman – ele queria que Deming admitisse que estava vendendo o cocar de guerra de penas de águia. Disse a Deming que meu comprador insistira num contrato para protegê-lo dos herdeiros de Deming. Expliquei que, sem esse documento, os filhos de Deming poderiam um dia reivindicar o cocar. Deming hesitou. Olhou desconfiado para a agente de Pesca e Vida Selvagem disfarçada.

– Tenho certeza de que você é uma bela dama, mas não a conheço.

Eu me virei para ela.

– Por que você não espera lá fora um minutinho?

Depois que ela saiu, eu me preparei para uma discussão com Deming, mas em vez disso ele se aproximou e falou num sussurro.

– Vamos deixar essa besteira de lado, Bob, eu assino este e depois outro quando ela voltar.

Ele estava se oferecendo para assinar dois contratos: um secreto, admitindo que vendia o cocar, e outro na frente de minha especialista sem referência ao cocar. Ele imaginava que dessa forma, se ela fosse uma policial, ficaria tudo bem.

– Combinado, eu disse, colocando o documento incriminador na frente dele.

Assinamos o contrato mencionando o cocar e Deming me viu guardá-lo no bolso. Eu disse:

– Antes que ela volte, aqui entre nós, quantas outras pessoas estão envolvidas nisso? Porque eu não quero me meter em problemas.

– Não, porra, claro que não, ele disse.

– Outra coisa, acrescentei lentamente, numa fala quase arrastada. – Assim que estiver no exterior, esta coisa não volta. Entendemos isso, certo?

Eles concordaram. Mandei Schroeder entrar, Deming assinou o segundo contrato e os dois homens ficaram tão satisfeitos que tiraram o objeto da arca para posar para uma última série de fotos usando o cocar de Jerônimo.

– Vocês fizeram a coisa certa trazendo-o para mim, eu disse.

– Bem, é um pedaço da história, respondeu Deming.

Eu disse a frase que era o código para a equipe da Swat:

– Vocês estão com fome?

Depois das prisões, a porta-voz do FBI na Filadélfia, Linda Vizi, recebeu um telefonema do chefe da tribo lenape em Delaware. Ele contou que o cocar, que passara três quartos de século adormecido numa arca, precisava de uma limpeza espiritual para eliminar os maus espíritos e influências. Ele se ofereceu para realizar uma cerimônia de purificação. O chefe repetiu o que eu havia ouvido no Novo México: um cocar precisa ser respeitado e mantido puro, porque a pena de águia é considerada uma linha direta com Deus. Vizi e eu sentimos que deveríamos aceitar o pedido. Qual o sentido de resgatar uma antiguidade se você não respeita sua *raison d'etre*?

No dia seguinte o líder lenape levou uma mistura de ervas para uma sala de conferência do FBI na Filadélfia. Acendeu as ervas como incenso, enchendo a sala com um cheiro forte de sálvia. Vizi acompanhou nervosa enquanto uma coluna de fumaça subia na direção dos detectores de incêndio do teto. O chefe esfregou as mãos na fumaça, cantando orações suavemente, e começou a abençoar e massagear as penas flácidas. Explicou que a sálvia limpava, expulsando más influências. Depois queimou erva-doce, com o objetivo de atrair espíritos positivos. Ele se afastou ao final do ritual. As penas estavam esticadas e o cocar parecia novo.

Quando o FBI anunciou as prisões do caso Jerônimo em uma coletiva de imprensa naquela semana, eu ocupei meu lugar habitual nos fundos da sala, longe das câmeras, tendo o cuidado de preservar meu disfarce. Dessa vez Vizi tomou uma precaução extra, que provavelmente nos poupou de inadvertidamente destruir meu caso em Santa Fé.

Ela falou com os jornalistas em *off* e pediu que não citassem meu nome ou que um agente secreto da Pensilvânia estava envolvido no caso. A informação sobre meu nome e meu papel era pública – como exigido pela legislação, estava na declaração por escrito ao tribunal que eu assinara apresentando os fatos do caso, e era o tipo de documento que os repórteres costumavam usar para escrever suas matérias. Felizmente, todos os jornalistas atenderam ao pedido.

Quando telefonei para Baer em Santa Fé no dia seguinte à coletiva do caso Jerônimo, foi a primeira coisa que ele mencionou.

– Bob! Você está bem? Cara, achei que você podia ter sido apanhado naquela coisa na Filadélfia. Sabe, uns caras foram presos tentando vender um cocar. Era de Jerônimo!

Eu me fiz de sonso.

– Está brincando! Sério?

– É, estou com os jornal aqui. Matéria grande no *New Mexican*, disse Baer, começando a ler em voz alta. – "Uma declaração feita pelo FBI ontem revelou que um agente secreto recebeu uma mensagem eletrônica no começo do mês passado em uma sala de bate-papo da internet."

Eu reconheci a redação. Era a matéria do *Philadelphia Inquirer*, reproduzida palavra a palavra no jornal de Santa Fé. Pensei: "Cacete, que bom que Vizi falou com os repórteres." Baer, ainda acelerado, leu a matéria inteira. Eu disse:

– Isso é incrível, Josh, simplesmente inacreditável.

– É, bem, você precisa tomar cuidado com quem está fazendo isso e está por trás dessas armadilhas. Maluquice. Quer saber, Bob? Aquele cocar de guerra de Jerônimo estava muito acima do preço. Eu não teria pagado mais de 100 mil.

Voei para encontrar Baer em novembro. Eu gostava da companhia dele, apesar de seus crimes, e ele me ensinou muito sobre nativos americanos e seus rituais fascinantes. Entre meados de agosto e janeiro, encontrei-me com ele mais de doze vezes em Santa Fé e conversei pelo telefone ao menos dez vezes. Comi na casa dele e o levei para jantar em seus restaurantes preferidos. Falamos sobre nossas famílias, mas principalmente sobre negócios com arte. Baer era um intelectual, um conhecedor de arte indígena de qualidade e de bons vinhos, mas não era esnobe – não fez cara feia quando eu disse a ele que não bebia nem demonstrou enfado quando fiz uma pergunta ignorante sobre tradições nativas americanas. Ele começara a carreira no Novo México em meados da década de 70, passando anos nos *pueblos* para estabelecer relações com os navajos e negociar seus tapetes, sua arte e seus objetos sagrados. Baer era um liberal de São Francisco que se adaptou bem à pretensiosa Santa Fé, mas muitos índios o consideravam desagradável, o símbolo do Homem Branco paternalista. Morava numa bela casa e dirigia um Mercedes, mas vivia de forma simples. Sua conta bancária variava muito de um mês para outro, e ele sempre parecia prestes a fechar um grande negócio. Baer tinha na ponta da língua uma justificativa para vender objetos religiosos indígenas e com penas de águia ilegais: "Tem a ver com carma. Eu devolvi muita coisa, repatriei para as tribos. Eles me dão coisas, eu dou coisas a eles. É bom carma. Você tem de ser cuidadoso, fazer as coisas corretamente, ou isso voltará para assombrá-lo."

No começo, Baer desconfiou que eu pudesse ser um agente federal. Nunca me confrontou diretamente; dizia que outras pessoas suspeitavam disso. Certa vez, começou a me fazer tantas perguntas que joguei minha carteira para ele e disse que podia vasculhá-la. "Não tenho nada a esconder", falei. Acho que o que mais me aproximou dele foi minha oferta de enganar meu próprio cliente. Sugeri que inflacionássemos o preço para Husby, dividindo o lucro meio a meio depois. Aos olhos de Baer meu crime – fraude contra o norueguês – era muito pior que violar uma lei boba sobre penas de águia. Foi quando eu soube que havia estabelecido um vínculo, que o tinha na palma da mão.

Voei para Santa Fé uma semana após falarmos ao telefone, e Baer me contou as boas-novas: havia encontrado um cocar de penas de águia no Colorado. Poderíamos comprar por 75 mil e cobrar 125 mil do norueguês. Levei Husby à galeria.

Baer nos conduziu à sala dos fundos.

– Hoje é seu dia de sorte, disse ele, erguendo uma sacola de compras e tirando um cocar de penas de águia, que colocou em uma mesa. – Tenho orgulho de mostrar isso, acrescentou, a seguir nos deixando sozinhos para apreciá-lo.

O cocar era fascinante: setenta penas de águia-real costuradas em uma tira de um metro e meio, com botões de latão curvos, couro e cachos de cabelos humanos trançados. Husby percebeu um selinho marcado "RI66Y", claramente um registro de inventário de um museu. Quando Baer voltou, Husby fingiu estar entusiasmado. Baer explicou que, claro, o cocar seria um presente e que Husby compraria uma aljava e alguns outros objetos dentro da lei por preços muito inflacionados. O preço final da venda seria de 125 mil dólares. Nós apertamos as mãos e comemoramos naquela noite com um jantar na casa de Baer, com sua esposa. Depois do jantar ele tirou o cocar e o colocou na cabeça de Husby, a coroação de uma noite divertida.

Também teria sido perfeita, se não fosse uma descoberta absolutamente frustrante mais tarde – as baterias do meu gravador escondido haviam acabado. Eu tinha de descobrir um modo de fazer Baer repetir suas declarações incriminadoras.

Telefonei para ele na manhã seguinte e o levei a recordar o momento em que Husby viu o cocar pela primeira vez. Nós debochamos juntos do norueguês crédulo.

Baer riu.

– A expressão no rosto do sujeito foi...

– Chocante.

– Impagável, ele falou.

Disse a ele que Husby deveria ter os 125 mil dólares disponíveis em poucos dias. Ele me lembrou que nossa parte seria de 25 mil para cada. Estávamos conversando como parceiros, trabalhando juntos, cuidando um do outro.

– Só temos de continuar de modo discreto, frisou Baer. – Quero dizer, vendemos a aljava como uma transação legítima.

– É. Exatamente, eu concordei.

Se você ouvir as gravações escondidas que fiz durante a cilada em Santa Fé, notará que eu assovio muito – assovio caminhando para a galeria de Baer, assovio enquanto saio.

Eu assovio porque isso reduz meu estresse.

As exigências físicas e mentais de se viver infiltrado podem ser esmagadoras. É estressante permanecer concentrado, oscilar entre personas e mesmo casos simultâneos, especialmente quando há intervalos entre os atos, esperando negócios. Eu assovio enquanto acelero e assovio enquanto desacelero.

Isso não significa que eu não goste da emoção de trabalhar infiltrado. Gosto especialmente do desafio de superar um criminoso, dando a ele corda suficiente para que se enforque com as próprias palavras.

É meio estranho. Algumas vezes, quando entro em um papel, na verdade não quero que ele acabe. Por isso, quando um caso é encerrado sempre me sinto um pouco vazio.

Quase todos que trabalham sob disfarce experimentam esse desapontamento. É normal ter uma sensação de perda. Depois de dar tanto duro para fazer amizade com um alvo, pensar em um caso noite e dia durante semanas e meses, é absolutamente natural sentir falta daquele barato, até mesmo sentir-se um pouco deprimido. Você investe muito – ligar, desligar, telefonar para o alvo, telefonar para a esposa –, e de repente o caso foi encerrado.

Algumas vezes me sinto um pouco culpado pela traição. Se fiz meu trabalho direito – conheci o alvo, fiz amizade com ele –, sinto um nó no estômago. Acho que é normal, mas isso não torna menos difícil. Os agentes do FBI são treinados para seguir nosso lema – "Fidelidade. Bravura. Integridade." Quando trabalhamos disfarçados, violamos todos os pontos desse credo: somos desleais. Agimos covardemente. Mentimos.

Agentes do FBI infiltrados são treinados para compartimentalizar, evitar se tornar próximos demais dos alvos. Teoricamente é um belo pensamento, mas você não pode trabalhar bem sob disfarce se suprimir suas emoções ou obedecer a um livro de regras. Tem de seguir seus instintos. Tem de ser humano. É difícil, e às vezes isso pode consumi-lo. Eu não me incomodo com os verdadeiros criminosos, mas algumas vezes pessoas essencialmente boas se veem em situações desesperadoras e fazem coisas idiotas. Às vezes isso pode até mesmo parecer injusto.

Baer gostava de falar sobre a influência de carma e misticismo, e no mundo da arte e das antiguidades roubadas acho que há um pouco disso. O homem de Missouri que me vendeu a bandeira de batalha da Guerra Civil morreu de câncer menos de um ano após ter sido preso. A placa dorsal pareceu assombrar todos que a tocaram. O ladrão de túmulos que descobriu a tumba mochica foi depois morto pela polícia; o primeiro peruano rico a comprar a placa dorsal morreu misteriosamente; o segundo foi à falência; o filho do contrabandista de Miami, Mendez, nasceu prematuro e resistiu por menos de dois meses. Segurando o bebê moribundo nos braços, Mendez jurou que o rosto enrugado do filho parecia o deus Decapitador gravado na placa.

Pensei em tudo isso enquanto nos preparávamos para acabar de apanhar Baer na cilada com uma última manobra orquestrada. O carma dele estava prestes a mudar para pior.

Meu trabalho em 19 de janeiro de 2000 – o dia em que Baer foi preso – era simplesmente passar algumas horas agradáveis antes da batida da tarde na galeria dele e em casa.

Nas horas antes do golpe, queríamos estar em contato com Baer para ter certeza de que não surgiria nenhum imprevisto. E eu queria consolidar o caso. Nós nos encontramos na loja dele por volta do meio-dia e discutimos os últimos detalhes da compra do cocar, de uma Mãe do Milho e alguns outros itens. Ele me lembrou de que estávamos perto de ganhar cerca de 32 mil dólares no negócio de 200 mil. Prometi me encontrar com ele para o jantar.

Eu não integrei a equipe de agentes federais que deu a batida.

Baer foi indiciado por vender ou tentar vender ilegalmente dezessete objetos, incluindo a escova de cantor navajo, o prendedor de cabelos jemez, dois pássaros de madeira hopi, o cocar cheyenne e uma rara e sagrada Mãe do Milho de Santo Domingo, uma divindade representada por um sabugo de milho com dezesseis penas de águia-real enroladas com algodão, couro de bisão e corda. O indiciamento estabeleceu o valor total dos objetos ilegais em 385.300 dólares.

Eu esperava nunca mais ouvir nada de Baer. Mas dois dias depois da batida, ele me enviou um e-mail. O assunto era "Pelos bons tempos". Eu não sabia o que pensar quando abri a mensagem.

> Caro Bob,
> não sei o que dizer. Parabéns? Belo trabalho? Você certamente me enganou?
>
> Estamos arrasados, e imagino que a ideia seja essa. Mas, embora estejamos arrasados, gostamos dos momentos que passamos com você. Obrigado por ter sido um cavalheiro e deixar que tivéssemos um Natal e um ano-novo agradáveis. Se você não tivesse feito o que fez, eles teriam arrumado outra pessoa para fazer, e creio que não a teríamos achado tão interessante quanto

você. Não há nenhuma culpa envolvida nisso. Apenas temos de encarar muitos fatos.

Este e-mail não é uma piada, um golpe, um apelo ou uma mensagem contendo qualquer coisa além do que diz. Com os melhores votos, Joshua Baer.

Foi um bilhete elegante de um sujeito racional, e provocou uma momentânea pontada de culpa. Mas seu e-mail gracioso não podia mudar o fato de que ele consciente e repetidamente violara a lei e a confiança dos povos nativos americanos que alegava amar.

Pensei nisso por um momento e respondi no dia seguinte. "Foi o meu caso mais difícil, porque realmente gosto de você e de sua família. Telefone quando quiser."

Eu estava falando a verdade.

12. O vigarista

Bryn Mawr, Pensilvânia, 2000

Se a regra primordial do trabalho sob disfarce é "Reduza as mentiras ao mínimo", logo depois dela vem "Evite trabalhar em sua cidade".

Para mim, "minha cidade" não se relacionava apenas à Filadélfia. Significava os círculos de arte e antiguidades por todo o nordeste do país, onde eu passara anos aprendendo, dando palestras e cultivando fontes. Com onze anos de trabalho, isso começou a se tornar um ardil-22: quanto mais gente eu conhecia no circuito, mais pessoas conheciam meu rosto e mais perigoso se tornava trabalhar infiltrado.

Assim, em 2000 eu me vi investigando três avaliadores de destaque da Pensilvânia especializados em armas e equipamentos militares dos séculos XVIII e XIX, que visitavam as mesmas exposições da Guerra Civil que eu. Todos os três suspeitos me conheciam. O mais velho era o respeitado ex-diretor do Museu da Guerra Civil da Filadélfia, e havíamos conversado várias vezes. Os dois mais novos me conheciam do caso do museu da Sociedade Histórica da Pensilvânia – depois das prisões, eles ajudaram o FBI a fazer uma avaliação formal do valor das obras que o zelador roubara para George Csizmazia.

Essa investigação também era particularmente delicada por envolver uma alegação sensacional, o tipo de acusação contra pessoas quase públicas que deixava nervosos meus supervisores do FBI. Os dois suspeitos mais jovens eram os astros avaliadores do programa de maior audiência da PBS, *Antiques Roadshow*.

A integridade do reality show dependia da honestidade das avaliações instantâneas de itens levados pelo público – uma espada da Guerra Civil herdada, um vaso oriental descoberto em um mercado de pulgas, um velho conjunto de chá juntando poeira no sótão da vovó. Tínhamos escutado rumores de que havia armação – de que os dois jovens estavam falsificando as avaliações do programa para beneficiar seus negócios.

Como eu não podia me disfarçar, e como o caso envolvia vasculhar dezenas de milhares de páginas de registros bancários, comerciais e judiciais, a investigação sobre o *Antiques Roadshow* se tornou uma das mais longas de minha carreira. O escândalo manchou a reputação de um programa da PBS adorado por milhões de telespectadores, levou à desgraça o diretor de museu aposentado e deixou vítimas enganadas, descendentes de verdadeiros heróis de guerra, furiosas por alguém ter podido agir com tanta crueldade.

O PRINCIPAL VILÃO era o vigarista clássico. Russell Albert Pritchard III, rosto bronzeado, BMW azul, penteado George Will, gravatas Brooks Brothers, se apresentava ao mundo como um homem de sucesso.

Aos 35 anos de idade, o avaliador vivia com sua atraente esposa e quatro filhos em uma casa de pedra de cinco quartos no epicentro da exclusiva Main Line da Filadélfia, a meio quarteirão do arborizado campus do Bryn Mawr College. A casa em que morava, que ele comprara do pai por um dólar uma década antes, valia pelo menos 1 milhão de dólares. Pritchard estudara para ser vendedor de seguros, mas em pouco tempo se juntou ao pai, Russ Pritchard Jr., no negócio da família, vendendo objetos militares dos séculos XVIII e XIX. O pai era uma autoridade estabelecida e respeitada na área – ex-diretor do Museu da Guerra Civil da Filadélfia e autor de vários livros sobre armas, equipamentos e táticas da Guerra Civil. Juntos, pai e filho possuíam dois terços de uma corretora de antiguidades e *memorabilia* militares à qual deram o nome grandioso e um tanto enganoso de American Ordnance Preservation Association (Associação de Preservação de Artilharia Americana), título que sugeria ser uma espécie de organização não governamental ou de caridade. O terceiro sócio era um comunicativo avaliador de 37 anos de idade de Allentown chamado George Juno.

Pritchard III e Juno tiraram a sorte grande em 1996, quando conseguiram os postos de avaliadores na televisão no *Antiques Roadshow*. Eles viajaram pelo país com o programa em suas três primeiras temporadas, fazendo diante das câmeras avaliações instantâneas de armas, espadas, uniformes e outros objetos militares. Pritchard e Juno não eram remunerados pelo trabalho. Mas, para avaliadores relativamente jovens, o valor de uma exposição nacional desse tipo – dez milhões de casas por semana – era incalculável. Sua corretora viu uma explosão dos negócios.

MINHA INVESTIGAÇÃO COMEÇOU ANOS DEPOIS. Em 2000, chegou a mim, pelo correio, uma fita VHS requisitada, enviada pela WGBH, a afiliada da PBS em Boston que produz o *Antiques Roadshow*. Eu encontrei um aparelho e assisti.

Era uma fita não editada da primeira temporada, e tinha no início uma cena conhecida: duas pessoas sentadas diante do que parecia ser uma bancada de apresentador de noticiário, com uma espada de prata entre elas e dezenas de caçadores de pechinchas em roupas descontraídas examinando antiguidades ao fundo. O vídeo começava com um teste de som. Um homem com um bigode castanho bem aparado, terno de três peças e cabelos com laquê olhava para a câmera e se apresentava: "George Juno, American Ordnance Preservation Association". Juno fazia um sinal com a cabeça para o convidado, um homem que parecia um nerd precisando de um corte de cabelo, talvez quarenta anos de idade, com camisa social azul amarrotada e óculos de armação dourada grande. O homem dizia seu nome: "Steve Sadtler."

O segmento começava como qualquer outro do *Antiques Roadshow*, com uma conversa banal, um tanto artificialmente formal.

– Steve, obrigado por estar conosco hoje.

– O prazer é meu.

– Espada interessante essa que você trouxe. O que pode me dizer sobre a história dela?

– Bem, eu achei essa espada há 23 anos. Meus pais compraram uma casa na Virgínia e decidiram reconstruir. Meus irmãos e eu ficamos com o trabalho de derrubar a chaminé. Para isso, precisávamos subir ao sótão, e eu encontrei essa coisa, disse, fazendo uma pausa para apontar para a espada – pendurada em uma viga. Ela se tornou basicamente um brinquedo para mim. Ficou guardada nos últimos dez ou quinze anos.

– Bem, Steve, é uma bela espada, disse Juno, começando a descrever a arma, com seu nome e o de sua empresa na parte de baixo da tela. – Se olharmos atrás da lâmina, veremos a marca do fabricante. Diz Thomas Griswold, Nova Orleans. Eles importavam itens da Inglaterra. A lâmina tem gravado no meio, dos dois lados, CS, isto é, Confederate States, estados confederados. O castelo que se vê gravado na guarda é na verdade um forte, Fort Sumner... Esta deve ter sido uma bainha de latão sólido. Eram usadas para os sabres de artilharia e cavalaria. Uma espada muito elegante, com punho revestido de ouro. Definitivamente, padrão da mais alta qualidade.

Juno deu a Steve um par de luvas brancas, explicando:

– É sempre bom usar luvas brancas, porque suas mãos têm sais, e depois que você guarda a espada os sais continuam a corroer a lâmina, causando problemas com o latão, disse, virando a lâmina. – Está vendo os canhões cruzados? E deste lado um floral finamente gravado?

Quando Juno concluiu sua aula rápida, colocou a espada sobre a mesa e fez uma pausa antes do grande momento do *Antiques Roadshow*, aquele em que o avaliador provoca:

– Você tem alguma ideia de quanto poderia valer?

– Eu ia colocar à venda num bazar com preço entre 50 e 200 dólares, disse Sadtler.

– Bem, esta espada poderia dar a você um bazar inteiro, disse Juno.

A câmera fechou em Sadtler, que franzia a testa de ansiedade.

– Isso mesmo, continuou Juno. – Esta espada vale 35 mil dólares. Por acaso, é uma das maiores raridades entre espadas confederadas.

Ele engoliu em seco.

– Você disse... 35 mil dólares?

– Trinta e cinco mil. Você fez uma grande descoberta.

– Uau!, disse Sadtler, de queixo caído, parecendo se esforçar para esconder a alegria, como se estivesse lembrando a si mesmo que, embora fosse um reality show, era a formal PBS. Ele balançou a cabeça várias vezes e disse: – Cara, e eu ia me livrar dela.

– Você foi esperto trazendo-a para que déssemos uma olhada, Juno disse.

– Quando era criança, eu usava isso para cortar melancias.

Juno deu um sorriso tímido.

– Teve sorte de não acumular umidade demais.

– Uau, muito obrigado.

A sequência era tão boa – um clássico instantâneo do *Antiques Roadshow* – que a PBS a transmitiu várias vezes e usou-a em um vídeo para arrecadar fundos. Alguns telespectadores suspeitaram que era boa demais. Começaram a circular na comunidade de colecionadores boatos sobre a "espada da melancia".

Rastreei Steve Sadtler por intermédio do número de telefone que ele dera à WGBH no formulário padrão do *Antiques Roadshow* e o localizei em Seattle. Informei a ele que estava investigando Pritchard e Juno por fraude. Eu disse:

– Olha, apenas me conte a verdade e não terá problemas. Mas não minta. É crime federal mentir para um agente do FBI.

Sadtler confessou imediatamente. Era realmente uma armação. Pritchard e Sadtler tinham uma ligação: Sadtler havia sido padrinho do casamento de Pritchard. Na noite antes da gravação da PBS, os dois se encontraram com Juno em um quarto de hotel, onde Pritchard inventou a história sobre encontrar a espada na casa de Sadtler na Virgínia e pagou a ele 10 mil dólares pela ajuda.

E aquela espada?

Pertencia a Pritchard e Juno.

– Este é o caso pelo qual estávamos esperando, disse o procurador-assistente dos Estados Unidos Bob Goldman no almoço, certa tarde de domingo, depois que relatei a ele minha conversa com Sadtler. – Estou dizendo, é ele.

Eu concordei, e enquanto Goldman falava coloquei no prato uma colherada de frango kung pao. Estávamos nos fundos do Szechuan China Royal, um popular abrigo dos agentes da lei da Filadélfia – refeições confiáveis com preços razoáveis e mesas bem espaçadas em uma sala de jantar discreta no porão, um lugar em geral ignorado pela multidão de colarinho-branco que circula pela Walnut Street na hora do almoço.

– Este é o caso no qual faremos diferença. É ótimo, disse ele.

Goldman, historiador, colecionador, promotor federal, era um grande fã do *Antiques Roadshow*. Acompanhava o programa quase toda semana. Mas, como outras pessoas, suspeitava havia muito tempo de que alguns casos podiam ser encenados. Era arrumado demais. Pessoas ofereciam coisas que tinham herdado ou descoberto – uma cadeira, uma espada, um relógio, um armário, qualquer coisa – e *voilà*, um especialista sacava da manga uma avaliação. Como podiam os ditos especialistas fazer avaliações tão rápidas? Eles nunca tinham de investigar nada? Nunca cometiam um erro? Ou simplesmente ficavam inseguros?

Eu sempre dizia a ele: "Relaxe, Bob. É apenas TV, só diversão."

O promotor respondia: "É, mas eles estão se passando por especialistas. A televisão tem o hábito de endeusar as pessoas. Os telespectadores acreditam no que esses caras dizem."

Fraudar um segmento de um programa de TV não é, em si, um crime federal. Mas fazer isso para fortalecer um esquema para fraudar colecionadores *é* um crime. E como eu estava começando a confirmar que Pritchard e Juno tinham usado alguns casos da PBS para ajudar a convencer telespectadores a vender outras peças por preços absurdamente baixos, partilhava do ultraje de Goldman.

Também sabíamos que Pritchard e Juno estavam ocupados ajudando o prefeito de Harrisburg, Pensilvânia, a montar uma coleção para um novo museu da Guerra Civil, perto de Gettysburg. O político pretendia investir 14 milhões de dólares em aquisições – dinheiro suficiente, como meu amigo promotor gostava de dizer, para "cegar a consciência e roubar a alma". Já havíamos confirmado pelo menos um caso em que Pritchard e Juno tinham usado o *Antiques Roadshow* e o negócio com o museu de Harrisburg para enganar um colecionador. Se havia um, provavelmente havia muitos mais.

Goldman estava certo: aquele podia ser o caso pelo qual estávamos esperando.

Nós costumávamos lamentar o mercado de antiguidades e peças de coleção não regulamentado, no qual o comprador podia ser enganado, que funcionava em grande medida com base num sistema de honra no qual todos eram vendedores, a proveniência era duvidosa e negociantes viviam com base em sua reputação. Pessoas desonestas vendiam falsificações e imitações, e negociantes inescrupulosos espoliavam os ingênuos. De tempos em tempos, comerciantes honestos faziam denúncias, mas os órgãos legais raramente demonstravam interesse. Os golpes em geral eram pequenos demais para chamar a atenção do FBI, e complicados demais para as polícias locais, com pouca ou nenhuma experiência em crimes contra a arte e recursos limitados. A maioria dessas vendas era mal documentada; com frequência, as provas não passavam de um aperto de mãos e uma promessa. Além disso, não era fácil provar fraude no mercado de antiguidades. Como dizer o que é um negócio justo? Qual é o limite entre uma exploração e um golpe?

Na verdade, sempre houve uma boa dose de papo de vendedor no setor de peças de coleção e antiguidades. A lei até mesmo permite um pouco de exagero. Digamos, por exemplo, que um antiquário ofereça uma opinião, "Este é o melhor vaso chinês da loja", que é exagerada, mas perfeitamente legal. Mas se ele disser uma mentira, "Este é o melhor vaso Ming autêntico da loja", sabendo que não é um Ming autêntico – isso é fraude. Os comerciantes compreendem essa diferença e se valem dela. O número de negociantes inescrupulosos dava sinais de estar aumentando. E ninguém no governo federal parecia interessado em fazer algo a respeito disso.

Goldman e eu queríamos mandar um recado para a comunidade de venda de antiguidades e peças de coleção, algo que fosse grande o bastante para assustar intermediários de caráter duvidoso e alertar colecionadores desavisados. Mas precisávamos de um caso importante, com evidências esmagadoras de fraude disseminada, colecionadores ou avaliadores de colarinho-branco, o equivalente no mundo dos antiquários a um Ken Lay ou Bernie Madoff.

Pritchard e Juno eram essa oportunidade. Uma dupla de avaliadores locais, mas conhecidos nacionalmente, nada menos que astros da televisão aberta. Se pudéssemos provar que eles eram trapaceiros – que armavam casos do *Antiques Roadshow* e exploravam telespectadores em outras vendas –, não apenas os mandaríamos para a prisão, como também colocaríamos em alerta a comunidade de colecionadores.

– Eu sei que parece um clichê, disse Goldman enquanto o garçom trazia nossos biscoitos da sorte e a conta. – Mas temos de mostrar às pessoas que há um novo xerife na cidade, que tem alguém de olho.

Eu concordei com ele, entusiasmado com sua avaliação e seu apoio. Mas não podia deixar de provocar meu amigo.

– Certo, excelente, excelente. Estou nessa. Mas tem uma coisa: se há um novo xerife na cidade, eu sou Wyatt Earp e você é o ajudante.

A MAIORIA DOS AGENTES do FBI adora mergulhar em pilhas de documentos, vasculhando contas, recibos de cartão de crédito, contas telefônicas, cartas, e-mails, extratos bancários, registros eletrônicos de pedágio, depoimentos em tribunal e outros registros em papel, saindo dessas expedições de pesca com provas claras de um crime.

Não eu.

Eu certamente pedia judicialmente registros e os usava como pistas. Mas minha grande habilidade era ir às ruas e falar com as pessoas.

Felizmente, no caso Pritchard e Juno, meu parceiro do FBI, Jay Heine, e eu tivemos um bom começo na horrorosa pilha de papéis. A ajuda foi cortesia do trineto do general confederado George E. Pickett. Seu advogado já havia reunido uma montanha de provas em papel contra os avaliadores.

Meses antes de iniciarmos formalmente nossa investigação, o advogado de George E. Pickett V processou Pritchard e Juno por fraude em um tribunal federal da Filadélfia. Ele alegou que Pritchard o enganou para que vendesse importantes objetos da Guerra Civil que seu ancestral levara em sua calamitosa investida em Gettysburg em 3 de julho de 1863, uma escaramuça que é considerada o grande momento da Confederação, por ter sido o ponto mais ao norte alcançado pelos rebeldes. A venda incluiu o quepe azul e a espada que Pickett usou ao cavalgar para a batalha mais sangrenta da guerra, bem como um mapa que ele havia feito de Gettysburg horas antes da famosa carga. A família Pickett também vendera o restante das lembranças de guerra do general – suas autorizações, uma manga ensanguentada arrancada de seu paletó após uma bala atingir seu braço e um maço de cartas. Pritchard avaliou os objetos em 87 mil dólares e disse aos descendentes de Pickett que aquilo estaria mais bem instalado no novo museu de Harrisburg. Seria uma ótima forma de honrar o legado do antepassado, argumentou ele. Os Pickett concordaram com a venda pelo valor estimado, 87 mil dólares.

Mais tarde, George E. Pickett ficou perplexo ao saber que Pritchard vendera a coleção para o museu de Harrisburg por quase dez vezes mais: 850 mil dólares. Em sua ação, Pickett alegou crime. Surgiram mais provas incriminadoras durante a ação civil e Pickett venceu com uma sentença de 800 mil dólares.

Heine e eu selecionamos o melhor dos registros da ação de Pickett, mas isso era apenas o começo. Seguimos nossas próprias pistas, requisitamos nossos próprios documentos e interrogamos nossas testemunhas – não apenas no caso Pickett, mas também em dezenas de outros que pareciam suspeitos. Em cada transação, tentamos responder a algumas perguntas simples: quais peças Pritchard e Juno obtiveram? O preço pago foi justo? Que promessas fizeram às vítimas? Onde as peças foram parar?

O que descobrimos me deixou enojado.

Como muitos dos espectadores de *Antiques Roadshow*, George K. Wilson, de Nova York, ficou intrigado vendo Juno e Pritchard avaliando armas.

Sua família possuía um espadim presenteado a seu trisavô, o major do Exército da União Samuel J. Wilson. George Wilson ficou pensando se a espada teria valor histórico. Valeria a pena vender?

Ele entrou no site do *Antiques Roadshow* na internet e conseguiu o contato de Pritchard e Juno. O que aconteceu a seguir – pelo relato que Wilson fez quando o interroguei – dá uma ideia do estelionato de Pritchard.

Após algumas preliminares rápidas pelo telefone, Pritchard perguntou se a espada havia sido avaliada.

Wilson disse que não.

– Bem, temos de ver pessoalmente para fazer uma avaliação, falou Pritchard. – Farei de graça, como se fosse no *Antiques Roadshow*, se você mandar para mim por FedEx. Vou até enviar a embalagem para você. Fazemos isso o tempo todo.

Como eles podiam fazer isso o tempo todo sem cobrar?

– Os museus e colecionadores nos pagam pelas avaliações quando vendemos para eles. Está interessando em vender a espada?

– Não, mas vou manter contato, disse Wilson.

Ele telefonou para a mãe, explicou a oferta de uma avaliação gratuita e os dois concordaram em enviar o objeto para Pritchard. O que tinham a perder? Quando Pritchard recebeu a espada por FedEx, telefonou para Wilson.

– A espada está em bom estado, mas precisa de uma restauração profissional, disse Pritchard. – Pode haver danos por oxidação na lâmina de aço.

– Certo, disse Wilson. – Quanto ela vale?

– Bem, não é uma espada incomum, disse Pritchard. – Provavelmente vale entre 7 mil e 8 mil dólares.

– Ahnn, e quanto custa uma restauração profissional?

– Cerca de 1.500 dólares. Talvez mais. Mas há outra opção. Estamos trabalhando com a prefeitura de Harrisburg, que está prestes a abrir um novo museu da Guerra Civil. A peça poderia ser um belo acréscimo. Se você vender a espada para o museu, os restauradores deles se encarregarão do trabalho. Eles podem expor a espada no museu com uma fotografia do major Wilson e um mapa mostrando as batalhas que ele travou.

Wilson ligou de volta no dia seguinte e os dois homens fecharam negócio. O museu compraria a espada e a incluiria em sua coleção. Um mês depois, Pritchard enviou a Wilson um cheque de 7.950 dólares da conta empresarial de Pritchard e Juno, não do museu ou da prefeitura de Harrisburg. Confuso, Wilson telefonou para ele.

– Não se preocupe, disse o comerciante. – Somos apenas os agentes. O museu logo entrará em contato com vocês.

Wilson depositou o cheque. Foi devolvido.

– Lamento por isso, disse Pritchard. – Deve ter havido algum erro de contabilidade. Mandarei outro cheque. Por falar nisso, o museu examinou a espada, e está em pior estado do que eu tinha pensado. Foi sorte a lâmina não ter se partido. Eles vão ter de fazer muitos reparos antes que ela possa ser exposta no museu. Mas quer saber? Boas-novas! Vou estar com o *Antiques Roadshow* em Meadowlands em algumas semanas. Você deveria aparecer!

O segundo cheque foi compensado e Wilson apareceu na TV perguntando a Pritchard quando a restauração da espada estaria concluída. Em breve, prometeu Pritchard, em breve. Ao longo dos dois anos seguintes, Wilson continuou telefonando todo mês com a mesma pergunta e recebia sempre a mesma resposta.

Quando Wilson tomou conhecimento do processo de Pickett, confrontou Juno e Pritchard, irado. Exigiu saber por que a espada não estava exposta no museu, como prometido. Dessa vez Pritchard tinha uma resposta diferente: o museu ficou sem dinheiro, então a vendemos para um colecionador que pensa em abrir um museu em Poconos.

Wilson ficou apoplético. Exigiu ver os registros que confirmavam isso, e ofereceu sua própria justificativa para consegui-los, dizendo que precisava disso por uma questão fiscal.

– Tudo bem, disse Pritchard. – Mas, por favor, entenda. Estamos lidando com muita coisa, e essa era uma peça pequena. Eu realmente sou um cara legal. Pode perguntar a qualquer um. Essa coisa do processo do Pickett não passou de um mal-entendido. Afinal, os produtores do *Antiques Roadshow* estão do nosso lado. Isso significa algo. Sabe, é uma pena não termos tido tempo de ser bons amigos.

– Apenas mande os documentos, disse Wilson.

Como descobri mais tarde, Pritchard nunca ofereceu a espada ao museu de Harrisburg. Deixou que Juno a usasse como garantia de um empréstimo de 20 mil dólares.

Pritchard e Juno deram golpes semelhantes. O primeiro procurou os descendentes do general da União George Meade e se ofereceu para avaliar uma arma de fogo comemorativa que Meade recebera depois da Batalha de Gettysburg. Era uma arma impressionante – uma pistola Remington .44 com coronha em marfim gravado, corpo folheado em prata e cilindro e percussor banhados a ouro, em uma caixa de mogno. Pritchard disse à família que valia 180 mil dólares e prometeu colocá-la no museu de Harrisburg. Três meses após os Meade venderem a arma, Pritchard a revendeu a um colecionador particular pelo dobro do preço.

Certa vez, trabalhando com o pai, Pritchard recebeu de uma família do Tennessee um velho uniforme confederado usado por um antepassado, o tenente-coronel William Hunt. Os Pritchard mentiram para a família dizendo que o uniforme era uma falsificação e que, por não valer nada, o haviam doado a uma instituição de caridade local. Na verdade eles o venderam a um colecionador por 45 mil dólares.

O mercado de uniformes da Guerra Civil era tão sórdido que o próprio Pritchard foi enganado uma vez. Comprou o que pensou ser um raro casaco de zuavo da União usado por um soldado de regimento de Nova York. Com suas insígnias decoradas e os ombros estufados, num desenho baseado no clássico uniforme de gala da Legião Francesa, o zuavo valeria 25 mil dólares, se fosse verdadeiro. Não era. Era um paletó de infantaria belga que valia algumas centenas de dólares. Furioso, Pritchard deu seu próprio golpe para resolver o problema. Usando seus contatos no museu de Harrisburg, ele entrou e retirou o paletó zuavo autêntico do museu, deixando em seu lugar o paletó belga barato.

O homem era impiedoso. Certa vez, apareceu de surpresa numa casa de repouso atrás de uma mulher de noventa anos de idade que teria grandes tesouros confederados. Quando se deu conta de que a senhora estava doente demais para falar, deu cem dólares a uma enfermeira para examinar sua ficha e conseguir o número de telefone de um parente próximo.

É DIFÍCIL QUANTIFICAR os atos de crueldade isolados de Pritchard. Mas talvez nada supere o dano emocional que ele causou à família Patterson, de Salisbury, Maryland.

Donald Paterson, um empresário local que participava de um grupo de encenadores, passou a vida toda colecionando *memorabilia* da Guerra Civil com sua família de classe média – a esposa, Elaine, o enteado, Robert, e suas duas filhas, Robynn e Lorena. Eles ajudavam a cuidar da variada coleção de Don Patterson de espadas, rifles, pistolas, uniformes e itens variados num quarto que todos chamavam carinhosamente de "O Museu". Entre as peças havia um raro sobretudo confederado que valia pelo menos entre 50 mil e 100 mil dólares.

Em uma série de depoimentos ao FBI e cartas ao governo, os membros da família descreveram o papel que Don Patterson e O Museu desempenharam em suas vidas. "Desde que aprendi a andar, passei a vida inteira com meu pai pegando coisas em velhos antiquários, objetos da Guerra Civil", escreveu a filha Robynn. "O museu ficava no fundo do corredor, perto do meu quarto, da quarta série até o fim do ensino médio", recordou o enteado, Robert. "Sempre esteve lá, sempre parte de nós. Não pescávamos, não brincávamos de pique-pega, não acampávamos – colecionávamos pedaços insubstituíveis da história. Na verdade, quase toda a minha infância estava representada na coleção. Meus sonhos, aspirações, meus valores em grande medida foram formados por causa de meu envolvimento com a coleção." Robert fez carreira no Exército, chegando à patente de tenente-coronel.

A vida serena da família Patterson desmoronou no final de 1995, quando o sr. Patterson se matou, depois de ter assassinado sua amante. "Como pode imaginar, a família inteira ficou arrasada", contou a viúva.

Como um abutre, Pritchard visitou Salisbury poucos meses depois do assassinato/suicídio. O homem simpático encantou a viúva, levando-a de carro para pegar as filhas deficientes na escola, fazendo refeições na cozinha da família e garantindo a eles que os objetos do Museu estariam em melhores mãos num verdadeiro museu da Guerra Civil. Falou sobre o que estava sendo construído perto de Gettysburg e apresentou cartas e folhetos da prefeitura de Harrisburg, incluindo uma que prometia uma sala para a "Coleção Donald Patterson". Em 1996, um ano após a morte de Don Patterson, a família concordou com o plano de Pritchard. O simpático homem deu a eles 5 mil dólares, embalou o melhor da coleção e partiu para o norte. Pouco depois, a viúva percebeu que ele não retornava mais suas ligações. A traição estava em curso.

Quando falei com a sra. Patterson, em 1999, após três anos de evasivas de Pritchard, ela só queria a verdade. Sempre achei melhor dar más notícias diretamente. Contei, então, o que sabia do histórico de Pritchard: a coleção do marido não estava em nenhum museu. O negociante a vendera para dois comerciantes privados da Guerra Civil por 65 mil dólares. Ela tinha acabado.

– Todo o meu ser foi violado, e fui emocionalmente violentada, recordou a viúva.

Pritchard precisava ser detido. Ele não estava apenas tomando dinheiro das pessoas. Estava roubando sua herança.

Em março de 2001, com base nas evidências que apresentamos a um grande júri, Pritchard e Juno foram indiciados por vários crimes federais, incluindo fraude contra as famílias Wilson e Pickett. Os homens poderiam pegar até dez anos de prisão.

Não tínhamos terminado. Fizéramos o indiciamento inicial naquele mês de março porque o prazo de cinco anos para a prescrição dos casos Wilson e Pickett estava próximo. Porém, tínhamos mais tempo para novos indiciamentos em acusações relativas ao uniforme zuavo, à pistola de Meade e à coleção da família Patterson. Também cogitávamos acusar o pai de Pritchard por sua participação no golpe do uniforme confederado Hunt. Até o momento eu não tinha interrogado o Pritchard pai.

Temia o confronto. Conhecia o velho Pritchard havia mais de uma década, e durante muito tempo o respeitara como um homem importante na museologia. Eu o visitara mais de uma dúzia de vezes no Museu da Guerra Civil da Filadélfia para pesquisar casos e aprender mais sobre colecionismo. Um exemplar gasto de seu tratado em três volumes sobre armas e uniformes da Guerra Civil repousava em minha escrivaninha em casa.

Felizmente, não tive de encontrá-lo pessoalmente. Na época, o velho Pritchard vivia em Memphis, então telefonei para ele. Deixei claro que embora ele e eu nos conhecêssemos, aquela era um interrogatório oficial do FBI. Disse que iríamos acusar o filho dele pelo golpe com o uniforme Hunt. Dei-lhe uma escolha: colaborar com essa faceta do caso ou enfrentar uma acusação criminal.

– Ouça, Russ, apenas me diga a verdade e tudo acaba por aqui, falei. Em outras palavras, ele não seria indiciado. Se nos contasse a verdade, Goldman planejava exercer seu poder de promotor e deixá-lo de fora do indiciamento seguinte. Caso mentisse, Goldman o acusaria.

– Lamento Bob, disse o velho Pritchard. – Não posso ajudá-lo.

Ele não podia admitir para mim que conspirara com o filho para enganar a família Hunt. Eu duvidava de que sua intenção fosse proteger o filho; ele sabia que era tarde demais para isso. Acho que não podia admitir o que fizera por saber que isso arruinaria sua reputação no meio.

Dei a ele mais uma chance.

– Conte o que aconteceu, Russ.

– Bob, não posso.

– Tudo bem, mas você vai se afundar.

– Eu sei, mas simplesmente não posso fazer isso.

Juno, por outro lado, foi esperto. Sabia que tínhamos um caso forte contra ele, e que poderia evitar alguns anos de prisão confessando sua culpa e colaborando conosco.

Dois dias depois de minha conversa com o pai, indiciamos os dois Pritchard.

Em um mês, Pritchard filho e seu advogado foram ao escritório do FBI na Filadélfia. Ele se reuniu comigo, Goldman e Heine para oferecer uma declaração, uma confissão particular sem registro, prelúdio de um acordo.

Ao longo de duas horas, Pritchard confessou tudo, e até mesmo isentou o pai. Sessões de depoimento e confissões são inacreditavelmente estressantes para os réus. Eles têm de olhar nos olhos de seus acusadores – o mesmo promotor e os agentes que os caçaram por anos, colocando seus nomes nos jornais, constrangendo suas famílias, escandalizando seus amigos – e admitir que sim, de fato fizeram aquilo. Fizeram tudo. Depoimentos assim raramente são agradáveis, e algumas vezes são belicosos. Vi réus saírem de uma sessão dessas parecendo ter envelhecido alguns anos. Pritchard? Ele não parecia nada perturbado.

Quando tudo terminou, ele foi apertar a mão de Goldman, segurando o cotovelo do promotor com a mão esquerda, um velho truque de política para impedir o outro homem de se afastar.

– Sr. Goldman, disse ele – quero lhe agradecer por acabar com minha encenação. Isso é bom para mim. Fico contente por estar me acusando.

Goldman ergueu a sobrancelha esquerda, se afastou e olhou duro para Pritchard, como se dissesse: "Não me sacaneie."

Em 2001, ano em que Pritchard e Juno se declararam culpados, o Museu Nacional da Guerra Civil de Harrisburg, um prédio de alvenaria de 6 mil metros quadrados que custou 50 milhões de dólares, fez sua grandiosa abertura. Tinha painéis e dioramas de primeira categoria com objetos de guerra legítimos, incluindo o quepe que Pickett usara em Gettysburg.

Assim como os Pickett, a maioria das famílias não recuperou seus tesouros. Os tribunais concluíram que, apesar das fraudes, os descendentes não tinham mais direito legal aos objetos que Pritchard roubara. O prefeito de Harrisburg argumentou com sucesso que também a cidade havia sido vítima de Pritchard e Juno, e que não era obrigada a devolver os itens que comprara para seu museu.

Pritchard pai foi a julgamento pela única acusação relacionada ao golpe do uniforme, perdeu e foi sentenciado a seis meses de detenção em regime semiaberto. Juno também foi condenado a alguns meses no mesmo esquema. Pritchard filho pegou um ano e um dia de prisão e foi condenado a pagar 830 mil dólares de indenização.

Apesar das sentenças relativamente leves, Goldman e eu ficamos animados com o resultado. A investigação do *Antiques Roadshow* foi um importante recado para várias pessoas, e não pude deixar de pensar em meu pai e todos os outros antiquários honestos da Howard Street, em Baltimore, trabalhando para ganhar a vida com pequenas margens de lucro. O caso mostrou a eles que alguém se importava, que alguém estava de olho naquele setor desregulamentado – e que comerciantes inescrupulosos se arriscavam à vergonha pública e a uma possível prisão.

A reação do público foi ainda melhor do que esperávamos. Na comunidade de colecionadores, a investigação do programa foi de tal forma um divisor de águas que uma das grandes publicações comerciais reproduziu o indiciamento de Pritchard literalmente. No rastro da publicidade gerada pelo caso, recebi uma avalanche de pistas que levaram a mais recuperações importantes, incluindo uma bandeira de batalha de um regimento confederado e uma espada presenteada a um herói da União da grande batalha Monitor-Merrimack, desaparecida desde que fora roubada da Academia Naval dos Estados Unidos em 1931. Depois do processo do *Antiques Roadshow*, Goldman e eu fizemos outro indiciamento que abalou o mundo dos colecionadores, acusando dois destacados comerciantes do Meio-Oeste de usar documentos de avaliação falsos para convencer um empresário rico a pagar um preço absurdamente alto por quatro armas antigas. Uma delas era o primeiro revólver Magnum do mundo, um Colt .44 seis tiros, a mesma arma que Samuel Walker, o famoso Texas Ranger, usou em sua última batalha fatal contra as guerrilhas mexicanas.

Mas muito antes que o escândalo do *Antiques Roadshow* chegasse ao fim e Pritchard fosse levado à prisão, eu já estava voltando minha atenção para o caso seguinte, minha primeira investigação internacional de crime contra a arte. Eu esperava em poucos meses estar na América do Sul perseguindo obras de arte roubadas.

13. Uma rodada com boas cartas

Rio de Janeiro, 2001

Num quiosque em Ipanema, David Hall, promotor-assistente dos Estados Unidos, e eu tomávamos uma água de coco.

Diante de nós, a praia mais famosa do Brasil cintilava sob o sol brilhante. Garotos descalços chutavam areia para o alto, jogando futevôlei. Patinadoras de shortinho deslizavam pela calçada. Homens fortes e bronzeados se exibiam de sunga, jogando conversa fora com bandos de meninas. O ritmo latino de um rádio duelava com o reggae das caixas de som do quiosque. Do outro lado, um sol escarlate flutuava acima do morro Dois Irmãos.

Era uma tarde de segunda-feira no começo de dezembro, verão na América do Sul. Céu azul, uma brisa agradável, 25 graus. Na Filadélfia, as temperaturas despencavam e meus colegas do FBI se preparavam para uma inspeção formal dos burocratas do quartel-general.

Eu girei o canudo no coco e enfiei os dedos dos pés na areia macia. Após pousar no Rio naquela manhã, ao fim de um voo de dez horas espremido no assento, o estresse estava começando a se dissipar, passando dos meus dedos para aquela areia luxuriante. Eu me sentia descansado e revigorado pela paisagem da praia. Um casal muito bronzeado e quase nu passou pedalando. Eu balancei a cabeça e ergui o copo num brinde a meu colega de viagem.

O promotor federal se escondia atrás dos óculos escuros e do boné de beisebol do Penn, calado. Eu disse:

– Não acredito que seus chefes acharam que isto era uma perda de tempo.

Aquilo arrancou um pequeno sorriso dele. Depois um cenho franzido.

– Você sabe que estamos com uma mão ruim nessa rodada.

Eu concordei. Hall estava certo. Tínhamos poucas cartas.

Estávamos no Rio para tentar resolver um caso arquivado, que frustrava o FBI havia mais de duas décadas: o roubo de pinturas de Norman Rockwell no valor de 1,2 milhão de dólares de uma galeria em Minneapolis, em 1978. Não era um roubo muito conhecido, mas tinha apelo para mim. Como poderíamos não ir atrás dos ladrões que roubaram obras de um importante artista americano?

O governo dos Estados Unidos e o FBI rotineiramente ajudavam outros países a recuperar obras de arte e objetos roubados contrabandeados *para* nosso país. Mas o caso Rockwell, se conseguíssemos resolvê-lo, marcaria a rara repatriação para os Estados Unidos de obras de arte *a partir de* um país estrangeiro. Haviam se passado apenas três meses dos ataques de 11 de setembro, e sentíamos que era um dever especial recuperar aquelas peças clássicas. A mais valiosa das pinturas roubadas, *The Spirit of '76*, mostra escoteiros do norte de Nova Jersey, de várias raças, marchando numa banda de tambores e flauta com a bandeira americana e a imagem de Manhattan com as Torres Gêmeas discretamente ao fundo.

Nosso alvo era um rico marchand brasileiro que alegava ter comprado as pinturas no Rio na década de 90 e, portanto, era seu proprietário legal segundo a legislação brasileira. Dizia-se que ele tinha contatos políticos e era esperto. Hall e eu tínhamos passado dois anos usando canais diplomáticos e legais para conseguir um encontro com ele, que estava marcado para quarta-feira, dois dias depois.

Não tínhamos certeza do que deveríamos esperar, principalmente porque os Estados Unidos e o Brasil haviam pouco tempo antes ratificado seu tratado mútuo de assistência legal, e nosso caso seria a primeira investigação penal conjunta entre os dois países. Havia muitas incertezas. Ainda não sabíamos, por exemplo, se seríamos autorizados a interrogar diretamente o marchand brasileiro e, em caso positivo, se ele seria obrigado a responder. Promotores americanos e agentes do FBI deviam fazer perguntas por escrito e submetê-las à aprovação de um juiz local. Eu também ouvira falar que não era incomum que testemunhas em países estrangeiros invocassem o equivalente local da Quinta Emenda e se recusassem a colaborar com investigações americanas. Se isso acontecesse ali estaríamos ferrados, e provavelmente seríamos recebidos com desprezo pelos colegas quando voltássemos para a Filadélfia bronzeados mas de mãos vazias.

Eu não sabia como seria a semana, mas estava rapidamente me preparando para um bom desafio, um jogo fora de casa com regras misteriosas. Eu gostava da incerteza de tudo aquilo.

Hall era um advogado experiente e um companheiro de viagem divertido, um amigo. Ele e Goldman eram os dois promotores da Filadélfia que dividiam casos de crimes contra a arte – nós três nos reuníamos pelo menos uma vez por semana para almoçar e traçar estratégias. Goldman estava ocupado com um julgamento de drogas, então Hall ficou com o caso Rockwell. Um ex-aluno de Yale, careca, de fala macia e intelecto refinado, Hall também era comandante da reserva da Marinha e faixa-preta em caratê. Por natureza e formação militar e jurídica, Hall precisava de regras de atuação e uma estratégia clara. Gostava de começar uma missão bem armado, com um plano.

Eu me virei para ele, que brincava com seu coco.

– Pare de se preocupar. Isso vai ser divertido, falei, apreciando novamente a praia, minha confiança aumentando. – O que temos de fazer é tratar isso como se fosse um caso de investigação sob disfarce, com a diferença de que não estaremos trabalhando disfarçados. Vamos descobrir o que o sujeito quer e ver se podemos dar isso a ele. Reagir ao que ele fizer. O que for preciso para resolver, faremos. Será ótimo.

As pinturas de Rockwell foram roubadas em 16 de fevereiro de 1978, poucas horas após terem sido apresentadas como as novas grandes atrações de uma galeria de Minneapolis.

O coquetel na Elayne's, uma galeria num subúrbio rico de Twin Cities, foi bem movimentado, apesar da temperatura abaixo de zero e de quinze centímetros de neve congelada no piso. Os donos, Elayne e Russell Lindberg e sua filha, Bonnie, receberam mais de cem convidados com champanhe e bolo. Dezenas de pinturas à venda cobriam as paredes, mas as atrações principais eram uma marinha de Renoir e sete originais de

Rockwell. Os Lindberg eram donos de dois deles, um díptico chamado *Before the Date/Cowboy* e *Before the Date/Cowgirl*. As duas peças estavam entre as últimas obras do artista a saírem na capa do *Saturday Evening Post*. As cinco outras pinturas de Rockwell eram emprestadas, quatro delas pela Brown & Bigelow, a empresa de Minnesota que por mais de meio século imprimira os calendários de escoteiros ilustrados pelo artista.

O relatório policial do crime era incompleto. A festa terminou por volta de dez horas da noite. Os Lindberg arrumaram tudo, tendo o cuidado de ligar o alarme e trancar as portas. Então, à 0h50, um guarda de segurança da Agência Nacional de Detetives Pinkerton, fazendo a ronda, descobriu a porta dos fundos da galeria aberta, a tranca arrancada, os fios telefônicos e elétricos cortados. Os Lindberg, perturbados, e a polícia correram para a cena do crime e constataram o desaparecimento dos sete Rockwell e do Renoir. Os ladrões invisíveis deixaram duas pistas: dois sacos de lixo e uma pegada tamanho 42 na neve. Nada muito promissor.

Os primeiros dias de investigação foram cheios de dicas basicamente inúteis, com o público soterrando a polícia de Minneapolis e os agentes do FBI com pistas. A suspeita inicial recaiu sobre três homens brancos não identificados que teriam agido de forma estranha durante uma visita à galeria no dia do crime. O trio de aparência desmazelada não parecia ser de amantes da arte – pelo menos não os fãs típicos de Rockwell –, e Russ Lindberg disse ter ouvido os três discutindo em sussurros o valor do Renoir e das pinturas de Rockwell. Quando os homens partiram num Chevy Impala 1972 branco sujo horas antes do coquetel, o galerista, desconfiado, anotou o número da placa. O FBI e a polícia dispararam um alerta sobre o carro. Em um telegrama para o quartel-general, uma semana depois, um agente do FBI relatou ter feito poucos progressos. "Paradeiro do atual dono do veículo negativo até agora, já que foi vendido três vezes no último mês. ... Investigação negativa quanto a qualquer possível informação."

O FBI não desistiu. Agentes especiais de divisões do departamento em Minneapolis, Los Angeles, Las Vegas, Chicago, Miami, Nova York, Filadélfia e Detroit seguiram dezenas de pistas. Examinaram registros telefônicos da prisão estadual de Folsom, na Califórnia, rastrearam uma gangue de arrombadores de Nova York e interrogaram um arrombador da área de Chicago apaixonado por roubar selos postais valiosos.

Ao longo dos vinte anos seguintes, o roubo dos Rockwell produziu fascínio, excitação e pistas falsas. A família Lindberg repassou repetidos telefonemas de pessoas que alegavam ter as pinturas. No final da década de 70, um agente do FBI disfarçado e Elayne Lindberg voaram para Miami a fim de encontrar um marchand cubano que alegava falsamente conhecer um diplomata japonês interessado em vender algumas das pinturas roubadas. Nos anos 80, um homem de Detroit passou meses negociando com promotores e agentes do FBI e depois desapareceu de repente. Em dado momento, um sujeito de Minneapolis provocou algumas horas de histeria e esperança quando telefonou para Russell Lindberg alegando ter encontrado uma das pinturas. Mas quando Lindberg se encontrou com ele, percebeu que o homem era um idiota. O que acreditara ser um original de Rockwell não passava de uma reprodução sobre tela de dez dólares.

No final da década de 80, agentes do escritório do FBI em Minneapolis queriam esquecer o caso e seguir em frente. Companhias de seguros indenizaram os três donos pelas perdas – os Lindberg por *Cowboy* e *Cowgirl*, uma família de Minneapolis por *Lickin' Good Bath* e a Brown & Bigelow por *The Spirit of '76*, *She's My Baby*, *Hasty Retreat* e *So Much Concern*.

Embora, pelo acordo, a propriedade das pinturas roubadas tivesse sido oficialmente transferida para as companhias de seguro, Bonnie Lindberg continuou a caçar todos os Rockwell, fazendo sua própria investigação. Ela criticou o FBI em público por abandonar o caso, e o departamento permaneceu estoicamente em silêncio. Lindberg passou uma década seguindo pistas dadas provavelmente por estelionatários. Seus esforços custaram dezenas de milhares de dólares e só causaram frustração a ela.

Mas no final de 1994 curadores do Museu Norman Rockwell de Stockbridge, Massachusetts, receberam uma curiosa carta de um homem que se identificava como José Maria Carneiro, um marchand brasileiro baseado no Rio. Carneiro se oferecia para vender *The Spirit of '76* e *So Much Concern* por "um preço justo". Os curadores recusaram, mas repassaram a carta a Lindberg.

O FBI em Minneapolis também recebeu uma cópia da carta, mas o caso Rockwell tinha sido fechado havia muito tempo.

O CASO ERA TÃO ANTIGO que eu sequer sabia dele quando recebi um telefonema em janeiro de 1999 sobre pinturas de Rockwell suspeitas colocadas à venda na Filadélfia.

George Turak, um comerciante honesto e antiga fonte, me disse que um brasileiro o contratara para vender duas pinturas de Rockwell em consignação, *She's My Baby* e *Lickin' Good Bath*. Turak disse que sua pesquisa revelou que as obras haviam sido roubadas em Minneapolis em 1978. Confirmei isso com uma simples busca na internet e depois um telefonema para o escritório do FBI em Minneapolis, no qual um agente me fez um resumo do roubo. Ele também me falou sobre as outras cinco pinturas desaparecidas. Intrigado, fui à galeria de Turak e confisquei as duas obras.

Em poucos dias, o agente de Minneapolis telefonou com uma notícia importante. Descobriu-se que Bonnie Lindberg seguira a pista da carta do Brasil de 1994 e se associara a uma emissora de televisão local, a KARE 11, para documentar suas negociações com Carneiro. A matéria exclusiva, em duas partes, seria apresentada em algumas semanas – a emissora estava segurando para colocar no ar durante a pesquisa de audiência de fevereiro. Algumas semanas depois, após a exibição, eu recebi uma fita. Para o FBI, era uma tragédia de relações públicas.

O âncora anunciava na introdução da história: "Hoje temos novas informações sobre um caso abandonado há muito tempo pelo FBI. Um caso em que nenhuma prisão foi feita e nenhuma pintura encontrada – até agora."

A primeira parte da matéria recapitulava o roubo de 1978 e o trabalho de detetive da família. O repórter dizia: "Bonnie Lindberg comanda a galeria atualmente, e se transformou na principal investigadora desse caso depois que os outros o abandonaram, depois que o FBI desistiu, quando literalmente ninguém parecia se importar." E continuava: "É impressionante o que Bonnie fez sozinha, seguindo pistas em quatro continentes, cruzando os Estados Unidos, uma maratona de faxes e telefonemas. ... Nos últimos três anos, todas as pistas começaram a levar ao Rio, pistas que a galeria diz terem sido rejeitadas pelo FBI."

A segunda parte começava com Lindberg desembrulhando um grande pacote que acabara de receber pelo correio, enviado do Brasil. Dentro ela encontra *Before the Date/Cowgirl*, e se emociona ao segurá-lo. Depois as câmeras a acompanham ao Rio, para negociar com Carneiro a compra do par da pintura, *Before the Date/Cowboy*. Durante o encontro, o negociante também apresentou *The Spirit of '76*, exposta com destaque em sua casa, bem como *So Much Concern* e *Hasty Retreat*. O repórter dizia sobre Carneiro: "Ele diz que fez tudo corretamente para comprar as pinturas, e isso parece ser verdade. Há certificados do Art Loss Register de Nova York e Londres atestando que as obras não foram roubadas. ... E, embora esteja disposto a abrir mão delas, quer primeiramente seu dinheiro de volta, 300 mil dólares."

A matéria da TV apresentava uma história um tanto enganosa, omitindo vários fatos relevantes, inclusive que Lindberg concordara em pagar a Carneiro 80 mil dólares pela dupla *Before the Date*. E como meu resgate dos dois Rockwell na Filadélfia não se encaixava na narrativa arrumada do repórter, ele mencionou o papel do FBI apenas rapidamente, como se não fosse nada. Além disso, a Kare 11 não noticiara que Bonnie Lindberg, tão chorosa no vídeo, já visitara casas de leilão de Nova York, onde ouvira que o par *Before the Date* poderia render a ela 180 mil dólares. (Aparentemente, Lindberg não sabia que a Elayne Gallery recebera uma indenização e, portanto, não era mais dona das pinturas; ao comprar as obras de Carneiro, ela acreditara estar recuperando algo que era por direito propriedade da família.)

A matéria, de fevereiro de 1999, concluía com um floreio – mostrando imagens de *The Spirit of '76*, *So Much Concern* e *Hasty Retreat* superpostas a um marchand brasileiro sorridente, a praia de Ipanema e a voz afirmativa de um repórter de TV.

"Então, resta uma questão. O que será necessário para devolver os Rockwell aos seus legítimos donos? ... Carneiro sabe que a posse equivale a nove décimos da propriedade, e ele tem isso trancado no Brasil – Rockwell, nossos escoteiros e nossa bandeira."

NA MANHÃ DE 11 DE SETEMBRO DE 2001, eu estava em minha escrivaninha às 8h30 da manhã folheando uma pasta de material sobre Rockwell enviada pelo agente do FBI na embaixada dos Estados Unidos no Brasil.

Havia se passado um ano e meio da transmissão da KARE 11. Àquela altura, já havíamos suportado mais de um ano de demora diplomática e burocrática, o tipo de demora que ameaça todos os casos internacionais, e nossa investigação Rockwell entrava em uma nova fase. Com a aprovação do novo acordo mútuo de assistência jurídica Estados Unidos-Brasil, os brasileiros finalmente haviam aceitado nosso pedido para interrogar Carneiro. Hall e eu fazíamos os últimos preparativos para uma viagem ao Rio no final de setembro ou começo de outubro.

Alguns minutos antes das nove horas, um colega entrou apressado na sala do esquadrão, sem fôlego:

– Alguém tem uma televisão?

Eu liguei a minha portátil em preto e branco de quatro polegadas e apontei a antena para a janela. Apertados ao redor da pequena tela, eu e mais seis vimos o World Trade Center em chamas e acompanhamos o segundo avião atingir a outra torre. Uma hora depois, um supervisor ordenou que fôssemos para casa, pegássemos roupa suficiente para três dias e aguardássemos ordens.

Donna me recebeu à porta.

– Vai ficar quanto tempo fora?

– Disseram três dias, mas...

Na manhã seguinte eu estava a caminho do Marco Zero.

Telefonei para Hall enquanto acelerava pela New Jersey Turnpike, as luzes vermelhas piscando. Sabíamos que o caso Rockwell ia ter de esperar. Ambos imaginávamos que ficaríamos algum tempo ocupados fazendo nossos trabalhos secundários, ou "colaterais". Ele era um comandante da reserva da Marinha, lotado em uma unidade de inteligência especializada em terrorismo, e achava que logo seria convocado.

Minha função colateral era trabalhar com colegas do FBI em momentos de grande estresse mental. Eu era coordenador do Programa de Ajuda ao Empregado do FBI na divisão da Filadélfia, responsável pelo bem-estar psicológico de mais de quinhentos funcionários e suas famílias.

Era um trabalho solitário, delicado e confidencial, para o qual me oferecera como voluntário depois de ser absolvido pelo tribunal de Camden, em meados da década de 90. Tentava ajudar qualquer um com problemas no escritório – fossem drogas, álcool, cônjuges infiéis, chefes difíceis ou problemas médicos graves. Colegas me procuravam e descarregavam histórias horríveis – sobre filhos ou companheiros mortos, presos ou morrendo de alguma doença horrorosa. Eu escutava muito. Não era analista nem fingia ser. Minha maior credencial era a empatia. Sabia como era encarar um trauma, a morte de um grande amigo e uma luta de anos para escapar da prisão. No mínimo, eu esperava ser um exemplo de perseverança. Podia olhar uma pessoa desesperada nos olhos e dizer honestamente: "Seja forte. A pior coisa que você pode fazer durante uma experiência traumática é perder a fé de que irá sobreviver. Não duvide: é doloroso, e isso é normal. Você vai ultrapassar isso. O que quer que faça, não desista."

Eu não gostava de reviver meu próprio drama, e nunca falava publicamente sobre o acidente. Mas me oferecera para ser o conselheiro do departamento na Filadélfia por achar que era a melhor forma de retribuir a um órgão que se recusara a desistir de mim.

Embora o trabalho fosse recompensador, havia um lado que eu não levara em consideração – experimentar em primeira mão o choque sentido pelas famílias das vítimas. Quando um agente morria, o FBI me enviava para informar a família. Nos funerais, eu tinha a tarefa de acompanhar discretamente membros da família idosos ou jovens. Quando o atirador de Washington matou um homem da Filadélfia, eu tive de conter fisicamente uma criança que teve um acesso de fúria quando eu bati à sua porta para dar a triste notícia. Depois de episódios como esse, comecei a ver nas famílias das vítimas o espectro de Donna e nossos filhos.

Testemunhar tanta morte e sofrimento criava riscos psicológicos para um agente disfarçado. O trabalho infiltrado é um jogo mental, e você não pode se permitir ser distraído por medo ou emoção. Durante muitos anos trabalhei como voluntário num programa chamado C.O.P.S. Kids, parte do Concerns of Police Survivors (Preocupações dos Sobreviventes da Polícia), e em sua participação na Semana Nacional da Polícia em Washington, que termina com uma cerimônia de depositação de uma coroa de flores em homenagem a policiais mortos em combate. Certo ano, conforme a cerimônia chegava ao fim, vi um jovem de 19 anos numa cadeira de rodas e sua mãe lutando para empurrá-lo colina acima até o Monumento a Washington. Fui ajudar, e começamos a conversar. Ele era paraplégico, vítima de um acidente. O irmão mais velho e o pai, ambos policiais, haviam morrido em ação no período de um ano. Enquanto subíamos a colina, o filho de repente agarrou meu braço e começou a gritar e chorar.

– Nunca se deixe ferir! Prometa que nunca será ferido!

Eu me contive até pegar o carro para casa. Mas no momento em que cruzei a divisa entre Maryland e Delaware, comecei a tremer e chorar. Nunca mais voltei ao evento. Não podia mais suportar. Quando trabalhava sob disfarce, não podia me permitir ter cenas como aquela surgindo na minha cabeça.

Eu cheguei ao Marco Zero no final da tarde de 12 de setembro.

O FBI me mandara cuidar de bombeiros, policiais, agentes, paramédicos, soldados – qualquer um que precisasse. Mas quando cheguei todos ainda estavam ocupados vasculhando os entulhos, procurando por sobreviventes. Então me juntei ao resgate. Fiquei na linha dos baldes, com cem pessoas, tirando terra e entulho dos cantos da base do World Trade Center.

Oito dias depois, quando a missão de resgate oficialmente se transformou em um esforço de recuperação e o FBI me mandou para casa, eu retornei ao subúrbio. Em poucas horas me vi no campo de futebol, treinando Kristin e seu time de meninas da quarta série, o Green Hornets. Estava vestindo roupas limpas, mas ainda sentia o cheiro do Marco Zero.

Eu permaneci na Filadélfia, mas não deixei o 11 de Setembro para trás. No ano seguinte, com intervalos de poucos dias, meus colegas do FBI em Nova York me enviavam pertences de vítimas locais encontradas no Marco Zero – cartões de créditos, carteiras, joias, celulares, carteiras de motorista, qualquer coisa que pudesse ser identificada. Como coordenador do programa de ajuda, era meu trabalho devolver aquilo aos parentes mais próximos.

NORMAN ROCKWELL, MORTO HAVIA 23 ANOS, já ensaiava seu retorno quando os terroristas atacaram.

A antiga crença de críticos "sérios" – de que Rockwell não passava de um ilustrador que pintava caricaturas nostálgicas de um país inocente desaparecido há muito tempo – começara a mudar no final da década de 90. Em 1999, uma retrospectiva de sua obra, com setenta pinturas feitas entre 1916 e 1969, começou uma turnê de três anos com grande público e críticas atipicamente entusiasmadas.

"Acho que pode ser creditado ao revisionismo em voga e ao oportunismo", escreveu à época o crítico de arte Peter Plagens, da *Newsweek*. "Há também uma elegância inerente a gostar de Rockwell: ele vai contra a ortodoxia do modernismo. ... O engraçado é que ele não era o filósofo caipira saído de *A felicidade não se compra*, como poderíamos imaginar."

Esse estereótipo era baseado no trabalho inicial do artista para *Boy's Life* e *Saturday Evening Post* – pinturas melosas de garotos em fontes de refrigerante, famílias reunidas numa ceia de Ação de Graças, escoteiros saudando a bandeira americana, a Operária Rosie e o soldado Willie Gillis no esforço de guerra contra a Alemanha e o Japão. Nos anos 50 e 60, os críticos faziam cara feia para o realismo preciso de Rockwell, classificando-o de banal. "Dalí é na verdade o irmão gêmeo de Norman Rockwell sequestrado por ciganos quando bebê", de acordo com o famoso desdém do crítico Vladimir Nabokov. O termo *rockwellesco* se tornou pejorativo.

A visão revisionista que culminou com a retrospectiva de 1999 era a de que Rockwell não havia sido compreendido, tanto por críticos quanto por fãs, que presumiram equivocadamente que ele representava todos os valores conservadores. Olhando mais fundo, ficava claro que Rockwell era um progressista dissimulado. Em um ensaio que acompanhou a mostra itinerante de 1999, o crítico de arte Dave Hickey argumentou que a arte de Rockwell nos anos 50 ajudou a inspirar as revoluções sociais que se seguiram. Ele invocou uma das pinturas roubadas, *Hasty Retreat*, produzida para um calendário da Brown & Bigelow de 1954. A obra mostra dois banhistas passando, com as roupas nas mãos, por uma placa que diz "Proibido nadar!".

"Rockwell foi uma das poucas criaturas na cultura popular americana dos anos 50 que realmente estimulou a desobediência, a antipatia intencional e uma tendência a violar regras. Não sei se teríamos tido muitas coisas dos anos 60 sem essa certa permissão benigna das imagens de Rockwell. Há uma maravilhosa pintura de uma garota sentada do lado de fora do gabinete do diretor, com olho roxo por ter se metido numa briga e obviamente vencido. Não é difícil imaginá-la alguns anos depois queimando seu sutiã."

Após os ataques de 11 de setembro, enquanto o patriotismo ascendia, o mesmo acontecia com as ações de Rockwell. Ele era um dos mais conhecidos artistas dos Estados Unidos, e uma nação assustada encontrava consolo em suas populares imagens idealistas e nacionalistas. Como parte de uma campanha de "Estamos unidos", anúncios com imagens atualizadas de Rockwell apareceram no *New York Times*. Num dia de Ação de Graças, o *Tampa Tribune* publicou em sua primeira página uma fotografia baseada no famoso *Freedom from Want* do artista, mostrando a matriarca de uma grande família americana colocando o peru na mesa de jantar.

Uma das três pinturas de Rockwell roubadas se tornou especialmente simbólica naqueles dias tumultuados pós-terror. Pintada para os escoteiros e a Brown & Bigelow, *The Spirit of '76* foi feita para o bicentenário dos Estados Unidos em 1976. O trabalho, um dos últimos de Rockwell antes de ser consumido pela demência, é uma homenagem à famosa pintura do século XIX de Archibald McNeal Willard na qual uma banda de flautas e tambores da Guerra de Independência marcha diante da bandeira americana. A obra de Willard, originalmente conhecida como *Yankee Doodle*, foi pintada para a exposição do centenário de 1876 na Filadélfia. Na versão atualizada de Rockwell, a banda de flauta e tambores é de escoteiros. E ao fundo está o inconfundível perfil de Manhattan, com as torres gêmeas do World Trade Center – um pequeno detalhe que depois ajudaria a manter vivo o nosso caso.

Depois dos ataques de 11 de setembro, muitos casos bons, investigações complicadas com anos de trabalho investidos, foram deixados de lado. Compreensivelmente, a recuperação de patrimônio roubado, quanto mais arte roubada, se tornou uma das últimas prioridades do FBI no outono de 2001. Como quase todos os agentes do meu esquadrão e dos outros, fui colocado para verificar as centenas de telefonemas duvidosos e alucinados dando conta de terroristas, antraz, o Talibã e homens de aparência árabe escondidos e em conspiração nos bairros da Filadélfia. Fiz meu trabalho silenciosa e diligentemente, esperando o momento certo de levantar o caso Rockwell.

Meu parceiro promotor, Hall, tinha outras prioridades e um prazo apertado. Ele recebera ordens de se apresentar à sua unidade da Marinha em meados de dezembro, e esperava ser utilizado durante um ano. Hall me disse que se não fôssemos ao Brasil no início de dezembro, ele não poderia ir mais. No final de outubro, ele abordou seus supervisores diretos cautelosamente. Embora tivessem aprovado a viagem antes de 11 de setembro, nunca gostaram dela. Eram viciados em controle que achavam que as melhores ideias vinham de cima, não das pessoas que realmente faziam o trabalho. Também não entendiam como Hall poderia justificar uma viagem de 8 mil quilômetros para resolver um caso que não poderia ser encerrado com uma prisão. Na visão deles, um promotor coloca criminosos na cadeia, não viaja pelo planeta resgatando patrimônio cultural roubado. Então, quando Hall voltou ao assunto, em outubro, seus superiores disseram não, citando as novas prioridades desde 11 de setembro. Uma viagem ao Rio estava fora de questão.

Hall me telefonou furioso. Estava pensando em passar por cima dos supervisores.

Eu estava igualmente com raiva, e disse para ir em frente. E acrescentei: "Dave, se você não for ao Brasil, eu também não vou." Ele era meu parceiro. Eu o apoiava. Hall, Goldman e eu acreditávamos que estávamos trabalhando juntos para mudar a antiga mentalidade policial de que o crime contra a arte não era uma prioridade. Para conseguir isso, precisávamos uns dos outros.

Hall marcou uma reunião pessoal com o novo subprocurador dos Estados Unidos, o verdadeiro cérebro do órgão. Fez um relato de cinco minutos e depois tirou uma reprodução colorida de *The Spirit of '76*. Apontou para o canto inferior direito e a imagem fraca das Torres Gêmeas. O segundo promotor do gabinete do procurador sorriu. Ele era um antigo funcionário da Suprema Corte, um escolhido por Bush cujos instintos políticos eram tão afiados quanto sua grande capacidade jurídica. Ele reconheceu imediatamente o valor daquilo em relações públicas. Caso fôssemos bem-sucedidos no Rio, seu chefe logo estaria diante de câmeras de televisão com os três Rockwell ao fundo e a imagem das torres.

Hall e eu chegamos ao Rio em uma segunda-feira na primeira semana de dezembro, e descansamos em Ipanema. Desfizemos as malas, relaxamos e comemos um dos melhores filés de nossas vidas.

No dia seguinte, o agente do FBI que trabalhava na embaixada dos Estados Unidos em Brasília, Gary Zaugg, foi se encontrar conosco na cidade. Ele nos levou ao encontro dos promotores locais. Os brasileiros foram simpáticos, mas não eram otimistas quanto a podermos acusar Carneiro. Nós reconhecemos espontaneamente que tínhamos um caso antigo, poucas provas, e que nossa melhor testemunha, Lindberg, de Minneapolis, não estava disposta a cooperar. Os promotores deixaram claro que uma extradição era praticamente impossível. Explicaram que no Brasil uma fuga era considerada um direito tão natural quanto a liberdade de expressão. No país, não é crime resistir à prisão e evitar processo.

Pior ainda, disseram eles, ninguém parecia saber se Carneiro ainda tinha as pinturas. A polícia local já fizera buscas em sua casa e seu escritório, e nada. Nossa mão ruim ficou ainda pior.

Na quarta-feira, voltamos ao gabinete do promotor para conhecer o homem que há tanto tempo queríamos interrogar.

José Carneiro era um homem baixo e largo de cinquenta anos, com rosto amplo e cabelos negros escasseando que faziam volume junto às orelhas. Era dono de uma galeria de arte e de uma escola particular, e também autor de livros sobre arte e poesia. Ele nos cumprimentou calorosamente em inglês com uma voz vigorosa de barítono. Estava sozinho, demonstrando grande confiança.

Os promotores brasileiros começaram. Lembraram a Carneiro que ele estava sendo investigado por sonegação de impostos na compra dos Rockwell. Era um crime pequeno, um mero aborrecimento financeiro, e Carneiro sabia disso. Deu de ombros.

Hall então fez uma tentativa, apresentando a tradicional arma de um promotor: ameaçar com a prisão para conseguir o que quer.

– Você está muito encrencado. As provas são sólidas. Você admitiu que roubou propriedade americana. Isso é um crime grave nos Estados Unidos. Se o acusarmos, você será extraditado, algemado e colocado em uma prisão americana. Passará muito tempo lá.

Carneiro respondeu com uma gargalhada. Sabia que na pior das hipóteses um pedido americano de extradição o obrigaria a viajar apenas dentro do Brasil, um país quase tão grande quanto os Estados Unidos. Carneiro estendeu o braço para uma janela, com sua vista majestosa do Rio.

– Não posso sair do Brasil? Bem-vindos à minha bela prisão!

Hall se recostou, derrotado. Ele tinha muitas limitações. Como procurador-assistente dos Estados Unidos, precisava avançar com cuidado. As regras do Departamento de Justiça restringiam o que ele podia dizer, mesmo num país estrangeiro. Ele representava o governo dos Estados Unidos, e qualquer oferta ou promessa que fizesse podia ser um compromisso – e recebera ordens rígidas de não oferecer mais do que uma promessa de não processar.

Por outro lado, como agente do FBI eu podia dizer qualquer coisa, prometer qualquer coisa. Minhas promessas não valiam nada, mas Carneiro não sabia disso. Podia mentir, distorcer os fatos, ameaçar – praticamente qualquer coisa, exceto agredir um suspeito, para fazer meu trabalho. Coloquei meu chapéu de vendedor.

Comecei tentando definir o campo de jogo, apresentando a questão como um dilema geopolítico, não um crime em potencial.

– José, vamos ver se podemos resolver isso, quem sabe acabar com tudo. Vamos tentar descobrir uma forma de fazer isso. Nós conseguimos o que queremos, você fica sem qualquer problema e os promotores aqui conseguem o que querem. Ficamos todos bem, todos felizes. O que me diz?

– Gosto quando todos estão felizes, disse ele.

Era um começo.

– Por que piorar as coisas, José? Por que pagar mais impostos? O que você vai fazer com essas pinturas? Qual a serventia delas para você? Você é um admirador de Norman Rockwell a ponto de querer tê-las em suas paredes para sempre e deixar um problema para seus filhos e todo mundo? Porque você sabe que não pode sair com elas do Brasil. E, para ser honesto, essas obras são muito mais valiosas nos Estados Unidos do que em qualquer outro lugar. Lá você consegue o dobro do que elas valem aqui, mas é o único lugar onde não pode vendê-las. Qual é a serventia delas para você, José? Por que está mantendo essas peças como reféns, contra os Estados Unidos?

Carneiro levantou um dedo.

– Ah, Bob, eu adoro os Estados Unidos! Somos bons amigos. Vou lá comprar arte o tempo todo.

– Perfeito, ótimo, eu disse, me inclinando para a frente, mas ainda com uma voz amistosa. – Mas vou lhe dizer, José. Se não fizer isso por nós, talvez não possamos fazer nada a você aqui, mas garanto que o colocaremos numa lista para que nunca mais possa entrar nos Estados Unidos novamente.

Era um blefe. Em dezembro de 2001, as listas de terroristas ainda não existiam.

– Você diz que adora os Estados Unidos, mas está mantendo nossa arte como refém. Norman Rockwell é o artista americano por definição. Em meu país, todos conhecem sua obra. Você está retendo um dos santos padroeiros da arte americana. E acha que vai fazer amigos agindo assim?

Carneiro não pareceu comovido com meu apelo, mas também não o rejeitou.

– Vou pensar nisso, disse.

Nós combinamos de nos encontrar novamente no dia seguinte.

NA QUINTA-FEIRA, José Carneiro começou com uma oferta.

– Trezentos mil, e vocês prometem não me prender.

Na Europa, não é incomum governos pagarem resgate e oferecerem anistia para recuperar pinturas roubadas. É um jogo que ladrões de arte, seguradoras e governos jogam. Ninguém diz isso publicamente porque não quer estimular mais roubos. Mas o resultado é que os museus recebem suas pinturas de volta, as seguradoras economizam milhões do valor real, os ladrões ficam com o dinheiro e a polícia encerra o caso. Os Estados Unidos não jogam assim.

O número de 300 mil dólares fez Hall explodir.

– Isso é maluquice. Estamos falando de arte roubada, ele disse. – O governo dos Estados Unidos não pagaria um centavo pelos Rockwell.

Carneiro precisava saber que não estava negociando com os bolsos fundos do tesouro americano.

– Bob e eu estamos aqui para ajudar, como intermediários entre você e a Brown & Bigelow. Você faz uma oferta e nós repassamos a eles.

Enquanto Carneiro pensava nisso, eu saí e telefonei para meu contato na Brown & Bigelow em Minneapolis. O telefonema foi rápido. A oferta de 300 mil dólares foi rejeitada no ato e eu retornei à mesa de negociações. Discutimos a maior parte da tarde, empurrando Carneiro sempre para baixo, saindo para ligar para Minneapolis. Quando o pedido chegou a 100 mil dólares, eu comecei a tentar convencer os dois lados de que era um bom acordo. Disse ao pessoal de Minnesota que eles estariam recebendo 1 milhão de dólares em pinturas por 100 mil. Expliquei a Carneiro que ele receberia o suficiente para pagar sua dívida e os impostos e se livrar. Dei a ambos o mesmo conselho: "Vocês não vão conseguir acordo melhor. Por 100 mil, vão sair vitoriosos."

Carneiro quis uma carta de Hall prometendo que não seria processado.

– Combinado, disse Hall.

Carneiro se levantou.

– Eu os aviso amanhã. Ligo pela manhã.

Tarde da noite, Hall e eu caminhamos até a beira do mar em Ipanema. Acendemos charutos cubanos. As estrelas das constelações do sul tomavam o céu noturno. Demos baforadas em silêncio durante algum tempo.

Hall se virou para mim.

– E então?

– Ele está procurando uma saída. Tem de livrar a cara, tirar o sujeito dos impostos dos seus calcanhares e não ficar financeiramente arruinado.

– Certo, o que você acha?

Eu ergui meu charuto.

– Nossa mão está boa.

Na manhã de sexta-feira, Carneiro telefonou para Gary Zaugg, o agente do FBI baseado no Brasil, aceitando a oferta. Ele nos convidou a pegar as pinturas em sua escola em Teresópolis, 100 quilômetros ao norte.

Nas duas horas de viagem a partir do Rio passamos por quilômetros de favelas – esgoto a céu aberto, crianças descalças em roupas esfarrapadas, tetos de zinco se estendendo até o horizonte –, uma pobreza intensificada por sua proximidade com a opulência de Ipanema. Saindo dos limites da cidade, a estrada ziguezagueava pela beleza e pelas montanhas do Parque Nacional da Serra dos Órgãos, uma terra exuberante de montanhas, rios e cachoeiras 900 metros acima do nível do mar. Chegamos à escola de Carneiro, uma fachada de alvenaria na rua principal de Teresópolis, pouco antes do meio-dia.

Confirmamos a transferência de 100 mil dólares da Brown & Bigelow e os assistentes de Carneiro trouxeram as pinturas. Apertamos as mãos com força, claramente satisfeitos. Ele insistiu que posássemos com ele para fotos com as pinturas. Na foto, Hall e Zaugg ficaram atrás de *The Spirit of '76* e *So Much Concern*. Hall tinha um sorriso no rosto, sem a testa franzida de alguns dias antes na praia. Segurei uma pintura muito menor, *Hasty Retreat*.

Carneiro nos fez examinar as obras atentamente antes de partir.

– Podem ver que as mantive em excelentes condições.

Era verdade. Para consumar o acordo, comparecemos diante de um magistrado local para uma audiência rápida realizada em português. Zaugg traduziu. Hall e eu tivemos dificuldade em acompanhar os procedimentos. Sorrimos e balançamos a cabeça em sinal de consentimento muitas vezes. Dez minutos depois, saíamos pela porta com as pinturas rumo ao Rio.

– Vamos fazer nossa própria retirada apressada, disse Zaugg enquanto íamos para o carro.* – Vamos pegar suas coisas no hotel e tomar o primeiro avião.

Na viagem de volta para o Rio ele ligou para colegas na embaixada e acertou tudo. No Aeroporto Internacional do Galeão, Zaugg usou suas credenciais diplomáticas para nos passar rapidamente pela segurança e pela alfândega com nossos três enormes pacotes. Na entrada, eu abordei discretamente uma comissária da Delta, tomando cuidado para não assustar ninguém. Três meses depois do 11 de Setembro, a maioria dos passageiros e das tripulações americanas ainda estava nervosa, especialmente em voos longos.

---

* Referência à pintura *Hasty Retreat*, literalmente "retirada apressada". (N.T.)

Mostrei a ela meu distintivo do FBI e expliquei a situação:

– Temos de levar isto para a cabine. Não pode ser despachado, e não podemos colocar nos bagageiros superiores.

– Sem problema. Temos um armário entre a primeira classe e a cabine dos pilotos. Podem colocar lá. As pinturas ficarão em segurança.

– Ótimo, obrigado. Eu realmente agradeço. Mas, veja, é um voo de dez horas, e temos de ficar de olho nas pinturas o tempo todo. Nossas poltronas são na classe econômica.

A comissária baixou os olhos para o bilhete de embarque dobrado. Eu podia ver pela lista que só metade da primeira classe estava ocupada.

– Missão oficial do FBI, certo?

– Missão oficial.

– Bem, acho que vamos ter de encontrar lugares para vocês na primeira classe.

ALGUNS DIAS DEPOIS, o novo procurador dos Estados Unidos na Filadélfia, o ambicioso Patrick L. Meehan, convocou uma coletiva de imprensa. Eu acompanhei do fundo da sala enquanto ele se colocava em frente às pinturas diante de uma linha de câmeras de televisão e uma sala cheia de repórteres.

– Norman Rockwell foi o mais americano dos artistas – disse Meehan. – Eis um sujeito que realmente captou a alma dos Estados Unidos, especialmente em tempos de crise. Este é um caso importante para a psique americana neste momento.

Na manhã seguinte, uma fotografia do procurador dos Estados Unidos apontando para as Torres Gêmeas ao fundo de *The Spirit of '76* foi publicada em jornais de todo o país. Hall viu nos jornais de Washington. Ele se apresentara ao serviço no Pentágono no dia seguinte à nossa volta.

Tínhamos provado que podíamos levar nosso espetáculo sobre crimes contra a arte ao exterior. Chegara o momento de aumentar a aposta e tentar fazer isso infiltrados.

14. A propriedade de uma dama

Madri, 2002

A REUNIÃO ESTAVA MARCADA para as sete horas da noite, uma concessão ao escaldante sol de junho. Entramos em uma sala de reuniões anódina e sem janelas no interior da embaixada americana – quatro agentes do FBI e quatro *comisarios*, ou supervisores, da força policial nacional, o Cuerpo Nacional de Policía. Os americanos ocuparam lugares de um dos lados de uma mesa oval; a equipe espanhola ficou do lado oposto.

Em minha primeira missão sob disfarce no exterior, viajara à Espanha para tentar resolver o maior crime contra a arte no país – o roubo de 18 pinturas avaliadas em mais de 50 milhões de dólares da casa de uma bilionária de Madri, uma magnata da construção civil ligada ao rei Juan Carlos. O caso também tinha ramificações geopolíticas. Era o ano seguinte ao 11 de Setembro, e o FBI cortejava agressivamente aliados contra a al-Qaeda. Tendo isso em mente, o diretor do FBI, Robert Mueller III, analisara e aprovara pessoalmente nosso plano de ação.

Na embaixada, o *comisario* começou sua apresentação com um tom clínico de policial em ação, um estilo objetivo que disfarçava a pressão política que ele certamente sentia.

– No dia 8 de agosto de 2001, três homens desconhecidos quebraram uma janela na casa de Esther Koplowitz localizada no Paseo de la Habana 71, Madri. Isso atraiu para fora o único guarda de segurança, que foi dominado. Os suspeitos usaram seu cartão de segurança para ter acesso ao segundo andar. A vítima estava fora, e como a residência passava por reformas, as pinturas estavam empilhadas juntas, apoiadas em duas paredes. Dezoito obras foram roubadas. São de Goya, Foujita, Brueghel, Pissarro e outros.

O *comisario* virou a página em seu relatório.

– Determinamos que o guarda estava envolvido e seu papel era dar informações a Juan Manuel Candela Sapiehia, o mandante do crime. O *señor* Candela é nosso velho conhecido. É membro de uma organização criminosa comandada por Angel Flores. Eles se autodenominam Casper, e são especializados em assaltos a bancos e roubo de patrimônio de alto nível. Investigamos essa gangue há onze anos.

Eu já sabia os detalhes da gangue Casper, e enquanto o *comisario* prosseguia minha mente se voltou para a formatura do meu filho Kevin no ensino médio, duas semanas antes. Não conseguia acreditar que logo teria um filho na faculdade. Donna pensava, ela mesma, em voltar a estudar, ansiosa para cursar os últimos créditos necessários para se formar. Jeff estava no segundo ano, Kristin na oitava série. Talvez pudesse levar um deles a Madri na próxima vez.

O *comisario* ergueu uma feia foto de identificação e eu prestei atenção novamente. O homem na imagem era careca, dentuço e tinha olhos saltados com grandes sobrancelhas negras. Não parecia muito um apreciador de arte. Estava mais para um criminoso frio.

– Este é o *señor* Candela. Trinta e oito anos. O *señor* Candela foi preso sete vezes. Tráfico de drogas, falsificação de documentos oficiais, assalto à mão armada.

O *comisario* ergueu uma segunda foto de identificação. O homem também era careca, porém mais corpulento, com um cavanhaque malcuidado e olhos castanhos duros.

– Angel Flores. Quarenta e dois anos. O *señor* Flores foi preso cinco vezes. Tráfico de drogas, posse de bens roubados e assalto à mão armada. Sua última prisão foi em 22 de junho de 1999, por homicídio. Inocentado.

Eu olhei intrigado. Homicídio? Sabia que Flores tinha uma longa ficha criminal e que se vangloriava de sua suposta influência junto a juízes e policiais espanhóis, que as acusações contra ele pareciam desaparecer de repente, mas ninguém mencionara uma acusação de homicídio. Anotei aquilo.

– No dia 4 de dezembro de 2001, fizemos uma busca nas casas deles e nas de quatro conhecidos. Encontramos, disse, fazendo uma pausa e se voltando para um ajudante – *pruebas circunstanciales*?

– Provas circunstanciais.

– *Sí*. Encontramos provas circunstanciais, mas nenhuma pintura. Em fevereiro deste ano, fomos procurados por nossos amigos americanos.

O agente do FBI sentado ao meu lado aproveitou a deixa e se levantou. Konrad Motyka era uma figura enorme, com antebraços musculosos, cavanhaque fino e cabelo escovinha. Integrava um esquadrão de crime organizado eurasiano em Nova York.

– Certo, disse ele. – Eis o que sabemos. Em fevereiro, uma fonte extraterritorial, um informante estrangeiro do FBI vivendo no exterior, me telefonou contando que Angel Flores oferecera a ele a compra das pinturas de Koplowitz por 20 milhões de dólares. Flores ligou para minha fonte porque ela tem muitos contatos com o crime organizado na antiga União Soviética. A fonte relatou que Flores estava ficando desesperado, sem dinheiro e preocupado com o pagamento do tratamento quimioterápico de sua mãe, que tem câncer. Bem, orientada por nós, minha fonte disse a Flores que tinha localizado um comprador em potencial, um russo rico que trabalha com um corrupto especialista em arte americano. Após muitos telefonemas e um encontro aqui com a fonte, Flores concordou em vender as pinturas por 10 milhões de dólares depois que o especialista em arte as autenticasse.

Motyka apontou para mim.

– Este é o agente especial Robert Wittman. Tem um grande conhecimento de arte e trabalhou infiltrado em muitas oportunidades. Usará seu nome falso: Robert Clay. Flores espera que ele leve guarda-costas quando for examinar as pinturas. Eu serei um deles. O outro será o agente especial Geraldo Mora-Flores, sentado ao lado do agente Wittman. Nós o chamamos de G. Angel Flores espera que entreguemos 1 milhão de euros em espécie e transfiramos o restante para sua conta bancária. Pode exigir números de registro para confirmar que temos os recursos. Depositamos 9 milhões de dólares em uma conta-corrente no exterior.

O agente do FBI se sentou e o *comisario* prosseguiu.

– Temos 1 milhão de euros em espécie do Banco de España. Reservamos para o *señor* Clay uma suíte no 11º andar do Meliá Castilla Hotel, no centro. Colocaremos agentes na suíte ao lado, no saguão e nas ruas em torno do hotel. Um de meus oficiais entregará o dinheiro no quarto do hotel. Ele estará armado. Lamento que pela lei espanhola policiais estrangeiros não sejam autorizados a portar armas.

Sabíamos que não adiantava discutir isso.

Motyka encerrou a reunião.

– Eles esperam para amanhã um telefonema do celular de um homem que se identificará como Oleg. Serei eu.

– Você fala espanhol?

– Francês, disse Motyka. – Não falo espanhol, e pelo que entendi eles não falam inglês. Mas todos entendemos francês.

– Qual pintura você pedirá para ver primeiro?

Todos os olhos se voltaram para mim.

– O Brueghel. *A tentação de Santo Antônio.* É valiosa, 4 milhões de dólares. Provavelmente é a mais difícil de falsificar, por ser muito complexa: grande, cheia de pequenos demônios, fogos selvagens e imagens satânicas; além disso, foi pintada sobre madeira e presa a uma estrutura.

Quando retornei ao hotel, o *jet lag* fez efeito. Motyka, agitado, mas também nervoso por estar prestes a trabalhar infiltrado pela primeira vez na carreira, me convidou para jantar. Dei uma desculpa – "Sou um velho. Preciso estar descansado amanhã" – e fui para o quarto. Troquei de roupa, peguei uma Coca do frigobar e liguei a TV. Encontrei a BBC, o único canal em inglês. Quando começava a cochilar, fiquei preocupado com os rumos do caso. No dia seguinte, se tudo corresse conforme o combinado:

Eu estaria entrando em outro quarto de hotel do outro lado da cidade.

Para me encontrar com um gângster desesperado e possivelmente homicida ansioso para fechar um negócio de 10 milhões de dólares.

Desarmado.

Sacudindo como isca 1 milhão de euros em espécie.

Trabalhando com um parceiro do FBI em seu primeiro caso sob disfarce.

Negociando em francês, língua que eu não entendia.

Maravilha.

Acordei cedo na manhã seguinte e pedi café no quarto. Beliscando um prato de ovos, folheei uma pilha de dezessete impressões coloridas, fotografias das obras roubadas. Eu as baixara do site público do FBI na internet de crimes contra a arte: *O balanço* e *A queda do burro*, do mestre espanhol Francisco Goya. *Garota com chapéu* e *Casa de bonecas*, do modernista japonês Leonard Tsuguharu Foujita. Uma paisagem de Eragny do impressionista francês Camille Pissarro. *Cena de carnaval*, do intelectual madrilenho José Gutiérrez Solana.

A arte multimilionária era tão embriagante quanto qualquer outra que eu já caçara. Mas alguma coisa me incomodava. Algo soava diferente naquele caso.

Era a vítima.

Pela primeira vez em minha carreira, eu não estaria arriscando a vida para devolver obras de arte roubadas a um museu ou instituição pública. Tentaria resgatar obras roubadas de uma casa particular. Para uma senhora que eu nunca havia visto. Quem era ela?

Tirei da maleta um dossiê e o abri.

Esther Koplowitz era uma herdeira, magnata, filantropa e reclusa.

Uma bela mulher de cabelos negros com olhos castanhos, Koplowitz era ligada por nascimento e posição social às famílias reais da Espanha. Sua irmã caçula, poucos anos mais nova, Alicia, também era bilionária, e durante décadas elas disputaram o título de mulher mais rica da Espanha. Juntas, as histórias delas eram material de lenda espanhola. As irmãs glamourosas eram reverenciadas em círculos de negócios e caridade. Nos tabloides que acompanhavam suas vidas de novela, as Koplowitz eram comparadas aos Carrington da série americana de televisão *Dynasty*.

Seu pai era Ernesto Koplowitz, um judeu que fugira da Europa Oriental para a Espanha de Franco antes da Segunda Guerra Mundial e acabara dirigindo a empresa de cimento e construção civil Fomento de Construcciones y Contratas, companhia que adquiriu nos anos 50, pouco antes do nascimento das filhas. O empreendimento era um gigante da construção civil. Fundada em 1900, a FCC colocou o asfalto das primeiras estradas pavimentadas de Madri em 1910, ganhou a primeira concorrência para coleta de lixo domiciliar na cidade em 1915 e reconstruiu pontes e ferrovias explodidas durante a

Guerra Civil dos anos 30. Quando Ernesto Koplowitz assumiu a FCC, na década de 50, aumentou os esforços para vencer concorrências governamentais, em parte contratando executivos ligados ao regime corrupto, incluindo o sogro da filha de Franco. A FCC abriu os primeiros quilômetros de rodovias modernas na Espanha, construiu uma base da Força Aérea americana e modernizou a telefonia de Madri. Ernesto Koplowitz morreu inesperadamente em 1962, após cair de seu cavalo no elegante Club de Campo de Madri. Deixou a FCC para as filhas, que ainda não haviam chegado à adolescência. Um executivo dirigiu a empresa até 1969, quando, em meio a fanfarras, Esther e Alicia Koplowitz se casaram com dois belos primos banqueiros, Alberto Alcocer e Alberto Cortina, nomeados principais executivos da companhia. Durante duas décadas, os maridos fizeram a FCC crescer drasticamente, vencendo concorrências públicas por toda a Espanha.

O escândalo foi em 1989. Paparazzi fotografaram o marido de Alicia Koplowitz dançando nos braços da esposa seminua de um marquês espanhol. Alicia imediatamente se divorciou do marido e o demitiu da FCC. Quando um segundo tabloide flagrou o marido de Esther Koplowitz traindo-a com a secretária, ela também pediu o divórcio e o expulsou da empresa da família. As irmãs avessas a publicidade de repente se viram transformadas em heroínas feministas na Espanha e donas majoritárias de uma empresa de 3 bilhões de dólares. Em 1998, Esther comprou a participação de Alicia na FCC por 800 milhões.

Quando cheguei à Espanha, no verão de 2002, Esther Koplowitz era a principal acionista da FCC e uma mulher de negócios de sucesso por seus próprios méritos. O faturamento anual da empresa se aproximava de 6 bilhões de dólares e ela empregava 92 mil pessoas ao redor do mundo. A FCC crescera tanto que era uma das 35 companhias espanholas negociadas em bolsa cujo valor das ações determinava o índice Ibex, equivalente local da Média Industrial Dow Jones.

Koplowitz também se tornara uma filantropa de destaque. Patrona das artes e dos enfermos, criara uma fundação que contribuíra com mais de 62 milhões de euros para instituições de caridade espanholas. Dera 15 milhões de euros para criar um centro nacional de pesquisa biomédica e mais alguns milhões para financiar lares e centros de cuidados diários para adultos com doenças mentais e paralisia cerebral. Koplowitz e suas três filhas tinham casas no campo, na cidade e no litoral. A moderna cobertura branca de dois andares da qual as pinturas haviam sido roubadas tinha vista para um adorável parque madrilenho.

Trabalho sob disfarce demanda paciência.

Criminosos raramente são pontuais. Eles podem aparecer mais cedo para fazer contravigilância ou, mais provável, chegar tarde para mostrar quem está no comando. Ou esquecer onde e quando deveriam aparecer. São criminosos, não banqueiros. Algumas vezes simplesmente chegam quando chegam – quando sentem vontade, quando terminam o que estavam fazendo.

Isso leva à loucura a maioria dos policiais e agentes. Eles gostam de estar no comando e são treinados para tentar controlar todas as situações. Ficam à vontade com precisão militar e pontualidade. Gostam de fazer um plano e segui-lo. Aprendi há muito tempo a agir de forma mais descontraída.

Na manhã de nossa cilada, 19 de junho de 2002, tranquei minha carteira e meu passaporte verdadeiros no cofre do quarto e peguei minha identidade de Robert Clay. Encontrei Motyka e G. no saguão e pegamos um táxi para o reluzente Meliá Castilla Hotel, onde a polícia espanhola reservara uma suíte em meu nome. O Meliá de cinco estrelas se ergue no coração do centro comercial da cidade, perto do estádio de futebol Santiago Bernabéu e do Paseo de la Castellana, uma das maiores avenidas arborizadas de Madri.

De minha suíte, Motyka ligou para o celular de Flores às 10 horas da manhã, segundo o programado.

Ninguém atendeu. Motyka tentou novamente meia hora depois, e outra vez uma hora depois disso. Todas as vezes a chamada caiu diretamente na caixa de mensagens. Ao meio-dia, Motyka ligou novamente.

Ele fechou o telefone com força.

– Negativo.

O *comisario* no quarto franziu a testa. Havia colocado talvez cem agentes à paisana circulando pelo saguão e nas ruas ao redor do hotel. Muitos deles provavelmente estavam fazendo hora extra, ganhando 50% a mais.

Ri comigo mesmo. Aparentemente trabalhar infiltrado num grande caso na Espanha não era diferente de trabalhar num nos Estados Unidos – algumas vezes você precisa se esforçar tanto para manter seu pessoal calmo e concentrado quanto precisa para caçar seus alvos.

Eu quebrei o silêncio desconfortável.

– E aí, tem alguém com fome? Vamos almoçar? Dar uma volta?

– Boa ideia.

Passamos uma hora percorrendo as lojas perto do hotel, com Motyka agarrado ao celular para não perder a ligação de Flores. Encontrei um adorável leque pintado à mão, preto com flores vermelhas, e o comprei para minha filha, Kristin. G. encontrou seus próprios suvenires. Entramos no Museo del Jamón, uma lanchonete com grandes peças de presunto penduradas em filas perfeitas. Pedimos dois sanduíches e garrafas de Orangina, e ocupamos uma mesa nos fundos, longe do sol.

Motyka ficou olhando para seu celular silencioso.

– Acho que a polícia espanhola está prestes a puxar o fio. O que acham?

– Não sei. Não parece bom, G. disse.

– Acho que todos deveriam relaxar. Dar um tempo, falei, erguendo meu sanduíche e tentando mudar de assunto. – Isso é ótimo, não? Fico pensando se conseguiria contrabandear um para o avião na volta.

– Merda. Ele não vai ligar, disse Motyka.

– Ei. Essas coisas têm seu próprio cronograma. Temos de dar um tempo. Não se preocupe com o que os *comisarios* estão dizendo, que isso não vai dar certo, recomendei, baixando a voz. – Olha, parceiro, você tem de se lembrar de que a polícia espanhola tem seus próprios interesses. Eles não podem adorar que estejamos aqui após trabalharem seis meses em um caso sem chegar a lugar algum. O que vai parecer se o FBI vier aqui e resolver isso em poucos dias? Eles não podiam recusar nossa oferta de ajuda, pois ficaria feio, mas provavelmente vão ser rápidos em nos cortar. Assim podem dizer que deram uma boa chance ao plano do FBI. Você não pode se preocupar com isso. O que tem de fazer é pensar positivo.

– Sei não.

– Dê dois dias a eles. Estamos oferecendo 10 milhões. Eles vão ligar.

Motyka estava desalentado.

– Hummm.

– Ouça, vamos terminar nossos sanduíches. Voltamos andando. Ligamos de novo. Se Flores não atender, tentamos algumas horas depois. É só o que podemos fazer.

– Sei não, disse Motyka, começando a se repetir.

Mas, de volta ao hotel, Motyka não conseguiu manter seu dedo nervoso longe do botão de rediscagem – três horas da tarde, cinco horas, seis horas, nove horas. Eu comecei a me preocupar com as ligações insistentes. Apenas policiais e tolos forçavam tanto. Nós tínhamos o dinheiro. Eles o queriam. Nós estávamos em vantagem. Os telefonemas faziam com que parecêssemos desesperados. Amadores ou, pior, policiais.

Eu avisei Motyka. Ele ignorou meu conselho.

Quando outro telefonema não foi atendido – dessa vez por volta de meia-noite –, o *comisario* finalmente cancelou a operação.

– Lamento, mas está tarde. Meus homens estão esperando há muito tempo.

Motyka assentiu com relutância. De repente todos pareciam estar desistindo. Alguns dos agentes do FBI começaram até mesmo a falar sobre o voo de volta para casa. Parecia prematuro, mas fiquei de boca fechada. Não era problema meu. Quando saí para ir dormir, Motyka continuava conversando com um agente do FBI da embaixada.

Voltei ao meu hotel para ligar para casa e dar boa-noite a Donna e dizer aos garotos que os amava, e depois dormir um pouco.

MEU TELEFONE TOCOU na escuridão do começo da manhã.

– Bob?, perguntou Motyka.

– É, o que houve?, perguntei, bêbado de sono, piscando para o despertador. Eram seis horas da manhã. Que porra era aquela?

Ele mal conseguia conter sua excitação.

– Falei com Flores! Tentei mais uma vez depois que todos saíram. E ele atendeu! A ligação caiu, mas conversamos três vezes. Ele disse que está com as pinturas. Está valendo!

Eu me sentei, totalmente desperto.

– Cara!

– É, eu sei.

Eu queria detalhes.

– Então, qual era o problema? Por que ele não estava atendendo ao telefone?

– Uma besteira qualquer. Disse que teve de sair da cidade. Diz que volta esta tarde, para eu ligar às cinco horas. Mas, em resumo, está valendo.

Eu perguntei sobre o apoio.

– Os *comisarios*?

– Sanchez fez com que concordassem em nos dar mais um dia.

– Ótima notícia. Adoro boas notícias. Bom trabalho, parceiro.

Nós nos encontramos novamente em minha suíte do Meliá naquela tarde. Às cinco horas, nos reunimos enquanto Motyka ligava para Flores. Ninguém atendeu.

Motyka tentou mais cinco vezes ao longo das quatro horas seguintes. Às nove horas o *comisario* apareceu e encerrou a operação. Disse que aparentemente a gangue de Flores estava brincando com o grande FBI. Falou que eram criminosos muito bons, com ótimas fontes. Talvez tivessem descoberto a cilada. Talvez estivessem blefando o tempo todo.

– Vou dizer uma coisa, ele falou. – Estamos nos sentindo mal com isso e vamos levá-los para jantar esta noite. Por nossa conta.

O jantar de consolação no restaurante do hotel foi soturno. O que havia a dizer? Estávamos voltando de mãos vazias. O diretor do FBI receberia um relatório completo. Tínhamos gastado muito tempo e dinheiro. Eu ainda não podia acreditar que estávamos desistindo tão cedo. Mas, plenamente consciente das realidades políticas, não disse uma palavra.

Durante a sobremesa, os assuntos haviam acabado e ficamos em silêncio. G. brincava com o pudim pela metade no prato. Motyka estava com o olhar perdido na direção de uma taça cheia de sangria. O *comisario* esculpia uma grossa fatia de bolo de chocolate com uma colher. Dei uma espiada no jornal junto ao cotovelo de G., manchetes da edição internacional do *USA Today*: "Habitação começa a crescer, aquecendo a economia. Gov. Ventura desiste da candidatura. Incêndios devastam o oeste. Senado diz ao beisebol: testem esteroides."

Em 1988, finalmente realizei meu sonho de me tornar agente do FBI. Na academia eu era um peixe fora d'água, um ex-editor de jornal de 33 anos cercado por ex-policiais e ex-soldados valentões.

Quase duas décadas depois, eu seria nomeado investigador sênior da Equipe de Crimes contra a Arte, criada pelo FBI em 2004 graças a nossos sucessos em casos de alto nível. Comecei também a treinar jovens agentes.

O roubo da *Máscara de homem com nariz quebrado*, de Rodin, escultura que ajudou a inspirar o movimento impressionista, deu início à minha carreira no crime contra a arte.

O roubo do segundo maior orbe do mundo, que um dia pertenceu à imperatriz viúva Cixi, confundira curadores e investigadores durante anos. Meu mentor na Filadélfia, o agente especial Robert Bazin, e eu recuperamos a bola de cristal no lugar mais improvável.

Meu primeiro grande caso sob disfarce, o resgate de uma antiga armadura de ouro de um rei peruano saqueada de uma tumba real, marcou o início de algo importante. A recuperação foi manchete internacional, deixando perplexos supervisores do FBI que achavam que ninguém se importasse com crimes contra a arte.

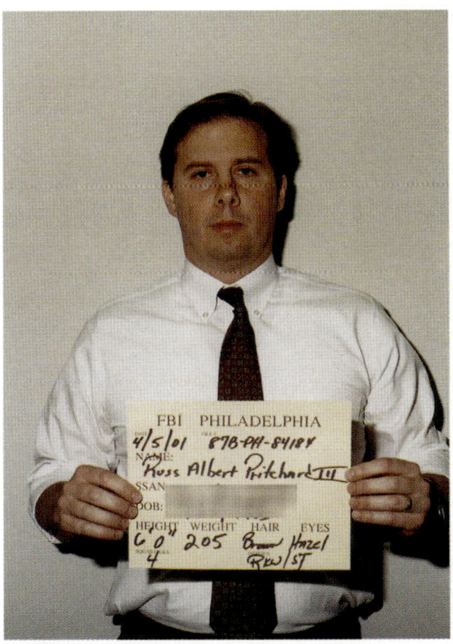

Russell Pritchard III, um estelionatário de luxo de um rico subúrbio da Filadélfia, enganou inúmeros descendentes de verdadeiros heróis de guerra. A investigação sobre seus crimes foi uma das mais longas de minha carreira e manchou a reputação do adorado programa da PBS *Antiques Roadshow*. Lamentavelmente, Pritchard arrastou com ele o pai, um respeitado ex-diretor de museu.

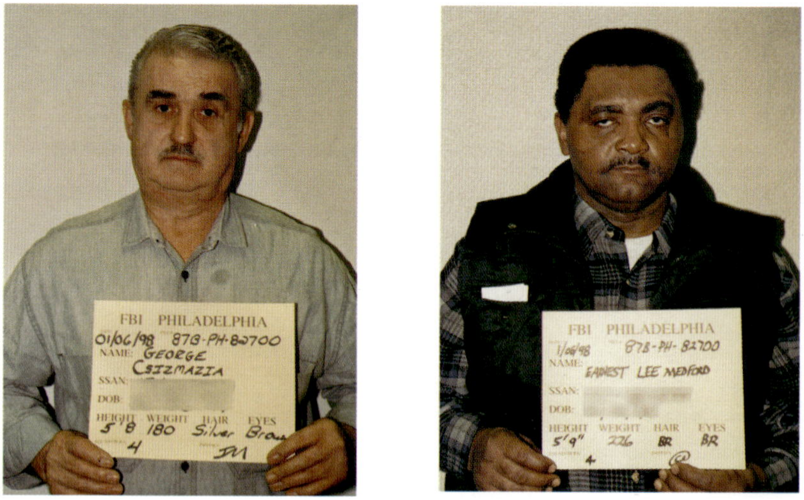

Ladrões de obras de arte e antiguidades em geral não se parecem muito com Pierce Brosnan ou Sean Connery. São mais como George Csizmazia e Ernie Medford, o eletricista e o zelador que roubaram mais de 2 milhões de dólares em relíquias da Guerra de Independência e da Guerra Civil de um museu da Filadélfia.

Como a maioria dos museus não tem recursos financeiros para fazer inventários rotineiramente, nem sempre sabem o que foi roubado. Neste caso, de início o museu notou a falta de apenas quatro espadas e rifles – mas na casa de Csizmazia encontramos quase duzentas peças roubadas.

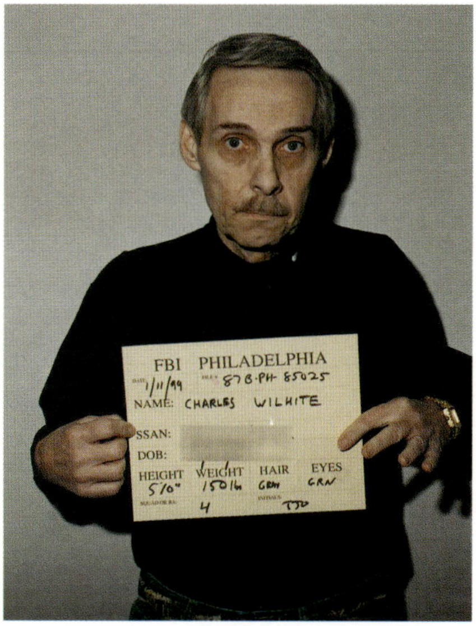

Durante uma cilada em que atuei sob disfarce, Charlie Wilhite, um calejado e inescrupuloso colecionador da Guerra Civil, me entregou um pedaço quase sagrado da história militar afro-americana: de uma maleta ele tirou a bandeira de batalha do 12º Regimento de Infantaria, o Corps d'Afrique – uma das primeiras unidades de soldados negros a combater pela União.

O diretor do FBI Louis Freeh, encenadores da Guerra Civil e colegas agentes devolveram a bandeira de batalha ao chefe de história militar do Exército dos Estados Unidos, durante uma cerimônia no quartel-general do FBI. Foi um momento emocionante para mim: não pude deixar de pensar em meus pais – meu pai e seu serviço militar, minha mãe e o racismo que suportara.

Nos meses tomados pelo patriotismo que se seguiram aos ataques do 11 de Setembro, o procurador assistente dos Estados Unidos David Hall (*à esq.*) e eu viajamos ao Rio de Janeiro para resgatar três pinturas do ícone americano Norman Rockwell, uma das quais, *Spirit of '76*, mostrava escoteiros com as torres do World Trade Center ao fundo. Hall e o agente especial Gary Zaugg me ajudaram a negociar a devolução das pinturas com o ardiloso marchand brasileiro José Carneiro (*à dir.*).

Em um de meus primeiros casos internacionais sob disfarce, viajei a Madri para tentar solucionar um dos maiores crimes contra a arte na Espanha: o roubo de dezoito pinturas avaliadas em mais de 50 milhões de dólares, incluindo *O balanço*, de Goya. Horas antes de me encontrar com um dos principais criminosos, soube que ele há pouco tempo escapara de ser preso por assassinato – e que a polícia espanhola não me permitiria portar uma arma quando estivesse com ele.

Em 2003, eu criei uma cilada para resgatar uma das cópias originais da Carta de Direitos, feita à mão no Capitólio federal em 1789. Saqueado dos arquivos legislativos da Carolina do Norte em 1865, por soldados da União, o documento passou mais de um século perdido.

Diante de um bandido iraquiano nervoso num pequeno quarto de hotel dinamarquês, coloquei sobre a cama 245 mil dólares em espécie – pagamento por um Rembrandt avaliado em 35 milhões de dólares roubado num dos mais ousados assaltos a museu da história. Este talvez tenha sido o caso mais importante da Equipe de Crimes contra a Arte do FBI. Certamente nos rendeu as maiores manchetes.

Em 1990, dois ladrões disfarçados de policiais dominaram dois guardas do Isabella Stewart Gardner Museum de Boston, roubando onze pinturas avaliadas em 500 milhões de dólares. Em 2006, quando recebi uma pista confiável e me infiltrei para perseguir as pinturas, o roubo do Gardner era não apenas o maior crime contra a arte não solucionado do mundo, como também o maior roubo isolado de *qualquer tipo* nos Estados Unidos.

Para fazer amizade com um grupo de mafiosos franceses que estavam tentando vender as pinturas do Gardner, eu simulei uma transação no mercado negro a bordo de um iate perto de Miami. O homem que está comigo na foto é um criminoso profissional de Marselha que eu conhecia como Sunny. Pouco depois o pessoal dele ameaçaria me matar.

O telefone de Motyka tocou, nos arrancando dos devaneios.

Ele falou em francês:

– *Oui? Oui? Bon, bon. Pas de problème.*

Motyka deu um sorriso.

– *Vingt minutes? Ahn, uhn, l'entrée du Hotel Meliá Castilla? Ahnn. Ok, à bientôt.*

Ele desligou o celular.

– Estamos nessa de novo. No saguão. Vinte minutos.

Esperamos pelos alvos no saguão, sentados em cadeiras de cor carmim de encosto alto ricamente estofadas. Diante de nós havia um par de vasos asiáticos azuis e brancos, provavelmente imitações baratas. Um conjunto de cadeados antigos ocupava as prateleiras de uma cristaleira junto à parede distante. Eu podia ver que esses eram reais.

Motyka identificou Flores e Candela no saguão e os recebeu com fortes apertos de mão. Ficaram ali por algum tempo e depois o agente do FBI levou Candela até mim e G., em nossas cadeiras, para nos apresentar. Flores ficou a cerca de seis metros, de pé com os braços cruzados.

Para minha surpresa, Candela falou em inglês.

Ele parecia excitado por conhecer um especialista em arte americano e eu me aproveitei disso, usando uma técnica que chamo de "sedução". Com a sedução você cria um laço descobrindo um interesse comum, que não tenha nada a ver com o caso em questão. Eu o usava e o alvo era levado a pensar que estava me ensinando algo que eu não sabia. Era a mesma técnica que usei quando fiz Joshua Baer me ensinar sobre objetos indígenas, quando levei Dennis Garcia a me enviar revistas sobre a placa dorsal, quando convenci Tom Marciano a me mandar uma cópia da lei que diz que é crime vender penas de águia.

Fiz o primeiro movimento para Candela.

– E aí, você gosta de antiguidades?

– *Sí.*

– Venha aqui, quero mostrar algo de que realmente gosto.

Eu o conduzi pelo braço até a parede e o mostruário de cadeados antigos. Ficamos algum tempo conversando sobre artesanato e história.

– São de Sevilha. Esses cadeados são famosos lá, disse ele.

– Mesmo?, falei, fingindo interesse.

– Se quiser, levo você algum dia a Sevilha e mostro.

– Com certeza eu gostaria disso. Você poderia me mostrar os melhores para comprar.

Retornamos às cadeiras vermelhas para conversar sobre as pinturas. Indiquei Motyka com a cabeça e disse:

– Meu amigo cuida do dinheiro. Eu cuido das pinturas.

Candela riu disso. Disse a ele que queria ver primeiro o Brueghel, para verificar. Ele concordou, mas apenas para ter certeza de que nos entendíamos, peguei minha pilha de fotos das pinturas roubadas.

– Brueghel, disse, indo para a página que tinha a foto da pintura. – *A tentação de Santo Antônio.*

Ele olhou para mim, intrigado.

– Brueghel, repeti.

Candela estudou a impressão.

– Isso é do FBI, disse ele. – Essa relação é do FBI.

Eu prendi a respiração. Candela era melhor do que eu pensara. As fotos de fato eram do site público do FBI. Eu as cortara e colara em páginas em branco imaginando que fossem apenas fotos de pinturas. Mas Candela instantaneamente reconhecera os tamanhos e formatos do site do departamento. Aparentemente ele se ocupara pesquisando seu roubo.

Disfarçando o pânico, eu me aferrei à verdade. Sorri e disse:

– Está reconhecendo, né? Isso mesmo, o site do FBI. Foi o único lugar onde consegui encontrar todas as fotos.

Candela deu uma gargalhada.

– Ah, a internet. Sim, o FBI tem as melhores fotos.

Eu também ri, tentando não suar frio. Que besteira. Que saída.

Candela pegou a pilha de imagens e começou a folhear, marcando as pinturas ainda à venda e colocando um X nas já vendidas.

Quando ele terminou, eu perguntei:

– Já vendeu sete?

– Por 8 milhões.

Não sabia se podia acreditar nele.

– Legal, disse.

– E se eu mostrasse o Foujita? É menor. Cabe numa pasta.

– Não, não, insisti. – O Brueghel.

– Certo, então vamos, disse, se levantando. – Levo você até a pintura.

Não estávamos preparados para vigilância móvel, e temi que os espanhóis pudessem se adiantar e estragar tudo caso começássemos a andar na direção da porta.

– Ei, não vou a lugar nenhum, falei, tentando parecer o mais apavorado possível. – Você me traz arte, eu examino. Sou professor de arte, não estou no seu negócio.

Candela sorriu, entendendo. Virou-se para Motyka.

– Ah, tudo bem, ele não é profissional como nós. Está com medo.

Candela se levantou.

– Amanhã de tarde, então.

Trocamos apertos de mãos.

Motyka o levou até Flores, ainda de pé a cerca de seis metros. Não pude ouvi-los, mas imaginei que estavam acertando os detalhes.

Conferi o relógio. Quase uma hora da manhã.

Na tarde seguinte, nos minutos antes que Candela chegasse à nossa suíte, eu cochilei recostado em uma cadeira.

Acordei com o agente infiltrado espanhol olhando para mim.

– Como você consegue dormir? Não está nervoso?

Eu conseguia entender por que *ele* estava nervoso. Estava protegendo 500 mil euros com uma arminha de cinco tiros, tirando aquilo de um cofre de banco e devolvendo todo dia, colocando sua carreira em risco cada vez que pegava o dinheiro.

– Não, não estou nervoso. Com *jet lag*, calor, falei.

Eram seis horas da manhã na Filadélfia; o ar-condicionado de nossa suíte cinco estrelas estava quebrado. Fazia 33 graus dentro e fora.

Caminhei até a janela e a abri, esperando pegar uma brisa. Coloquei a cabeça para fora. Olhei para baixo e pulei de volta para dentro.

– Ei, G.! Vem ver isto!, disse, erguendo as sobrancelhas para a janela. G. correu para olhar.

Dez andares abaixo podíamos ver a piscina, cercada por um grupo de banhistas de topless. G. assoviou. Motyka deu uma espiada. Nossa diversão durou pouco. Um supervisor entrou correndo, vindo da sala de vigilância ao lado.

– Parem com isso, disse ele. – Estamos gravando tudo!

Candela chegou alguns minutos depois. Na hora!

– *Bonsoir*, disse ele, animado, segurando um pacote retangular enrolado em plástico preto. Trocou apertos de mão com Motyka, G., comigo e com o agente espanhol disfarçado, o sujeito com o revólver escondido nas calças.

Candela olhou para a bolsa de ginástica aberta na cama, cheia de notas. Foi até lá e enfiou a mão dentro.

– Parece ter apenas a metade, disse ele na mesma hora.

– Euros, explicou Motyka. – Mais fácil que dólares.

Candela se ajoelhou na cama, mais perto do dinheiro.

– Tudo bem. Posso pegar algumas notas?

– Claro, à vontade.

Começou a contar o dinheiro. Embolsou uma nota de vinte, uma de cinquenta e uma de cem euros da bolsa, dizendo que precisava verificar se não eram falsificadas. Dei uma olhada para o agente espanhol disfarçado. Podia dizer que ele achava que iria acabar com 170 euros a menos.

Candela finalmente terminou sua verificação. Levantou-se e assentiu.

Motyka abriu os braços e sorriu.

– Eu mostrei o dinheiro. Você sabe que somos sérios.

– *Oui, mais... un moment, s'il vous plaît.* Ele pegou o celular, teclou um número e tampou o fone enquanto falava. Foi na direção da porta, deixando o dinheiro e o pacote na cama. – *À bientôt*, disse. Voltaria logo.

O agente espanhol olhou para mim, confuso.

– O pacote era falso. Ele vai voltar, expliquei.

Três minutos se passaram. Candela voltou ofegante, atravessou a porta carregando um segundo pacote em plástico.

– Agora podemos relaxar, anunciou.

Fazendo uma cena, calcei luvas antes de desembrulhar a pintura.

– É uma bela composição, impressionante.

Eu não estava mentindo. As belas pinceladas demonstravam as habilidades especiais de Brueghel, o modo como ele retratava o movimento de um modo pré-surrealista, demônios nus dançando ao redor de um caldeirão enquanto Santo Antônio lê sua Bíblia. Mesmo após quatro séculos, as cores – magenta, carmim, marfim – continuavam vibrantes. Realmente era uma obra-prima.

Candela concordava, mas por outras razões.

– É, é uma das minhas preferidas. Você pode ver pessoas fodendo. *Il faut jouir de la vie*; é preciso aproveitar a vida, não é?

Ele começou a tagarelar, falando sobre a venda do primeiro conjunto de pinturas para um traficante de drogas colombiano.

– Eles pagaram em euros, um volume enorme de notas pequenas.

Conversei com ele enquanto estudava a pintura em minhas mãos.

– Quantidade enorme, é?

– Nossa, é. Encheram a traseira de um utilitário.

Todos riram.

Levei a pintura para o canto mais escuro do quarto.

Candela me acompanhou, interessado no exame.

– Quatrocentos e cinquenta anos de idade, eu disse, assoviando. – Pintado sobre madeira, não sobre tela.

Candela concordou. Ele, claro, não tinha nenhuma dúvida da autenticidade, e parecia estar baixando a guarda.

– É bom verificar a mercadoria, pois você poderia imaginar que estamos distribuindo cópias, fazendo dez cópias e vendendo para dez pessoas diferentes, falou ele, circulando e se vangloriando de seus feitos. – Eu faço as coisas acontecerem. Roubo bancos e tiro coisas de museus há dezoito anos e nunca fui apanhado.

– Está brincando?, disse, me fingindo impressionado.

Ele riu.

– Todo mundo sabe que sou eu. Quando as pinturas são roubadas eles me prendem, mas não têm provas. Os jornais dizem que não podia ser eu! Eu não conseguiria um golpe tão grande. Isso é a prova, disse, apontando para a pintura – e será o fim para mim. Por isso estava com medo de vir com uma pintura grande.

Ele olhou ao redor do quarto, depois voltou a se concentrar em mim. Eu ainda estava curvado sobre a pintura.

– E então? Satisfeito?, perguntou.

– A-hã.

Candela continuou tagarelando e se ofereceu para me contratar.

– Você trabalha para mim e eu pago muito, muito bem.

Mantive os olhos grudados na pintura. Ele tentou de novo.

– Vamos ter quatro Van Gogh e um Rembrandt em setembro.

Aquilo chamou minha atenção.

– Sério? Quatro Van Gogh?

– Eu ainda não os peguei.

Quando ele disse isso, vi o agente espanhol apanhar o fone. Fui na direção da cama com o Brueghel.

Virei para o policial espanhol disfarçado e disse a frase em código.

– É autêntico.

Ele falou no fone.

Em segundos, a porta de ligação foi escancarada e uma equipe vestindo trajes de ação pretos e brandindo armas automáticas entrou. Candela gritou e os homens de preto se lançaram sobre ele, socando-o na linha da cintura. Protegendo o Brueghel com meu corpo, eu saí do caminho e rolei para o lado da cama, gritando:

– *Bueno hombre!* Cara legal! *Bueno hombre!* Não atirem!

Jogado no chão, eu me encolhi enquanto os espanhóis espancavam Candela.

No térreo, a polícia espanhola se lançou sobre Flores, que esperava com nove pinturas nos fundos de um utilitário. Depois a polícia recuperaria o resto das obras na casa de praia do traficante de drogas colombiano.

Motyka e G. voltaram para casa, mas eu fiquei para ajudar a criar um disfarce e proteger a fonte.

Eu seria identificado como agente do FBI, mas os dois guarda-costas no quarto de hotel comigo – Motyka e G. – seriam russos chamados "Ivan" e "Oleg". Segundo o disfarce, no caos e na confusão do ataque, a polícia equivocadamente me prendera, permitindo a fuga de Ivan e Oleg. A polícia planejava vazar essa história para a imprensa local.

Quando terminamos com a papelada e o disfarce, caminhei pela tarde quente de Madri e conversei alguns minutos com Donna pelo celular. Após alguns quarteirões, encontrei um banco e me sentei. Desembrulhei um charuto Partágas e o acendi.

Dei baforadas e observei um casal passar caminhando por uma banca de jornais. Pensei como seriam as manchetes do dia seguinte. Também lembrei que Koplowitz fizera um testamento deixando as pinturas para o Estado. Algum dia aquelas obras de Goya, Foujita, Pissarro e outras estariam penduradas no Prado, o museu de maior prestígio do país. Tive uma serena sensação de satisfação.

Pensei em como o caso seria recebido em casa. Estava certo de que causaria sensação, tanto no FBI quanto na imprensa. O caso de Madri abriria um novo capítulo para mim e para o esforço do FBI no combate ao crime contra a arte. Eu podia sentir isso. Estava certo de que a partir daquele momento poderíamos ir a qualquer lugar, a qualquer momento, caçando tesouros culturais inestimáveis. Poderíamos fazer isso mesmo quando o patrimônio roubado não fosse americano. Seríamos capazes de estender a mão através de oceanos e países – e ser bem-recebidos.

Eu me recostei no banco, estiquei as pernas e aproveitei aquele momento. Fiquei sentado ali até que as cinzas do belo charuto cubano queimassem meus dedos.

15. Tesouro nacional

Raleigh, Carolina do Norte, 2003

O JATINHO EXECUTIVO não identificado cruzava o céu azul-escuro da Carolina. O avião do diretor do FBI é reservado para as missões mais delicadas do departamento. Com velocidade máxima de 1.090 quilômetros por hora e um conjunto de rádios, telefones e ligações por satélite seguros, o Cessna Citation X pode levar o diretor ou o procurador-geral de uma costa a outra dos Estados Unidos em quatro horas. É o jato que o FBI usa para transportar rapidamente sua equipe de elite de resgate de reféns e levar especialistas do governo para cenas de crime sem aviso prévio. Eventualmente, o departamento usa o veículo para a rendição em segredo de terroristas.

Dentro dele, eu me esparramava em uma das seis grandes poltronas de couro, tomando uma Coca em frente ao meu parceiro, Jay Heine, e nosso supervisor, Mike Thompson. A carga frágil que protegíamos estava presa na poltrona ao meu lado, enfiada em uma caixa de madeira quadrada de 90 centímetros feita sob medida. Era avaliada em 30 milhões de dólares. Voávamos em silêncio.

Uma pequena tela de computador embutida na divisória de cerejeira projetava a hora de nossa chegada em Raleigh. Faltavam dez minutos.

Em poucas horas, entregaríamos nossa carga encaixotada ao funcionário federal em Raleigh, concluindo um caso no qual usáramos uma cilada para recuperar um documento seminal da história americana, um pergaminho roubado como despojo de guerra mais de um século antes.

Levávamos dentro da caixa uma das quatorze cópias originais da Carta de Direitos – tão valiosa por ser a única sobrevivente fora dos arquivos do governo.

O jato inclinou-se graciosamente para a esquerda e iniciamos a descida. Olhei pela janela oval e identifiquei o domo cinza confederado do capitólio estadual da Carolina do Norte, a cena do crime.

A cópia da Carta de Direitos da Carolina do Norte não era uma "cópia". No dia 26 de setembro de 1789, um funcionário da Primeira Sessão do Congresso dos Estados Unidos usou uma pena em quatorze folhas de pele. Em cada uma ele produziu, com uma caligrafia ampla, versões idênticas de uma proposta de "carta de direitos", uma série de emendas à Constituição adotada poucos dias antes pelo Senado e pela Câmara de Deputados. As autoridades que presidiam os dois órgãos – o presidente da Câmara, F.A. Muhlenberg, e o vice-presidente, John Adams – assinaram todas as quatorze cópias. Por ordem do presidente Washington, o funcionário enviou uma delas para cada um dos treze estados, para avaliação. A última permaneceu com o novo governo federal.

A proposta que Washington enviou aos treze estados era um documento de trabalho, que continha doze emendas sugeridas, incluindo as dez que a maioria dos americanos associa à Carta de Direitos – liberdade de religião, direito a um processo justo, direito de julgamento por um júri et cetera. As duas emendas que não foram incluídas eram administrativas, relacionadas a aumentos salariais do Congresso e proporcionalidade.

Espantosamente, as doze emendas propostas cabem em uma única folha de pergaminho com noventa centímetros de altura.

No começo de outubro de 1789, o governador Samuel Johnston recebeu a cópia da Carolina do Norte. Com a ratificação da Carta de Direitos pelos estados, entre eles a Carolina do Norte, as dez emendas à Constituição entraram em vigor imediatamente, sem mais papelada. Assim, as quatorze cópias originais do pergaminho com as doze emendas propostas se tornaram o documento que hoje reconhecemos como a Carta de Direitos, aquela exposta no Arquivo Nacional e normalmente vendida como suvenir em lojas de turistas.

Na Carolina do Norte, a cópia do estado da Carta de Direitos e a carta de transmissão de Washington foram imediatamente tratadas como documentos históricos, e um funcionário legislativo as colocou em um cofre. Os registros só tiveram um pouso permanente em 1796, quando o estado concluiu a construção da Câmara estadual em Raleigh. A nova capital da Carolina do Norte, assim como Washington, era uma cidade planejada – dez quarteirões quadrados erguidos em um antigo latifúndio e inspirados na paisagem urbana da Filadélfia. Embora a Câmara tenha pegado fogo em 1831, ajudantes conseguiram tirar quase todos os registros a tempo de salvá-los. Quando a Carolina do Norte concluiu a construção de um novo Capitólio estadual de três andares em granito em forma de cruz, em 1840, arquivou os documentos históricos mais importantes nos gabinetes do secretário de Estado, do tesoureiro e na Biblioteca Estadual, e em alcovas perto do Senado Estadual. Em geral, esses registros eram dobrados ao meio, embrulhados em papel liso, amarrados com barbante e colocados em escaninhos com portas. Segundo o relato mais provável, o arquivo que continha a Carta de Direitos foi estocado nos escritórios do primeiro andar do secretário de Estado, dentro de uma caixa trancada em uma câmara de segurança.

O pergaminho histórico permaneceu ali, aparentemente sem ser perturbado, até as últimas horas da Guerra Civil.

Em 12 de abril de 1865, três dias após Lee ter se rendido a Grant e dois dias antes de Booth atirar em Lincoln, Sherman reuniu noventa soldados na periferia da capital da Carolina do Norte.

À meia-noite, o governador Zebulon B. Vance trancou as portas do Capitólio e fugiu a cavalo.

Deixou com o prefeito uma carta para Sherman: prometa não saquear e queimar Raleigh e as tropas confederadas abandonarão a cidade. O governador escreveu a Sherman: "O Capitólio estadual, com Bibliotecas, Museu e a maioria dos registros públicos, está à sua mercê. Posso apenas acalentar a esperança de que eles sejam poupados da mutilação e destruição, dado que tal prova de conhecimento e gosto não beneficiaria nenhum dos lados na continuação da guerra, destruídos ou preservados." As tropas da União que receberam a carta na periferia da cidade não prometeram nada, mas os confederados ainda assim se retiraram.

Os soldados de Sherman não apenas ignoraram os pedidos do governador, como também quebraram suas próprias regras de guerra. As forças de ocupação violaram diretamente a Ordem Geral do Exército 100, artigos 35, 36 e 45, como se nunca tivessem ouvido falar dela, o que provavelmente era verdade. Implantados pelo presidente Lincoln em 24 de abril de 1863, esses artigos sobre a guerra foram um dos primeiros éditos modernos protegendo a herança cultural durante conflitos: "Obras de arte clássicas, bibliotecas, coleções científicas e instrumentos preciosos, como telescópios astronômicos, bem como hospitais, devem ser protegidos de qualquer dano evitável, mesmo quando instalados em locais fortificados sob sítio ou bombardeio. ... De modo algum devem ser vendidos ou dados, se capturados pelos exércitos dos Estados Unidos, nem devem ser tomados como propriedade particular ou aleatoriamente destruídos ou danificados. ... Todo confisco e butim pertence, segundo a moderna legislação de guerra, primordialmente ao governo do conquistador."

As dezenas de milhares de soldados da União que entraram em Raleigh naquele dia confiscaram praticamente todos os prédios, particulares ou públicos. Nem o Capitólio escapou. As tropas de Sherman reviraram a Sala de Registros Legislativos e os soldados rabiscaram grafites nas paredes do Capitólio. O chefe da polícia militar ocupou o escritório duplo do governador no prédio, e centenas, talvez milhares, de soldados percorreram o melhor prédio de Raleigh para ir a reuniões ou simplesmente conhecê-lo. "O interior do Capitólio era um cenário de absoluta confusão", contou mais tarde um soldado em uma história não oficial de um regimento da União. "Documentos legislativos amarrados e mapas estavam jogados no piso da biblioteca. As salas do museu estavam em condição ainda pior."

Quando os funcionários da Carolina do Norte retornaram, meses depois, encontraram um caos – e vários dos documentos mais queridos do estado, incluindo a Carta de Direitos, haviam desaparecido. Um tesoureiro estadual furioso se queixou inutilmente a Washington: "Esse confisco foi mesquinho e ilegal, em meu entendimento, e, consequentemente, nada político."

A Carta de Direitos, transformada em despojo de guerra, iniciara uma viagem misteriosa.

A HISTÓRIA ESTÁ REPLETA de casos de arte roubada em tempos de guerra.

O Império romano ficou famoso por saquear despojos de guerra, mas também foi um dos primeiros a implantar regras para proteger a herança cultural: os exércitos romanos tinham ordem de saquear apenas *spolia*, butim de guerra comum, não *spoliatio*, peças culturais como arte e objetos religiosos.

Durante a Guerra dos Trinta Anos, que envolveu Alemanha e grande parte da Europa no século XVII, exércitos protestantes e católicos saquearam vorazmente os inimigos derrotados. Tropas protestantes comandadas pelo rei sueco Gustavo Adolfo atacaram igrejas e mosteiros católicos por toda a Europa, escolhendo a melhor arte para encher os castelos e museus de Estocolmo. Exércitos, apoiados pela Igreja católica, orgulhosamente levaram troféus para o papa Gregório XV, incluindo centenas de livros da famosa Biblioteca Palatina protestante em Heidelberg. Quando Napoleão cruzou a Europa e quando a Grã-Bretanha colonizou regiões do Oriente Médio e da Ásia, levaram tesouros para reforçar museus em Paris e Londres.

A feroz máquina de guerra de Hitler deu proteção ao mais cuidadosamente planejado saque e destruição da herança cultural da Europa. Quando as forças alemãs começaram a marchar pela Europa a partir da anexação da Áustria, em 1938, os exércitos de Hitler sistematicamente confiscaram as pinturas e estátuas que o Führer ambicionava e destruíram a arte e os marcos culturais que celebravam as raças que considerava inferiores. Na Polônia, Holanda, Bélgica, Itália e Rússia, as forças alemãs tomaram dezenas de milhares de obras, incluindo trabalhos de Rembrandt, Da Vinci, Rafael e Michelangelo. Os nazistas não foram tão bem-sucedidos na França. Quando chegaram ao Louvre, encontraram apenas molduras vazias. Os franceses haviam evacuado milhares de peças antes da invasão; a *Mona Lisa* foi embrulhada em cetim vermelho e levada embora de ambulância para um *château* distante no sul da França. Ao final da guerra, soldados aliados encontraram quarenta toneladas de obras roubadas estocadas em chalés nos Alpes ou escondidas no fundo de minas de sal nazistas.

A arte sofreu muito durante todos os conflitos pós-coloniais e guerras civis da Europa. Durante as guerras do Khmer Vermelho, na década de 1970, milhares de templos budistas foram destruídos e esculturas foram saqueadas na melhor instituição cultural do Camboja, o Dépôt de la Conservation d'Angkor.

O saque de tesouros culturais no Iraque e no Afeganistão demonstra que o fenômeno prossegue neste século. Durante a invasão americana do Iraque, em 2003, saqueadores atacaram museus desprotegidos e centenas de tesouros inestimáveis foram perdidos, a maioria datando da época babilônica. No Afeganistão, de 1979 a 2001, três forças hostis – os russos, os rebeldes *mujahideen* e o Talibã – saquearam a maior parte da melhor arte e das antiguidades do país.

A arte pode sofrer em tempos de guerra, mas despojos saqueados não necessariamente estão perdidos para sempre.

Uma de minhas lendas preferidas é uma história da Filadélfia: quando os britânicos invadiram a capital americana, em 1777, empurrando o Exército Continental de volta para Valley Forge, oficiais dos casacos vermelhos ocuparam a casa vazia de Benjamin Franklin durante vários meses. Quando Franklin, que estivera na França, retornou, viu que os britânicos haviam roubado a maioria dos seus bens valiosos, incluindo um estimado retrato seu que ficava pendurado acima da lareira.

A pintura seria resgatada apenas no começo do século XX, e unicamente por um golpe de sorte. Um embaixador americano na Inglaterra foi por acaso visitar a casa de um descendente de comandante dos casacos vermelhos e percebeu o retrato de Franklin pendurado na biblioteca. Em 1906, após anos de educadas negociações, os britânicos deram a pintura de presente ao presidente Teddy Roosevelt.

Hoje o retrato de Franklin está na Casa Branca.

Em 1897, a cópia desaparecida da Carta de Direitos pertencente à Carolina do Norte reapareceu no mais improvável dos lugares.

Inacreditavelmente, um questionador repórter de jornal a viu pendurada na parede de um escritório no prédio da Câmara do Comércio de Indianápolis. O pergaminho estava exposto numa moldura no escritório de Charles Albert Shotwell, um belo e respeitado empresário que tinha um negócio de grãos, farinha e rações. Em maio de 1897 ele recebeu em seu escritório um repórter do *Indianapolis News* para uma entrevista. Quando o jornalista curioso perguntou sobre a Carta de Direitos pendurada na sala, Shotwell contou a ele uma história impressionante que começara três décadas antes.

Foi no ano seguinte ao fim da Guerra Civil, explicou Shotwell, e ele tinha ido visitar parentes em Ohio. Reservou algum tempo para rever amigos de infância em uma cidade próxima para saber como tinham se saído em batalha.

"Naquele dia, entrei numa das lojas da cidade e encontrei um dos garotos que tinha conhecido antes da guerra", recordou Shotwell. "Ele me contou muitas experiências como soldado, e uma delas foi ter feito parte do exército de Sherman quando ele marchou pela Geórgia até o mar. Falou sobre a ida desse exército à cidade de Raleigh, na Carolina do Norte ... e ele integrava uma companhia de soldados que percorreu a Câmara Estadual e pegou o que queria. Eles foram ao gabinete do secretário estadual e pegaram ... o pergaminho que atualmente está em minha posse. Ele me contou que o trouxe do estado quando era soldado, então o documento era contrabando de guerra e, por lei, pertencia a ele."

Shotwell disse ao repórter ter comprado a Carta de Direitos do soldado por cinco dólares, e o esperto jornalista soube que tinha uma grande história nas mãos.

O jornal de Raleigh reproduziu na íntegra a matéria do *Indianapolis News*, com grande destaque. A manchete gritava: RELÍQUIA HISTÓRICA ROUBADA, LEVADA DE NOSSO CAPITÓLIO POR UM IANQUE.

Walter Clark, um juiz da Suprema Corte da Carolina do Norte, ficou furioso ao ler a matéria. Veterano confederado que combatera em Antietam, Clark ordenou que oficiais da Carolina do Norte fossem atrás do pergaminho furtado. O tesoureiro estadual tentou, procurando funcionários de gabinete de Indiana, mas Shotwell se recusou a colaborar e logo depois escondeu o troféu de guerra.

A Carta de Direitos não voltou a aparecer por 28 anos.

Em 1925 um amigo do filho de Shotwell entrou em contato com funcionários da Carolina do Norte oferecendo vender o documento ao estado. "O velho cavalheiro que o comprou do soldado fez isso na crença de que era contrabando de guerra ...", escreveu o amigo, Charles Reid, de Harrisburg, Pensilvânia. "O dono do documento é um homem muito velho e cuidou desse manuscrito nos últimos 59 anos. Acredito que uma necessidade financeira o tenha levado a colocá-lo à venda. Acho que ele estaria disposto a considerar e aceitar qualquer honorário razoável ... ." O secretário da comissão histórica estadual respondeu pelo estado. Essencialmente, disse a Reid que o homem que estava com a Carta de Direitos como refém era um desonrado em posse de um documento histórico roubado do estado. "Enquanto estiver fora da custódia oficial da Carolina do Norte, servirá como um memorial a um roubo individual", escreveu o funcionário em tom inflamado.

Quando seu pai morreu, o filho de Shotwell herdou a Carta de Direitos emoldurada. Não fez nenhuma tentativa de vendê-la; ao contrário, ele e a esposa, orgulhosa mas discretamente, a penduraram em sua sala de estar em Indianápolis. Quando morreram, as filhas, Anne Shotwell Bosworth e Sylvia Shotwell Long, guardaram a peça num cofre de banco em Indiana.

Em 1995, mais de um século após o extenso exílio longe do Capitólio estadual da Carolina do Norte, as duas Shotwell deram os primeiros passos para vender a Carta de Direitos.

Muito discretamente, elas contrataram um advogado de Indianápolis. Ele teria abordado sem sucesso vários colecionadores ricos e famosos, entre eles gente como Michael Jordan, Steven Spielberg e Oprah Winfrey. Um comerciante de arte de destaque de Connecticut, Wayne Pratt, conhecido por suas aparições no programa *Antiques Roadshow*, demonstrou interesse. Pratt contratou um respeitado advogado com ligações em Washington, John L. Richardson, que foi arrecadador de campanha do presidente Clinton e cuja esposa era funcionária da receita federal. Pratt e Richardson não compraram imediatamente a Carta de Direitos, mas começaram a tentar negociá-la da forma mais discreta possível.

Em outubro de 1995, Richardson entrou em contato com altos funcionários da Carolina do Norte e propôs um negócio complicado envolto em mistério, recusando-se a identificar seus clientes. Disse que o preço seria entre 3 e 10 milhões de dólares, dependendo de uma série de avaliações independentes. Em um longo fax ao secretário estadual de Recursos Culturais, Richardson alertou para graves consequências se o negócio fracassasse ou viesse a público. "Permita-me enfatizar novamente como é importante que ajamos rapidamente e com o máximo de confidencialidade. Não tenho ligação direta com as pessoas que detêm o artigo, e há pelo menos três intermediários entre mim e essas pessoas. ... Elas insistem em anonimato. Fomos alertados de que estão nervosas e que se acreditarem que sua identidade possa ser revelada contra sua vontade, podem agir de um modo que não será de nosso interesse."

Funcionários da Carolina do Norte discutiram a oferta internamente, até mesmo consultando de forma discreta uma fundação particular sobre a compra do documento. No final desistiram da ideia, chegando à mesma conclusão de seus predecessores: o estado não pagaria resgate por uma propriedade do governo roubada. Impedido, Richardson suspendeu os contatos com os funcionários da Carolina do Norte.

Cinco anos depois, a Carta de Direitos da Carolina do Norte fez uma rápida aparição surpresa em Washington.

Em fevereiro de 2000, uma mulher que não se identificou telefonou para uma das maiores autoridades do país em documentos dessa época, Charlene Bangs Bickford, codiretora do First Federal Congress Project, da Universidade George Washington. A pessoa alegou ter uma cópia da Carta de Direitos e pediu que Bickford a examinasse. A historiadora concordou, e certa tarde, algum tempo depois, a mulher apareceu na universidade com três homens e uma grande caixa. Bickford se apresentou e à sua equipe, e estranhou quando os quatro visitantes se recusaram a se identificar. Os visitantes abriram o pacote e em poucos minutos os estudiosos concluíram que provavelmente a carta era genuína. Mas como o pergaminho estava emoldurado e atrás de um vidro – que os visitantes se recusaram a retirar –, eles não puderam checar o verso do documento para examinar o selo revelador que diria qual estado a havia recebido em 1789.

Bickford perguntou aos visitantes sobre a proveniência. Eles permaneceram calados.

– Bem, este documento é inestimável e ao mesmo tempo sem valor algum, disse ela. – Vocês não podem vendê-lo legalmente.

Sem uma palavra, sequer um obrigado, os visitantes misteriosos embalaram o pergaminho e saíram, escondendo novamente a Carta de Direitos.

Três anos depois, em março de 2003, recebi um telefonema urgente de meu colega da Filadélfia, o agente especial Jay Heine.

Era uma noite de quinta-feira, um dia de trabalho que, se não fosse por isto, seria banal. Estava dirigindo para casa, e ele ligou para o meu celular.

– Você não vai acreditar, disse Heine.

– Acreditar no quê, parceiro?

Heine disse que não tinha todos os detalhes, mas resumiu o que sabia: o escritório do FBI em Raleigh precisava de nossa ajuda urgentemente, e tinha relação com nosso campo de atuação na Filadélfia. Dizia respeito ao novo National Constitution Center, um museu de primeira categoria que estava sendo construído diante do Sino da Liberdade e do Independence Hall. O museu, dedicado a celebrar a Constituição e as Emendas, era um empreendimento particular, não partidário e não lucrativo, e esperava-se que se tornasse uma das maiores atrações turísticas da Filadélfia. O Constitution Center tinha o apoio de políticos poderosos, entre eles o governador Ed Rendell e o senador Arlen Specter. A presidente da Suprema Corte, Sandra Day O'Connor, iria cortar a fita inaugural em poucos meses, no 4 de Julho, e os funcionários do museu ainda estavam correndo para fazer aquisições de última hora. Heine contou que nas semanas anteriores o Constitution Center deparara com uma cópia original da Carta de Direitos. O vendedor queria 4 milhões de dólares. Eu fiquei confuso.

– Espere aí, como se pode vender a Carta de Direitos?

– Exatamente, disse Heine. – Olhe, você tem de ligar para esse agente de Raleigh, Paul Minella. Ele está esperando seu telefonema.

Eu liguei para Minella. Ele me atualizou: um mês antes, um advogado de Washington chamado Richardson e um comerciante de Connecticut chamado Pratt haviam discretamente oferecido vender a Carta de Direitos ao Constitution Center. Embora na época eu não soubesse, os dois homens eram os mesmos que haviam tentando vender o pergaminho à Carolina do Norte em 1995. O presidente e o advogado do museu haviam contratado um autenticador para examinar o documento, e ele mandara fotografias da frente e do verso do pergaminho para especialistas na Universidade George Washington. Eram os mesmos profissionais que o haviam examinado três anos antes. Eles concluíram que o selo no verso provava que ele era a cópia da Carolina do Norte, perdida há anos, saqueada durante a Guerra Civil. Quando o presidente do Constitution Center soube que o documento era um despojo de guerra – propriedade roubada –, pediu aconselhamento ao governador da Pensilvânia. Este telefonou para o governador da Carolina do Norte, que informou que o estado não pagaria pela sua devolução. Um ajudante do governador da Carolina do Norte telefonou para o procurador dos Estados Unidos e envolveu o FBI. Agindo rapidamente – naquela mesma manhã, disse o agente de Raleigh –, promotores federais da Carolina do Norte haviam convencido um magistrado a assinar um mandado de confisco para a Carta de Direitos.

As coisas aconteciam à velocidade da luz na Carolina do Norte, me disse o agente, com seu mais alto nível de alerta.

– O procurador dos Estados Unidos e o governador daqui estão envolvidos pessoalmente.

– Certo, disse eu. – Então, onde está a Carta de Direitos agora?

– Não sabemos.

Embora o FBI suspeitasse que pudesse estar no escritório ou na casa de Pratt em Connecticut, era arriscado demais tentar uma busca, disse ele. Eu compreendia. Se os agentes da batida não encontrassem a Carta de Direitos em nenhum dos dois lugares, as pessoas que estavam com ela poderiam se assustar e esconder o documento novamente.

Telefonei para o presidente do Constitution Center, Joe Torsella, e combinei de me encontrar com ele na manhã seguinte no escritório do advogado que negociava o acerto com o museu.

Naquela noite, o escritório do FBI em Raleigh me enviou por fax oitenta páginas de documentos repassados por arquivistas da Carolina do Norte, uma trilha de papel de um século que incluía a matéria de jornal citando Shotwell em 1897, a oferta de Reid de 1925 e a oferta de Richardson de 1995.

Às nove horas da manhã do dia seguinte, Heine e eu chegamos ao escritório de advocacia de carpetes vermelhos no 33º andar de um moderno arranha-céu de Filadélfia. Uma recepcionista nos conduziu a um escritório de canto.

Torsella, de quarenta anos de idade, era uma estrela política em ascensão na Filadélfia, ex-vice-prefeito e confidente do governador. Ele comandara a campanha que arrecadara 185 milhões de dólares em recursos particulares para construir o Constitution Center. Sua esposa era a principal conselheira do senador Specter no Comitê do Judiciário do Senado, e aspirava ser juíza federal. Torsella não escondia sua própria ambição de se tornar deputado ou senador.

Seu advogado, Stephen Harmelin, era um peixe ainda maior. Formara-se em Direito em Harvard em 1963, ano de nascimento de Torsella, e era o sócio gerente da Dilworth Paxson, um tradicional escritório de advocacia que representava as grandes empresas e os poderosos da Pensilvânia, clientes com sobrenomes como Annenberg e Otis. Entre os que passaram pelo escritório estavam juízes, um prefeito, um governador, deputados estaduais e um senador dos Estados Unidos. Harmelin era um homem que valorizava sua reputação de negociador duro, mas honesto e ético, alguém acostumado a ter sucesso, negócios de milhões de dólares e discrição.

Torsella parecia nervoso. Harmelin não.

– Como posso ajudá-los?, perguntou o advogado educadamente.

Desdobrei o mandado de confisco e o dei a Harmelin. Ele pareceu surpreso e ergueu as mãos, deixando claro que não queria participar de um crime, e disse:

– O que vocês precisarem.

Ele perguntou se planejávamos dar uma busca na casa e nos escritórios de Pratt ou nos escritórios de seus especialistas e advogados.

– Tenho os endereços, caso precisem, ofereceu.

Eu balancei a cabeça.

– Arriscado demais.

Eles ficaram olhando para mim em silêncio. Eu disse:

– Se cumprirmos um mandado de busca e não encontrarmos o documento, os vendedores podem se assustar e talvez não o vejamos novamente por cem anos. Eles já ameaçaram levá-lo para o exterior, como sabem.

Harmelin e Torsella não sabiam disso. Eu contei a saga da tentativa misteriosa de Richardson, em 1995, de vender a Carta de Direitos para a Carolina do Norte e a enigmática visita deles aos especialistas da George Washington em 2000. Mostrei a carta de oferecimento de Richardson, aquela com vagas ameaças de que o documento poderia se perder caso os vendedores nervosos se sentissem ameaçados.

Harmelin e Torsella ficaram com raiva. Consideraram-se enganados e temeram em voz alta que uma sugestão de escândalo pudesse de alguma forma macular seu grande projeto. Era o momento perfeito para minha jogada:

– Queremos que nos ajudem a resgatá-la. Queremos que prossigam com a negociação, façam com que eles tragam a Carta de Direitos aqui ao seu escritório, e a confiscaremos, disse eu, tentando fazer parecer simples.

Torsella engasgou.

– Quer que nos disfarcemos?

– Sim. É a única forma de manter a Carta em segurança e no país. A única forma.

Harmelin se levantou e conduziu Torsella ao corredor. Fizeram uma reunião sozinhos.

Quando voltaram, disseram que sim. Antes que pudéssemos passar aos detalhes, Harmelin fez o que todo bom advogado faz – convocou uma reunião de outros advogados para discutir contingências, e passaram uma hora apresentando aquilo que poderia dar errado: e se o documento fosse danificado em uma briga? Em quem podemos confiar? E se alguém processasse o escritório por participar de uma fraude? E se alguém ligasse para a ordem dos advogados e acusasse Harmelin de mentir para um colega de profissão? E se tudo saísse de controle ou vazasse para a imprensa? E se Richardson exigisse uma grande indenização? Nosso seguro cobre isso? E se a Carolina do Norte processasse o escritório? E se...

– Pessoal!, disse eu, finalmente interrompendo. – Vocês estão se limitando a apresentar os modos como pode dar errado.

Eu me virei para Harmelin e sua gravata de duzentos dólares.

– Não importa o que você diga a Richardson. Não vai passar de besteira, de qualquer forma. Diga apenas o que for necessário para que ele traga a Carta de Direitos a esta sala. Lembre-se: você não terá de cumprir qualquer promessa que fizer.

Era um conceito de difícil digestão para um advogado como Harmelin, e ele me perguntou se eu não preferia conduzir pessoalmente as negociações. Respondi que era tarde demais para introduzir um novo elemento. Isso poderia assustar Richardson.

– Vou interpretar o papel do comprador. Serei Bob Clay, patriótico magnata das ponto-com, ansioso para doar a Carta de Direitos ao novo Constitution Center.

Relutantemente, Harmelin falou ao telefone com Richardson e passou o dia fingindo negociar. No início houve muitos pigarros e conversas sobre a lei, e eu podia ver que doía nele ter aceitado tão rápido. Mas no final da tarde Harmelin começou a ficar à vontade no papel. No fim da última conversa naquela sexta-feira, Richardson estava perguntando sobre o benfeitor, a pessoa que compraria a Carta de Direitos para o Constitution Center.

Harmelin piscou para mim enquanto eu escutava numa extensão em seu escritório no arranha-céu.

– O nome dele é Bob Clay. Um sujeito de ponto-com. Você poderá conhecê-lo quando vier aqui terça-feira para fechar o negócio.

Quando desligou, Harmelin estava empolgado, confortável o bastante para me provocar.

– Agente Wittman?, disse ele quando eu passava pela porta com Heine. – Faça-me um favor. Caso pretenda ser um figurão da internet na terça-feira, consiga sapatos melhores.

Eu não estava na sala de conferências quando o negócio começou.

Queria que Richardson visse rostos conhecidos, ficasse à vontade. Então, as únicas pessoas presentes eram os três homens que ele já havia encontrado – Harmelin, um consultor de documentos raros e outro advogado da Dilworth. Dentro do paletó, Harmelin levava um cheque ao portador de 4 milhões de dólares.

Eu esperei em outra sala com Torsella. Meu apoio, cinco agentes do FBI, entre eles Heine, estava a postos perto dali.

Não grampeamos a sala para áudio e vídeo. Achei que seria trabalhoso demais conseguir a autorização – gravar uma cilada dentro de um escritório de advocacia teria criado mais preocupações para os advogados da Dilworth e exigiria várias instâncias de aprovação no FBI. Além disso, Richardson não parecia ser do tipo violento. Caso houvesse problemas, ouviríamos os gritos pela porta.

Agentes na vigilância disseram que Richardson chegou sozinho e de mãos vazias. Alguns minutos depois, eles relataram que um entregador estava a caminho da sala de conferências com um grande pacote.

Eu esperei mais alguns minutos, e Harmelin me chamou para que eu me juntasse a ele na sala de conferências. A Carta de Direitos estava pousada sobre a mesa, ao lado de pilhas de documentos falsos fechando o negócio. Eu fiz uma cena examinando-a. Tinha noventa centímetros de altura, escrita em uma pele desbotada, a textura variando de um canto ao outro, fazendo com que algumas emendas fossem mais fáceis de ler que outras. Considerando a jornada do pergaminho, estava em excelentes condições. Bem ali, no fundo, reconheci a assinatura elegante de John Adams em letras de cinco centímetros.

Eu me virei para Richardson e apertei sua mão com força. Dei um tapinha nas costas de Harmelin:

– Cavalheiros, este é um dia maravilhoso. Esta será uma grande contribuição para o Nacional Constitution Center. Fico muito contente por fazer parte disto, eu disse, virando-me para Harmelin e dando a ele uma razão para sair. – Steve, precisamos trazer Torsella aqui. Ele tem de ver isto.

O plano era me deixar sozinho com o especialista em documentos e Richardson. Com a Carta de Direitos basicamente em segurança, era o momento de procurar montar um caso jurídico. Queria alguns minutos com Richardson para tentar arrastá-lo para uma discussão sobre o pergaminho roubado e descobrir se ele sabia de sua misteriosa jornada de 125 anos de Raleigh à Pensilvânia. Com as atenções dele voltadas para a remuneração de 4 milhões, aquela seria minha melhor chance. Planejava começar perguntando quais cuidados eu precisava tomar, se havia alguma marca no documento provando que era a cópia roubada da Carolina do Norte.

Nunca tive essa chance.

Quando Harmelin saiu da sala para pegar Torsella, esbarrou na porta do escritório onde meus colegas esperavam. Eles consideraram ser o sinal de avançar, colocando-se entre a Carta de Direitos e todo o resto. Thompson, nosso supervisor de esquadrão, deu a Richardson o mandado de confisco.

– Estou preso?, perguntou ele.

– Ah, não, eu disse, tentando tranquilizá-lo e levando-o em silêncio para um canto.

– O que significa isto tudo?

Àquela altura, com meu disfarce arruinado, me senti compelido a contar a verdade.

– Estamos conduzindo uma investigação penal de alegação de transporte interestadual de propriedade roubada. Agora o documento é uma prova.

Como eu temia, Richardson se recusou a falar.

– Posso ir embora?, perguntou.

– Sim, respondi. Não tinha motivos para detê-lo. Não tínhamos provas de que ele soubesse que a Carta de Direitos era propriedade roubada. – Mas primeiro tenho de dar a você um recibo do documento.

– Você deve estar brincando.

– Não, eu disse.

Peguei um recibo padrão do Departamento de Justiça para propriedade confiscada, um formulário que eu preenchera dezenas de vezes em minha carreira. Enquanto escrevia as palavras – "Descrição do item: Cópia da Carta de Direitos dos Estados Unidos" –, o peso histórico do momento tomou conta de mim. Eu me lembrei do meu primeiro dia na Academia do FBI, quando fiz o juramento de proteger e defender a Constituição e a Carta de Direitos. Sempre imaginara ter jurado defender seus ideais, não os documentos reais.

Richardson falava comigo, mas eu estava mergulhado no momento e não ouvi o que disse.

Apenas dei o recibo a ele.

Ele ajeitou a gravata e passou pela porta.

Tivemos tanta publicidade ao anunciar o resgate da Carta de Direitos que o quartel-general não hesitou quando pedimos para usar o jato do diretor do FBI na viagem do pergaminho para casa.

O voo rumo a Raleigh foi marcado para 1º de abril. O fato de ser o dia da mentira era uma coincidência, mas certamente tornou mais fácil para nós a piada.

Antes de partirmos, parei numa loja de suvenires no centro de visitantes do Independence Hall e comprei uma reprodução da Carta de Direitos por dois dólares. Depois fui a uma loja, comprei um papelão quadrado de sessenta centímetros e cola. Heine e eu montamos a Carta de Direitos falsa no papelão, colocando-a dentro da caixa especial de noventa centímetros com a Carta de Direitos real, mantida dentro de um envelope plástico especial protetor.

Quando pousamos em Raleigh, quatro agentes do FBI locais nos receberam no aeroporto e nos levaram ao escritório no subúrbio. A sala de conferências já estava tomada por agentes, promotores e agentes judiciários. Provocamos nossa plateia mostrando a papelada oficial que documentava a transferência de provas. As pessoas começaram a ficar impacientes.

– Ah, lamento, disse eu. – Querem ver a Carta antes?

Claro que eles queriam. Heine começou a abrir a caixa e eu me coloquei estrategicamente na frente dele para esconder nossa jogada. Ele tirou a Carta de Direitos falsa, começou a erguê-la – e a deixou cair no chão.

– Opa, eu disse enquanto Heine se curvava. – Nossa.

Ouvi uma leve engasgada, e enquanto eu erguia os olhos Heine deu seu melhor tropeção de Três Patetas, pisando desajeitadamente no negócio, torcendo o papelão.

Aproveitando a deixa, eu gritei:

– Ai, meu Deus!

Ouvimos mais engasgos e eu vi um supervisor arregalando os olhos.

Esperamos um instante e caímos na gargalhada.

O supervisor de Raleigh não riu conosco.

Com todo o cuidado, retiramos a Carta de Direitos real, colocamos sobre a mesa e a transferimos para o agente judiciário federal.

16. Equipe de Crimes contra a Arte

Merion, Pensilvânia, 2005

De pé diante de uma dúzia de agentes e supervisores do FBI, na ampla galeria principal no centro do museu da Fundação Barnes, eu apontei para uma enorme pintura moderna de um homem e uma mulher carregando flores.

– Este é *Os camponeses*, eu disse. – Um Picasso, muito moderno, mas com claras influências de Michelangelo. Veem os pés e os dedos? Os braços vigorosos? As pernas musculosas? É heroico.

Quatorze anos depois de meu ano de aulas no Barnes eu estava de volta para ajudar em uma sessão de treinamento de um dia projetada para agentes da recém-criada Equipe de Crimes contra a Arte do FBI.

– Cada galeria que vocês verão hoje é uma sala de aula, disse a meus colegas de departamento. – As quatro paredes em cada galeria são seus quadros-negros. São programas de aula. Cada uma delas nos ensina algo sobre luz, linha, cor, forma e espaço. A propósito, apenas nesta sala vocês provavelmente estão olhando para 1 bilhão de dólares em arte.

Meus pupilos pareciam vencidos. Poucos agentes entendiam muito de arte, e os valores em dólar podiam ser perturbadores.

– Não se sintam intimidados pelo que veem. Não estamos aqui para aprender a identificar uma falsificação ou saber o valor desta ou daquela pintura. Vocês vão aprender isso quando ou se for necessário. Estamos aqui hoje para aprender o básico. Estamos aqui para que treinem o olhar. Aprendam a ver.

O grupo se reuniu na segunda galeria. Eu apontei para umas pinturas e disse:

– O impressionante nesta galeria é que você olha para esta parede e ali há um Cézanne, aqui um Cézanne, e outro, e mais um; Cézanne após Cézanne. Eles têm setenta deles neste museu, pessoal.

Parei em frente a um retrato de Renoir.

– Vejam a cor. Vejam a paleta, a forma das pessoas e como é feita. Estão vendo? Agora olhem para o Cézanne. Veem como ele pinta as dobras, as rugas na toalha de mesa? É uma das coisas mais difíceis de fazer. Compare as paletas: a de Renoir é rosa, azul brilhante, creme, tons de pele. Cézanne é verde-escuro, lilás, violeta, tons fechados.

O grupo passou para a galeria seguinte.

– Agora, nesta galeria, conseguem dizer qual é o Cézanne e qual o Renoir?

Os estudantes, encorajados, começaram a responder, e eu não poderia estar mais orgulhoso. Já não era o único agente do FBI que me importava com crimes contra a arte.

O COMPROMISSO DO FBI em relação ao crime contra a arte estava entrando numa nova era. A criação da Equipe de Crimes contra a Arte foi um grande avanço para o departamento – e uma evolução natural de nossas conquistas depois dos grandes casos Rockwell, Koplowitz, *Antiques Roadshow* e Carta de Direitos.

O FBI transferira para a Equipe de Crimes contra a Arte oito agentes espalhados pelo país, e fui nomeado investigador sênior. Os agentes não trabalhariam em crimes contra a arte em tempo integral como eu, mas pegariam os casos que surgissem em suas regiões, e estariam preparados para entrar em ação rapidamente. O novo compromisso do departamento não se comparava com o esforço italiano nos crimes desse tipo – a força dos *carabinieri* chegava a trezentos. Mas era um começo.

Haviam terminado, ou pelo menos parecia, os dias em que o FBI dava um jeito com um ou dois agentes que demonstravam interesse em crimes contra a arte – quando um agente como Bob Bazin cuidava de casos e depois passava o bastão de modo informal para alguém como eu. Historicamente falando, eu só conhecia dois outros especialistas do FBI em crimes contra a arte além de Bazin, e ambos haviam trabalhado em Nova York. Nos anos 60 e 70 havia sido Donald Mason, provavelmente mais conhecido por ter encontrado um Kandinski roubado, e nos 70 e 80, Thomas McShane, que certa vez recuperou um Van Gogh desaparecido no pátio de um posto de gasolina em Nova York.

Para reforçar a nova divisão, o Departamento de Justiça forneceu uma equipe de promotores – um dos quais era Bob Goldman. Eles tinham autorização especial para mover ações nos casos dessas transgressões em qualquer lugar do país. Com grande badalação e uma série de cerimônias públicas, o FBI lançou um site da Equipe de Crimes contra a Arte, um logotipo e até mesmo moedas comemorativas especiais. As matérias na imprensa e o reconhecimento se acumulavam. Pouco antes do lançamento oficial da Equipe de Crimes contra a Arte eu recebi a maior honraria da Smithsonian Institution para a proteção do patrimônio cultural: o Robert Burke Memorial Award. Dois anos depois, Goldman foi agraciado com o mesmo prêmio. Embora gostássemos da cobertura da imprensa, eu tomava o cuidado de preservar minha identidade, de modo a poder continuar trabalhando disfarçado. Nunca permiti que fotógrafos tirassem uma foto minha e sempre permaneci nos fundos da sala, longe da vista, durante coletivas de imprensa. Sempre que aparecia na televisão, meu rosto ficava na escuridão.

Nos meses seguintes à formação da equipe, nos ocupamos de pequenos casos, usando cada um deles para melhorar nossa posição. Na Pensilvânia, eu recuperei oito selos de assinatura babilônicos em pedra comprados por um fuzileiro dos Estados Unidos como suvenir num mercado de pulgas perto de Bagdá, o primeiro caso em que o FBI recuperou objetos iraquianos nos Estados Unidos. Numa cilada em um hotel em Saint Louis, prendi um falso sheik árabe que tentou me vender um Rembrandt falsificado por 1 milhão de dólares. Em um tribunal federal da Filadélfia, Goldman e eu lutamos contra dois antiquários que enganaram um rico colecionador na venda de revólveres Colt históricos.

E – o que talvez tenha sido mais importante para nossa causa – conquistamos dois defensores esforçados e bem-situados no quartel-general em Washington. A primeira foi Bonnie Magness-Gardiner, uma experiente analista de patrimônio cultural do Departamento de Estado com doutorado em arqueologia do Oriente Próximo. Ela se tornou gerente de programação de nossa equipe. Magness-Gardiner conhecia bem os caminhos de Washington e da diplomacia internacional, e por acaso era casada com um talentoso artista. Ela liderou habilidosamente nossa expansão pública e nossos esforços culturais, e desempenhou o papel de consultora durante investigações.

O segundo estímulo foi a nomeação de Eric Ives, um supervisor progressista com sólida formação numa vasta gama de crimes contra o patrimônio, como chefe da Unidade de Grandes Roubos, a seção que supervisionava nossa equipe. Ives pediu que eu o visitasse em Washington na sua primeira semana como chefe da unidade. Eu me reuni com ele num escritório sem janelas no terceiro andar do edifício J. Edgar Hoover, e em poucos minutos soube que seríamos bons parceiros, apesar das diferenças de idade e experiência. Ele era um ex-fuzileiro com cabelos claros cortados bem curtos e olhos verdes intensos, ansioso por ação. Antes de ingressar no FBI, Ives trabalhara para a rede de lojas Target caçando ladrões que roubavam grandes carregamentos. Como agente do departamento em Los Angeles, foi atrás do mesmo tipo de ladrão, e descobriu um recurso de marketing que ajudou a capturar alguns. Para solucionar os crimes, colocou imagens de criminosos procurados em outdoors nas rodovias, imaginando que essa seria uma boa forma de pôr as fotos diante das testemunhas mais prováveis: caminhoneiros. Ives e eu logo descobrimos que partilhávamos uma paixão por roubo de patrimônio e uma tendência a correr riscos que valiam a pena.

Em Washington, Ives implantou outra nova abordagem. Sugeriu promover agressivamente a Equipe de Crimes contra a Arte – na verdade, fazer marketing dela –, aumentando sua divulgação dentro e fora do FBI. Ele me disse:

– O departamento tem 13 mil agentes e temos menos de uma dúzia trabalhando em casos desse tipo durante parte do tempo. Precisamos fazer com que duas coisas que temos trabalhem a nosso favor – uma delas é a ideia de que o FBI foi criado em 1908 para impedir o transporte interestadual de propriedade roubada e a segunda é esse fascínio romântico do crime contra a arte, a visão de Hollywood, como projetado em *Thomas Crown – A arte do crime* e *A lenda do tesouro perdido.*

Ele sabia que a versão de Hollywood era uma caricatura, mas acreditava que podia usar o equívoco a nosso favor. Em nossa primeira investida de marketing, Ives, Magness-Gardiner e eu criamos uma lista de Dez Maiores Crimes contra a Arte. Escrita ao estilo dos Dez Mais Procurados do FBI, nossa relação gerou uma boa onda moderada de publicidade. Eu gostei do estilo de Ives; para um supervisor, ele não pensava como um burocrata. E o melhor de tudo era que meu novo chefe era um colega vendedor.

Ives e eu nos falávamos praticamente dia sim, dia não, e ele viajava como meu parceiro em meus casos sob disfarce, me dando proteção, um papel incomum para um supervisor em posição tão alta. Tradicionalmente, os chefes de unidade no quartel-general se limitam a tarefas administrativas e de supervisão, raramente indo a campo. Mas Ives tinha um interesse especial por crimes contra a arte. Meu supervisor imediato na Filadélfia, Michael Carbonell, era sábio e seguro o bastante para permitir que eu trabalhasse de forma independente e com Ives. Nem sempre era fácil para Carbo – os chefes dele na Filadélfia, que pagavam meu salário, viviam atormentando-o, perguntando onde eu estava e o que fazia, e por que cargas d'água o crime contra a arte era relevante para a missão da divisão local. Um lendário caçador de fugitivos e supervisor sem frescuras, Carbo partilhava minha crença profissional: faça seu trabalho e a política interna cuida de si mesma.

No outono de 2005, com o apoio de Carbo, Ives e eu estávamos prontos para dar vazão às nossas ambições.

E a meta era grandiosa.

17. O Antigo Mestre

Copenhague, 2005

– Está tudo aí?

O iraquiano que contava pilhas de notas de 100 dólares na cama estreita do hotel dinamarquês não respondeu nem levantou os olhos. Então perguntei novamente.

– Tudo aí?

Baha Kadhum resmungou. Não ergueu os olhos. Apenas continuou folheando as pilhas de dinheiro de 2,5 centímetros que eu levara, 245 mil dólares organizadamente dispostos em um lençol de cama branco amassado. Em troca, ele prometera me levar um Rembrandt roubado avaliado em 35 milhões de dólares. Supostamente, um de seus colegas estava com ele no térreo ou fora do hotel. Sempre era possível que o bandido oferecesse uma falsificação – ou pior, me roubasse. Fiquei de olho nas mãos dele.

Kadhum aparentava ter menos do que seus 27 anos de idade, certamente mais jovem do que eu esperara. Com pele morena, nariz aquilino e uma massa de cabelos pretos despenteados, usava jeans apertados, camisa polo rosa, sapatos de couro preto com fivelas e uma corrente de ouro no pescoço. Eu duvidava que ele estivesse armado, mas considerava-o um amador – desesperado e, pior, imprevisível.

Kadhum acreditava que eu era um mafioso americano, ou pelo menos uma espécie de especialista em arte trabalhando para a máfia. O pai de um de seus grandes amigos nos apresentara. Kadhum julgava que o homem era confiável por ter escondido para sua gangue, por vários anos, perto de Los Angeles, uma pintura roubada de Renoir. Mas Kadhum continuava desconfiado, e por esse motivo eu não pudera tomar as precauções que adotara em Madri, insistindo para encontrar o bandido com três "guarda-costas". Na ação de Copenhague eu estava sozinho e desarmado.

A obra-prima desaparecida era pequena, um autorretrato de Rembrandt de 10×20 centímetros pintado em 1630, quando o artista tinha 24 anos de idade. A pintura era uma de suas poucas criações sobre cobre dourado, e brilhava como se fosse iluminada por trás. Ainda assim, *Autorretrato* continuava a ser uma peça sóbria. O jovem Rembrandt veste uma capa escura, uma boina marrom e tem um meio sorriso tão convidativo e misterioso quanto o da *Mona Lisa*. Peça principal da coleção do Museu Nacional Sueco, em Estocolmo, *Autorretrato* desaparecera cinco anos antes em um dos maiores e mais espetaculares roubos de arte da história.

O BEM-EXECUTADO ROUBO começou três dias antes do Natal de 2000.

Cerca de meia hora antes do fechamento do museu, às cinco da tarde, um grupo de seis ou mais provavelmente oito homens de aparência árabe se espalhou por Estocolmo. Já estava escuro, o sol do inverno escandinavo tendo se posto no meio da tarde; temperaturas abaixo de zero mantinham a maioria das estradas e calçadas escorregadias, com neve e gelo acumulados. O museu fica no final de uma pequena península acessível apenas por três ruas do centro de Estocolmo, e os ladrões se valeram disso, criando um conjunto de barreiras para isolá-lo do resto da cidade. Na primeira dessas ruas, um dos membros da gangue estacionou um Ford em chamas, criando uma situação que atraiu a polícia, os bombeiros e dezenas de moradores curiosos. Na segunda rua, outro integrante incendiou um Mazda, atraindo mais caminhões dos bombeiros. Para bloquear a terceira, os ladrões colocaram uma barreira com pregos metálicos. Dois membros da gangue atracaram silenciosamente um barco de fuga laranja de 15 pés no rio junto à lateral do museu.

Alguns minutos antes do fechamento, três homens encapuzados – um com uma metralhadora, os outros armados de pistolas – passaram rapidamente pelas portas de vidro duplas da entrada. Ordenaram que guardas e visitantes deitassem no chão.

– Fiquem calmos, disse em sueco o homem com a metralhadora. – Fiquem calmos e não se machucarão.

Enquanto um homem armado vigiava um grupo de turistas, guardas e professores, os outros subiram a grandiosa escadaria de mármore até o segundo andar do museu. Viraram à direita e atravessaram uma sequência de portas duplas, passando por esculturas de mármore e óleos sobre tela. Um deles foi diretamente à Sala Holandesa e ao *Autorretrato* de Rembrandt, do tamanho de um cartão-postal. O outro chegou à sala francesa e escolheu dois Renoir de 1878 – *Conversa com jardineiro* e *Jovem parisiense*.

Os ladrões tiraram alicates dos bolsos, cortaram os cabos que prendiam as molduras às paredes e enfiaram as pinturas em grandes bolsas de pano pretas. As três obras estavam entre as menores do museu – e isso fazia delas as mais fáceis de levar. Juntas, eram avaliadas em 40 milhões de dólares. Os homens voltaram rapidamente ao saguão e saíram correndo pela porta da frente. No total, o assalto demorou apenas dois minutos e meio. Os três homens saíram pela rua gelada, cada um deles levando um tesouro roubado, viraram à esquerda e correram até a margem, onde encontraram o barco ancorado – e sumiram. A polícia, presa no engarrafamento causado pelas cortinas de fumaça, só chegou às 17h35, meia hora depois que os criminosos haviam deixado o cais.

O ROUBO DO *AUTORRETRATO* E DOS RENOIR feriu não apenas o mundo artístico internacional, mas também o orgulho sueco. O Museu Nacional, um marco da cidade e modelo de arquitetura florentina e veneziana inaugurado em 1866, tinha quatro séculos de tesouros europeus, muitos deles colecionados pelo déspota esclarecido Gustavo III.

A polícia sueca começou sua investigação com uma grande pista: durante o assalto, outro barqueiro viu os três ladrões descendo correndo para o cais e pulando no barco de fuga. A pressa deles, particularmente naquela situação com tanto gelo, despertou a curiosidade do homem. A testemunha seguiu em silêncio o barco de fuga em disparada pelo rio Norrström, entrando em um canal cerca de um quilômetro e meio depois. Ele encontrou o barco laranja abandonado em um pequeno cais, ainda balançando nas ondas.

A testemunha chamou a polícia e uma foto do barco foi publicada nos jornais do dia seguinte. Em 24 horas, um homem apareceu dizendo que vendera o barco laranja em dinheiro alguns dias antes. O comprador usara um nome falso, mas cometera o erro de fornecer seu número de celular verdadeiro. A polícia rastreou os registros do aparelho e isso a levou a um bando de pequenos bandidos de subúrbio.

Usando escutas e vigilância, a polícia conseguiu identificar a maioria dos membros do bando. Em uma ação rápida, prendeu um sueco, um russo, um búlgaro e três irmãos iraquianos. Dando uma busca, encontrou fotografias polaroides das obras desaparecidas – imagens em estilo chantagem, com as pinturas junto a jornais recentes. Não encontrou as obras em si. Embora um tribunal sueco tenha condenado um homem a vários anos de prisão, as telas continuaram sumidas.

Um ano depois, fontes do submundo sueco avisaram à polícia que alguém parecia estar tentando vender um dos Renoir no mercado negro. Os oficiais armaram uma cilada num café e recuperaram *Conversa com jardineiro*. Em minha base na Filadélfia, fiquei contente ao ler sobre a prisão. Mas nos quatro anos seguintes ninguém soube qualquer informação sobre o outro Renoir ou o Rembrandt.

Então, em março de 2005, recebi um telefonema do investigador de crimes contra a arte do FBI em Los Angeles, Chris Calarco.

– Não sei exatamente o que temos, ou se é alguma coisa, mas queria dar uma prévia a você, disse ele. – Dois caras fazendo um grampo aqui escutaram uma coisa.

– É?

– Eles acham que o elemento pode estar tentando vender um Renoir.

– O que sabemos sobre ele?

– Búlgaro. Está aqui ilegalmente pelo menos desde a década de 90. Veio para cá da Suécia, acho.

Suécia.

"Cacete", murmurei para mim mesmo, depois perguntei a Calarco:

– A pintura que ele está tentando vender é *Jovem parisiense*?

Calarco disse que iria verificar e eu o informei sobre o roubo em Estocolmo em 2000. Ele ligou de volta uma semana depois. Disse que sim.

Era *Jovem parisiense.* O alvo não apenas citara a pintura pelo nome como também parecia falar regularmente com um filho que ainda vivia em Estocolmo. O nome do alvo era Igor Kostov, e era suspeito de tráfico de drogas e de receptar produtos roubados. Tinha 66 anos de idade, era imigrante ilegal da Europa Oriental vivendo perto de Hollywood, trabalhava numa loja de penhores e quase sempre usava um casaco da grife Members Only que cobria sua grande barriga. Kostov era um ex-pugilista, ocupação confirmada por seu nariz chato e pelas cicatrizes na testa.

No grampo, Kostov fala rapidamente frases em *staccato* em seu forte sotaque búlgaro, e os agentes acharam divertido seu falatório interminável. Pedi a Calarco que agradecesse aos homens pela paciência com o grampo e por terem sido espertos o bastante para reconhecer as pistas que de repente transformaram o caso deles de uma investigação banal sobre drogas num resgate internacional de uma obra de arte.

Isso não é exagero. A maioria das pessoas não tem noção de que trabalhar com um grampo é uma tarefa tediosa. Grampos podem fornecer pistas e provas fenomenais, mas, na verdade, gravar isso é um trabalho chato, muito menos glamouroso do que retratado nos filmes ou nos episódios de uma hora das séries *A escuta* ou *Família Soprano.* Grampos exigem horas, semanas e com frequência meses de paciência esperando telefonemas, olhando para uma tela de computador, digitando anotações e tentando amarrar fragmentos de conversas, interpretando palavras em código, esperando que os bandidos deem uma escorregada e digam algo idiota. Nos Estados Unidos, diferentemente do que acontece na maioria dos outros países, o trabalho consome um tempo enorme, porque os agentes não podem simplesmente gravar todos os telefonemas e resgatá-los no final do dia. Para proteger a liberdade civil, os policiais devem escutar todos os telefonemas *ao vivo* e gravar apenas os trechos relevantes para o caso em questão. Felizmente, os agentes do caso, Gary Bennett e Sean Sterle, estavam prestando atenção quando Kostov começou a falar sobre o Renoir.

Bennett e Sterle relataram que Kostov oferecia a pintura por 300 mil dólares, e uma venda parecia iminente. O FBI tinha de tomar uma decisão rápida: manter a investigação sobre drogas ou salvar a pintura. Não era uma decisão difícil.

Os agentes correram para vigiar a casa dele. Algumas horas depois, Kostov saiu carregando um pacote quadrado mais ou menos do tamanho do Renoir e o colocou na mala do carro. Quando foi na direção da porta do carro, os policiais entraram em ação. Interceptaram o suspeito e mandaram que deitasse no chão. Pediram para ver o pacote na mala. "Claro", disse ele. Os agentes entusiasmados abriram a mala e tiraram o pacote. Dentro, encontraram roupa lavada a seco. Kostov riu.

Não achando graça alguma, os agentes levaram o homem para interrogatório no FBI. Colocaram-no numa sala sem janelas e prenderam sua algema a um anel fixo no tampo da mesa de interrogatório de fórmica. Pressionaram-no sobre as drogas, os produtos roubados e a pintura.

O búlgaro alegou inocência e se fez de durão. Sterle e Bennett insistiram. Explicaram calmamente que tinham horas de grampos. Disseram a Kostov que ele podia ser condenado a dez anos de prisão. Sairia com 77 anos de idade, se vivesse tanto. Quando ele começou a suar, os homens usaram uma tática padrão de interrogatório policial – deram a ele uma "saída", um modo de não ir para a cadeia. Prometeram que se ajudasse o FBI a localizar a pintura, pediriam ao juiz uma sentença leve.

– O primeiro passo é seu. Diga onde está a pintura, disseram a ele.

Kostov derreteu lentamente, como uma escultura de gelo no calor de Los Angeles. No final, admitiu que seu filho mandara o Renoir para ele da Suécia para ser vendido no mercado negro americano. Kostov indicou aos agentes uma loja de penhores, onde *Jovem parisiense* foi encontrada, escondida em uma parede empoeirada, envolta em toalhas e sacolas de mercado. O Renoir tinha um leve arranhão superficial, mas fora isso parecia bem.

Vibramos, mas mantivemos a recuperação em segredo. Planejávamos usar Kostov como nosso fiador para resgatar a pintura ainda desaparecida, o Rembrandt.

Pedimos a ele que telefonasse para o filho e dissesse que tinha encontrado um comprador interessado no Renoir *e* no Rembrandt. Kostov concordou, prometendo trair o filho para salvar a própria pele.

Ao longo do verão, recebi atualizações sobre as negociações de Kostov. Estremeci ao ler as transcrições dos telefonemas com o filho, o intermediário nas conversas com os ladrões.

– Esses caras são malucos, avisou o filho, de Estocolmo.

O pai em Los Angeles não pareceu nada impressionado; mostrou-se até mesmo frio.

– O que eles vão fazer, matar você?, disse, sarcástico. – Vão atirar em você?

O filho pareceu resignado.

– Não sei. Estou cagando pra isso.

Kostov fez um belo trabalho barganhando com os vendedores para baixar de 1,2 milhão para 600 mil dólares. Embora fôssemos recuperar o dinheiro, tínhamos de negociar como se houvesse dinheiro de verdade em jogo. Concordamos em pagar 245 mil adiantados, em espécie, e dar o restante quando nos entregassem as pinturas. Kostov disse que voaria para Estocolmo com um marchand americano e o dinheiro em setembro.

Tudo parecia arranjado – até entrarmos em contato com as autoridades suecas. Operações policiais internacionais nunca são simples. Cada país tem suas leis e seus procedimentos, claro, e eles têm de ser respeitados. Sempre que você trabalha no exterior, precisa ter em mente que é um convidado de um país estrangeiro. Pode negociar diplomaticamente, mas não pode ditar os termos. Tem de jogar segundo as regras do país.

Embora extremamente gratos por saber do Renoir e ansiosos para resgatar o Rembrandt, os suecos lamentaram por simplesmente não poderem autorizar a entrada de Kostov no país. Ele ainda era um homem procurado, embora por pequenos crimes de décadas antes. Pela lei sueca, os mandados de prisão não podiam ser revogados por nenhuma razão, mesmo que temporariamente.

Tínhamos de descobrir outro modo.

A BUSCA DE UMA SOLUÇÃO pelos diplomatas me deu tempo para estudar o Antigo Mestre.

Há uma ideia romântica de que Rembrandt saiu de uma infância difícil para a grandeza. É uma bela história, mas duvido que seja verdade. Digo que *duvido* que seja verdade porque a maior parte do que foi escrito sobre Rembrandt é especulação a partir de informações. Ele não manteve um diário nem guardou cópias de suas cartas, e não deu entrevistas. O artista, com frequência comparado a Mozart e Shakespeare, não teve biógrafo contemporâneo. No século XX, historiadores escreveram dezenas de grossos livros sobre Rembrandt, muitos com diferentes relatos. Os estudiosos não conseguem concordar sequer em relação a quantos irmãos ele teve. Recentemente, algumas das últimas pinturas de Rembrandt se tornaram suspeitas. Será que o mestre realmente as pintou? Ou teriam sido seus alunos? Será que ele estava brincando conosco? Eu gosto dessa incerteza. Aumenta a mística em torno dele. Nos meses que passei caçando seu *Autorretrato*, gostei de conhecer o homem.

Rembrandt Harmenszoon van Rijn tinha apenas 24 anos quando pintou *Autorretrato* (1630). A obra não é significativa por ser um autorretrato – ele pintou ou desenhou mais de sessenta deles ao longo da vida. É expressiva porque o artista a pintou em um momento fundamental de sua vida, no ano da morte do pai e de sua decisão de trocar o conforto da cidade natal por Amsterdã. Quatro anos depois, Rembrandt estaria casado e seria famoso.

Ele viveu no que pode ser considerado o melhor século da Holanda, em um país pacífico e democrático entre as Guerras Mundiais. Nascera na cidade holandesa de Leiden, ao sul de Amsterdã, a um dia de caminhada do litoral do mar do Norte. Seu pai era um enérgico dono de moinho, da quarta geração, que possuía vários lotes de terra, o que fazia dele um homem quase próspero. A mãe era religiosa e teve nove filhos (ou dez, dependendo do estudioso em que você acredita). Cinco (ou três) deles morreram pequenos. Rembrandt era um dos mais jovens e passou mais tempo na sala de aula do que trabalhando para o pai. Frequentou a escola latina de Leiden dos sete aos catorze anos, depois ingressou na Universidade de Leiden.

Não durou muito na faculdade. Sabia que ela não podia prepará-lo para uma vida de pintor. Abandonou o curso depois de doze meses para começar um aprendizado de três anos com um pintor de arquitetura medíocre, notável apenas por tê-lo ensinado a desenhar usando animais empalhados. Fez um segundo aprendizado com o artista Pieter Lastman, que seria seu mais importante mentor. Lastman trabalhou com Rembrandt por cerca de um ano e recebeu o crédito de tê-lo ensinado a pintar com emoção.

O mestre holandês iniciou sua carreira profissional com 19 ou 20 anos de idade, dividindo um ateliê em Leiden com Jan Lievens, um pintor ligeiramente mais velho e mais preparado, e antiga criança-prodígio. Lievens e Rembrandt dividiam modelos, imitavam o estilo um do outro e começaram uma amizade que durou a vida toda. Mais tarde, Rembrandt seria equivocadamente identificado como o pintor de algumas das melhores obras de Lievens.

Em 1630, ano em que *Autorretrato* foi pintado, Rembrandt e Lievens começaram a chamar atenção como estrelas em ascensão. Naquele ano, o poeta Constantijn Huygens, secretário do príncipe de Orange, governante da Holanda, visitou o estúdio deles. Depois escreveu efusivamente sobre o talento de Rembrandt: "Tudo isso comparo com toda a beleza que foi produzida ao longo das eras. Isso é o que quero que esses ingênuos saibam, os que alegam (e eu já os critiquei por isso antes) que nada criado ou expresso em palavras hoje não foi expresso ou criado no passado. Sustento que não ocorreu a Protógenes, Apeles ou Parrásio, nem ocorreria a eles caso retornassem à Terra, que um jovem, um holandês, um moageiro imberbe, pudesse colocar tanto em uma figura humana e retratar tudo."

O Rembrandt roubado talvez seja o mais significativo autorretrato dos últimos anos do mestre em Leiden. Em 1630, ele estava fazendo experiências com o que seria sua técnica marcante – *chiaroscuro*, pintar em luz e sombra, variando tons de escuridão para projetar formas em figuras tridimensionais. As cores e os tons são sutis.

Durante esse período experimental, Rembrandt pintou e desenhou a si mesmo em uma perturbadora gama de emoções e aparências. Entre 1629 e 1631, ele captou seu rosto em doze momentos clássicos de surpresa, raiva, riso, desprezo. Em um autorretrato, Rembrandt é de classe média, questionador, confiante em um chapéu de abas largas. No seguinte ele aparece como um mendigo, esquecido, confuso, até mesmo ensandecido. Em quase todas as pinturas, cabelos e lábios ocupam o centro – os cabelos num emaranhado selvagem encrespado ou suavemente arrumado sob uma boina; a boca, fechada e pensativa ou entreaberta com uma insinuação de malícia.

Por que Rembrandt pintou tantos autorretratos?

Alguns historiadores acreditam que era uma forma de autobiografia. O estudioso Kenneth Clark adota essa visão romântica. "Acompanhar sua exploração do próprio rosto é uma experiência como ler as obras dos grandes romancistas russos." Mais recentemente, outros historiadores chegaram a uma conclusão mais prática. Acreditam que as intenções do artista holandês eram econômicas. Ele produziu tantos autorretratos por ser um homem de negócios com talento para a promoção pessoal. Autorretratos – particularmente imagens de cabeça e ombros conhecidas pelo termo holandês "*tronies*" – estavam na moda na Europa do século XVII, valorizados por aristocratas ricos. Para Rembrandt, os primeiros autorretratos serviam ao objetivo duplo de pagar as contas e promover a marca do artista.

Não tenho certeza sobre qual teoria aprecio mais. Não duvido que Rembrandt tenha se tornado um vendedor sagaz posteriormente, mas sou cético quanto a ele pensar assim aos 24 anos de idade, quando pintou *Autorretrato*. Acho que a pintura é simplesmente uma representação honesta de um importante instantâneo da história da arte. O clima é sóbrio, os cabelos estão arrumados, a boca fechada, os lábios colados. Rembrandt parece reflexivo, maduro, como um sujeito pronto para sair de casa e tentar a sorte na cidade grande.

FINALMENTE, os dinamarqueses nos socorreram.

A polícia na vizinha Dinamarca concordou em abrigar nossa cilada para o Rembrandt em Copenhague, facilmente acessível por trem a partir de Estocolmo. Aos olhos dos nossos alvos iraquianos, a mudança de cenário apenas reforçou a boa-fé criminosa de Kostov. Quando ele explicou – sendo sincero – que era um homem procurado na Suécia e não conseguiria um visto, eles reagiram com simpatia.

Em meados de setembro, eu voei para Copenhague e me encontrei com Kostov, os três agentes de Los Angeles, nossos representantes da embaixada americana e a polícia local. Também se juntou a nós Eric Ives, o chefe da Unidade de Grandes Crimes em Washington.

Na manhã seguinte, voei para Estocolmo. O inspetor-chefe Magnus Olafsson, da Polícia Nacional sueca, me apanhou no aeroporto. Na viagem até seu escritório, ele me alertou sobre os dois suspeitos iraquianos, os irmãos Baha Kadhum e Dieya Kadhum. Eram inteligentes e implacáveis, obviamente violentos. Os suecos ainda estavam grampeando seus celulares e relataram que eles estavam discutindo se deviam confiar em mim.

– Eles são muito cautelosos, disse Olafsson. – Não acho que serão enganados por você.

Em sua escrivaninha, o chefe me deu fotografias coloridas de frente e verso do Rembrandt. Passei mais tempo estudando o verso do que a frente. Já estudara ampliações da tela. Parecia exatamente como um cartão-postal, e como a pintura era muito pequena, não seria tão caro fazer uma falsificação decente. Os versos das pinturas com frequência dão pistas melhores. A parte de trás da moldura de mogno tinha marcas de goiva; a maior parte dela estava coberta por três adesivos do museu, incluindo instruções em sueco sobre como pendurá-la. O Rembrandt era preso à moldura por seis grampos aparafusados na madeira. Dois deles estavam em ângulos estranhos.

Voltei a Copenhague no dia seguinte e começamos nossa encenação. Demos a Kostov um celular pré-pago novo que não podia ser rastreado, a fim de que ligasse para o filho. Os momentos antes daquele primeiro telefonema no país ainda me deixam nervoso. Já tínhamos gastado todos aqueles recursos, levado todo mundo ao exterior, feito promessas a policiais estrangeiros e arriscado a reputação do FBI, tudo isso supondo que os bandidos ainda estavam no jogo. As duas primeiras ligações não foram atendidas. Sombras de Madri.

E se ligássemos e os iraquianos nos dispensassem? E se Kostov estivesse apenas nos manipulando, contando com uma passagem grátis para ver o filho antes de ir para a cadeia? E se os alvos sequer tivessem as pinturas?

Felizmente, Kostov conseguiu falar com ele no terceiro telefonema, e os vendedores ainda estavam ansiosos. O filho, Alexander "Sasha" Lindgren, concordou em fazer uma viagem de trem de cinco horas até Copenhague no dia seguinte para se encontrar com o pai, comigo e com meu dinheiro.

Pela manhã, policiais suecos da vigilância disfarçados seguiram Lindgren de sua casa no subúrbio até a estação ferroviária e depois até a fronteira, onde foram substituídos por policiais dinamarqueses. Nós nos encontramos no saguão do Scandic Hotel Copenhagen, um moderno hotel de negócios a cerca de meio quilômetro dos famosos jardins Tivoli da cidade.

O filho levou com ele uma surpresa, sua filha de três anos de idade, Anna. Ele a empurrou pelo saguão em um carrinho de bebê com cobertura, e Kostov se ajoelhou para conhecer a neta. Lindgren imaginou que levar a feliz filhinha loura seria um disfarce perfeito.

Eu também fiquei contente por ver Anna – significava que seria mais difícil que o pai e o avô dela tentassem me roubar quando vissem o dinheiro.

Após dar a eles alguns instantes, interrompi a reunião familiar, assumindo o comando.

– Sasha, você e sua filha sobem comigo. Vou deixá-lo em meu quarto, sair e pegar o dinheiro. Você pode contar e se assegurar de que está tudo certo.

Boris traduziu e nós quatro nos apertamos no elevador.

Eu não tinha minha suíte habitual. Aquele quarto era pequeno, um terço dele ocupado por duas camas. Deixei os três sozinhos lá dentro alguns minutos e subi um andar até o centro de comando, onde podia vê-los numa imagem granulada de circuito fechado. Peguei a bolsa com o dinheiro e alguns doces para Anna.

Voltei ao quarto, dei a bolsa a Lindgren e os doces a Anna. Ele contou o dinheiro em menos de um minuto, depois me devolveu.

– O que fazemos agora? – perguntou.

– Simples, eu disse. – Você volta a Estocolmo e traz o Rembrandt. E, acrescentei – eu só lido com uma pessoa. O quarto é pequeno demais.

Momentos após Lindgren ter saído do quarto empurrando a filha, uma equipe da Swat me tirou de lá e me levou para uma casa segura. Era uma medida inteligente, uma precaução de rotina contra uma cilada. Sempre havia a preocupação de que, após ver o dinheiro, Lindgren pudesse simplesmente voltar armado e pegá-lo.

Mais tarde naquela noite, a polícia sueca telefonou para contar que Lindgren retornara ao apartamento dos Kadhum em Estocolmo, do outro lado da fronteira. Os oficiais disseram que as luzes ficaram acesas até tarde.

Na manhã seguinte, os suecos ligaram para dizer que Lindgren e os irmãos Kadhum, Baha e Dieya, estavam se movimentando. Dieya, o mais novo, levava uma sacola de compras com um grande objeto quadrado.

Lembrei repetidamente a todos para manter a calma e não assustar os alvos. Sabia que isso era especialmente difícil para a polícia sueca. Os agentes estavam seguindo homens que acreditavam estar levando um tesouro nacional roubado, e deveriam deixar os sujeitos simplesmente saírem do país com ele.

Quando o trem cruzou a fronteira para a Dinamarca, significando que chegariam ao hotel em uma hora, comecei os últimos preparativos. Dei meu rápido telefonema para Donna na Pensilvânia, meu lembrete silencioso para não me envolver demais com a missão. O Rembrandt podia ser inestimável, mas não valia minha vida.

Esvaziei a cabeça e repassei mentalmente como as coisas deveriam transcorrer: Kostov encontra o irmão Kadhum no saguão e o leva com a pintura ao meu quarto. Nós nos encontramos, eu saio para pegar o dinheiro, retorno, deixo que ele o conte. Kadhum me mostra a obra, trazendo-a de volta sem Kostov. Eu a autentico, os policiais da Swat dinamarquesa invadem.

Pensei naquele último detalhe, a equipe da Swat. Fui conferir com o comandante na porta ao lado e repeti a frase em código: "Negócio fechado." Quase em cima da hora, decidi testar o cartão eletrônico duplicado que o comandante planejava usar para entrar no meu quarto. Enfiei-o na minha porta e não funcionou. Tentei novamente, e mais uma vez. Inacreditável. Irritado, corri para o saguão para conseguir outro cartão, e suava no momento em que voltei. Era sempre assim. Apesar de toda a equipe de apoio e proteção, o agente infiltrado sabe que na verdade está por conta própria. Deixei o cartão novo com o comandante da Swat. Ele estava comendo um sanduíche.

Às 18h17, um colega do FBI me telefonou do centro de comando dinamarquês para anunciar a chegada dos irmãos Kadhum ao saguão. Baha Kadhum, de mãos vazias, subia com Kostov, disse ele. Dieya Kadhum ficara no saguão segurando o pacote.

"Merda", pensei. Mal começamos e o plano já estava mudando.

Ouvi uma batida de leve na porta.

Disse ao agente do FBI:

– Olha, parceiro, conversamos depois.

Desliguei o telefone e fui até a porta. Deixei Kostov e Baha Kadhum entrarem.

Kadhum era só negócios.

– Está com o dinheiro?

– Não tem dinheiro nenhum aqui, falei. – Ainda não. Está em outro quarto. Tenho de ir pegar.

Kadhum levantou a cabeça, confuso. Fingi ser o mafioso paciente, mas experiente.

– Se perder o dinheiro, expliquei, apontando um dedo para minha cabeça, puxando um gatilho imaginário –, bum, eles me matam.

Kadhum sorriu. Sorri de volta para ele.

Ergui as mãos com as palmas para cima. O iraquiano entendeu. Eu era um colega criminoso e precisava revistá-lo para ter a certeza de que ele não estava armado ou era um policial disfarçado com um microfone escondido.

Fiz os movimentos, batendo nas costelas de Kadhum, até mesmo levantando levemente sua camisa, fingindo procurar um grampo, mas não fiz uma busca completa, esperando ganhar um pouco mais da confiança dele.

– Não me preocupo com você, menti.

Ele sorriu e eu disse:

– Agora sente-se e vou pegar o dinheiro.

Eu suspirei no instante em que pisei no corredor. No final das escadas eu subi um lance para o quarto seguro, no qual os agentes do FBI Calarco e Ives aguardavam. Ives me deu a bolsa preta com um quarto de milhão de dólares em espécie.

No vídeo de segurança podíamos ver Kadhum sentado na cama, brincando com o celular, verificando mensagens de texto. Kostov tentou conversar com ele em árabe, mas Kadhum parecia aborrecido, distraído. Concentrou-se no celular e deu respostas curtas ao homem mais velho.

Voltei e joguei a valise de couro preta na cama. Kadhum rapidamente enfiou as mãos nela. Eu olhei para a TV e apontei para o programa de variedades na tela.

– Gosto disso, falei, rindo. Kadhum, de olho no dinheiro, me ignorou.

Foi quando soube que o tínhamos apanhado. Kadhum estava com *o olhar*, aquele que a maioria dos criminosos apresenta quando acredita que vai se livrar, quando acha que seu plano vai dar certo. Ele não voltaria atrás. Estava perto demais. Tinha 245 mil dólares em dinheiro nas mãos.

Kadhum colocou um maço de notas na cama e tirou outro. Folheou-as para ter certeza de que todas eram verdadeiras. Colocou o maço na cama e agarrou o seguinte.

– Está tudo aí?, perguntei.

Ele resmungou e continuou contando. Kostov estava de pé em silêncio junto à porta.

Quando Kadhum terminou, eu perguntei:

– Trouxe uma sacola?

– Não trouxe, não.

Eu ri, e ofereci a minha a ele. Abri o fecho de um bolso lateral e tirei minhas pequenas ferramentas de arte, colocando-as na mesa. Fazia parte do espetáculo.

Kadhum desviou os olhos do dinheiro.

– Posso ver?

Eu peguei as ferramentas, uma por uma.

– Isso é uma luz negra... Isso eu uso para medir... Este é um microscópio. Está vendo a luz? Esta é a lanterna que uso caso tenha de olhar para algo escuro.

Kadhum logo perdeu o interesse e ficou em silêncio. O celular tocou; ele verificou uma mensagem de texto e franziu a testa. Estudou meu rosto. Algo parecia errado.

Ele estava pensando intensamente, e naquele momento eu não queria que pensasse. Queria que fechasse o negócio. Qual era o problema? Por que a demora? Será que ele realmente estava com a pintura? Ou aquilo era um golpe, um roubo? Tentei colocar as coisas em ação.

– Quer descer e pegar a pintura?

– Certo.

Chegou outra mensagem de texto, e ele pareceu aborrecido, confuso.

Tentei retomar o controle e disse:

– Vou guardar o dinheiro, depois vamos fazer o seguinte: descemos, pegamos a pintura, trazemos para cá, e se tudo estiver certo eu pego o dinheiro e você pode ficar com a bolsa.

Kadhum tinha seus próprios planos. Queria me mostrar as pinturas lá embaixo, depois voltar ao quarto para pegar o dinheiro. Eu não gostei disso. Queria que tudo acontecesse no quarto de hotel, onde podia ser gravado em vídeo, onde ninguém mais podia se ferir, onde eu controlava o ambiente, onde a polícia dinamarquesa armada podia invadir o quarto em instantes. Disse:

– Espero você aqui, certo?

– É com você, disse Kadhum.

Às 18h29 ele saiu com Kostov.

Eu contei comigo até trinta, depois agarrei a bolsa com o dinheiro e disparei para o corredor. Subi as escadas correndo e a dei a Calarco.

Voltei ao quarto do hotel e esperei. Após alguns minutos, verifiquei com Bennett, o agente do FBI no centro de comando da polícia dinamarquesa. Ele estava em contato com os homens que vigiavam o criminoso no saguão com a sacola da pintura. Esperávamos que ele desse a bolsa a Kadhum.

Ele tinha más notícias.

– Suspeitos acabaram de sair correndo do hotel. ... Descendo a rua rumo à estação ferroviária. ... Espere...

Merda. Eu comecei a andar de um lado para outro, ansioso. Para onde estavam indo? Será que sabiam que era uma cilada? Se sim, como tinham ficado sabendo? Teria sido algo que eu disse? Algo que Kostov disse? Eu me joguei na cama. Será que os dinamarqueses iriam entrar em ação? Tentar agarrar o pacote que o irmão Kadhum trouxera de Estocolmo?

Nesse momento meu celular dinamarquês emprestado tocou. Era Bennett.

– Aguente firme. Suspeitos foram a um segundo hotel e saíram com outro pacote. Estão retornando.

Um segundo hotel, um segundo pacote. Inteligente, pensei. O primeiro era uma isca, para testar a polícia sueca durante a viagem de trem. Haviam mandado a pintura antes por um quarto homem.

Às 18h49 eu escutei duas batidas na porta.

Era Kadhum – e Kostov. Fiquei furioso ao ver Kostov, mas tentei não demonstrar. Meu imprevisível colaborador estava violando minhas instruções explícitas de sumir quando a pintura chegasse. Ele sabia que eu não queria um corpo extra naquele espaço apertado durante a entrega, o momento crítico, mas tinha aparecido mesmo assim.

Eu fui atipicamente grosseiro.

– Não precisamos de você aqui. Pode esperar no corredor.

Ainda assim, ele ficou.

Kadhum me deu a bolsa de compras e se ofereceu para ser revistado novamente.

Eu sabia que ele tinha sido vigiado todo o tempo que passara fora.

– Não preciso me preocupar com isso, falei.

Mas olhei desconfiado para a bolsa. Se fosse um roubo, ela poderia ter um explosivo. Olhei para o pacote.

– Você quer pegar para mim?

– Não. Não quero tocar nisso.

Eu me ajoelhei na cama e tirei um pacote de dentro dela. Tinha mais ou menos o tamanho do Rembrandt roubado, firmemente embrulhado com barbante em um tecido de veludo preto. Fiz força para abrir. Ri como se não fosse nada demais, mas não era engraçado. Apoiei os joelhos na cama para ter apoio, mas a maldita coisa não soltava.

– Não sei como soltar.

Kostov andava por perto, tentando ser útil. Ele se colocou entre mim e a câmera escondida, impedindo a visão dos agentes.

– Sente-se, sussurrei para Kostov. – Você está me deixando nervoso.

– Eu não o estou deixando nervoso, disse Kostov em voz alta. – Não se preocupe.

Kadhum ficou curioso.

– Vocês se conhecem há muito tempo?

E Kostov, mais uma vez tentando ajudar.

– Nós nos conhecemos em Los Angeles.

Eu o cortei.

– Não, não o conheço tão bem. Eu sou marchand.

Kostov assentiu com a cabeça.

– É marchand em Los Angeles.

O sujeito não conseguia manter a boca fechada. Ia estragar tudo. Estava violando a regra fundamental – contar desnecessariamente mentiras que não poderíamos sustentar. Eu não conhecia Los Angeles bem o bastante para nos proteger. Era tão idiota quanto meu erro de dizer aos contrabandistas da placa dorsal que eu era advogado.

Disfarcei minha irritação com uma risada.

– E em Nova York e Filadélfia. Toda parte, eu disse, e tentei mudar de assunto para a questão do momento, o barbante. – Não solta.

Kostov se aproximou mais, me apertando. Enfiei as unhas nos nós, mordi com os dentes, e finalmente o barbante se soltou. Tirei o tecido de veludo e ergui a moldura. Verifiquei o verso. Todos os seis ganchos traseiros estavam no lugar, dois deles levemente tortos, exatamente como nas fotografias do museu.

Examinei.

– A moldura está certa. Vocês nunca a tiraram da moldura, certo?

Kadhum pareceu incrédulo.

– Não ousaríamos. É um Rembrandt.

Eu me mantive impassível.

– Você é um apreciador de arte?

– Não, só quero o dinheiro.

Eu me levantei e peguei minhas ferramentas, pronto para inspecionar a pintura.

– Preciso ir para um lugar escuro. Não posso ver isso na luz.

Kostov resmungou alguma coisa. Eu não consegui entender, mas fingi mesmo assim.

– Pode ser. Mas o verniz está um pouco grosso.

Kostov, ainda um idiota.

– É, o verniz é bem fresco. Pode ver por si mesmo.

Eu levantei a pintura cuidadosamente e a levei para o banheiro. Fiz sinal para que Kadhum me seguisse. Tirei uma pequena lanterna ultravioleta do bolso e apaguei as luzes do banheiro. Apertei os olhos enquanto passava a luz ultravioleta pela pintura, a cerca de dois centímetros da superfície. Uma obra original intocada tem o mesmo brilho opaco uniforme por toda a superfície. Se a pintura tiver sido retocada, a tinta fluoresce de forma desigual. O teste é simples, mas consegue revelar as fraudes mais frequentes – normalmente tentativas desajeitadas de vendedores de falsificar uma assinatura ou data. Até aquele momento, tudo certo. Se não era de verdade, era uma ótima falsificação.

Com Kadhum olhando por cima do meu ombro, coloquei a lanterna na pia e peguei uma lente de aumento de trinta vezes e uma lupa de joalheiro de dez vezes. Toda pintura tem uma digital: as rachaduras que surgem ao longo dos anos à medida que o verniz seca, criando um padrão aleatório e distinto. A partir de ampliações das fotografias do museu, eu estudara o canto direito do *Autorretrato*, logo acima da orelha de Rembrandt, e memorizara o padrão. Correspondia, mas eu não disse isso. Fingi continuar estudando a obra, esperando que o iraquiano se entediasse e saísse. Quando a cilada fosse revelada, eu queria estar sozinho no banheiro. Em um tiroteio, seria o lugar mais seguro. Portas de banheiro podem ser trancadas. A maioria deles tem banheiras de aço ou outro material resistente capaz de proteger contra balas.

Alguns segundos depois, o celular de Kadhum tocou e ele foi ao quarto verificar uma mensagem de texto.

Eu dei o sinal para a equipe da Swat, falando em voz alta:

– Certo. Isso é bom. Negócio fechado.

Ouvi passos no corredor e enfiei a cabeça fora do banheiro para conferir a porta.

A fechadura fez clique, a maçaneta virou – e a porta emperrou.

Merda.

Kadhum se virou e nossos olhares se encontraram.

Começamos a correr na direção da porta e ouvimos o clique da fechadura novamente. Dessa vez ela abriu com violência. Seis grandes dinamarqueses com coletes à prova de balas passaram por mim, jogando Kadhum e Kostov na cama.

Eu saí correndo, apertando o Rembrandt junto ao peito, descendo o corredor até as escadas, onde encontrei Calarco e Ives.

No dia seguinte, nos reunimos com o embaixador dos Estados Unidos e o chefe de polícia de Copenhague para uma comemoração. Posamos para fotografias com o dinheiro e o Rembrandt. Eu fiquei no fundo, me esforçando ao máximo para manter meu rosto fora dos registros.

Naquela tarde, dei uma caminhada pelos jardins Tivoli com um dos agentes da Califórnia. Encontramos uma mesa num café e acendemos charutos cubanos. Ele pediu cervejas e eu peguei uma, minha primeira em quinze anos.

O caso Rembrandt gerou manchetes no mundo inteiro, elevando a imagem da Equipe de Crimes contra a Arte a novas alturas, dentro e fora do FBI. Em poucas semanas, nosso pequeno esquadrão teria dificuldade em lidar com toda aquela atenção.

Durante o voo para casa, pensei em tudo que conseguira em pouco menos de uma década. Trabalhara disfarçado uma dúzia de vezes, resolvera casos em três continentes e recuperara obras de arte e antiguidades avaliadas em mais de 200 milhões de dólares. Naquele estágio da minha carreira, sentia-me preparado para superar quase qualquer obstáculo que se apresentasse, nos Estados Unidos ou no exterior.

De fato, apenas nove meses depois eu embarquei no caso mais difícil da minha carreira: iria me disfarçar para tentar resolver o mais espetacular crime contra a arte da história americana – o roubo de 500 milhões de dólares do Isabella Stewart Gardner Museum.

Uma história que começa com um leilão em Paris em 1892.

PARTE IV

Operação Obra-Prima

18. Sra. Gardner

Paris, 1892

Na tarde de 4 de dezembro de 1892, um leilão no famoso Hôtel Drouot chegou ao lote 31.

A pintura holandesa foi oferecida sem alarde. Ninguém poderia saber que estava destinada a se tornar a principal peça do maior e mais misterioso roubo de arte do século XX.

Quando os lances começaram, Isabella Stewart Gardner, de Boston, levou um lenço rendado ao rosto. Era o sinal para que seu agente continuasse dando lances. O lote 31 era um óleo sobre tela de Johannes Vermeer, o holandês do século XVII cuja genialidade ainda não era universalmente reconhecida. Ele batizara a pintura de *O concerto*. A obra retratava uma jovem em saia marfim com corpete preto e dourado tocando cravo. Uma segunda mulher vestindo um casaco verde com arremates em pele está de pé junto ao instrumento estudando uma partitura enquanto canta. No centro da pintura, em tons mais abafados de marrom e verde, um cavalheiro de cabelos negros compridos, de costas para o pintor, está sentado de lado em uma brilhante cadeira de encosto ocre.

Embora na época obras de Vermeer não fossem nem de longe tão populares ou valiosas quanto são atualmente, Gardner enfrentou uma acirrada concorrência na disputa pelo lote 31. Os outros lances por *O concerto* eram feitos por agentes representando o Louvre e a National Gallery de Londres.

De seu lugar na sala de leilões, Gardner não podia ver seu ofertante. Simplesmente confiava em que ele podia vê-la.

Os lances subiram consistentemente para além dos 25 mil francos, e Gardner manteve o lenço no rosto. A disputa desacelerou, com aumentos cada vez menores, até o homem de Gardner vencer com uma última oferta, de 29 mil francos. Depois ela soube que o Louvre e a National Gallery haviam desistido por supor equivocadamente que o agente de Gardner também trabalhasse para um grande museu – na época era considerado ofensivo um museu elevar os preços contra outro. As instituições ficaram desalentadas ao saber que a vencedora, aquela mulher ousada com um talão de cheques poderoso, era americana e planejava levar *O concerto* para Boston.

Não sei se Isabella Stewart Gardner chegou a conhecer Albert C. Barnes – ela morreu em 1924, um ano antes de ele abrir seu museu na periferia da Filadélfia.

Mas o dr. Barnes e a sra. Gardner me parecem almas gêmeas: ambos reuniram uma impressionante coleção particular de arte. Ambos construíram um museu para exibir essas obras ao público, e ambos deixaram testamentos rigorosos determinando que as galerias permanecessem exatamente iguais, sem uma única moldura deslocada, jamais.

Gardner não era uma bilionária por seus próprios méritos, como Barnes; poucas mulheres do século XIX o eram. Herdara a fortuna que o pai adquirira com negócios de tecelagem e mineração na Irlanda. Mas Gardner passou os últimos trinta anos de sua vida do mesmo modo que Barnes. Viajou muito à Europa, comprando importantes obras renascentistas e impressionistas, trabalhos de Ticiano, Rembrandt, Vermeer, Michelangelo, Rafael, Botticelli, Manet e Degas. Seus amplos recursos e negociadores habilidosos permitiram que ela competisse com os grandes museus do mundo.

Gardner e o marido, Jack, deram a volta ao mundo em grandes aventuras, que ela documentou em um diário com uma caligrafia de letras graúdas. Uma anotação de 17 de novembro de 1883 é típica. Ela escreveu sobre uma viagem em carro de boi até Angkor Vat: "Um pequeno cambojano, nu até a cintura, me abana enquanto escrevo. Dentro das muralhas de Angkor Thom já foram descobertas 120 ruínas. ..." Gardner retornou repetidamente à sua cidade preferida, Veneza, uma ilha de arte, música e arquitetura. Quando decidiu construir um museu aberto para sua coleção em Boston, encontrou uma área pantanosa ao longo de Fenway e projetou um prédio no estilo de um palácio veneziano do século XV, enchendo-o com o maior número possível de peças europeias legítimas. Importou colunas, arcos, peças de ferro, lareiras, escadarias, afrescos, vidro, cadeiras, arcas, madeira trabalhada, balcões, fontes. Como Barnes, Gardner não gostava dos frios museus assépticos da época, nos quais as pinturas eram penduradas lado a lado com etiquetas explicando o significado de cada obra. Ela montou seu museu do modo como Barnes faria 25 anos depois na Pensilvânia, decorando-o com formas de arte mais sutis – mobiliário, tapeçarias e antiguidades. Projetou no centro da construção de quatro andares um grandioso pátio mediterrâneo com teto de vidro e flores, permitindo que a luz quente do sol iluminasse as galerias mais importantes. Gardner construiu um museu orgânico, para ser apreciado como algo vivo. Como observa a história oficial do museu, "o amor à arte, não o conhecimento da história da arte, era seu objetivo".

A Sala Holandesa, lar do Vermeer e de quatro Rembrandt – e depois cenário de um grande crime –, foi montada no típico estilo Gardner.

Ela ladeou a grande entrada com dois retratos de marido e esposa de Hans Holbein, o Jovem, e pendurou uma grande aldrava de bronze de Netuno na porta. À esquerda, entre uma pintura de Van Dick e a porta, Gardner instalou sua primeira aquisição importante para o museu, um escuro autorretrato de Rembrandt de 1629, semelhante ao que resgatei em Copenhague. Abaixo de *Autorretrato* ela instalou um gabinete de carvalho trabalhado ladeado por duas cadeiras italianas. Ao lado do aposento, uma gravura emoldurada de Rembrandt do tamanho de um selo postal, *Retrato do artista quando jovem*.

Praticamente todas as peças que Gardner exibia na sala holandesa eram obras de arte importadas, a maior parte do século XVII. A lareira de mármore vermelho era veneziana; a mesa de jantar, toscana; as tapeçarias, belgas. O teto italiano era decorado com cenas mitológicas – Marte e Vênus, o Julgamento de Páris, Leda, Hércules. O piso era de cerâmicas de cor ocre feitas sob encomenda pela Mercer's Moravian Pottery & Tile Works de Doylestown, Pensilvânia.

Na parede sul, sobre papel de parede de padronagem verde acima de conjuntos de cadeiras salmão, azuis esverdeadas e vermelhas, Gardner pendurou sete pinturas. Havia obras dos artistas flamengos Rubens e Mabuse, mas a parede era dominada por duas das melhores pinturas de Rembrandt, *Dama e cavalheiro de preto* e *Tempestade no mar da Galileia*, sua única marinha. Ao redor das pinturas, Gardner dispôs acompanhamentos ao estilo Barnes, incluindo uma taça de bronze chinesa do século XII.

A montagem mais incomum da sala ficava junto à parede das janelas externas. Um cavalete tinha duas pinturas, uma de costas para a outra. Na frente de cada uma delas, Gardner colocou um mostruário de vidro cheio de antiguidades e uma cadeira. A primeira estava voltada para a parede dos fundos: *Paisagem com obelisco*, um óleo sobre painel de carvalho durante muito tempo atribuído a Rembrandt, mas posteriormente identificado como obra de Govaert Flinck. A segunda obra ficava virada para a entrada da Sala Holandesa, e a posição da cadeira abaixo dela parecia imitar o forte quadrado de cor ocre da cadeira no centro da pintura.

O concerto era a obra mais valiosa da sala.

19. Caso arquivado

Boston, 1990

O MAIOR CRIME CONTRA O PATRIMÔNIO na história dos Estados Unidos começou bem cedo, numa madrugada de domingo, em março de 1990.

Naquele ano o dia de São Patrício caíra em um sábado, e festeiros por toda a cidade de Boston ainda estavam cambaleando para fora de bares em meio ao sereno e uma névoa crescente. No interior do museu Gardner, dois jovens guardas de segurança cumpriam o turno da madrugada. Um percorria as galerias do terceiro andar. O outro estava sentado atrás de uma bancada de câmeras no primeiro piso.

À 1h24, dois homens vestindo uniformes da polícia de Boston chegaram à entrada de serviço do museu, na Palace Road, a estreita rua de mão única a cerca de quarenta metros das portas principais na Fenway. Um deles tocou o interfone.

O guarda à mesa, um universitário de cabelos crespos despenteados que iam até abaixo dos ombros, respondeu:

– Pois não?

– Polícia. Recebemos um aviso de tumulto no pátio.

O guarda tinha instruções rígidas: nunca abrir a porta para ninguém, em hipótese alguma, sem exceção. Ele estudou as imagens dos homens na câmera de segurança. Tinham distintivos em seus quepes policiais de beiradas finas. Viu grandes rádios na cintura. Abriu para eles.

Os homens em uniformes da polícia abriram a pesada porta externa de madeira, passaram por uma segunda porta destrancada e viraram à esquerda até o guarda em seu posto. Os dois eram brancos, aproximadamente trinta anos – um alto, talvez 1,82 metro, o outro alguns centímetros mais baixo e mais largo. O menor usava óculos quadrados de aro dourado que se encaixavam confortavelmente em seu rosto redondo. O sujeito mais alto tinha ombros largos, mas era magro da cintura para baixo. Ambos usavam bigodes falsos.

O mais alto iniciou o diálogo:

– Mais alguém trabalhando?

– A-hã. Ele está lá em cima, respondeu o guarda à mesa.

– Traga-o para cá.

O guarda pegou seu rádio e fez o que mandaram. Quando o policial alto fez um gesto para que ele se afastasse da bancada – para longe do botão do alarme silencioso –, também obedeceu. Antes que o segundo guarda chegasse, o policial alto disse ao primeiro guarda:

– Você me parece conhecido. Acho que temos um mandado contra você. Deixe-me ver algum documento de identificação.

O guarda apresentou obedientemente sua carteira de motorista e a identificação da Faculdade de Música de Berkeley. O policial olhou rapidamente e sem uma palavra colocou o jovem contra a parede e o algemou. Quando o guarda, atônito, se deu conta de que os policiais não o haviam revistado, entendeu: "Esses caras não são policiais." Mas era tarde demais. Quando o segundo guarda, também aspirante a músico trabalhando em meio expediente, chegou, os policiais o algemaram antes que pudesse falar.

– Vocês não estão presos, disse o ladrão. – Isto é um assalto. Não criem problemas e não se machucarão.

– Não se preocupe, gaguejou o segundo guarda. – Eles não me pagam tão bem assim.

Os ladrões levaram os prisioneiros para o porão, uma área úmida de canos e dutos envelhecidos e baixos. Conduziram um deles até o final de um corredor e o algemaram ao cano de uma pia. Colocaram fita sobre os olhos e ouvidos do jovem, e da base do queixo ao alto da testa. Levaram o outro para a extremidade oposta do porão, para um canto mais escuro e escondido. Enrolaram sua cabeça com fita da mesma forma e o prenderam a um cano.

A maioria dos roubos a museus termina em questão de minutos, o tempo dos serviços simples de quebrar a vitrine e pegar os objetos. Mas os ladrões do Gardner puderam agir sem pressa. Confiantes de que haviam impedido os guardas de acionar o alarme silencioso, e provavelmente levando rádios ajustados na frequência da polícia, eles passaram impressionantes 81 minutos dentro do museu. Só começaram a tentar remover as pinturas à 1h48, 24 minutos após terem entrado. Ficaram então 45 minutos inteiros nas galerias, tirando obras-primas das paredes, e mais doze minutos passando obras de arte pela porta de serviço. Conhecemos esses detalhes minuto a minuto porque detectores de movimento instalados por todo o Gardner acompanharam os passos dos ladrões. Embora eles tenham apanhado uma impressão desse registro no escritório do chefe de segurança antes de fugir, o disco rígido do computador conservou uma cópia.

Exatamente à 1h48 os ladrões subiram a escadaria principal. Viraram à direita no segundo andar, seguindo por um corredor voltado para o pátio diretamente até a Sala Holandesa, passando pela porta marcada com a aldrava de Netuno. As pinturas eram presas por pouco mais que ganchos simples, e os ladrões tiraram os quatro Rembrandt com rapidez e os colocaram grosseiramente no piso de cerâmica, espalhando cacos de vidro de uma das proteções. No cavalete, apanharam o Flinck, talvez acreditando ser um Rembrandt, e, jogando de lado a caixa de vidro, começaram a trabalhar no Vermeer. Com cuidado, provavelmente usando estiletes, um dos criminosos começou a cortar as obras dos chassis.

O outro ladrão voltou, passando pela escadaria e pela Sala Italiana Antiga, virou à direita, cruzou a Sala Rafael, deixando para trás um inestimável Botticelli e dois Rafael, e chegou à Pequena Galeria à 1h51. Ele arrombou com facilidade um gabinete com desenhos emoldurados, uma coleção protegida apenas por um cadeado de um século de existência. Retirou de um dos painéis centrais cinco croquis de Degas, trabalhos a lápis, aquarela e carvão. Os croquis eram peças relativamente inferiores comparados com as obras de arte muito mais valiosas perto dos Degas – um Matisse, um Whistler e um Michelangelo. Talvez o ladrão fosse fã de Degas; talvez seguisse ordens; talvez tenha ficado confuso na escuridão e no afã da ação.

Às 2h28 os dois ladrões estavam de volta à Sala Holandesa. Abandonaram o autorretrato em madeira de Rembrandt, provavelmente por ser pesado demais ou não poder ser cortado da moldura, e levaram as cinco pinturas holandesas e os cinco croquis de Degas para baixo. Retiraram a fita de vídeo do gravador, arrancaram a impressão dos detectores de movimento e seguiram para a saída. Abriram a porta de serviço duas vezes, às 2h41 e às 2h45.

Os criminosos roubaram três outras obras de arte do Gardner naquela madrugada enevoada, deixando pistas que durante muito tempo intrigaram os investigadores. Levaram dois itens relativamente sem valor – um vaso chinês da Sala Holandesa e uma águia dourada corsa do alto de um estandarte napoleônico na Pequena Galeria. Por que levar peças tão desimportantes? Seriam lembranças? Ou algo para desviar a atenção dos investigadores?

A terceira pista é mais perturbadora. Eles levaram um Manet de noventa centímetros de altura, *Chez Tortoni*, da Sala Azul. Foi a única obra roubada do primeiro andar e, fato ainda mais curioso, os detectores de movimento não captaram nada nessa galeria durante o assalto. Descontando falha de funcionamento, isso significava que o Manet foi retirado *antes* de os ladrões dominarem os guardas, levantando a possibilidade de que o roubo fosse um trabalho interno. Além disso, quem levou o Manet deixou sua moldura vazia na cadeira do chefe de segurança, gesto que muitos interpretaram como um insulto final.

O mistério do Manet é como a maioria das pistas do Gardner – intrigante, mas no final útil apenas para as incontáveis pessoas metidas a detetives nos bares e salões de Boston e da comunidade artística.

O ROUBO CHOCOU Boston e o mundo da arte, mas não deveria.

À medida que o valor das obras de arte, de impressionistas a Antigos Mestres, começou a subir constantemente nas casas de leilões do início dos anos 60 ao final dos 80, o ritmo dos crimes contra a arte, especialmente na Nova Inglaterra, também passou a aumentar. Os ladrões começaram lentamente, atacando as muitas faculdades da região. Elas eram bons alvos porque, como os criminosos logo descobriram, tinham obras de arte e objetos valiosos, só que mal protegidos, doados décadas antes por ex-alunos mortos havia muito tempo – pinturas da faculdade do Vale do Hudson, moedas antigas, rifles da Guerra de Independência. Se uma pintura desaparecesse das paredes da recepção do departamento de inglês, os funcionários da faculdade, constrangidos, supunham que era uma brincadeira ou obra dos delinquentes da cidade, não trabalho de um grupo cada vez maior de arrombadores de Boston que achavam mais fácil roubar arte de uma faculdade ou mansão do que assaltar um banco. Encorajados pelo sucesso, esses ladrões ampliaram seus horizontes e começaram a visar museus. O ladrão de arte mais bem-sucedido na Nova Inglaterra foi Myles Connor, que se tornaria um dos vários suspeitos do caso Gardner. A partir de 1966, Connor invadiu o Forbes House Museum, o Woolworth Estate, o Mead Art Museum do Amherst College, a rotunda da Massachusetts State House e o Museu de Belas-Artes de Boston. No final da década de 80, os museus começaram a identificar a ameaça, mas reagiram lentamente. Quando uma nova diretora foi escolhida para o Gardner, em 1989, ordenou uma revisão das medidas de segurança do museu, que não havia sido concluída até o crime de 1990.

Centenas de agentes do FBI e policiais investigaram o roubo do Gardner, e com o passar dos anos a mística e o mistério do crime só fizeram crescer. Investigadores mergulharam em uma maré crescente de especulação, alimentada por um elenco de personagens como estelionatários, detetives particulares, jornalistas investigativos e bandidos – todos atrás de uma recompensa que chegaria a 5 milhões de dólares.

Nenhuma pista foi ignorada. Detetives e agentes vasculharam um barco pesqueiro no porto, um armazém na cidade, uma casa de campo no Maine. Quando dois turistas que estavam em visita à casa de um artista japonês viram o que acreditaram ser *Tempestade no mar da Galileia*, um agente do FBI e um curador do Gardner correram para Tóquio. Encontraram uma bela cópia, mas nenhum Rembrandt.

De tempos em tempos, um estelionatário procurava a imprensa, que comprava a história. Um deles participou de *60 Minutes*, outro de *Primetime Live*. O que apareceu na rede ABC alegou trabalhar com Connor, e repetidamente provocou o gabinete do procurador dos Estados Unidos em Boston dizendo ser capaz de devolver uma das pinturas em uma hora caso recebesse 10 mil dólares e tivesse imunidade.

Um repórter de jornal não se limitou a investigar a história. Em 1997, ele se tornou parte dela. Com a manchete "Nós a vimos!", o *Boston Herald* noticiou que um de seus principais jornalistas, Tom Mashberg, foi levado vendado a um armazém em Boston no meio da noite e viu uma tela enrolada e muito danificada que lembrava *Tempestade no mar da Galileia*. Depois, a fonte de Mashberg mandou a ele fotografias do Rembrandt e pedaços de tinta supostamente do século XVII. Embora uma análise inicial sugerisse que os pedaços eram autênticos, testes posteriores feitos pelo governo provaram o contrário.

Frágeis ligações entre a máfia e o roubo do Gardner surgiram várias vezes, e a maioria mereceu coberturas empolgadas da imprensa em Boston. Os jornais noticiaram que em quatro ocasiões, no espaço de uma década, um bandido supostamente ligado ao caso Gardner morrera em circunstâncias suspeitas. Quando mais dois supostos membros da máfia foram presos por conspiração por assaltar um carro blindado, alegaram ter sido incriminados pelos agentes do FBI como parte de um esquema para conseguir a devolução das pinturas. Em meio a todas essas especulações sobre a máfia e o museu, o suposto chefe da máfia de Boston, Whitey Bulger – um homem que a imprensa identificara como principal suspeito do caso Gardner –, fugiu dos Estados Unidos na véspera de sua prisão por assassinatos não relacionados entre si.

Quase todos os passos e detalhes da investigação sobre o Gardner chegaram aos jornais e aos noticiários noturnos, dos mafiosos mortos, indiciados e foragidos a falsas identificações no Japão. O repórter do *Herald* contou sua história ao país na *Vanity Fair* e concordou em vender os direitos para o cinema. Harold Smith, um respeitado detetive particular especializado em arte, apareceu em um elogiado documentário sobre o roubo.

Até o FBI, normalmente calado, entrou na disputa, alimentando o frenesi. Para uma matéria sobre o aniversário do crime, em meados da década de 90, o principal agente do departamento em Boston deu uma entrevista oficial – algo altamente atípico para um agente de campo trabalhando em um caso aberto. Ele contou ao *New York Times*: "Não consigo imaginar uma novela tão aterrorizante quanto esta, considerando todos os suspeitos potenciais. É perturbador."

Perturbador, talvez. Frustrante, certamente.

Então, em 2006, dezesseis anos depois do crime, após todas as pistas falsas e as jogadas de pilantras, o FBI recebeu uma pista crível.

Aquela informação pousou na minha mesa.

20. Uma conexão na França

Paris, 1º de junho de 2006

POUCO MAIS DE UM SÉCULO após a sra. Gardner arrematar *O concerto* em leilão em Paris, eu fui até lá para dar uma palestra. E seguir a dica quente.

Todos os anos os homens e mulheres que supervisionam os agentes policiais disfarçados pelo mundo se reúnem numa grande capital. A conferência atende por um nome secreto tão banal quanto Universal Exports.

A agenda inclui palestras sobre tendências no crime, atualizações sobre importantes novidades legais e tratados internacionais e apresentações de operações de sucesso – histórias de guerra contadas por agentes infiltrados em casos famosos. Na primavera de 2006, o grupo me convidou para falar sobre a cilada do caso Rembrandt em Copenhague. Fui a Paris com um velho colega da Filadélfia, Daniel DeSimone, o chefe da unidade de Operações sob Disfarce e Delicadas do FBI. Estávamos ansiosos por conhecer e socializar com nossos pares, estabelecendo o tipo de laços pessoais que podem ser inestimáveis em investigações internacionais. O grupo sob disfarce planejara um jantar em cruzeiro pelo Sena e uma visita aos bastidores da Ópera de Paris, o espaço imortalizado por Renoir.

Durante um dos jantares, eu me apresentei ao homem que tinha o cargo de DeSimone em Paris, o chefe da unidade disfarçada francesa chamada Siat. Ele estava ocupado sendo o anfitrião da conferência, apertando muitas mãos, conversando sobre amenidades, mas quando nos encontramos ele ergueu uma sobrancelha.

Pousou sua taça de vinho tinto.

– Você, claro, ouviu o que ouvimos sobre aquelas pinturas.

Falamos em termos vagos e velados. Havia muita gente em volta. Mas eu sabia que ele se referia à pista que os franceses haviam acabado de repassar ao FBI: dois franceses vivendo em Miami pareciam estar tentando negociar a venda de duas obras-primas roubadas. Uma era um Rembrandt e outra um Vermeer. Só havia, no mundo, um Vermeer desaparecido – o de Boston.

– Você deveria se encontrar com o agente que recebeu a dica.

– Vou gostar disso.

– Bom. Ele trabalha em outro departamento, mas vou descobrir o número do celular dele.

ENCONTREI-ME COM O CONTATO DA SIAT na entrada de turistas do Louvre, do lado de fora da grande pirâmide de vidro.

Nós nos identificamos facilmente na multidão de viajantes de camiseta e bermuda – éramos os únicos de terno. Ele era um oficial grisalho da Police Nationale trabalhando disfarçado no agitado mundo do crime de Paris. Era corpulento, tinha o rosto marcado e estreitos olhos azuis, e se apresentou como André. Apertamos as mãos e rimos de nós mesmos. Dois detetives disfarçados de alto nível se encontrando de paletó e gravata no mais conhecido museu da França! André e eu nos afastamos da multidão sob o sol quente, repassando os nomes de policiais e chefes de museu que conhecíamos.

Três minutos depois estávamos virando à direita nos paralelepípedos, seguindo a calçada sob um dos grandes arcos, saindo do complexo do palácio. Atravessamos a Rue de Rivoli e suas lojas de suvenires baratos, subindo a Rue de Richelieu. Eu estava ansioso para tocar no assunto, começar a perguntar sobre a dica do Gardner. Mas aquela era a cidade dele, a pista dele. Deixei que decidisse.

Após dois quarteirões a multidão diminuiu. Continuamos andando, e André disse:

– Sabe que na França temos dois departamentos de polícia nacionais, a Police Nationale e a Gendarmerie Nationale?

Eu sabia, mas respondi com cuidado, porque tinha ouvido falar das rivalidades.

– Uma organização meio complicada, não?

– *Oui*. Há diferenças fundamentais, e é importante que compreenda.

André explicou: a Gendarmerie, criada na época medieval, é um braço do Ministério da Defesa.* Seus integrantes têm os uniformes e a disciplina militares, e são usados principalmente em áreas rurais e nos portos, mas por tradição os *gendarmes* também mantêm uma forte presença em Paris. Já a Police Nationale, criada nos anos 40, é um braço do Ministério do Interior francês. A força se concentra principalmente no crime urbano. André trabalhava para a Police Nationale.

– Algumas vezes a Police Nationale e a Gendarmerie investigam o mesmo caso, competindo entre si, e isso nos dá muitas dores de cabeça, disse ele, acrescentando que havia outra nuance importante que eu precisava saber. – Você tem de compreender a Siat.

O órgão era uma divisão da Police Nationale criada em 2004, mesmo ano em que a França derrubou uma proibição que já durava havia décadas do uso de provas obtidas por policiais disfarçados. Durante a proibição, a França eventualmente usara policiais infiltrados, mas de modo informal, sem burocracia, com frequência com a tolerância e o consentimento do magistrado local. Na época, cada unidade da Gendarmerie e da Police Nationale usava seu próprio pessoal sob disfarce. Com a mudança da legislação e a criação da Siat, muitos policiais desse tipo foram transferidos para a nova unidade. Porém, alguns veteranos, como André, permaneceram onde estavam. Acharam a cultura e a organização cheia de regras da Siat burocrática e preocupada demais em delimitar o próprio território para ser eficaz. André estava me alertando que a Siat iria insistir em comandar o espetáculo se aquele caso envolvesse qualquer operação infiltrada na França.

– Quem comanda a equipe de crimes contra a arte?, perguntei.

– Também é complicado: é jurisdição da Police Nationale, mas por motivos políticos o chefe é sempre um *gendarme*.

– Como é o chefe?

– O que está no cargo agora é muito bom, muito inteligente. Prefere devolver uma estátua importante a uma igreja ou uma pintura a um museu

---

* Isso mudou em agosto de 2009, muito depois do fim deste caso.

do que colocar um homem na cadeia. O problema é que, antes de se tornar presidente da França, Sarkozy era o ministro do Interior, e não concordava com isso. Ele se preocupava muito com lei e ordem. No caso da Police Nacionale, Sarkozy só queria saber de resultados: prisões e mais prisões. Só se preocupava com as estatísticas. Queria mostrar como estava combatendo os criminosos.

– Parece o FBI. Não somos incentivados a recuperar patrimônio roubado. Somos estimulados a contar condenações no tribunal, porque é assim que nos avaliam. Temos alguns caras tão cínicos que chamam os casos e as condenações de "estatística". Temos discussões sobre qual agente do FBI recebe o crédito pela "estatística", contei, sorrindo, para André. – Vocês têm suas questões entre Police Nationale-Gendarmerie-Siat e nós temos nossos próprios problemas.

– Sim, ouvi falar disso, embora achasse que tudo havia mudado depois do 11 de Setembro.

– É o que todos pensam, mas provavelmente só é verdade em casos de terrorismo. No que diz respeito a todo o resto, não mudou muito.

O FBI continua a ser um órgão de repressão em grande medida descentralizado, dividido em 56 escritórios de campo espalhados pelo país. Cada uma dessas divisões opera como um feudo. Assim que uma delas inicia uma investigação, raramente cede terreno. O protocolo de investigação do FBI é sacrossanto: quando não há circunstâncias extraordinárias, as investigações são comandadas e supervisionadas pelos agentes do escritório de campo da cidade onde o crime foi cometido, não por alguém no quartel-general.

– O caso do qual estamos falando agora é conduzido a partir de Boston, porque as pinturas foram roubadas de lá, falei.

– Os agentes do FBI de Boston são especialistas em crimes contra a arte?

– Não. Assaltos a bancos, Swat, esse tipo de coisa.

André balançou a cabeça, confuso.

– Esse é o FBI, meu amigo.

Eu não queria entrar em detalhes, porque André parecia ainda estar me avaliando, decidindo quanto deveria me contar sobre a pista da Flórida. Então não expliquei que apesar de minha especialização, do entusiasmo de Eric Ives no quartel-general e dos sucessos mundiais da Equipe de Crimes contra a Arte, era quase certo que o caso Gardner permaneceria sob o controle do escritório de Boston. Eu trabalharia para eles. Na teoria, o quartel-general poderia passar por cima de um supervisor de campo ou tirar um caso de sua respectiva divisão. Mas na realidade isso raramente acontecia. Seria considerado um insulto ao supervisor do escritório de campo e mancharia sua ficha, algo que ele e seus amigos nunca esqueceriam. O FBI é uma burocracia gigantesca: supervisores de nível intermediário passam por trocas de posto a cada três ou cinco anos, entre os escritórios de campo e Washington. Essa dinâmica faz com que os supervisores no quartel-general relutem em criar controvérsias. O supervisor que você desautoriza hoje pode se tornar seu chefe amanhã.

– Mas não se preocupe, eu disse. – Já faço isso há muito tempo e nunca tive problemas com esse tipo de coisa. Apenas resolvo meus casos.

Continuamos andando, atravessando outro bulevar movimentado. O francês disse:

– Sabe, Bob, você precisa ser sutil no crime contra a arte. É importante usar métodos discretos, algumas vezes métodos que não são ilegais, mas não seguem as regras. Nosso chefe entende que em algumas situações é preciso ser sutil.

Eu assenti com a cabeça. O francês parou na calçada e me olhou nos olhos.

– As pessoas que estão com suas pinturas são perigosas. Corsos. Vou colocar você em contato com alguém na Flórida. André disse que seu contato francês na Flórida não sabia que ele era policial, e que no passado usara discretamente as informações do homem. – Tudo discretamente, compreende?

– Claro.

– Vou dar a ele seu número nos Estados Unidos. Que nome usará quando ele ligar?

– Bob Clay, marchand da Filadélfia.

– Bom.

– Deixe-me fazer uma pergunta. Só para ficar claro, as pinturas à venda são...

– *Oui*, um Vermeer e um Rembrandt.

– Um Vermeer, né?

– *Oui* – disse, e partiu.

André ligou para meu celular pouco depois.

– Então, falou ele. – Eu disse ao sujeito que você lida com arte de qualidade, grandes negócios multimilionários. É baseado na Filadélfia, e já fizemos negócios, ganhamos muito dinheiro.

Era a recomendação.

– Excelente – eu disse. – Muito obrigado. Então ele vai me ligar?

– *Oui*. O nome do sujeito é Laurenz Cogniat.

– Você o conhece bem?

– Laurenz? É um fugitivo. Foi contador em Paris durante muitos anos. Trabalhou para o crime organizado. Lavagem de dinheiro. Muito esperto, muito rico. Mudou para a Flórida. Casa espaçosa, grande carro, Rolls-Royce. Ainda conhece muitas pessoas aqui na França, na Espanha, na Córsega.

– Posso confiar nele?

O francês riu.

– Ele é um criminoso.

– Se ele diz que pode conseguir o Vermeer...

– Deixe-me contar uma coisa sobre Laurenz. Não acho que ele mentiria sobre isso. Laurenz não é um pilantra. É um oportunista. Ele se vê como um empresário, um homem que faz negócios no espaço entre o negro e o branco. Entendeu?

– Claro.

– Mas ele pode ser um problema se você tentar controlá-lo demais. Seja paciente. Ele o levará em muitas direções, mas acho que o levará ao que você quer.

21. Laurenz e Sunny

Miami, 19 de junho de 2006

Laurenz não desapontou.

Duas semanas após começarmos a conversar pelo telefone, fui a Miami para conhecê-lo. Ele me levou para um passeio em seu Rolls-Royce, com uma equipe de vigilância do FBI nos seguindo lentamente.

Laurenz usava uma camisa social Burberry salmão com um monograma LC em cursiva no peito, jeans, sandálias marrons e um Rolex Cosmograph Daytona de ouro. Tinha 41 anos de idade, estava em forma, com cabelos castanhos crespos cortados curtos.

– Belo carro. Novo?, perguntei, porque já sabia a resposta. Tinha verificado o registro, e estava curioso para ver se ele diria a verdade.

Laurenz respondeu honestamente.

– Um ano. Troco a cada dezoito meses. Não gosto de dirigir um veículo com mais de 30 mil quilômetros rodados. Não é bom para a imagem.

Admirei o console de cerejeira, deslizando um dedo sobre as letras em prata fosca, Phantom. Disse o que ele queria ouvir.

– Muito bonito.

Laurenz concordou.

– Se é bom o bastante para a rainha...

Eu ri e me dei conta de que não sabia dizer se ele estava brincando.

– Sua Majestade dirige um exatamente igual, acrescentou. Ele falava um inglês fluente, mas com um sotaque tão forte que algumas vezes era preciso um momento extra para registrar o que havia dito. – Se nunca dirigiu este carro, não pode entender como é macio. Você não ouve nada que acontece do lado de fora. Dirige a 110 e não sente nada. Sobe para 190 e parece que está a 110. Tudo é top de linha. O teto solar, a direção, os freios. Há dois aparelhos de DVD no banco de trás. Durante muitos anos este era um carro velho para pessoas velhas. Mas os novos modelos são magníficos. Tem um sujeito que vem todo mês cuidar do couro. E um garoto que lava o carro a cada duas semanas.

Ele bateu na janela com os nós dos dedos.

– Vidro à prova de balas. Exterior blindado. Quatrocentos e cinquenta mil dólares.

– Impressionante.

Ele fungou.

– A ideia é essa.

Laurenz conduziu o carro para a Dolphin Expressway, seguindo rumo ao aeroporto. Uma música pop irritante tocava no rádio – sintetizadores e falsetes. Laurenz aumentou.

– Som bom, né?

Avaliei Laurenz e desejei estar com um gravador. O que meus agentes de apoio e supervisores achariam daquele falatório? Duas semanas de caso Gardner e os agentes do FBI envolvidos já estavam se dividindo em dois grupos – os que acreditavam que Laurenz poderia ser capaz de entregar as pinturas roubadas de Boston e os que eram céticos a respeito disso. Eu estava bem no meio, achando cedo para fazer um julgamento, ainda trabalhando nele. Em casos sob disfarce, especialmente em crimes contra a arte, você nunca sabe antes de avaliar. Laurenz era um idiota? Um pilantra? Era um homem sério? Não saberíamos até que eu o avaliasse.

Laurenz claramente gostava de falar sobre si mesmo, e eu não me incomodava de ouvir. Era um modo fácil de fazer amizade com ele, e até o momento não o flagrara em nenhuma mentira. Sua alegação de valer 140 milhões de dólares era impossível de checar, porque seus bens estavam espalhados por Flórida, Colorado e Europa sob uma série de nomes e empresas, e ele parecia grafar seu nome e sobrenome de várias formas, provavelmente de propósito. Mas nossas verificações básicas de registros públicos mostraram que ele valia milhões de dólares, talvez dezenas de milhões, pelo menos no papel. O que importava de fato era que a polícia francesa confirmara as ligações de Laurenz na Europa Ocidental e no submundo, particularmente com gangues que lidavam com obras de arte roubadas.

Laurenz e eu não discutimos meu histórico diretamente ao telefone. Com a referência do amigo dele em Paris – o policial infiltrado –, não era necessário falar sobre essas coisas em uma linha aberta. Após alguns telefonemas, Laurenz me convidou para pegar um voo e encontrar com ele. Disse que tinha um amigo chegando da França, alguém que eu deveria conhecer.

No aeroporto internacional de Miami, Laurenz parou o carro no estacionamento rotativo e caminhamos até o terminal de desembarque internacional. Tínhamos de esperar 45 minutos, e ele comprou duas garrafas de água Fiji.

Eu tomei um gole.

– Parece que tudo deu certo para você. Está há quanto tempo na Flórida?

– Dez anos. Mas já morei no mundo todo. Falo sete idiomas.

– Sete? Como aprendeu sete?

– Quando era mais jovem, trabalhei no Club Med ao redor do mundo. Polinésia Francesa, Brasil, Sandpiper, Japão, Sicília.

– O que você fazia no Club Med?

– Qualquer coisa. Eu tinha vinte anos de idade. Fazia o que eles pedissem. Piscina, praia, bar, garçom. Só pensava em comer, em beber e em garotas. Com essa idade você tem três, quatro gatas por semana no mínimo, toda semana durante três anos.

Eu ri.

– Depois voltei para a França e estudei contabilidade, finanças, e comecei a trabalhar para um sujeito. Um mafioso de Paris. Eu tinha 25 anos. Fazia coisas para ele, e depois descobri que o sujeito tinha usado meu nome como presidente da empresa. O negócio tinha muitas dívidas e eu fiquei encrencado por ser o presidente. Não consegui lidar com a situação; a única saída foi cair na vida. Como sou contador, é o que faço para eles. Eu era muito bom, lavando dinheiro, criando empresas no exterior em Luxemburgo. Você tem 1 milhão de euros e dez minutos depois está em outro nome, outro país, outra moeda. Entende?

– Sim, claro.

Ele era contador da máfia.

– Eu era muito bom. Tinha um belo escritório perto do Champs-Élysées. Foi bacana durante algum tempo. Mafiosos franceses e italianos, alguns da Espanha. Negociávamos ouro, dinheiro, diamantes, pinturas, qualquer coisa. Então vi algumas merdas. Os russos e sírios, desajeitados. Então aconteceram coisas, e eu sabia demais. Tive de sair da França. Do contrário estaria morto ou na cadeia.

Eu sabia que Laurenz havia sido preso uma vez na Alemanha e outra na França por suspeita de fraude financeira, mas libertado após alguns meses. Também sabia que era procurado na França por golpes financeiros. Não comentei nada disso. Do modo como ele falava, esperava que ele chegasse logo a esse assunto. Eu perguntei:

– Então veio parar aqui?

– Isso, Flórida, 1996. Cheguei aqui com apenas 350 mil dólares e tive sorte com imóveis. No meu primeiro mês conheci um idiota, um suíço que estava perdendo o imóvel pelo atraso da hipoteca. Fui ao tribunal para a venda. Não consegui o dele, mas consegui outro. Paguei 70 mil por uma cobertura de 400 mil em Aventura! Como vê, Bob, eu entendo o sistema financeiro, e assim é fácil. Também conheço o banqueiro certo, aquele que coloca alguns dólares no bolso quando faz o empréstimo.

Eu ri daquilo.

– O banqueiro certo.

Verificamos o painel de avisos e vimos que o voo pousara. Uma equipe de agentes disfarçados esperava dentro da alfândega para descobrir se o amigo de Laurenz estava acompanhado. Eu disse:

– E qual é o plano depois que encontrarmos seu amigo?

– Vamos levar Sunny para almoçar. Falar de negócios. Ele é um mafioso. Não é grande, mas conhece pessoas no sul da França, e acho que elas têm as pinturas que você quer. Ele está tentando se mudar para cá. Sunny quer ser importante. Vai tentar impressionar você dizendo que é capaz de vender qualquer coisa.

– Só estou interessado em pinturas. Nada de drogas, armas, nada disso, falei.

– Sim, sim, eu concordo, disse Laurenz, segurando gentilmente meu antebraço. – Escute, amigo, somos os tubarões, eu e você, e temos um peixinho aqui que pode nos levar aos peixões. Mas esses peixes grandes, os caras com as pinturas na França, são muito maus. Precisamos ser sérios. Você tem que ter o dinheiro. Eu baixo o preço e nós dois ficamos com nossa parte. Somos sócios?

– Você me consegue o que eu quero e ficará feliz.

Sunny passou pelas portas alguns minutos depois, um homem baixo e roliço de cinquenta anos, os cabelos castanhos despenteados do longo voo. Arrastava duas grandes malas azuis. Trocamos apertos de mãos e saímos na direção do Rolls-Royce.

Assim que chegamos ao ar fresco da Flórida, ele acendeu um Marlboro.

Escapamos da hora do rush e em cerca de quarenta minutos chegamos ao La Goulue, um bistrô chique no norte de Miami Beach.

Sentamo-nos a uma mesa coberta com uma toalha de linho branco. Sunny pediu o polvo grelhado com pesto de manjericão. Laurenz ficou com vieiras gigantes. Eu experimentei o pargo amarelo no vapor. No mínimo, Laurenz sabia onde fazer uma boa refeição.

Enquanto comíamos, Laurenz continuou a dominar a conversa, falando sem parar. Citou alguns nomes, supostos mafiosos em Paris. Falou sobre seu novo jet ski e a respeito de um golpe que estava armando em um condomínio perto de Fort Lauderdale. Também deu a Sunny garantias sobre mim, inventando uma história de que havíamos nos conhecido anos antes em uma galeria de arte em South Beach. Sunny escutou em silêncio, comendo o polvo.

Finalmente, Laurenz se virou para mim.

– Sunny pode conseguir muitas coisas para você.

Ele apertou os lábios.

– Bob está interessado em pinturas, disse Laurenz.

– Sim, respondeu Sunny. – Ouvi dizer.

Ele olhou para o prato e continuou a comer. Na hora decidi deixar para lá. Laurenz pagou a conta, colocando seu American Express preto ostensivamente na mesa.

No caminho de volta para o hotel, paramos em uma loja de celulares e Laurenz comprou um para Sunny. Decorei o número. Precisaríamos dele, caso decidíssemos grampear.

NA MANHÃ SEGUINTE, nos encontramos para tomar um café. Como sempre, uma equipe de vigilância do FBI circulava por perto.

Quando nos sentamos, Sunny pediu para ver nossos celulares.

– Por favor, tirem as baterias.

Laurenz riu.

– Por quê?

– A polícia, o FBI podem rastrear você pelo telefone, mesmo desligado, respondeu ele.

– Ah, que besteira, disse Laurenz.

– Não, é verdade. Eu vi em *24 horas*, disse Sunny.

– O programa de TV?

– Apenas tirem.

Nós tiramos.

– Muito bem, disse Sunny. – Posso conseguir três ou quatro pinturas. Um Rembrandt, um Vermeer e um Monet.

– Monet ou Manet?, perguntei.

Sunny pareceu confuso.

– Monet ou Manet?, perguntei novamente.

– Sim, respondeu ele, e então me dei conta de que o sujeito não sabia que havia uma diferença. De certa forma, sua ignorância dava credibilidade à oferta. Ele estava apenas repassando os nomes que recebera. Se estivesse jogando comigo, teria feito o dever de casa e saberia a diferença.

– As pinturas são boas, disse Sunny. O inglês dele era ruim, mas entendi a maior parte do que disse. Certamente era melhor do que meu francês. – As pinturas foram roubadas há muitos anos.

– De onde?

– Não sei. Acho que de um museu nos Estados Unidos. Estamos com elas, e por 10 milhões são suas. Você consegue isso? Dez milhões?

– É claro, se elas forem verdadeiras, se você tiver um Vermeer e um Rembrandt. Ouça, Sunny, meu comprador vai querer provas. Você tem fotografias que possa me mandar? Como prova de que elas existem?

– Vou ver o que posso fazer.

O CASO SE ARRASTOU ao longo do verão.

Nos escritórios do FBI em Washington, Miami, Boston, Filadélfia e Paris, agentes e supervisores expressavam um otimismo cauteloso, trocando e-mails e fazendo teleconferências. A polícia francesa nos deu mais informações sobre Sunny e Laurenz, confirmando suas ligações com marchands do submundo. Autoridades dos dois lados do Atlântico combinaram grampos. Eu permaneci em contato com Laurenz por telefone. Ele disse que Sunny estava avançando no negócio, lentamente. Estimulei Laurenz a apressá-lo.

No começo do outono, estávamos nos encaminhando para uma compra sob disfarce na França. Eric Ives, o chefe da Unidade de Grandes Crimes do quartel-general, começou a negociar a viagem de um grupo de agentes do FBI a Paris em meados de outubro para nossa primeira reunião formal com os franceses.

Certa manhã, depois do Dia do Trabalho, Eric telefonou para conversar.

– O que está achando?, perguntou.

– Achando do quê, Eric?

– Sunny, Laurenz, Boston.

– Acho que está andando. É o que eu acho.

NA PRIMEIRA SEMANA DE OUTUBRO DE 2006, às vésperas da grande reunião inaugural entre o FBI e a polícia francesa em Paris, voei até Miami para ver Laurenz e Sunny.

Nós nos encontramos no final da tarde no lugar preferido de Laurenz, um restaurante de comida tailandesa e japonesa na calçada da rua 79. Laurenz e Sunny já estavam lá, com os celulares na mesa, sem as baterias.

Eu me sentei e tirei a bateria do meu aparelho.

– *Ça va?* É bom ver você, Sunny.

– *Ça va*, Bob.

Dei um tapinha nas costas de Laurenz e pisquei para ele.

– Belo trabalho, parceiro. Vamos festejar esta noite, certo?

Laurenz estava radiante.

– Com certeza. Já estamos fazendo isso.

Ele apontou para a tigela de sorvete de chá verde coberto com chantili, sua ideia de comemoração. Ergueu um copo de água para brindar.

– Ao próximo negócio!

– Amém, *mon ami,* eu disse.

Sunny inclinou a cabeça, confuso – reagindo exatamente como esperávamos. O "negócio" que estávamos festejando era uma invenção completa, que Laurenz e eu havíamos criado na noite anterior. Era parte da encenação, com o objetivo de impressionar Sunny.

Laurenz se inclinou na direção de Sunny e sussurrou rapidamente em francês. Explicou que ele e eu havíamos acabado de fechar um negócio de 8 milhões de dólares com um Rafael roubado. Cada um ficara com 500 mil, disse. Laurenz era um ótimo mentiroso. Sunny assentiu, devidamente impressionado.

O negócio falso era parte de uma sala de espelhos cada vez maior. Eu enganava Laurenz, e Laurenz achava que ele e eu enganávamos Sunny. Estou certo de que Laurenz pensava de acordo com seus próprios pontos de vista. E Sunny? Quem sabia o que realmente se passava pela cabeça dele?

Laurenz e eu continuamos a nos vangloriar sobre o falso negócio com o Rafael até Sunny finalmente interromper, mordendo a isca.

– Certo. Estamos prontos para as pinturas na Europa. Só podemos ser nós três. Temos de trabalhar juntos para não sermos apanhados.

– Claro, disse eu.

– Sim, sim, concordou Laurenz, impaciente.

– Apenas nós três, repetiu Sunny. – Vamos ao sul da França e…

Ele começou a apresentar um complicado cenário para a troca, que incluía uma série de quartos de hotel – o dinheiro em um, as pinturas em outro, uma vida humana como garantia num terceiro. Por causa do sotaque de Sunny, não consegui entender todas as palavras, mas não importava. Poderíamos esclarecer tudo mais tarde. Eu só queria manter as coisas andando.

Sunny foi bastante claro sobre um ponto.

– Quando você vir as pinturas, saberá que são verdadeiras. Mas assim que as vir, terá de comprar. Então, vou dizer novamente que você tem de falar sério sobre ter o dinheiro. Você vê as pinturas, tem de comprar.

– Eu quero comprar. Vermeer e Rembrandt?

– Sim, sim, temos, disse Sunny. – O importante não é o dinheiro ou a pintura, mas que todos fiquemos felizes, todos seguros. Ninguém quer confusão. Muito importante: a partir de agora ninguém se envolve nisso além de nós.

Sunny pegou um guardanapo e uma caneta. Desenhou um triângulo e rabiscou uma letra em cada canto: *S*, *L* e *B*.

– Agora, isto é Sunny, isto é Laurenz, isto é Bob. Estamos nisso juntos. Não podemos deixar mais ninguém entrar no triângulo. Só pode ser isso, sempre. Assim, se algo der errado, saberemos que foi um de nós quem traiu.

22. Aliados e inimigos

Paris, outubro de 2006

O PROBLEMA COMEÇOU uma semana depois, com poucos minutos de nossa primeira reunião com a polícia francesa sobre o caso Gardner.

Um supervisor do FBI de Boston – vou chamá-lo de Fred – começou com uma exigência nada política.

– Como participaremos das vigilâncias, temos que estar armados.

Fred falou mais alto que o necessário, destacando desajeitadamente cada uma das sílabas. Apenas para ter certeza de que os franceses entendiam, ele apontou polegar e indicador na forma de uma arma.

– Então precisamos cuidar disso, desde o começo.

Fred gostava de estar no comando, e por causa dos sacrossantos protocolos do FBI ele era considerado o principal supervisor do caso Gardner – em 1990, o roubo havia sido atribuído ao esquadrão de assaltos a banco/crimes violentos do FBI de Boston, e agora Fred era o chefe da unidade. Ele trabalhava como agente do FBI há dezessete anos, mas sua especialidade eram a Swat e a perseguição a assaltantes de bancos, e não investigar crimes contra a arte ou conduzir investigações internacionais sob disfarce. Aquela era sua primeira viagem a um país estrangeiro. Não parecia ocorrer a ele que éramos convidados no território de outras pessoas.

– Estamos aqui para levar nossas pinturas de volta, disse Fred asperamente, como se exibir sua determinação fosse ajudar a fazer o trabalho. – As pessoas que estão com nossas pinturas estarão armadas. Nós também.

Era algo tão insultuoso de se dizer que todos os outros na sala – os seis oficiais de polícia franceses, seis outros agentes do FBI e um promotor americano – simplesmente o ignoraram. Fred tinha assistido a filmes demais. Como eu tinha aprendido em minhas experiências no Brasil, na Dinamarca, na Espanha e em outros países, a maioria deles não permitia que policiais estrangeiros portassem armas.

Um dos agentes do FBI baseados na embaixada cortou Fred educadamente, conduzindo a conversa para o assunto em questão: nossa cilada franco-americana, executada em conjunto.

Essa primeira grande reunião aumentou as apostas dos dois lados. A polícia francesa entendera o espírito da coisa e realizara a reunião no novo Musée du Quai Branly, que expunha objetos produzidos pelos povos indígenas de Ásia, Austrália, Américas, África e Polinésia. Era um dos mais interessantes e perturbadores museus que eu já visitara – projetado com motivos florestais, um conjunto de árvores e grama do lado de fora, passagens escuras e expositores com luz fraca do lado de dentro. Era fácil se perder lá.

O tenente-coronel da Gendarmerie que presidia a reunião era Pierre Tabel, chefe do esquadrão nacional de crimes contra a arte. André, o policial infiltrado que me dera a primeira pista, falara muito bem de Pierre, descrevendo-o como uma estrela em ascensão na Gendarmerie, esperto e com instintos políticos afiados, um futuro general. O trabalho em crimes contra a arte que Pierre fazia era delicado, porque a unidade com frequência se envolvia em casos e investigações internacionais nas quais a vítima era uma celebridade, era rica ou tinha ligações políticas. Pierre compreendia que esses casos algumas vezes demandavam discrição ou métodos heterodoxos nos quais os magistrados que os supervisionavam concordavam em fechar os olhos.

Pierre e eu nos falávamos por telefone desde setembro, e eu tinha gostado dele. Tínhamos criado um bom relacionamento profissional, que eu sentia que seria determinante para nosso sucesso. Podia dizer de cara que ele era um bom supervisor – alguém que estimulava sua equipe a fazer as coisas, sem controlar tudo ou criar barreiras burocráticas. Compreendia que casos de crimes contra a arte não podiam ser tratados como outros casos sob disfarce, e concordamos em que o objetivo ali era resgatar as pinturas de Boston, não necessariamente prender alguém na França. Além disso, como ele me explicou, a pena máxima no país para roubo de patrimônio de qualquer tipo era de apenas três anos de prisão.

Quando cheguei ao aeroporto Charles de Gaulle vindo da Filadélfia, no dia anterior, Pierre foi me receber, um gesto ao mesmo tempo elegante e inteligente. Ele me interceptou antes que pudesse falar com qualquer pessoa, inclusive com meus colegas do FBI na embaixada dos Estados Unidos, e na viagem até a cidade conversamos sobre o caso. Com base em meu trabalho sob disfarce nos Estados Unidos e nos grampos e sucessos de vigilância de Pierre na França, havíamos concordado em que Sunny e Laurenz provavelmente iriam acertar a venda das pinturas do Gardner em algum lugar da França.

Pierre me avisou que não seria capaz de controlar todas as facetas das operações na França. Disse que em um caso com potencial para grandes manchetes, muitos supervisores de inúmeros órgãos iriam querer ter algum papel, receber créditos, estar em destaque na coletiva de imprensa, aparecer em fotografias. "Todos vão querer uma fatia do bolo", ele gostava de dizer. Pierre me alertou que o chefe de operações sob disfarce da Siat provavelmente exigiria um grande papel. Como a legislação para esse tipo de operação na França era muito recente, o chefe da Siat com frequência agia com cautela, e isso algumas vezes o colocava em choque com a equipe de crimes contra a arte de Pierre, mais aventureira. Eu o alertei sobre a cadeia alimentar e os protocolos do FBI, e concordamos que disputas de território e rivalidade entre órgãos dos dois lados do Atlântico iriam complicar tudo.

Como era de se esperar, na reunião daquela tarde o chefe da Siat acompanhou o discurso de Fred com o seu próprio: anunciou por sua própria conta que planejava incluir um agente infiltrado francês no negócio. Eu expliquei que Sunny provavelmente resistiria a aceitar uma quarta pessoa participando do acordo. Cheguei a desenhar o triângulo num pedaço de papel e repeti o que Sunny havia dito: "Só podemos ser nós três." O chefe da Siat francesa respondeu que isso era impossível.

– Há um mandado de prisão contra Laurenz na França, então ele não poderá entrar no país.

O chefe da Siat acrescentou que duvidava que eu fosse autorizado a trabalhar infiltrado na França. Disse que a nova lei francesa para operações desse tipo era capciosa.

– Claro, eu entendo, falei, tomando o cuidado de não iniciar uma discussão na frente de um grupo tão grande. Se o que o chefe da Siat dizia fosse verdade, significava que dois terços do nosso triângulo, Laurenz e eu, estariam impedidos de fazer negócios na França. Isso não parecia nada bom.

A notícia mais estimulante da reunião foi dada pelos dois supervisores responsáveis pelos grupos de escuta e vigilância de Pierre. Um deles disse que tinha "99% de certeza" de que a gangue com quem Sunny conversava tinha as pinturas do Gardner. Pierre acrescentou:

– Nos telefonemas, eles falam em código com uma pessoa na Espanha. Mas é fácil compreender. Falam sobre conseguir apartamentos para alguém chamado Bob. Dizem que um fica localizado na rua Vermeer. O outro na rua Rembrandt.

– Sabem com quem Sunny está falando?, perguntou alguém.

– Sim, respondeu a supervisora de vigilância francesa. – São corsos, um grupo que conhecemos.*

O território francês no Mediterrâneo estava tomado pelo crime organizado, e os oficiais da polícia nacional eram tão mal recebidos na Córsega quanto os agentes do FBI em Porto Rico.

Quando a reunião terminou, Fred correu para falar com Pierre. Eu ouvi o supervisor de Boston falar novamente sobre uma arma e Pierre dizer: "Lamento, mas..." Fui até Pierre, puxando-o de lado para me desculpar.

– Tudo bem, disse ele, baixando o tom de voz. – Também tenho meus problemas. Sabe o que meu chefe da Siat falou sobre você não poder trabalhar na França? Não é verdade. Mas ele é um chefe, e não posso deixá-lo com uma imagem ruim na frente dos americanos.

Eu balancei a cabeça. Chefes demais. Escritórios do FBI demais. Órgãos policiais franceses demais. Interesses divergentes demais. Isso não era bom para uma operação sob disfarce complexa como aquela, que exigia agilidade, flexibilidade, criatividade e disposição para assumir riscos.

Pierre pareceu saber o que eu estava pensando, e disse:

---

* Para garantir a segurança de certos indivíduos, as referências a esse grupo são intencionalmente vagas.

– Como eu falei, neste caso vamos ter muitos gerentes; todo mundo quer uma fatia do bolo.

Quando retornamos aos Estados Unidos, o agente do caso em Boston, Geoff Kelly, preparou a papelada necessária para uma grande operação sob disfarce, um formulário de sete páginas chamado FD-997. Ele estabeleceu o valor das obras de arte do Gardner em 500 milhões de dólares, resumiu os grandes esforços do FBI para recuperá-las desde 1990 e apresentou o plano para uma cilada sob disfarce na França.

Também deu um nome ao caso: Operação Obra-Prima.

Algumas semanas depois da reunião na França, Laurenz me telefonou para dizer que iríamos comprar as pinturas na Espanha, em vez de na França.

Para mim a mudança de cenário era boa. Fizera muitos amigos na polícia espanhola durante o caso de Madri, e a cooperação deles estava praticamente garantida. A medalha que o governo espanhol me deu está pendurada em minha casa. A mulher mais rica da Espanha me devia um favor.

– Legal, sem problema, falei para Laurenz. – Adoro a Espanha.

– Sunny quer saber se você deseja primeiro o "grande" ou o "pequeno".

Não sabia se ele falava do pequeno Vermeer, que valia muito mais, ou do gigantesco Rembrandt, que valia menos.

– Quero ambos, então não importa. Do que estamos falando? Madri? Barcelona? Duas semanas?

– Eu aviso, disse Laurenz. Liguei para Eric Ives em Washington e dei a ele as boas-novas. Traçamos um plano para viajar a Madri em dez dias. Na véspera da viagem, Eric organizou uma teleconferência entre todos os escritórios do FBI envolvidos – Washington, Paris, Boston, Miami, Madri e Filadélfia. A conferência não foi boa.

Fred começou anunciando que a viagem a Madri estava cancelada, pegando todo mundo de surpresa, menos os agentes do FBI em Paris. Isso constrangeu especialmente nosso agente em Madri, que já passara muito tempo com a polícia espanhola garantindo a participação da Swat, vigilância, informações e apoio disfarçado. O supervisor de Boston citou "questões de segurança" não explicitadas na Espanha, insinuando que a polícia de lá não era confiável.

Além disso, Fred deixou claro que estava furioso por eu estar fazendo acertos sem combinar todos os detalhes com ele.

– Há problemas de comunicação aqui. Temos de tomar cuidado para não deixar as pessoas de fora.

Fred me criticou por entrar em contato direto com o agente do FBI em Madri. Lembrei a ele que Eric já tinha recebido do quartel-general a aprovação para que eu fizesse os contatos necessários na Espanha – e que conhecia nosso homem em Madri por causa do caso Koplowitz. Fred não se importava.

– Não é seu trabalho, Wittman. Eu estou no comando.

Não insisti no momento. Não me importava que aqueles caras latissem para mim. O que fosse necessário para avançar.

Mas sabia que nunca iríamos recuperar as pinturas do Gardner se agíssemos como uma delegação.

Depois da teleconferência, eu precisava de ar fresco. Comecei a andar pelo escritório e acabei na mesa de minha amiga, a agente especial Jerri Williams, uma veterana de 24 anos de carreira e porta-voz do FBI na Filadélfia. Ela substituíra Linda Vizi, que se aposentara.

– Você não parece bem, disse Jerri.

Contei a ela sobre a teleconferência.

Ela franziu o cenho.

– Parece a babaquice de disputa de território que temos sempre que lidamos com outros órgãos, não dentro do departamento.

Ela estava certa. As grandes agências federais de repressão – especialmente FBI, DEA, IRS, ATF e Imigração e Alfândega – sempre disputaram o controle de investigações conjuntas; a população ficaria surpresa se soubesse com que frequência órgãos diferentes escondem coisas um dos outros ou tentam deixar outros de fora. Jerri disse:

– Você não está recebendo ajuda do quartel-general?

– Estou tentando, mas...

– É, bem, você sabe que Boston não vai abrir mão de um caso como este.

Minha preocupação só aumentou nas semanas seguintes, quando me vi passando muito tempo administrando telefonemas entre Eric, em Washington, Fred e Geoff Kelly, em Boston, e os agentes nas embaixadas americanas na Europa. Como precisava confirmar o que Sunny e Laurenz me diziam, permaneci em contato com Pierre, cujos investigadores de casos de arte estavam grampeando seus telefones. Combinamos que iríamos nos falar toda quinta-feira de manhã. Em um desses telefonemas ele me avisou que seus chefes franceses não estavam contentes pela possibilidade de o caso passar para a Espanha. Iriam resistir fortemente à mudança.

Não me dei o trabalho de perguntar a ele por que os franceses se oporiam. Era óbvio. Se a cilada acontecesse na Espanha, a grande coletiva de imprensa seria em Madri, e todos os méritos iriam para a polícia espanhola, não para a francesa.

Os chefes de Pierre não precisavam ter se preocupado.

Pouco após Sunny ter retornado a Miami, no final de novembro de 2006, Laurenz me telefonou para avisar que o plano mudara novamente: Sunny iria oferecer todas as onze pinturas do Gardner na França, não na Espanha.

– Quanto você estaria disposto a pagar?, perguntou Laurenz.

– Trinta milhões, respondi. Era o preço padrão do mercado negro, de 5 a 10% do valor no mercado legal.

– Em dinheiro?

– Se eu comprar dentro dos Estados Unidos, sim. Caso contrário, por transferência.

Laurenz me perguntou se eu poderia conseguir declarações financeiras para provar que éramos sérios, que tínhamos acesso a 30 milhões.

– Isso não deve ser um problema, respondi.

– *Magnifique*. Se conseguir o dinheiro e se conseguir me colocar na França, acho que podemos ter as pinturas em seis dias.

Essa era, claro, uma excelente notícia. O dinheiro não seria problema. Trinta milhões não passavam de um número – um número alto, é verdade, mas em última instância apenas um número –, dinheiro temporariamente transferido de uma conta para outra. Não estávamos falando sobre dinheiro de verdade, dinheiro circulante. Os 30 milhões de dólares nunca sairiam do banco.

Eu avisei Pierre.

– Acho que vamos para a França, contei, dando os últimos detalhes.

– Bom, bom, disse ele. – Acha que conseguiremos usar nosso homem infiltrado?

– Ainda não sei, respondi, evitando a pergunta. – Você conseguiu suspender o mandato contra Laurenz? Acho que vamos precisar dele na França.

– Trabalhando nisso, meu amigo, trabalhando nisso.

Quando pousei no Charles de Gaulle para nossa segunda grande reunião franco-americana, no final de novembro de 2006, Pierre foi novamente me buscar. Estávamos atrasados, e ele usou luzes azuis e a sirene para abrir caminho no trânsito matinal.

No caminho para o centro, Pierre me avisou que as forças de oposição estavam em ação.

– Você perdeu o belo jantar que tivemos noite passada: Geoff, Fred e seus garotos da embaixada.

Que porra era aquela? Eu estava grogue por causa do voo noturno e achei que poderia ter entendido errado.

– Jantar?

Pierre sorriu.

– Joguinhos, amigo. Política de escritório. Eles chegaram um dia antes para nos ver sem você. Acho que eles têm medo de você.

Pierre me viu franzir a testa.

– Não se preocupe, eu os levei a um lugar barato, brincou ele. – Esta noite vamos comer muito melhor.

Pierre me deixou no hotel, mas o quarto não estava pronto. Tomei uma chuveirada na academia de ginástica, e ao sair tive uma bela visão. Pierre conversando com Eric Ives, de Washington. Eric, o chefe da Unidade de Crimes contra a Arte, estava furioso por ter acabado de saber que também havia sido excluído do jantar franco-americano secreto de Fred.

A reunião aconteceu em uma fria sala de conferência em um prédio moderno do Ministério da Defesa. Pierre começou com um resumo e logo deu a palavra à sua chefe de vigilância. Ela contou que Sunny havia sido visto reunido com conhecidos mafiosos corsos em uma esquina de Marselha e em conversas gravadas falara de "molduras para Bob".

Depois passamos à questão espinhosa de como levar Laurenz para a França. O mais alto oficial da polícia francesa na sala insistiu em que o mandado de uma década contra Laurenz por crimes financeiros não podia ser suspenso. Acrescentou que o documento francês era válido em praticamente todos os países da União Europeia, de modo que Laurenz também não poderia viajar à Espanha. Mas, pensou o oficial francês em voz alta, e se permitíssemos que Laurenz entrasse na França com um nome e um passaporte americano falsos? Os americanos se entreolharam. Era uma possibilidade.

Depois da reunião, eu puxei Pierre de lado.

– Por que seus chefes de repente descobriram um modo de deixar Laurenz entrar na França?

Ele respondeu com um sorrisinho.

– Porque ficaram com receio de vocês levarem o caso para a Espanha. Eles querem que as prisões aconteçam em Paris.

As coisas finalmente pareciam estar se encaixando. Quando retornei ao hotel, liguei para Laurenz e disse que estaria pronto para ir a Paris assim que fosse avisado. Disse que queria ser rápido. Meu comprador estava ansioso pela solução. Tinha encerrado aplicações para juntar os 30 milhões de dólares, que estavam parados no banco, rendendo poucos juros, e enquanto negociávamos ele perdia dinheiro. Laurenz disse que claro, que estava pronto e ansioso para fechar o negócio – desde que isso não interferisse em suas grandes férias de esqui no Colorado.

– Então podemos fazer isso em janeiro, depois das festas?

Perplexo, não soube como reagir. Então disse simplesmente:

– Você vai para onde, Vail?

– Crested Butte. Acabei de vender um complexo lá e fiquei com uma unidade para mim.

Enquanto digeria a conversa com Laurenz, sentado na cama e esfregando as têmporas de perturbação, um agente do FBI ligou da embaixada.

Disse que os burocratas estavam reagindo ao plano de dar a Laurenz um passaporte americano falso. Mas o agente tinha outra ideia: e se fizéssemos o negócio em Mônaco? Poderíamos levar Laurenz de Nova York a Genebra sem escalas, depois alugar um helicóptero para conduzi-lo sobre o espaço aéreo francês até o minúsculo estado de Mônaco, principado independente na Riviera. Como nem a Suíça nem Mônaco pertenciam à União Europeia, o mandado francês não tinha validade nesses lugares.

Uhmm, pensei. Não era má ideia, nada má.

ENQUANTO ESPERÁVAMOS QUE TODOS EM PARIS, Boston, Washington, Marselha e Miami resolvessem as questões administrativas e políticas do caso Gardner, Eric e eu planejamos uma rápida viagem paralela – uma missão sob disfarce para resgatar tesouros roubados da África.

Nosso avião para Varsóvia partiu cedo na manhã seguinte.

23. Um covarde não tem cicatrizes

Varsóvia, dezembro de 2006

No Zimbábue há um provérbio: "Um covarde não tem cicatrizes."

Quando recebi uma pista de que cinco tesouros nacionais roubados de um grande museu do Zimbábue poderiam estar na Polônia, Eric não hesitou diante da proposta de ir disfarçado resgatá-los. Não se importou que não houvesse uma ligação americana ou que estivéssemos no meio do caso Gardner. Compreendia que era a coisa certa a fazer e que angariaria boa vontade para o FBI em dois países. Além disso, o voo de Paris a Varsóvia dura apenas duas horas e vinte minutos.

O caso polonês foi um modelo de investigação internacional: concluído em apenas três semanas, da pista inicial à cilada no hotel, envolvendo governos de três continentes, mas uma equipe enxuta e bem pouca burocracia. A reunião mais longa foi a das instruções, de uma hora, com a equipe da Swat polonesa em Varsóvia. Foram os trogloditas de cabeças raspadas e pescoços grossos mais legais que conheci. Eles até riram das minhas piadas.

– O nome deste caso é Operação Potbob, eu disse.

– O que é Potbob?, perguntou alguém.

– Protejam o Traseiro do Bob.

Uma das primeiras coisas em que concordamos foi deixar a imprensa de fora. Por causa do caso Gardner, eu queria manter a discrição na Europa, e a polícia polonesa esperava levar o caso ao tribunal sem usar um agente do FBI infiltrado como testemunha em um julgamento. Pelo que entendi, a equipe polonesa planejava esconder os rastros do envolvimento do FBI. Ao menos publicamente, Eric e eu nunca teríamos estado lá, nem meu colega do FBI da Filadélfia John Kitzinger.

Nosso alvo era um polonês chamado Marian Dabuski. Ele colocara à venda na internet três *mutsagos,* apoios de cabeça do Zimbábue, e duas máscaras inteiriças macondes. Quando um comerciante honesto de Denver viu a oferta, me repassou a pista. Os *mutsagos* eram pedestais côncavos esculpidos, com uns trinta centímetros de comprimento e quinze de altura, usados como uma espécie de travesseiro duro em cerimônias religiosas: o fiel deitava de costas, com o pescoço apoiado no descanso, fechava os olhos e entrava num estado zen no qual tentava se comunicar com os mortos. Os artefatos datavam do século XII, haviam sido feitos pelos nômades de Zimbábue, Sudão, Uganda, Quênia e Tanzânia, e se pareciam muito com os objetos inestimáveis que eu vira no Musée du Quai Branly, em Paris. Um deles fora roubado no ano anterior da Galeria Nacional de Zimbábue, em Harare. Na operação criminosa, um homem branco de meia-idade que se parecia muito com Dabuski entrara no museu durante o dia, arrancara quatro descansos e duas máscaras de uma das paredes e saíra correndo pela porta da frente. Um guarda o perseguiu pela rua e o encurralou, mas quando os dois começaram a lutar, espectadores na multidão de Harare acharam que o guarda negro fosse o criminoso e começaram a agredi-lo. O ladrão branco escapou com o roubo.

Eu entrei em contato com Dabuski por e-mail – disse que era um executivo americano da IBM em Budapeste interessado em ampliar minha coleção de objetos africanos. Ele concordou em se encontrar comigo no bar do saguão do Marriott Hotel, em frente ao Palácio da Cultura e da Ciência de Varsóvia. Ele chegou com a mulher uma hora atrasado, mas levando três caixas do tamanho de crânios.

Fomos ao meu quarto, que estava grampeado para imagem e som. A equipe da Swat polonesa estava no quarto à esquerda, e os comandantes, incluindo Eric e John, acompanhavam por vídeo ano aposento da direita. Enquanto os Dabuski desembrulhavam as máscaras, eu fingia estudar atentamente o artesanato, mas na verdade procurava os números de série do museu, gravados logo abaixo da face interna do queixo de cada máscara. Uma delas não tinha marcas evidentes, mas em outra notei uma mancha estranha. Era semelhante a graxa de sapatos marrom, e parecia esconder algo. Quando identifiquei parte de um número, talvez um "3", aparecendo em meio à graxa, soube que eram as máscaras roubadas. Concordei com o pedido deles de 35 mil dólares pelas duas máscaras e pelos três descansos e dei o sinal de invasão.

Considerando-se meu quase desastre com os cartões de portas que não funcionavam na Dinamarca, tentei uma nova abordagem em Varsóvia. Um integrante da Swat simplesmente bateu na porta e eu fingi que fiquei com raiva. "Que porcaria é essa?", resmunguei. Quando abri, os poloneses me jogaram pro lado, entraram correndo e prenderam os Dabuski, derrubando-os no chão e colocando capuzes pretos em suas cabeças. A polícia, obedecendo ao plano de apagar meu papel no caso, inventou a história de que no meio da confusão eu conseguira, de algum modo, escapar.

Houve duas surpresas. Na hora de fechar a conta do hotel, o total do Marriott pelos três quartos que eu reservara no cartão de crédito pertencente a Robert Clay foi oitocentos dólares mais caro do que o esperado. Aparentemente, meus amigos da equipe da Swat polonesa se serviram no frigobar dos quartos, acabando com todo o álcool depois da minha fuga. Meio divertido, meio aborrecido, eu paguei a conta, sabendo que precisaria de tempo extra com a papelada para descobrir um modo de justificar a despesa.

A segunda surpresa aconteceu algumas semanas depois, quando eu já tinha retornado à Filadélfia e ao caso Gardner.

Recebi um telefonema do agente do FBI baseado na embaixada dos Estados Unidos em Varsóvia. Ele disse que um promotor polonês, um homem claramente não informado sobre o que realmente acontecera, telefonara com um pedido. A conversa havia sido mais ou menos assim:

– Como posso ajudá-lo?, disse o agente do FBI em Varsóvia.

– Bem, prendemos um polonês chamado Dabuski no Marriott de Varsóvia por tentar vender objetos africanos a um americano.

– É mesmo?

– Sim, mas o americano fugiu. Queríamos sua ajuda para localizá-lo.

– Claro, posso tentar. Qual o nome dele?

– Robert Clay.

O agente do FBI não pestanejou.

– Certo. Vou começar a trabalhar nisso agora mesmo, falou ao promotor.

24. Desconfiados

Filadélfia, janeiro de 2007

Fred, o supervisor de Boston, me achou no celular no final da tarde em um domingo. Eu estava em casa assistindo aos playoffs da NFL com meus filhos.

Haviam se passado dois meses de nossa reunião em Paris. Embora a situação ainda continuasse promissora, continuávamos esperando que os burocratas liberassem o passaporte falso de Laurenz, aprovassem o cenário de Mônaco ou inventassem algum outro plano.

Eu sabia que Fred estava se queixando de mim a Eric Ives em Washington. Estava com raiva por eu ter falado diretamente com Pierre em Paris e ter avisado a todos os agentes do FBI envolvidos que se não agíssemos com rapidez perderíamos a oportunidade de comprar as pinturas. Fred acreditava que eu estava usurpando seu papel.

Durante o telefonema, eu fiquei desconfortável quando percebi um toque de satisfação na voz de Fred. Então ele disse:

– Ouvimos falar que Sunny acha que você é policial. Então isso muda tudo, Wittman. Vamos ter de tirá-lo disto, colocar um dos meus ou o agente disfarçado francês.

Fred havia sido rápido demais em supor que sua pista era precisa.

– Como você sabe que Sunny acha que sou policial?, perguntei.

– Pelos franceses, disse ele. Supostamente a partir das escutas.

– Ei, espere um segundo, Fred. Isso não faz sentido. Eu falei com Laurenz na noite passada e ele e Sunny ainda estão dentro. Não me surpreende saber que Sunny está preocupado com o fato de eu poder ser um policial. Porra, ele poderia estar falando isso ao telefone para ver se reagíamos, só para me testar e ver se seu telefone estava grampeado. Ele é paranoico com tudo. Lembra o triângulo que ele desenhou?

Criminosos estão sempre testando uns aos outros para descobrir se este ou aquele cara pode ser um delator ou um agente infiltrado. É normal. Ouvi esse papo durante a maioria dos meus longos casos sob disfarce. Ouvi em Santa Fé, Madri e Copenhague. Mas no final, o criminoso sempre sucumbiu à ganância e foi em frente com o negócio.

Fred deixou claro que não havia telefonado para discutir. Ligara para me dar uma ordem: eu estava fora.

– A partir de agora os franceses vão lidar diretamente com Laurenz. Vão usar o cara deles em Paris para isso, disse ele, se referindo a André, o policial disfarçado.

– Espere, eu não posso falar com Laurenz?

– Agora não.

– Fred, isso não vai dar certo. Ele vai ligar para mim. O que eu digo?

– Vamos resolver isso, fazer umas reuniões.

Eu telefonei para Eric Ives em Washington. Contei sobre o telefonema de Fred e minhas novas ordens.

– Isso é ridículo, Bob. Vou ver o que posso fazer – ele disse.

Eu sabia que não seria fácil para Eric. Para desfazer qualquer coisa que Fred tivesse feito ele precisaria do apoio de seus chefes em Washington, que teriam de estar dispostos a confrontar os chefes de Fred em Boston. Infelizmente, os supervisores em Washington em geral relutam em confrontar seus pares em campo. Não gostam de criar polêmica, em especial opondo um supervisor veterano como Fred e um homem mais jovem como Eric. O FBI é em grande medida uma rede de velhos.

Os agentes de campo têm um ditado que traduz essa mentalidade: "A preocupação acima da importância. Os chefes não se preocupam e os agentes não importam."*

---

* Em inglês: "Mind over matter. Bosses don't mind and agents don't matter." Na tradução, o trocadilho da primeira frase ("Pense no assunto") se perde. (N.T.)

É CLARO QUE LAURENZ me telefonou na manhã seguinte.

Disse a ele que teria de me afastar do negócio por algum tempo. Uma emergência médica familiar, expliquei. Fui vago. Disse que poderia apresentá-lo a um colega. Laurenz explodiu.

– Bob, que porra é essa? O negócio é com nós três. Você, eu, Sunny. Você não pode cair fora. Você tem 30 milhões parados no banco. Eu estou gritando com Sunny, dizendo a ele que você está tendo um custo de 150 mil dólares por mês de juros e que temos de agilizar isso, que você quer as pinturas de Boston. Então que porra *eu* devo fazer agora?

– Família, Laurenz. Estou com um problema na família. Não sei o que dizer.

Laurenz praguejou de novo, berrou algo em francês e desligou.

NO DIA SEGUINTE, pouco antes de meia-noite, Laurenz ligou novamente. Estava animado e agia como se nossa conversa anterior nunca tivesse acontecido.

Ele se vangloriou de ter acabado de fechar um negócio de 20 milhões em imóveis no Colorado e disse que estava planejando comprar, ele mesmo, as pinturas do Gardner na França e depois vendê-las a mim. Falou mais rápido e com mais insistência que de hábito. Eu não deveria sequer atender seus telefonemas, mas parecia que estávamos à beira de uma mudança. Apenas escutei. Laurenz disse que planejava viajar a Paris e que o policial disfarçado André, o homem que nos apresentara, acertaria a venda.

No dia seguinte ao telefonema cheio de entusiasmo de Laurenz, Fred ligou. Antes que pudesse contar a ele sobre a ligação de Laurenz, Fred começou a falar sobre seu último plano. Disse que o policial infiltrado francês André contara a Laurenz que usaria seus contatos no submundo para fazê-lo entrar na França e que Laurenz e Sunny comprariam eles mesmos as pinturas do Gardner na França para depois vendê-las a mim.

– É, eu sei. Laurenz me contou isso na noite passada.

Grande erro. Fred ficou louco. Começou a gritar.

– Você falou com Laurenz! Você não devia falar com ele.

– Fred, *ele* ligou para *mim*.

Depois que se acalmou, Fred começou a falar sobre mais uma série de reuniões, talvez em Miami, Paris, Boston ou Washington, mas àquela altura eu já não estava ouvindo. Estava bufando. Faltavam poucas semanas para resolvermos o maior crime contra o patrimônio da história americana, enfrentando mafiosos corsos para recuperar um conjunto de obras-primas perdidas havia muito tempo. Fred parecia mais preocupado com protocolos, reuniões e em proteger seu território.

Em pouco tempo, Fred estava ocupado utilizando aquela desgastada arma burocrática, o memorando. No FBI esses memorandos são chamados de "Comunicações Eletrônicas", ou CE, pois são mandadas por e-mail pelos computadores do departamento para todos os endereços. Cerca de uma semana após nosso acalorado telefonema, Fred escreveu um CE ultrajantemente tendencioso, que não apenas apresentava uma versão deturpada do modo como a Operação Obra-Prima se desenrolara, como também levantava dúvidas sobre a minha integridade. A pior parte incluía uma alegação de um participante francês de que eu planejava retardar a cilada do caso Gardner até minha aposentadoria, em 2008, de modo a poder reivindicar a recompensa de 5 milhões de dólares do museu. Era uma alegação absurda. Agentes do FBI não podem receber recompensas por casos nos quais trabalharam, mesmo após terem se aposentado. Todo mundo sabe disso.

Furioso, imprimi uma cópia e a levei ao meu supervisor imediato na Filadélfia, Mike Carbonell. Mike e eu éramos da mesma idade, embora ele estivesse no FBI uma década a mais que eu. Mike ocupava na Filadélfia a mesma posição de Fred em Boston – supervisor do esquadrão de assalto a bancos/crimes violentos.

Quando entrei no escritório de Mike agarrando o CE difamatório de Fred, foi a primeira vez em uma década em que pedia ajuda a um supervisor. Estava acostumado a resolver meus próprios problemas.

– Você tem de ler isso, falei.

Ele fechou a pasta em sua mesa e pegou o documento. Dizer que Mike usa linguagem vulgar é o mesmo que dizer que Rembrandt pintou alguns autorretratos. No momento em que ele chegou à segunda página os expletivos jorravam:

– Cacete... Ele colocou toda essa merda num maldito CE? Que porra é essa?

Perguntei o que ele achava que eu deveria fazer.

Mas Mike não acabara de descarregar.

– Em 28 anos nunca vi nada como isso...

Contei a ele que telefonara para a França e descobrira que as observações citadas por Fred haviam sido um deboche.

– Bem, é óbvio o que está acontecendo. Você está prestes a resolver um caso importantíssimo e esses caras querem tirá-lo da jogada.

– O que devo fazer?, insisti.

– É o seu traseiro que está na reta. Você sabe que trabalhar infiltrado é sempre voluntário. Depende de você. Ainda se sente à vontade de agir sob disfarce com Fred ou os caras na França que comandam a operação? Confia sua vida a eles?

– Não.

A rapidez da minha resposta me surpreendeu.

Perguntei a Mike sobre as chances de o caso ser transferido de Boston para um supervisor na Filadélfia, em Miami ou em Washington.

– Duvido. Você conhece o esquema. Ninguém em Washington quer se arriscar a irritar alguém.

Mike, que estava perto da aposentadoria, não se importava de fazer inimigos. Ele repassou sua raiva à cadeia de comando acima. E, num gesto raro, o quartel-general ordenou que o CE de Fred fosse apagado do sistema do FBI.

Finalmente, altos funcionários em Washington convocaram uma reunião conciliatória no quartel-general para resolver as diferenças e tentar salvar a Operação Obra-Prima. Resultado: fui autorizado a retomar as negociações com Laurenz, mas recebi a ordem de não falar com Fred, e presume-se que ele foi proibido de falar comigo. Ficou em aberto a questão sobre se eu poderia trabalhar disfarçado na França ou na Espanha – e, mesmo que fôssemos autorizados, se eu iria trabalhar com Fred.

Depois da reunião em Washington, voltamos ao trabalho, tentando descobrir formas de proteger minha identidade, modos de convencer os vendedores de que eu era um marchand de alto nível, um intermediário, não um policial. Tivemos várias ideias para consolidar a confiança de Sunny e Laurenz em mim. Em uma das situações, nós três iríamos cair na farra em Los Angeles e encontrar por acaso uma estrela de Hollywood que com frequência ajuda o FBI. A celebridade me reconheceria, pararia por trinta segundos para conversar e deixaria a impressão de que ela e eu havíamos feito negócios uma vez.

Acabamos não fazendo a cena de Los Angeles. Em vez disso, descobrimos um modo melhor para que eu caísse nas graças deles: incluiria Sunny e Laurenz em dois "negócios" com pinturas, um em Miami e outro na França – e em ambos os levaria comigo como meus "sócios". Assim como havia feito com Josh Baer em Santa Fé, eu os levaria a acreditar que éramos sócios no crime. Os dois negócios, claro, seriam falsos, operações sob disfarce americana e francesa. No acordo nos Estados Unidos, eu venderia pinturas falsificadas a agentes do FBI disfarçados de traficantes de drogas colombianos em um iate em Miami. O negócio francês seria semelhante, mas venderia pinturas falsas a agentes franceses infiltrados em Marselha.

Apresentei o plano em um longo e-mail a todos os envolvidos. No final escrevi: "Alerto a todos os envolvidos que, para fazer isso dar certo, precisamos de total cooperação e esforço. Senhoras e senhores, estamos todos no mesmo barco."

Comecei a fazer meus preparativos assim que recebi autorização para ir em frente. Telefonei para Washington e negociei o empréstimo de um saco cheio de diamantes e meia dúzia de Krugerrands de um cofre de provas confiscadas do FBI. Liguei para Miami a fim de alugar o iate e reuni um punhado de pinturas falsas para a primeira venda – seis falsificações confiscadas pelo governo muito tempo antes, imitações de obras de Degas, Dalí, Klimt, O'Keeffe, Soutine e Chagall. A divisão de Miami concordou em fornecer um grupo de agentes do FBI infiltrados para ajudar.

Quando tudo ficou acertado, liguei para Sunny e Laurenz.

O telefonema para Sunny foi simples. Disse que precisava da sua ajuda como capanga. Ele estava tão ansioso para arrumar algum dinheiro que concordou sem fazer perguntas.

Abordei Laurenz de outro modo. Ele não precisava de dinheiro e não se via como um capanga, então apelei à sua fraqueza – era tão rico e tão entediado que desenvolvera uma estranha paixão pelo perigo. Era viciado em adrenalina. Laurenz andava de jet ski, saltava de para-quedas, esquiava na neve e fazia negócios extremamente arriscados com imóveis. Então, quando ele se recusou a participar do negócio no iate, eu o provoquei a respeito de sua masculinidade.

– Já conheço você há um ano, Laurenz. Você certamente fala bem, dirige um Rolls-Royce e tudo mais, mas a verdade é que nunca o vi em ação. E estamos falando sobre fazer um negócio de 30 milhões de dólares juntos. Digamos apenas que gostaria de saber como você lida com algo assim antes de me comprometer com algo maior.

– Certo, certo, eu faço com você, Bob. Mas não pode ser semana que vem.

– Por que não?

– Saindo de férias.

Eu mordi a língua.

– Vai esquiar de novo?

– Havaí.

Laurenz não era o único indo para o Havaí.

No instante em que engrenávamos a operação do iate em Miami, meu maior aliado em Washington, Eric Ives, foi transferido para Honolulu. A mudança não tinha relação com o caso Gardner, era simplesmente parte da rotação de rotina de jovens supervisores do FBI pelo país a cada três anos. Mas foi uma enorme perda. Durante a investigação do caso Gardner, Eric repetidamente enfrentou supervisores preocupados em defender seu território. No seu último dia ele até enviou um e-mail implorando a eles que me dessem o espaço necessário para fazer meu trabalho.

O FBI não substituiu Eric. Isso deixou em aberto a posição de chefe da Unidade de Grandes Crimes, criando um vácuo. Muitos meses depois, a situação ficou pior. O departamento reorganizou suas operações e eliminou a Unidade de Grandes Roubos, distribuindo seus programas por outras seções. A Equipe de Crimes contra a Arte foi transferida para a Seção de Crimes Violentos, onde imediatamente se tornou baixa prioridade, ofuscada pelas missões cotidianas do FBI, como capturar sequestradores, gângsteres, traficantes, assaltantes de bancos e fugitivos.

Na burocracia, a Equipe de Crimes contra a Arte perdeu seu vigor.

COM LAURENZ DE FÉRIAS, as ciladas em barcos em Miami e Marselha ficaram suspensas. Mas meus supostos colegas na França continuaram ocupados.

Em um dos meus telefonemas de quinta-feira com Pierre, eu soube que o chefe de operações sob disfarce da Siat francesa e um agente do FBI baseado em Paris tencionavam me excluir da operação e conduzi-la inteiramente na França. O mesmo chefe da Siat que um dia me dissera que seria impossível para Laurenz entrar na França passara a planejar fazê-lo entrar e realizar o negócio sem mim. Fiquei perplexo. Uma coisa era o supervisor de Boston tentar dizer a um agente de campo como eu o que fazer, outra inteiramente diferente era um colega americano em Paris conspirar contra mim com um policial estrangeiro.

Contei a Pierre sobre Fred, seu CE alucinado, seus ataques e a reunião em Washington. Falei sobre ter perdido Eric como chefe de unidade e como isso prejudicaria a Equipe de Crimes contra a Arte do FBI. Pierre e eu conversamos sobre o negócio no barco em Miami, e quando mencionei que isso seria adiado em três semanas porque Laurenz passaria férias no Havaí, Pierre deu uma gargalhada.

– O que é tão engraçado?, perguntei.

– Meu pessoal em Paris, seu pessoal em Paris, Fred em Boston, Laurenz pegando sol na praia enquanto você quer fazer um negócio, perder seu amigo Eric em Washington. Todo mundo jogando cascas de banana para você escorregar.

NA NOITE ANTERIOR ao negócio no iate em Miami, levei as seis pinturas falsas para a casa de Laurenz. Sunny me ajudou a transferi-las para dentro.

Nós três nos sentamos sob palmeiras junto à piscina e fumamos charutos, a poucos passos do cais e dos adorados jet skis de Laurenz.

Eu apresentei o plano – as seis pinturas por 1,2 milhão de dólares. Laurenz tentou se mostrar calmo, mas eu via que estava excitado. Duvidava que ele tivesse sujado as mãos algum dia; ele pagava para que outros fizessem isso. Sunny ficou em silêncio e fumou, bebendo uma garrafa de água Evian. Quando terminei, perguntei a Sunny se ele tinha alguma pergunta.

– *Non*, tudo certo. Tenho meu seguro. Trouxe minha arma.

– Não, nada de armas. Se eles nos revistarem no barco, isso vai ser um insulto aos nossos anfitriões. Nunca fiz negócio com uma arma. Nunca precisei.

Sunny riu.

– E eu nunca fiz negócio sem uma!, disse ele, virando-se para Laurenz a seguir. – Conte a Bob o que Patrick disse. Patrick era um dos contatos deles na Riviera Francesa.

– Ele quer nos vender umas dez pinturas, disse Laurenz. – Há um Monet e acho que outros. Vai mandar fotos. Diz que valem 40 milhões de euros e ele quer 6 milhões.

– Isso dá quanto em dólares?, perguntei. – Dez milhões?

– Ahnn, mais para nove, disse Laurenz. – Está interessado? Com esses caras não dá para brincar. Assim que concordar em comprar as pinturas, terá de ir até o fim.

– Ou?, perguntei, me fazendo de sonso para provocar uma reação.

Sunny fez uma expressão de desprezo e se levantou, agitado, andando de um lado para outro e falando rapidamente em francês. Laurenz traduziu:

– Precisamos ser absolutamente sérios. Não queremos uma guerra com esse pessoal. São assassinos frios. Mataram meu melhor amigo. Ele estava dirigindo seu carro, o assassino parou de motocicleta em um sinal e atirou nele. Estamos lidando com gangues organizadas livremente. Talvez uns duzentos caras no total na França, na Espanha, na Sérvia, na Córsega. Gangues diferentes têm conjuntos diferentes de pinturas. Alguns desses caras passaram anos na prisão e esconderam as obras, esperando o fim das sentenças. Algumas delas estão muito danificadas por terem sido retiradas de suas molduras originais. Um dos grandes Rembrandt que você quer está bastante estragado, nosso amigo Patrick vai tentar restaurá-lo.

Assustado, eu interrompi o falatório de Sunny.

– Não, não. Diga a ele para não fazer isso. Pode piorar ainda mais, reduzir o valor. Deixe que eu coloque profissionais para fazer isso. Conheço alguns.

Disse a Sunny que pensaria sobre comprar o Monet, mas que realmente queria os Antigos Mestres, especialmente o Vermeer e os Rembrandt.

Sunny foi firme.

– Antes, você precisa pegar o que eles oferecem.

FECHAMOS O NEGÓCIO no iate em Miami na tarde seguinte.

Levamos as seis pinturas até o porto no novo Rolls-Royce platinado de Laurenz. Sunny e eu as carregamos para o iate disfarçado, *The Pelican*. Navegamos pelo porto de Miami até o final da tarde, vimos as gatas infiltradas de biquíni dançando e comendo morangos, e eu "vendi" as pinturas falsas para os traficantes colombianos falsos por 1,2 milhão.

Os colombianos me pagaram com uma transferência eletrônica falsa e os diamantes e Krugerrands do cofre do FBI. Quando saímos do barco, eu joguei o saquinho com dez diamantes para Sunny e dei a Laurenz algumas das moedas de ouro.

– Pela sua ajuda hoje, eu disse.

Sunny ergueu o saco e disse:

– Jantar por minha conta.

Fomos festejar no La Goulue. No caminho por Miami Beach, Sunny parecia mais interessado em falar sobre os traficantes de drogas e as garotas de biquíni do que a respeito do negócio com as pinturas. Disse que quando estava no barco conversou com um dos colombianos sobre um possível negócio com cocaína.

– Não tenho certeza sobre esses caras, disse Sunny. – Não os conheço. Talvez sejam policiais.

– É, tome cuidado, eu também não os conheço bem, disse eu, tentando permanecer calmo sem desencorajá-lo a pensar no negócio com as drogas. – Mas, de qualquer forma, talvez seja melhor não estragar tudo com drogas, Sunny. Você ganha mais dinheiro com arte. Mas se gosta de drogas, cara, é com você. Talvez você entenda mais disso. E quanto aos caras, sei que o dinheiro deles é bom. Depende de você. Eu não quero nada com isso.

– Humm, não sei, disse Sunny.

Parei, sem saber se ele morderia a isca. O negócio com a cocaína, inventado pelos agentes de Miami, tinha sido concebido de modo a abrir várias possibilidades para o caso Gardner. No mínimo, esperávamos que isso nos permitisse apresentar Sunny a mais agentes do FBI infiltrados, homens em quem ele poderia acabar confiando. Poderíamos esperar para ver a evolução do caso Gardner e, se fosse adequado, pegar Sunny com uma grave acusação por drogas e tentar manipulá-lo – ameaçá-lo com uma longa pena de prisão a não ser que nos ajudasse a recuperar as pinturas de Boston. Também acreditávamos que um cenário com drogas poderia ser uma válvula de segurança em uma emergência. Se precisássemos fazer uma prisão repentina de um dos conspiradores do caso Gardner, nos Estados Unidos ou na França, sempre poderíamos colocar a culpa em um dos novos parceiros de drogas de Sunny, plantar a ideia de que um deles era um informante.

No momento em que chegamos ao restaurante francês, nós três tínhamos voltado a conversar sobre arte, não cocaína. Discutimos o plano de ir de helicóptero a Mônaco, e se Patrick, a conexão francesa de Sunny, poderia nos encontrar lá. Sugeri que seria muito mais fácil se Patrick e seus sócios simplesmente se encontrassem conosco na Flórida. Então poderíamos acertar tudo. Laurenz gostou da ideia, e Sunny disse que ligaria para Patrick.

Então, do nada, Sunny me perguntou se eu gostava de Picasso. Quando disse que sim, perguntou se eu tinha ouvido falar de um assalto recente em Paris, o roubo de duas pinturas avaliadas em 66 milhões de dólares do apartamento da neta de Picasso. Eu confirmei. Laurenz e Sunny deram um sorriso malicioso.

Nosso pedido chegou e Sunny disse:

– Vamos comer. Falamos de negócios depois.

Conversamos sobre família, jet skis, as férias de Laurenz no Havaí e o negócio que fizera com o novo Rolls-Royce. Não voltamos a falar dos Picasso.

Tudo parecia ótimo. A conta chegou quando Laurenz estava numa ligação e Sunny aproveitou a oportunidade para se desculpar e desaparecer, deixando a despesa para Laurenz.

Em maio, Boston e Paris lançaram uma nova saraivada de papelada burocrática. Foi uma armação esperta para me afastar, e começou com um CE de Boston para Paris. Aparentemente as perguntas eram bastante inofensivas: Considerando-se a suspeita de "Bob é policial", a polícia francesa acreditava que meu disfarce havia sido prejudicado? Eu poderia viajar disfarçado para a França em segurança para me encontrar com as pessoas que se ofereciam para vender as pinturas do Gardner?

A resposta de Paris: embora não houvesse evidências claras de que meu disfarce tinha sido descoberto, o escritório de Paris observou que "haveria um significativo grau de perigo" se eu trabalhasse infiltrado na França.

Estudei os dois documentos e balancei a cabeça. Claro que uma operação sob disfarce internacional oferecia "um significativo grau" de perigo! Não era preciso ser agente do FBI para saber disso. Mas eu tinha consciência de que na cultura avessa a riscos do departamento um memorando como esse faria disparar alarmes e piscar luzes amarelas. Todos estavam avisados de que eu poderia ser ferido ou morto na França, e nenhum supervisor queria isso em sua ficha, especialmente quando todos haviam sido alertados por escrito.

Ninguém estava dizendo diretamente que eu não poderia permanecer no caso e trabalhar infiltrado em Paris, mas o clima havia sido instaurado. Meus supervisores na Filadélfia entraram em contato com Fred e seus chefes, e a seguir com os supervisores em Paris e Miami. Depois me disseram que a atmosfera ficara tão ruim que Boston não queria que eu participasse sequer em um papel de consultor. A rivalidade interna era tamanha que ameaçava o caso e a segurança dos agentes envolvidos, entre eles eu. Meus chefes me aconselharam que me afastasse da investigação do caso Gardner. Relutantemente, eu concordei.

Mas como dizer isso a Laurenz e Sunny sem destruir o caso?

Eu fui breve, doce e o mais sincero possível. Expliquei que havia sido legal trabalhar com eles, mas meu chefe perdera a confiança em mim e queria que outra pessoa assumisse. Disse que não poderia mais atender seus telefonemas.

Histérico, Laurenz me deixou mensagens de voz e enviou e-mails perturbadores, ataques que revelavam um desespero e uma vulnerabilidade que nunca demonstrara pessoalmente.

"Boa noite!", escreveu Laurenz em um e-mail com um inglês capenga salpicado de maiúsculas e pontos de exclamação. "Estou muito triste. Estou realmente em situação difícil esta noite. Por que todos os riscos, minha vida, meu futuro, meu tempo? Por nada! Por quê? Pensava que realmente podíamos pegar essas pinturas e agora sei que é apenas uma ilusão? Por quê? Por quê? EU REALMENTE PRECISO DE EXPLICAÇÕES. Boa noite! Bons sonhos!"

Eu me senti compelido a responder, mas o fiz com um e-mail inacreditavelmente burocrático de proteção, que tinha a calidez de um serviço de atendimento ao consumidor. "Compreendo suas preocupações e perguntas e as transmiti..." Eu me senti péssimo, mas não tinha escolha.

Laurenz respondeu em minutos. "Isso é ridículo. Estou gastando/investindo muito dinheiro e agora você me joga um OSSO DE CACHORRO? Ser gentil? Falar com outra pessoa? Não! A única pessoa com quem falarei será BOB! APENAS BOB! Não confio em mais ninguém."

Eu avisei aos escritórios do FBI em Boston e Paris sobre os e-mails e telefonemas, e eles não ficaram satisfeitos. Em pouco tempo haviam enviado um pedido a meu chefe na Filadélfia requisitando todos os registros e anotações de meus contatos com Laurenz. O memorando parecia uma intimação.

Foi o ponto mais baixo de minha carreira no FBI desde 20 de dezembro de 1989, a noite do acidente. Comecei a ficar irritadiço, a ter insônia. Tentei esconder das crianças, mas Donna teve de suportar o fardo da minha frustração. Ela entendia que eu estava a um ano da aposentadoria e me estimulou a brigar pela minha reputação.

Poucas pessoas dentro ou fora do FBI sabiam do meu desespero. Externamente tudo parecia bem, e meu sucesso como principal detetive de crimes contra a arte do FBI apenas aumentava. Naquele verão, recuperei o manuscrito original editado à mão do livro de Pearl Buck premiado com o Pulitzer *A boa terra*. A coletiva de imprensa foi movimentada, mas enquanto ocupava meu lugar habitual, fora da vista e atrás das câmeras de televisão, não conseguia deixar de me sentir vazio.

Durante algumas semanas eu obedeci ordens e não liguei para ninguém relacionado ao caso Gardner. Mas não podia impedir Laurenz ou Pierre de entrar em contato comigo.

Certa tarde, em meados de julho, Laurenz me enviou vários e-mails que não pude ignorar.

Cada um deles trazia anexada uma fotografia de um Picasso junto a um jornal parisiense de uma semana antes. Reconheci instantaneamente aquelas imagens de "prova da existência" como as pinturas roubadas do apartamento da neta de Picasso – aquelas que Sunny e Laurenz haviam mencionado informalmente no restaurante alguns meses antes. Laurenz queria que eu as comprasse.

Eu não respondi, mas avisei meus supervisores. Em pouco tempo Pierre estava ligando de Paris.

– Você está sabendo dos Picasso roubados em Paris? Eu vi os e-mails.

– Certo, disse eu, cautelosamente.

– Há mais, continuou Pierre, que eu sabia que estava grampeando muitos telefones, incluindo o de Sunny, e cuja equipe estava fazendo de tudo para monitorar qualquer telefonema que Laurenz fizesse para a França. – Nas escutas, Sunny e Laurenz conversam com esses bandidos que estão com os Picasso sobre vender as pinturas para nosso homem infiltrado, André. E dizem ao telefone que André é confiável porque trabalha com um homem chamado Bob, em Miami. Não acho que haja outro Bob em Miami sobre quem eles estejam falando.

– Não, provavelmente não.

Eu balancei a cabeça enquanto desfiava a lógica da situação. No começo da investigação Gardner, André havia sido meu fiador junto a Laurenz, levando-o a acreditar que nós tínhamos trabalhado juntos como marchands desonestos. Mas agora que Laurenz e Sunny acreditavam que nós três já havíamos cometido um grande crime juntos – a "venda" no *Pelican* –, o fiador mudara de lado. Sunny e Laurenz estavam dizendo aos ladrões que André era confiável porque *Bob* era confiável. Sim, Laurenz estava chateado comigo por eu ter saído do negócio do Gardner, mas ainda me achava confiável. Afinal, havíamos feito negócios juntos e ninguém havia sido preso. Que prova de minhas credenciais criminosas poderia ser melhor do que essa?

– Então isso criou um problema por causa do caso de Boston, disse Pierre. – Seu amigo Fred e os outros do FBI estão nos pedindo para esperar. Para não pegar as pinturas agora. Entende por quê?

– A-hã, eu entendo.

No momento em que André e seus colegas policiais concluíssem sua cilada no caso Picasso, executando as prisões, os ladrões saberiam que algum dos envolvidos era na verdade um informante ou policial infiltrado. As suspeitas provavelmente se voltariam para André, e talvez seu parceiro americano Bob, o homem cujo histórico Sunny e Laurenz haviam usado para convencer os ladrões a trabalhar com André, para início de conversa. Se isso acontecesse, poderia destruir qualquer chance de usar Laurenz e Sunny para recuperar as pinturas do Gardner.

Eu também entendia o dilema de Pierre. Ele não podia deixar escapar 66 milhões de dólares em obras de Picasso. Se viesse à tona que ele não tinha recuperado as obras de arte como um favor para o FBI, seria um escândalo, o que provavelmente acabaria com sua carreira.

Então, dei uma sugestão a Pierre.

– Ao armar a cilada, finja prender seu policial infiltrado. Desse modo os ladrões não saberão quem os traiu. Isso no mínimo nos dará algum tempo.

Pierre gostou da ideia.

– Você é um bom jogador de xadrez, disse ele, prometendo que faria como eu estava sugerindo.

Inacreditavelmente, as ordens de Pierre não foram seguidas durante a cilada em Paris. A equipe da Swat francesa não conseguiu prender o policial infiltrado juntamente com os ladrões. Ainda pior, durante um interrogatório outro policial francês confirmou a um dos ladrões que o comprador na verdade era um agente disfarçado. Os ladrões em Paris não demorariam a estabelecer a ligação entre André, Laurenz e eu.

Pierre telefonou e se desculpou profusamente pela burrada. Disse que não havia sido intencional, e eu acreditei.

Infelizmente, as consequências foram imediatas e graves.

Laurenz telefonou em pânico poucos dias após a cilada dos Picasso.

– Eles querem me matar! Querem você! Você e eu! Querem assassinar os dois!

Disse a ele para se acalmar e começar do início. Ele contou que pessoas ligadas aos ladrões dos Picasso estavam em Miami com Sunny exigindo respostas de Laurenz e dinheiro para as despesas legais dos ladrões. Ele balbuciou:

– Eu estava na Blockbuster. Você sabe que toda terça-feira eu vou ver os lançamentos, não é? Eles me seguiram até lá e queriam me colocar no carro e me levar embora. Eu disse a você que esses caras não brincam em serviço.

– Como você conseguiu escapar?

– Eu os vi de dentro da locadora e mandei minha mulher ligar para a emergência, e quando a polícia chegou eu saí para falar com eles.

– Esperto. Onde você está agora?

– Num hotel. O Loews. Eles aceitam meus cachorros.

Laurenz adorava seus dois vira-latas e os levava para toda parte. Começou a se vangloriar do tamanho e do preço da suíte, e deixei que continuasse. Precisava de tempo para pensar. Queria saber mais sobre os capangas que ameaçavam Laurenz. Por um lado, eles poderiam me levar às pinturas desaparecidas do Gardner. Por outro, estavam ameaçando minha vida. Mas tinha de descobrir um modo de aparecer que fosse plausível para Laurenz e continuar encarnando Bob Clay. Eu tinha uma vantagem. Laurenz desconhecia o fato de que eu sabia que ele usara meu nome como sócio de André junto aos ladrões dos Picasso. Pelo que eu devia saber, os ladrões franceses nunca tinham ouvido falar de mim.

Então eu disse:

– Espere um segundo, Laurenz. Você disse que eles também querem me matar. Por que iriam querer me matar? A única coisa que eu fiz foi ler os e-mails que você me enviou. Não tive nada a ver com esse negócio.

Laurenz caiu na armadilha e culpou Sunny.

– Sunny disse a eles que você era sócio de André, e que podíamos confiar em André porque confiamos em *você*. Então agora eles querem saber onde você vive. Querem matar você por ser o responsável pelo amigo deles estar na cadeia.

Eu explodi.

– Mas que... Por que Sunny disse isso? Deixe pra lá. Quem esses caras acham que são? Quero me encontrar com eles! Dê um jeito nisso!

Laurenz ligou novamente no dia seguinte. Iríamos nos encontrar com os dois franceses no bar de um hotel de luxo em Hollywood, na Flórida. Em três dias.

O PLANO DE OPERAÇÕES para o encontro no hotel era uma solução inventada por uma comissão. Como um funcionário do FBI posteriormente escreveu à mão na capa de seu relatório de operação, parecia "um fracasso total".

Dadas as circunstâncias, eu retornei oficialmente ao caso, mas Fred deixou claro que era apenas temporário. Insistiu para que eu usasse o encontro para colocar o agente infiltrado de Boston na jogada. O agente que iria me substituir se chamava Sean, e costumava interpretar um mafioso de Boston. Fui orientado a ser o fiador de Sean, explicar que ele estava tomando meu lugar no negócio do Gardner. Duvidava que isso fosse funcionar. Sean era um cara legal, mas não sabia nada sobre negócios internacionais com arte. Além disso, o caso Picasso já havia assustado os franceses – era a razão do encontro. Parecia o pior momento possível para fazer com que eles começassem a negociar com um completo estranho.

– E se esses caras se recusarem a negociar com Sean?, perguntei. – E se insistirem em trabalhar comigo? O que vamos dizer?

– Vamos mandar que façam negócios em outro lugar, respondeu Sean.

Eu ri.

– Sério? Que tal pressionar? Assumir o controle da situação? Talvez uma ameaça velada?

– Nada de ameaças. Não eu. Este agente especial não será gravado ameaçando ninguém.

Sean estava mais preocupado em tirar o seu da reta do que em proteger o meu. Não perdi meu tempo discutindo com ele.

Antes de sair para me encontrar com Laurenz no saguão, enfiei uma arma em cada bolso. Era a primeira vez em dezenove anos de carreira que levava uma arma trabalhando sob disfarce. Mas aquela situação parecia diferente, e eu já havia sido ameaçado. As pessoas que planejava encontrar não queriam me vender uma obra de arte inestimável; queriam saber por que não deveriam me matar.

Enquanto guardava as armas, Fred olhou para mim. Eu disse a ele:

– Se esses caras começarem a me sacanear, eu os mato.

– Por favor, não mate ninguém, pediu Fred.

– Não quero matar ninguém, nunca quis, mas eles já disseram a Laurenz que querem me matar.

Isso chamou a atenção de Sean.

– Esses caras são tão perigosos assim?

– Sim, eles são tão perigosos assim. Escutem, Laurenz me contou uma história sobre um desses caras. Ele gosta de facas. O sujeito se cortou na primeira vez que encontrou Laurenz para mostrar como era durão. Cortou o braço e ficou sentado deixando sangrar, ameaçador mesmo, o sangue escorrendo. E disse para Laurenz: "Não tenho nenhum problema com dor. A vida real é assim." Então, sim, Sean. Um cara desses? Eu levo a sério.

– SEAN E EU encontramos Laurenz no saguão.

Antes de entrar no bar, Laurenz descreveu os dois pretensos assassinos que esperavam por nós com Sunny. Ele os chamou de Baunilha e Chocolate. Baunilha era o branco – cabelos escuros compridos escorridos e nariz torto. Chocolate era negro, careca e usava um aparelho prateado nos dentes. Era o que tinha fetiche por facas e o corpo de um jogador de futebol americano.

Nós os encontramos no bar e sentamos numa mesa no canto – Laurenz, Sean e eu de um lado, Sunny, Baunilha e Chocolate do outro.

Baunilha e Chocolate eram grandes, mas não eram idiotas. Agiram com cuidado, me tratando com respeito fingido. Se eu fosse mesmo quem dizia ser – um marchand desonesto com acesso a clientes milionários –, os franceses sabiam que poderia proporcionar muito dinheiro a eles. Seria tolice me insultar antes de me conhecer. Se, por outro lado, concluíssem que eu era um informante ou policial, poderiam lidar comigo mais tarde.

Sentindo a hesitação deles, eu os coloquei na defensiva.

– Ouçam – disse agressivamente, as mãos sob a mesa a centímetros das armas escondidas. – É óbvio que alguém na França entregou o seu cara e agora estamos todos com problemas por causa disso. Seu problema está na França.

– O FBI está envolvido nisso. Não é na França, disse Chocolate.

Eu retruquei.

– Você acha que não sei que o FBI está envolvido? Eles foram à minha casa, me acordaram, deixaram minha mulher apavorada fazendo perguntas sobre Picasso e esse e aquele cara em Paris. Não é bom para os negócios ter agentes do FBI aparecendo na minha casa. Eu tenho uma reputação a manter.

Chocolate quis saber por que meu nome aparecera em Paris. Como o policial francês infiltrado sabia que podia usá-lo para atrair os ladrões de Paris?

Eu sorri e me reclinei na cadeira.

– Uma ótima pergunta. Fiquei pensando a mesma coisa. Gostaria de saber, disse eu, antes de apontar para Sunny. – Talvez estejam grampeando o telefone dele. Você sabe que eu e Sunny estamos trabalhando em muitas coisas.

Chocolate perguntou sobre as despesas legais de seus amigos presos nas acusações dos Picasso. Laurenz as pagaria?

Laurenz adorava se fazer de durão, mas sabia que só havia uma única resposta certa caso quisesse permanecer vivo.

– *Oui*, disse incisivamente, desviando os olhos a seguir.

Com o problema resolvido, eu afastei as mãos dos bolsos e mudei de assunto, apresentando Sean. Ele esticou a mão para cumprimentar, mas Chocolate e Baunilha se limitaram a olhar.

Sean falou de forma grosseira, como um cara durão num filme dos anos 40.

– Certo, o negócio é o seguinte. A partir de agora vocês negociam comigo. Não falam com Bob. Sou o único contato para o negócio. No que diz respeito a vocês, eu sou o negócio. Vocês passam por mim.

Sunny e seus amigos franceses pareceram confusos, como que dizendo: que porra é essa? Laurenz traduziu para eles. Chocolate falou rapidamente em francês com Sunny e depois se virou para Sean:

– *Non*. Nós negociamos com Bob, Sunny e Laurenz. Só.

Sean balançou a cabeça.

– Ou a partir de agora vocês me ligam, ou encerramos aqui.

Chocolate deu um risinho e perguntou a Sean:

– Quem é você, mesmo?

O joguinho de Sean estava desmoronando. Eu interrompi.

– Chame-o de Sean. É o bastante. Vamos fazer uma coisa: nos acalmar por trinta dias, depois entramos em contato novamente, certo?

Chocolate não se comprometeu de modo algum. Começou a conversar novamente com Sunny em francês. A garçonete se aproximou e Sean se adiantou de modo desajeitado para pegar a conta. Jogou um cartão de crédito para ela. Por que ele estava com tanta pressa?

Sunny e os amigos se levantaram e saíram na direção da praia. Laurenz, Sean e eu fomos na outra direção, rumo ao saguão e ao posto do manobreiro. Laurenz permaneceu atipicamente silencioso até ficarmos sozinhos dentro do Rolls-Royce. Começou a abrir a boca, mas o celular tocou. Era Sunny. Eles conversaram em francês, e Laurenz começou a rir.

Laurenz desligou e balançou a cabeça.

– Estavam falando sobre o seu amigo Sean, dizendo: "Quem é aquele merda?" Falaram que queriam colocá-lo na mala do carro, mas não podiam, porque é alugado e ele é grande demais para caber. Sunny disse que ele é um idiota e que não vão negociar com ele.

– O que *você* acha?

– Ele é uma piada. E acho que pode ser policial.

– O que está querendo dizer?

– Ele não é um mafioso. Isso eu sei.

– Como sabe disso?

– Ele é uma coisinha. Ele diz: "Ah, se não negociar comigo eu vou embora." Ai, estou morrendo de medo. Um mafioso de verdade olha você nos olhos e diz bem baixo, calmamente: "Me foder? Foda-se você. Me dê uma razão para não matar você hoje. Diga agora ou estará morto antes que o dia termine. Obrigado. Até logo." Isso é o que o verdadeiro mafioso diz.

– Bem...

Laurenz pisou fundo no acelerador, saindo em disparada do posto do manobreiro.

– Esse Sean usa American Express verde para pagar a conta! Um mafioso de verdade nunca usa cartão de crédito. Usa dinheiro. Sempre, sempre! E nunca pega recibo! Nunca! Nunca!

Eu não sabia o que dizer. Ele estava certo.

Laurenz entrou no elevado rumo ao centro de Miami.

Após alguns instantes, ele disse:

– Vou deixar você no hotel e talvez não o veja mais. Porque, se não tivéssemos feito o negócio no barco, eu teria certeza de que você é policial. Mas agora, continuou ele, desviando os olhos da rua por um momento e me encarando – não sei se você é policial e não me importo. Estamos em péssima forma, certo? Chegamos ao fim.

Laurenz pisou no acelerador e ligou o rádio.

Ele estava fora.

– SEM LAURENZ, o escritório do FBI em Boston encerrou a Operação Obra-Prima.

"Maravilha", pensei. Burocracias e disputas de território dos dois lados do Atlântico destruíram a melhor oportunidade em uma década de resgatar as pinturas do Gardner. Também desperdiçamos a chance de nos infiltrar numa grande rede de crimes contra a arte na França, uma rede frouxa de mafiosos que tinha até setenta obras-primas roubadas.

Nosso fracasso me convenceu de que o FBI não era mais a força atuante de quando eu entrara, em 1988. O departamento estava se transformando numa burocracia avessa a riscos como qualquer outra do governo, tomada pela mediocridade e por pessoas mais preocupadas com suas carreiras que com a missão.

A Equipe de Crimes contra a Arte, criada com tanta expectativa, também parecia fadada a isso, prejudicada por mudanças constantes. Não havíamos perdido apenas Eric Ives como chefe de unidade, como também nosso melhor promotor, Bob Goldman. Chefes medíocres e inseguros na Filadélfia haviam dado um ultimato ao meu melhor amigo: abandonar os crimes contra a arte e voltar aos habituais casos de drogas e assaltos a bancos ou procurar outro emprego. Goldman pagou para ver e se demitiu, encerrando abruptamente uma carreira de 24 anos na promotoria. O que era talvez ainda pior, metade dos agentes de campo inicialmente lotados na Equipe de Crimes contra a Arte havia se afastado, tentando subir na carreira. Era desalentador.

Enquanto eu entrava em meus últimos doze meses como agente do FBI, no outono de 2007, planejei encerrar alguns casos remanescentes, treinar um substituto para trabalhar infiltrado e começar a pensar em minha festa de aposentadoria. Viajaria com Donna, visitaria meus filhos na faculdade e assistiria aos recitais da minha filha no ensino médio.

Então, certa tarde daquele outono meu celular de Bob Clay tocou.

Era Sunny.

25. Fim de jogo

Barcelona, janeiro de 2008

Quatro meses depois do telefonema de Sunny, eu me vi num quarto de hotel velho em Barcelona negociando com o chefe dele, Patrick.

Éramos seis amontoados ao redor de uma mesa frágil e duas camas de solteiro. Patrick e eu estávamos em lados opostos da mesa, junto a uma janela aberta. Sunny e um policial espanhol disfarçado ocupavam a beirada de uma das camas. Meu apoio, os dois agentes do FBI de Miami, ainda se fazendo passar por traficantes de drogas colombianos, estavam na outra cama.

Uma câmera escondida no ventilador de teto registrava tudo. Uma equipe da Swat espanhola esperava ao lado.

Patrick, um francês ágil e arrogante de ascendência armênia, com talvez 1,90 metro de altura, estava a trinta centímetros do meu rosto, fumando Marlboros de filtro amarelo um atrás do outro. Tinha sessenta anos, cabelos grisalhos curtos e barba branca de um dia no queixo. Mantinha os olhos castanhos cravados nos meus, paciente e concentrado como um atirador de elite. Suas palavras eram objetivas e suas frases eram curtas.

– Somos homens velhos, você e eu, disse Patrick em francês. – Dinheiro é bom, mas liberdade é muito importante.

Eu esperara levar comigo um agente do FBI infiltrado que falasse francês para traduzir, mas o departamento não conseguira encontrar alguém qualificado. Então o policial espanhol estava fazendo esse trabalho. Traduzia do francês para o inglês, e desta língua para o francês, com rapidez e gosto, mas também com uma voz perturbadoramente sibilante e efeminada que traía a negociação tensa. Eu podia imaginar os agentes machões do FBI que acompanhavam pelo vídeo no quarto ao lado debochando da incongruência.

– Também não quero ir para a cadeia, falei.

– Sim, nós sabemos o que é importante.

– Então, me fale sobre o roubo, eu disse, esperando gravar sua confissão em vídeo.

Foi um prazer para Patrick.

Sempre digo aos novatos que você precisa seguir todas as pistas. Nunca se sabe aonde uma delas levará.

Algumas vezes apostas altas compensam.

Quando Laurenz saiu do negócio, os agentes do escritório do FBI em Boston jogaram a toalha e encerraram o caso. Mas a divisão de Miami não desistiu de Sunny; seus oficiais abriram uma nova investigação, chamada Operação Obra-Prima II, e atraíram Sunny de volta com a promessa de um grande negócio com cocaína. Em pouco tempo ele estava me telefonando de novo para falar de arte.

Inicialmente falamos de Vermeer e Rembrandt. Mas ele também começou a oferecer um segundo conjunto de pinturas – quatro obras, incluindo um Monet e um Sisley – roubado no verão anterior de um museu em Nice. Os dois grupos de pinturas estavam nas mãos de gângsteres diferentes, disse Sunny.

Deixei claro que queria as pinturas de Boston, não as de Nice. Sunny disse que primeiro eu teria de comprar as de Nice. Era um modo de criar confiança, alegou.

Com a janela para as pinturas do Gardner novamente aberta, eu concordei e Sunny marcou o encontro em Barcelona para negociar o preço das obras de Nice. Achei curioso que ele tivesse escolhido a Espanha como ponto de encontro – sabíamos pelas escutas que o Vermeer provavelmente estava sendo mantido na Espanha.

Também vi que não tínhamos o que perder. Se Sunny estivesse apenas me enrolando com as pinturas do Gardner, ainda poderíamos recuperar as de Nice e ajudar meu amigo Pierre a solucionar um grande roubo de arte. Por outro lado, se um negócio com as pinturas de Nice levasse ao negócio do Gardner, seria uma grande jogada.

Ainda assim, fui com bastante cautela para o encontro na Espanha. Descobrira pouco antes que algumas semanas após nosso confronto no hotel da Flórida Sunny chamara um informante do FBI de lado e oferecera a ele 65 mil dólares para matar Laurenz.

No quarto de hotel de Barcelona, eu deixei Patrick dar os detalhes de seu grande assalto ao museu de Nice. Ele estava orgulhoso do trabalho.

Explicou que escolhera um domingo de agosto, o dia da semana de menos movimento no mês mais calmo do ano. Escolhera o Museu de Belas-Artes, uma construção alaranjada e branca, por ser afastado dos roteiros turísticos, encravado numa colina em um bairro residencial. Eu sabia que esse museu tinha algo em comum com o Gardner e o Barnes – tinha sido a inspiração e a antiga residência de um patrono singular das artes, uma princesa ucraniana que vivera no século XIX. O lugar ainda tinha trabalhos importantes, embora sua antiga vista grandiosa da baía dos Anjos tivesse sido bloqueada por uma floresta de prédios residenciais medíocres.

Patrick descreveu seus quatro cúmplices como dois amigos íntimos e dois joões-ninguém, ciganos. Os cinco usaram macacões azuis de operários municipais de manutenção e esconderam os rostos com bandanas ou capacetes de motociclista. A segurança era uma piada. Nada de câmeras de vigilância. Nada de alarmes. A meia dúzia de garotos espinhentos que eram os guardas de serviço estava desarmada. "Patinhos", recordou Patrick. Com seus paletós desengonçados e suas calças frouxas, os guardas talvez fossem os homens mais malvestidos da França.

Patrick disse que seu pessoal entrou e saiu em quatro minutos.

Brandindo armas, os ladrões abriram a porta de vidro da entrada e ordenaram que os guardas e o punhado de visitantes deitassem no chão. Os capangas ciganos os vigiaram enquanto os outros seguiam em direção aos alvos. Um dos ladrões passou correndo por um jardim com iluminação natural no térreo até uma galeria dos fundos, e retirou de lá duas pinturas do artista flamengo Jan Brueghel o Velho, *Alegoria da água* e *Alegoria da terra*. Patrick e um cúmplice subiram 66 degraus de mármore até o segundo andar, deram mais 34 passos, deixando para trás um mural de Chéret e uma versão de *O beijo* de Rodin, até chegarem a uma sala cheia de pinturas impressionistas, todas penduradas por um único gancho. Patrick e o parceiro ergueram *Penhasco perto de Dieppe*, de Monet, e *Canteiro de papoulas em Moret-sur-Loing*, de Sisley, e desceram as escadas correndo. Os ladrões fugiram numa moto e numa van azul da Peugeot.

Eu já havia lido a ficha policial francesa e conhecia bem a história. Mas enquanto Patrick a contava, eu reagia com espanto à sua inteligência e ousadia.

Como um favor a Pierre, comecei a pressionar quanto ao Sisley e o Monet. Pierre queria esses mais do que os outros, por serem propriedade do governo francês, um empréstimo do Musée d'Orsay de Paris. Os Brueghel eram da cidade de Nice e menos valiosos.

Patrick iniciou as negociações avaliando as pinturas em 40 milhões de dólares. Eu disse que ele era maluco, que as quatro obras não valiam mais do que 5 milhões no mercado aberto, o que significava que valiam no máximo 500 mil no mercado negro. Negociamos por mais de uma hora e meia naquele horrível quarto de hotel, com suas cortinas sujas e a atmosfera tomada por fumaça de cigarro. O ar-condicionado não funcionava e eu não ousava ligar o ventilador do teto por medo de estragar a câmera e o microfone escondidos.

Patrick era um negociador feroz, e me vi numa situação atípica. Em outros casos – como o Rembrandt em Copenhague, o cocar de Jerônimo na Filadélfia, as pinturas de Koplowitz em Madri –, eu pudera oferecer qualquer quantia, sabendo que nunca teria de pagar dinheiro algum. Mas naquele caso havia a possibilidade de perder o dinheiro das pinturas de Nice – *se estivéssemos quase certos de que isso levaria às pinturas do Gardner.*

Com a tarde chegando ao fim, Patrick baixou seu pedido de 4 milhões para 3 milhões. Ele estava ávido por dinheiro. Planejara seu grande roubo, conseguira realizá-lo, e tudo o que tinha para mostrar eram quatro belas imagens que poderiam colocá-lo de volta na prisão. Disse que havia deixado as pinturas na França e ido apenas conversar. Mas e se estivesse mentindo? E se tivesse as pinturas ali por perto? Poderia ser tentado com uma sacola de dinheiro? E quanto às pinturas do Gardner?

Ofereci duas opções.

E se desse a Patrick 50 mil em dinheiro no ato pelas quatro belas pinturas de Nice e pagasse o restante depois que as vendesse? Disse a ele que, se não as vendesse, lhe devolveria as obras e ele poderia ficar com os 50 mil. Ele disse que não.

Tudo bem. E se então eu lhe desse 50 mil apenas pelo Monet e o Sisley? Ele podia manter as outras duas enquanto eu tentava vendê-las. Ele novamente disse não.

Fiz uma última tentativa e me coloquei na defensiva. Considerando a hipótese de Sunny ter mentido e Patrick de algum modo ter acesso às pinturas do Gardner, fiz uma proposta. Apontei para meus amigos de Miami na cama e disse a Patrick que eles tinham um barco ancorado no litoral pronto para levar as pinturas de volta à Flórida. Falei que Sunny sabia que eu tinha 30 milhões de dólares esperando no banco, dinheiro pronto para ser transferido no momento em que eu recebesse o Vermeer, o Rembrandt e as outras pinturas de Boston.

– Então, já que estou aqui, por que também não fazemos esse negócio e colocamos todas as pinturas no barco?

Sunny desviou os olhos de nós dois, em silêncio. Patrick passou do francês para o inglês e disse:

– Você quer Vermeer? Consigo Vermeer para você.

– Você consegue?, perguntei.

– Sem problemas, disse ele, confiante. – Consigo qualquer coisa que você quiser. Encontro um. Há muitos Vermeer.

Ele estava se oferecendo para roubar um para mim.

– Não, eu não quero um novo, são quentes demais. Quero um antigo, desaparecido há muitos anos.

Patrick assentiu.

– Eu vendo a você as pinturas de Nice. Depois conversamos mais com Sunny.

– Certo, disse eu. – Combinado.

Então Patrick não tinha acesso às pinturas do Gardner. Mas ainda acreditava que Sunny estava usando a venda de Nice para me testar. Se conseguisse conquistar a confiança dele com aquela compra, ainda teríamos uma chance.

Patrick e eu negociamos por mais uma hora e finalmente fechamos um preço pelas pinturas de Nice, um pouco menos de 3 milhões de dólares.

Patrick deu uma longa tragada em seu cigarro. Soprou a fumaça pelo canto da boca, na direção do intérprete. Disse em inglês:

– Bob, muito importante, gostamos de negócios, mas negócios muito quietos. Entende o que digo?

– Entendo.

– Muito, muito quietos.

– *Silencieux*, disse eu.

– *Voilà*, respondeu Patrick, apagando o cigarro.

Depois de Barcelona, nunca mais vi Sunny ou Patrick.

Falamos em código pelo telefone, mas assim que definimos o preço disse a eles para acertar a logística com os agentes infiltrados do FBI de Miami. Expliquei que era um financista, não um contrabandista.

Quatro meses depois, quando Patrick e um amigo francês visitaram Sunny no sul da Flórida, disse a eles que estava ocupado demais. Meus colegas de Miami levaram Sunny, Patrick e seus amigos para uma última festa a bordo do *Pelican*, e marcaram a entrega das pinturas de Nice para junho, em Marselha. Os franceses continuavam se recusando a permitir que eu ou qualquer outro agente do FBI trabalhasse disfarçado em Marselha, e Sunny não queria se encontrar com ninguém que não fosse eu. Felizmente, era Patrick quem estava no comando, e era burro e estava desesperado o bastante para concordar em lidar com meu comprador em Marselha – que, claro, era um agente da Siat, um membro da polícia francesa sob disfarce.

O golpe final era iminente.

Na manhã de 4 de junho de 2008, uma van Peugeot azul saiu de uma garagem em Carry-le-Rouet, uma pequena cidade litorânea na Riviera, a oeste de Marselha. Um velho compacto bege seguia logo atrás com Patrick ao volante.

Agentes franceses infiltrados na vigilância passaram um rádio dizendo que a van seguia no rumo sudeste, como esperado. Os veículos percorreram ruas secundárias do centro de Marselha, dando voltas para evitar serem identificados no movimentado trânsito matinal de uma quarta-feira. Mas não conseguiram despistar os homens da vigilância de Pierre. Como poderiam? A polícia francesa sabia exatamente para onde iam. Os ladrões estavam indo se encontrar com um agente da Siat, um homem que acreditavam trabalhar para mim.

Quando a van e o compacto chegaram ao velho porto, dirigiram-se para a Corniche John Fitzgerald Kennedy, a pitoresca estrada que segue pelo litoral rochoso da Riviera, 15 metros acima das ondas do reluzente mar Mediterrâneo. Os gângsteres. com as pinturas. estavam preparados para a batalha. Um dos homens na van tinha uma arma automática. No compacto, atrás, Patrick levava uma Colt .45 sob o casaco. Seu passageiro, um homem enorme com cabelos louros até os ombros, estava agarrado a uma granada de mão tcheca.

Os veículos passaram ziguezagueando pelo Pullman Marseille Palm Beach, um hotel quatro estrelas moderno instalado na praia abaixo da estrada. Pierre e um pequeno exército de policiais franceses coordenavam a cilada a partir do Pullman, a duzentos metros do lugar marcado, num centro de comando com uma equipe da Swat e, caso fosse necessário, uma maleta cheia de euros.

Ao passarem pelo Pullman, os carros dos ladrões entraram em um vale ladeado por praias públicas em curva e por uma pista de corrida de cães, e pontuado por um passeio tipo deque, cheio de bares e lojas, junto ao mar, local escolhido pela polícia pela facilidade de bloquear todas as saídas. Era cedo – o sol ainda nascia nas montanhas, colorindo de um laranja cálido e brilhante a praia batida pelo vento –, então os ladrões tinham muitas vagas à disposição na rua.

Patrick e o amigo com a granada saltaram e se alongaram, a cinquenta metros do mar. Os sujeitos na van não saíram.

O policial francês infiltrado que estava esperando para autenticar as pinturas começou a seguir pela calçada na direção de Patrick. O oficial estava sozinho, mas muitos colegas disfarçados caminhavam por perto –

varrendo a rua diante de uma loja, passeando com um cachorro, sentado num ponto de ônibus.

Os ladrões e o policial se encontraram na praia.

Alguém deu a ordem pelo rádio.

Um efetivo de vinte policiais avançou, com as armas em punho e com uma força esmagadora, derrubando Patrick, o amigo com a granada e – muito bem! – também o policial disfarçado, preservando a identidade dele e possivelmente a minha.

Eram duas horas da manhã na Filadélfia, mas Pierre ligou mesmo assim para me informar. A polícia francesa encontrara as quatro pinturas na van azul. Estavam em boas condições.

Ele me perguntou sobre Sunny e Laurenz.

Eu disse que Laurenz não seria acusado, por não ter se envolvido no negócio das pinturas de Nice.

Sunny seria preso ao amanhecer em sua casa, perto de Fort Lauderdale. Os comunicados à imprensa começariam a circular à tarde.

Indiciamentos de grandes júris americanos podem ser escritos de duas formas.

Existe a versão curta: uma declaração vaga de uma ou duas páginas em espaço dois da lei violada. É a preferida quando o caso é de rotina ou quando o governo quer desviar a atenção de um caso sob disfarce.

Já o indiciamento longo é um documento detalhado, de muitas páginas, com uma narrativa extensa, um "indiciamento claro" que resume o crime e todos os encontros entre o acusado e os agentes disfarçados. Promotores quase sempre o usam quando planejam convocar uma coletiva de imprensa. Fazem isso porque as regras determinam que eles se atenham aos fatos contidos no indiciamento. Quanto mais excitantes forem os acontecimentos incluídos no documento, mais eles poderão repeti-los diante das câmeras de televisão.

Eu só vi a papelada americana do caso Nice depois que o indiciamento foi liberado e o press release, distribuído.

Fiquei desapontado, mas não surpreso. Embora Sunny tivesse sido acusado de apenas um crime, os promotores detalharam o caso num indiciamento longo que incluía meu papel como agente infiltrado. Eles não mencionaram o elo com a investigação Gardner nem usaram meu nome, mas do modo como foi escrito, poderiam muito bem ter feito isso. Se as pessoas ligadas a Sunny realmente tinham as pinturas do Gardner na Europa, saberiam que nunca deveriam confiar em mim ou em qualquer outra pessoa ligada a Sunny. O indiciamento público, disponibilizado na internet, não deixava dúvidas de que eu era um agente do FBI disfarçado.

Com raiva, telefonei para Pierre e deixei-o a par da burrada.

– Como eu falei, todo o mundo quer uma fatia do bolo e seu rosto na fotografia, ele disse

Todo o mundo queria os créditos.

Nós brincamos por algum tempo a respeito dos supervisores, e lembrei que ele estava prestes a se tornar general. Conversamos sobre quando nos veríamos, evitando a grande questão.

Finalmente, eu disse:

– Pierre, você acha que tínhamos uma chance?

– Está se referindo às pinturas do Gardner?

– É.

– *Absolument*, disse ele. – Temos uma boa ideia de quem está com elas. Sabemos com quem Sunny conversava. Mas agora que prendemos Sunny e dissemos que Bob é do FBI, o caso acabou. Não teremos esta chance novamente em muitos anos. Quem sabe você tenta de novo então?

– Não, para mim chega. Eu me aposento em três meses.

– Quem vai ficar em seu lugar?

Eu hesitei, porque a pergunta tocara na ferida. Estava ansioso para ajudar a treinar e ensinar meu substituto, mas o FBI parecia não estar preparando ninguém. Eu disse:

– Não sei, Pierre. Não sei. Boa pergunta.

Nota do autor

Por natureza, as operações sob disfarce são com frequência delicadas e perigosas. Para mim os riscos faziam parte do trabalho, e hoje os ladrões que prendi conhecem minha verdadeira identidade. Porém, eles não sabem de tudo, e acho melhor que seja assim. O mais importante é que não quero colocar em perigo os colegas da lei e outros que arriscaram suas vidas para me ajudar. Muitos dos criminosos que capturamos não são ladrões cavalheirescos; são marginais que, temo, não hesitariam em se vingar de meus amigos. Para proteger as identidades de meus colegas e certos métodos do FBI, eu omiti ou alterei ligeiramente alguns detalhes. A essência do que aconteceu permanece.

Este é um livro de memórias, não uma autobiografia ou uma declaração. É minha versão do que aconteceu – e a de mais ninguém. Grande parte desta obra é baseada naquilo de que eu me recordo. Meu colaborador, John Shiffman, e eu nos esforçamos para reconstruir acontecimentos da forma mais precisa possível. Revisamos matérias de jornal, relatórios governamentais, livros sobre crimes contra a arte, obras de história da arte, anotações pessoais, vídeos, fotografias e recibos – bem como documentos e transcrições, oficiais ou não. Voltamos a cenas de crimes e museus nos Estados Unidos e na Europa. Para recriar os diálogos que aconteceram durante várias ciladas, revisamos áudios e vídeos de vigilância e transcrições. Também nos valemos de amigos e parentes para ajudar a recriar conversas e apresentar um contexto crítico. Agradeço a eles por me ajudarem a registrar memórias que se aferram o máximo possível à verdade.

Agradecimentos

5 de outubro de 1979

Como começamos todos os capítulos com uma data, faz sentido começar os agradecimentos com a data mais importante da minha vida – o dia em que conheci minha esposa, Donna, a pessoa sem a qual eu não seria o homem que sou hoje. Ela me guiou quando eu a segui, me deu sua força quando fui fraco e me carregou quando eu não podia caminhar, durante o julgamento e a homenagem. Sem ela as histórias deste livro e as linhas de minha vida não poderiam ter sido escritas. Obrigado, meu amor, por me escolher e acreditar em mim por todos esses anos. Vivemos esta história juntos.

Meus três filhos – o maduro, quieto e estudioso Kevin; o agitado, expansivo e autoconfiante Jeffrey; a inteligente, bonita, menina dos meus olhos Kristin – foram uma grande fonte de inspiração. Eles me ensinaram muitas coisas, entre as quais se destaca a importância de se concentrar na devoção a uma causa e à família. Eu me orgulho de dizer que todos eles são pessoas melhores que eu. Meus pais, Robert e Yachiyo Wittman; meu irmão, William D. Wittman, e sua esposa, Robin; e meu tio Jack Wittman e sua esposa, Dóris, me ensinaram a sonhar alto e me encorajaram a buscar minhas ambições. Obrigado também à família de Donna – sua mãe, Geraldine, e seu pai, William T. Goodhand; seu irmão, William T. Goodhand Jr., e sua esposa, Susan –, que ficou ao meu lado nos maus e nos bons momentos.

Este livro não teria sido possível sem a ajuda de muitos indivíduos. Primeira e principalmente, meu parceiro de redação, John Shiffman. Ele é brilhante e acho que este é o começo de uma longa e bem-sucedida carreira de escritor para ele. Para mim foi um prazer ajudá-lo a realizar um sonho. Sua esposa, Catherine Dunn Shiffman, trabalhou diligentemente para garantir que ficássemos nos trilhos e mantivéssemos o livro acessível. Meu agente, Larry Weissman, e seu sócio, Sascha Alper, que acreditaram em mim e no projeto desde o começo, foram determinantes para que ele chegasse ao fim. Rick Horgan e Julian Pavia, meus editores na Crown, são verdadeiros cavalheiros e fizeram inteligentes e excelentes sugestões.

No FBI, tenho uma dívida de gratidão especial para com Linda Vizi, por sua ajuda e seus conselhos ao longo dos anos. Também gostaria de agradecer a meus antigos supervisores de esquadrão – John Louden, Tom Dowd, Mike Thompson, Henry James Sweeney, Mike Carbonell e John Kitzinger. Foi um prazer servir com eles. Os agentes especiais encarregados do escritório da Filadélfia durante meu tempo de serviço – Bob Reutter, Bob Conforti, Jeff Lampinski, Jack Eckenrode, Jody Weis e Jan Fedarcyk – foram esclarecidos o bastante para apoiar investigações de crimes contra a arte, mesmo quando não eram uma prioridade do departamento.

Nunca trabalhei sozinho – foi sempre um esforço de equipe. E embora nenhuma lista de agentes de campo possa ser completa, seria negligência minha não mencionar alguns que foram e são os mais queridos. O primeiro é Stephen J. Heaney, investigador talentoso e dedicado e meu irmãozinho postiço, que sempre me protegeu quando organizávamos ciladas sob disfarce na Filadélfia. Agradeço também aos agentes especiais Doug Hess, Pam Stratton, Michael A. Thompson, Jay Heine, Mitch Banta, Judy Tyler, Konrad Motyka, Sean Sterle, Alejandro Peraza, Gary Bennett, Chris Calarco, Eric Ives, Bob Bazin, Joe Majarowitz, Frank Brostrom, Cathy Begley, Brian Midkiff, Amanda Moran, Lou Vizi, Jack Garcia, Tom Duffy, Jesse Coleman, Al Bodnar, J.J. Klaver, Martin Suarez, Henry Mercadal, Vince Pankoke, Mike German, Jason Richards, Tim Carpenter, Jim Wynne, Johanna Loonie, Greg Johnson, Joaquin "Jack" Garcia, Marc Barri, Leo Tadeo, Ron Kozial e Ron Nolan. No escritório, Jerri Williams, R.J. Saturno, John Thomas e Ron Hosko sempre foram amigos e com frequência defensores. No quartel-general do FBI, Lynne Richardson e Bonnie Magness-Gardiner, que administraram o programa de crimes contra a arte, merecem aplausos por tentar manter o projeto vivo, lutando por ele com os administradores.

Um agradecimento especial a meus outros colegas na lei: a promotora Maureen Barden, que me ensinou o caminho e também a ter compaixão; o trio do caso da gangue de assaltos a joalherias – promotor Chris Hall e policiais Edward Quinn e Jack Quinn –, que me ensinou como *realmente* conduzir uma investigação criminal; a agente de Pesca e Vida Selvagem Lucinda Schroeder, por seu excelente trabalho sob disfarce nos casos Joshua Baer e do cocar de guerra de Jerônimo; o coronel da polícia Pierre Tabel, ex-chefe da equipe nacional francesa de crimes contra a arte; o policial francês Damien Delaby; Karl Heinz-Kind e Fabrizio Rossi, da Interpol; o general Giovanni Nistri, chefe da equipe italiana de crimes contra a arte; o coronel Matthew Bogdanos, dos Fuzileiros dos Estados Unidos; e Vernon Rapley e Gary Oldman, da Scotland Yard.

Gostaria ainda de agradecer aos civis que me ajudaram em minha carreira – homens e mulheres que se preocupam profundamente em preservar obras de arte e antiguidades para as gerações futuras: Herbert Lottier e Mark Tucker, do Museu de Arte da Filadélfia; Bob Combs e Wilbur Faulk, do Getty Museum; Ron Simoncini, do MoMA; J.J. McLaughlin, da Smithsonian Institution; John Burelli, do Metropolitan Museum of Art; Dick Drent, do Museu Van Gogh; Dennis Ahern, dos museus Tate; Anthony Amore, do Isabella Stewart Gardner Museum; Milton Esterow, da *ArtNews*; Renee Bomgardner, da Barnes Foundation; Kristen Froelich, do Atwater Kent Museum; Clark Erickson, C. Brian Rose, Pam Kosty, Therese Marmion e Steve Epstein, da Universidade da Pensilvânia; Charlene Bangs Bickford, do First Federal Congress Project; Stephen Harmelin, da Dilworth Paxson LLP; Walter Alva, do Museu das Tumbas Reais de Sipan; Andy Newman, da Newman Gallery; Carl David, da David Gallery; o marchand George Turak; Bo Freeman, da Freeman Fine Arts Auction House; Bill Bunch, da William Bunch Auctions; Robert Crozier, William O'Connor e a comunidade Icefat; Sharon Flesher, da International Foundation of Art Research; e Chris Marinello e Julian Radcliffe, do *Art Loss Register.*

Aos três melhores advogados do mundo, Mike Pinsky, Bob Goldman e Dave Hall: obrigado, senhores. Não teria conseguido nada sem vocês.

Finalmente, a meu amigo Denis Bozella, em quem penso todos os dias.

ROBERT K. WITTMAN
Filadélfia, Pensilvânia

* * *

John Shiffman gostaria de agradecer também a Bill Marimow, Vernon Loeb, Tom McNamara e Avery Rome, na Filadélfia; Tom Mashberg, em Boston; Vincent Noce e Aline Magnien, em Paris; Eleni Papageorgiou, em Milão; Blythe Bowman Proulx, em Richmond; e Caitlin Lukacs e Brooke Shearer, em Washington. Obrigado também a meus fantásticos companheiros de redação e viagem, Bob e Donna Wittman. A Peter Franceschina, *grazie mille.* Um obrigado especial a Paul, Sevah, Belle, Will, Jake, Nick e Sam. Cathy, claro, é inestimável.

FSC
www.fsc.org
MISTO
Papel produzido a partir de fontes responsáveis
FSC® C019498

A marca FSC é a garantia de que a madeira utilizada na fabricação do papel deste livro provém de florestas de origem controlada e que foram gerenciadas de maneira ambientalmente correta, socialmente justa e economicamente viável.

Este livro foi composto pela Livros & Livros em Dante Pro 11,5/15,5
e impresso em papel pólen soft 70g/m^2 e cartão triplex 250g/m^2
por Geográfica Editora em maio de 2011.